新潮文庫

花　　紋

山崎豊子著

新潮社版

2209

花紋

第一章

松の枝が鬱蒼《うっそう》と枝を広げた小暗《おぐら》い屋敷の中には、女主人であるそのひとと、老婢《ろうひ》の姿しか見受けられなかった。老婢は、そのひとのことを、御寮人《ごりょうにん》さまと呼び、侍《かしず》くように仕えていた。

御寮人さまと呼ばれるそのひとは、白髪《しらが》をまじえた銀色の鬢《びん》を庇髪《ひさしがみ》のようにふっくらと膨《ふく》らませ、やや抜き衣紋《えもん》にぬいた衿元《えりもと》にしぼの厚い縮緬《ちりめん》の衿を重ね、長目に着付けた裾《すそ》に、小皺《こじわ》一つない真っ白な足袋《たび》をぴしりと履《は》きしめていた。大家の御寮人さまと呼ばれる人に共通する﨟《ろう》たけた品とゆったりしたものの柔らかさに包まれていたが、どこかに街中《まちなか》の商家の御寮人と異なる小ゆるぎのない厳《きび》しさが備わり、大阪近郷の大地主の御寮人らしい毅然《きぜん》とした烈《はげ》しさが、その小柄な白い肌《はだ》の下から感じ取られた。

私が始めてこの家を訪れた日は、大阪が最初の大空襲で、大阪の中心地である船場《せんば》、島之内《しまのうち》が僅《わず》か四、五時間で焼き払われてしまった夜であった。焼夷弾《しょういだん》が絶え間なく落下し、猛火が街を埋めている中を必死に逃《のが》れ、大阪から阪神国道を徒歩で御影《みかげ》駅まで辿《たど》りつき、松林に囲まれたその家を見つけた時は、間違いなく行きつけた安堵《あんど》より、そこだけが、戦争に疲れ果て、家を焼き払われている多くの人間と全くかけ離れた、よそよそしいほどの静けさに包まれていることに、不安な身じろぎを覚えた。

その時も、御寮人さまと呼ばれるそのひとは、老婢に侍かれるようにして私の前にたち、焼穴のついた衣服と泥塗《どろまみ》れになった私の足元に暫《しばら》く眼を止め、

「お家がお焼けになってしまったのね、ご両親さまとお妹さまは――」

動揺のない静かな声で聞き、瞬《まばた》きもせず、私の顔を見詰めた。予《かね》てから大阪が空襲され、万一、私の家が戦災に遭《あ》った時は、この家へ避難することになっていたのだった。両親と妹は、罹災《りさい》したその足で、姫路の田舎《いなか》に向って避難して行き、大阪の学校に学業の残っている私だけが、この家を頼《たよ》って来たことを話すと、

「それでは、どなたもお傷無《けがの》う――」

そう云《い》い、ちょっと言葉を切ってから、私を請《しょう》じ入れた客間の窓を大きく開け、まだ真っ赤に燃え熾《さか》っている大阪の空を望み見るように白い咽喉《のど》を仰向け、

「まあ、空が真っ赤に焼け焦《こ》げておりますのね、まるで大阪城が炎上しているような、そんな燃え方――、あの時も、今夜と同じように空一杯に火簾《ひすだれ》が降り、焔《ほのお》が地獄のように空を舞い、苦しげに熱く、焼け焦げたのでございましょうか――」

澄み透《とお》った声であったが、かすかな昂《たかぶ》りが声の中に熱っぽく籠《こも》っていた。何万戸かの家が一夜にして焼き払われ、幾十万人かの人間が猛火の中を死にもの狂いで逃げのび、その焔が大阪から二十五キロ離れている御影の空まで赤黯《あかぐろ》く染めている時に、遠い昔の大阪城炎上を連想し、空襲を華麗な絵巻物のように観《み》ているそのひとの言葉の中に、私は陰惨な響きを感じ取った。

その翌日から、私はこの家の一室を借り、女ばかり三人の生活が始まったのだった。

部屋数の多い家の中は、殆《ほとん》ど雨戸を閉ざして不用部屋にしてしまっていたが、そのひとの部屋がある一角は、足をすべらすほどに拭《ふ》き磨《みが》かれ、廊下の端々《はしばし》にまで花が活《い》け込まれていた。私の部屋は、鉤《かぎ》の手に曲った二階の西南寄りの端であったから、そこから同じ二階の東南角にあるそのひとの居間が、中庭の高い樫《かし》の木の葉越しに見えた。東南に向って大きく切られたガラス窓は、何時《いつ》も内側の明り障子で閉ざされていたが、午前中の僅かな間だけ明り障子を開けて部屋一杯に光を入れ、鏡台の前に坐《すわ》って、丹念な髪の手入れをするうしろ姿が、額縁に入った一枚の絵のように眺《なが》められた。

十畳ほどの座敷の真ん中に、塗物の古風な鏡台を据え、肩に紅《あか》い紅絹《もみ》の肩布を掛け、銀白色の長い髪を、紅い肩布の上へ糸を引くように梳《くしけず》って行くそのひとの音のない静かな美しい姿は、私が家を失ったことも、何時、空襲警報が鳴り響くか解《わか》らぬ切迫した現実も、信じられないような異様な錯覚を覚えさせた。しかし、古風な鏡台の蓋《ふた》が閉じられ、そのひとの肩から紅絹の肩布が除かれ、明り障子が閉ざされると、私は酔いから醒《さ》めるように現実に引き戻され、防空頭巾《ぼうくうずきん》をかぶり、モンペを履いて、半ば焼野が原になった大阪の街へ出かけて行った。

焼け残った学校は既に学徒動員令が下《くだ》り、授業は殆ど顧みられず、校舎の中にミシンが持ち込まれ、軍衣の縫製作業が行われていた。家政科の生徒が指導班長になり、私たち文科の生徒も、不器用な手つきで分厚な軍衣の縫製にかかっていたが、私はその単純で重苦しい仕事の合間に、姫路の田舎へ避難し、そこで疎開《そかい》生活をしている両親のことを思い出していた。一週間に一度、届けられる両親からの便りの中には、番頭や丁稚《でっち》を使って手広い商いをして来た両親が、馴《な》れない畑仕事をしながら主食の補給をし、薪割《まきわり》までしていることが記されていた。疎開先で今まで想像もしなかった不自由な生活をしている両親のことを思いうかべると、私はすぐにも、両親のいる疎開先へ帰りたい衝動に駆られたが、すぐまた、戦争の影すらも見出《みいだ》せないそのひとの家の美しい静かな気配に心を奪われ、軍衣の作業が終ると、私は両親への思いを忘れたように、足早に松林に囲まれたその家へ帰って行った。

窓ガラスが破れ、連結器にまで人が群がった阪急電車に乗り、御影駅で降りて、雑草の生い茂った坂道を六、七丁歩いて行くと、松の樹《き》の間に数寄屋風《すきやふう》のゆるやかな勾《こう》配《ばい》をもった銀鼠色《ぎんねずいろ》の屋根瓦《やねがわら》が見え、二階の渋い紅殻色《べんがらいろ》の窓枠《まどわく》に、時たま、そのひとの姿が見えることがある。

そんな時は、きまってモンペをはいた老婢が広い庭の中を独《ひと》りたち働いていた。よしと呼ばれている老婢は、そのひとより十ばかり齢上《としうえ》で六十半ばを越えているらしい背のかがまり方であったが、体は驚くほど達者で、広い庭の手入れから、家内《いえうち》の掃除まで一人で切り廻し、家の奥から、よしと呼ぶそのひとの声が聞えると、どこからともなく影のようなひそやかさで声のする方へ行き、用を足す気配が長い廊下を隔てて、私の部屋にも感じ取られるのだった。用を云いつけるそのひとの声は低くて聞き取れなかったが、

「はい、御寮人さま……それで、よろしゅうございましょうか……へえ、さようでござります」

関西弁の古風で鄭重《ていちょう》な老婢の言葉遣いだけが、声高《こわだか》に私の耳に聞えて来る。何が可《お》

笑《か》しいのか、時々、二人の間で笑い声のたつ時があったが、その時も、そのひとの声はよく聞きとれず、老婢の声が耳に入った。そんな時は、食べものの話をしているらしく、

「はい、旬《しゅん》のものをとおっしゃいますのでございますか……それなら桜鯛《さくらだい》か鰆《さわら》で、それはよう承知してござりますけど、この節――」

美食家であるらしいそのひとに、老婢はそうしたものを入手する難《むずか》しさを託《かこ》ち、託ちながらやはり無理な話をしていることの滑稽《こっけい》さに、ふと、どちらからともなく吹き出している様子であった。しかし、そのひとの食事は、殆どの人が主食代りに馬鈴薯《ばれいしょ》や玉蜀黍《とうもろこし》を食べている時節にもかかわらず、眼を瞠《みは》るような美食であった。

夕食時《どき》になり、老婢が食堂になっている階下の八畳の茶の間へ運んで行く塗物の御《お》膳《ぜん》は、二の膳付き高脚台《たかあしだい》の御膳であった。小鉢《こばち》やお椀《わん》の中のものまでは見えなかったが、一の膳に五品が並び、二の膳に三品が並んでいるのが廊下ですれ違う私の眼にも確かめられた。それだけのものを老婢のよしがどこで手に入れて来るのか、昼食時はともかく、毎日の夕食には必ず二の膳付きを運んで行き、茶の間に続いた次の間の敷《し》居際《いぎわ》に踞《うずくま》るように坐っている老婢の姿が、廊下越しにのぞかれた。御膳を運んで行きながら、最初のうち茶の間の中へは入らず、次の間の敷居際に踞るように坐っている

老婢の姿に納得がいかず、腑《ふ》に落ちなかったが、一カ月ほど経《た》った或《あ》る日、そのひとの夕食に招かれて、その不審が解けたのだった。

防空暗幕に掩《おお》われた薄暗い茶の間の真ん中に高脚台の御膳を並べ、その前へ坐って私を待っていたそのひとは、私の姿を見ると、透き通るように白い顔を柔らかく綻《ほころ》ばせ、

「この家に来られましてから一カ月も経ちますのに、何のお訪《たず》ねもしなくて失礼致しました、今夜は、この度《たび》の罹災の御見舞を兼ねて、ささやかな晩餐《ばんさん》をさし上げとうて、よしにご馳走《ちそう》を集めるようにきつう申しつけました」

音便《おんびん》だけが柔らかな関西訛《なま》りになる言葉で話し、そのひとは、黒漆《くろうるし》に四季花の蒔絵《まきえ》を描いた塗椀の蓋を取り、小さなつぼむような唇《くちびる》でちゅっと白い汁を吸い上げた。白《しろ》味噌《みそ》の椀物であった。次に小鉢の和《あ》えものを、お箸《はし》の先でつつくようにして口もとへ運んだかと思うと、

「よし、今日の胡麻和《ごまあ》えのお味は結構でした」

舌の上で吟味するように味わい、敷居の外に控えている老婢の方を見て眼の端でやさしく笑うと、老婢はかがまった背を猫のようにまるくかがめ、

「よろしゅうございましたら、ごはんの方のお給仕を――」

老婢は膝《ひざ》をにじらせながら敷居を越え、そのひとと私の前に坐ってお盆でごはんをつぎ、給仕をすると、すぐ退《すさ》るように敷居の外へ退《さが》って、そこでお盆を膝の上において控えた。作法にかなった見事な給仕の仕方であったが、そうした給仕に馴れない私は、せっかく御膳の上に並べられた眼を瞠るような贅沢《ぜいたく》なお料理より、伺候《しこう》するようなものものしい侍《かしず》かれ方に気を呑《の》まれていた。

そのひとは、私のぎこちなさなどには気付かず、結城《ゆうき》の対《つい》をきりっと着こなした膝の上に、お箸を持った手をやすめ、

「お料理というものは面白いものでございますね、同じ材料を持っても、作る人の気持でいろんな形とお味になり変るのでございますから——、よしの作るお料理は、どんな繊細な材料を持っても、つくりは、無骨で鄙《ひな》びたものになってしまうのです、この箸洗い一つにしてもお庭の笹《ささ》の葉をとってあしらっているのですが、あしらいが大まかでございます、そんな田舎風の大まかさが時々、大へん好きになる時がございますの」

そう云い、ちらりと私の方へ投げたそのひとの眼は、日頃の静謐《せいひつ》さを破り、一陣の風が吹きつけるような強い羽搏《はば》きを持ち、近郷の土地を占有して来た家の豪毅《ごうき》なたけだけしさが、眼の中を掠《かす》めた。

食事が終ると、お煎茶《せんちゃ》と水菓子が出、暫くお茶の話が続いたが、話がとぎれると、つとたち上って、床脇《とこわき》の天袋戸棚《てんぶくろとだな》を開け、鬱金色《うこんいろ》の包みを取り出して、私の前へ置いた。

「これ、あなたに戦災の御見舞にさし上げとうございます」

茶器にしては、平たすぎる包みであった。

「硯《すずり》でございますの」

「え、硯？」

私は一瞬、耳を疑った。

「ええ、端渓石《たんけいせき》の硯と根来塗《ねごろぬり》の硯箱でございますが、少し落ち着かれましたらお手習いでもと思うて――」

頰《ほお》に笑いがうかび、包みを私の方へ押しやった。私は包みを開けながら、明日にも再び大阪が空襲され、戦火を浴びるかもしれない時に、逸品の硯と硯箱を贈られることの奇異さを拭《ぬぐ》いきれなかった。

「お気に召しましたかしら？　それ、長くお蔵にしまっておりました古いものでございますの、お墨とお筆も、お揃《そろ》えしておきました」

渋い朱漆のかかった根来塗の硯箱に、瓊玉《けいぎょく》のような濃紫色《こむらさきいろ》の石肌をもつ端渓石の硯がおさめられ、唐墨《からすみ》と仮名筆が添えられていた。硯墨《けんぼく》に心得のない私の眼にも、それは由緒《ゆいしょ》と品格を備えた品に見えた。

「まあ、美しい石、でも、硯石にはもったいな過ぎるようですわ」

眼を上げて、そう応《こた》えると、

「そうでしょうか、文字というものは、本来、瓊玉のような硯から磨《す》り出される墨で書かれ、遺《のこ》されるものではないでしょうか」

そう云い、ちらっと厳しい視線を私の方へ投げつけたかと思うと、

「つい、長くお引き止め致してしまいました、じゃあ、お寝《やす》み遊ばせ」

突き放すような冷やかな鄭重さで云い、先に席をたった。

私はそこに置かれた硯石の包みを抱《かか》えて茶の間を出ると、まっすぐ自分の部屋へ帰らず、庭に向った廻り廊下の中ほどで暫く足を止めた。四月中旬の夜であったが、蒸せるような湿気《しつけ》が籠《こも》り、広い庭の樹々さえ、あつくるしい茂みに見えた。雨催《あめもよい》かと思えたが、空を見上げると、燈火《とうか》管制の真っ暗な空に銀砂を撒《ま》き散らしたような星屑《ほしくず》が、思いがけない近さに輝いていた。私は罹災してから始めて、星空を見上げたのだった。いいようのない深い寛《くつろ》ぎと哀《かな》しみが、胸を衝《つ》き上げ、吸い寄せられるように空を見上げた時、突然、真っ赤な閃光《せんこう》が空に奔《はし》り、耳を劈《つんざ》くような警報が鳴った。

敵機の来襲を告げる空襲警報であったが、もうその時には、近くの空が真っ赤に燃え上っていた。とっさに体を翻《ひるがえ》し、長い廊下の端に見える納戸《なんど》に向って走って行った。その間にも、空を裂くような爆裂音が響き、その度に空が血のように赤く染まった。納戸の扉《とびら》に手をかけ、力任せに引き開《あ》けようとしたが固く閉ざされて動かない。押し破るように揺さぶり、力を籠めて開けかけると、

「いく……い……いく子……」

人を呼ぶかすかな声が、扉の内側から聞えた。はっと耳を凝らし、扉に体を寄せかけた途端、

「どうなすったのでございます？　そんなところで――」

振り返ると、背後にそのひとが、老婢に侍かれながら、防空頭巾とモンペを着てたっていた。空を染める焔の薄明りで、そのひとの体が茜色《あかねいろ》に染まり、防空頭巾に掩われた白い顔だけが異様に青ざめていた。

「お納戸だと思って開けようとしましたの、そしたら内から――誰か――」

そう云いかけると、

「何かのお間違いではございませんかしら――、避難部屋はお蔵の中でございますわ」

あとを云わさず、そのひとは、急《せ》きたてるように私の手をひいて、納戸の横から中庭に降り、深い木立《こだち》に掩われた土蔵の中へ私を誘った。

厚い壁に囲まれた蔵の中は、黴臭《かびくさ》い湿っぽさに包まれ、時々、体にまで伝わるような爆裂音が壁に響いた。暗い闇《やみ》の中で、私はさっき耳にした納戸の内の声を思い出していた。

「いく……い……いく子……」確かにあのひとの名前を呼ぶ嗄《しわが》れた男の声のようであった。しかし、あの納戸のある一角は、何時も不用部屋としてどの扉も固く閉ざされ、そのひとや私や老婢《ろうひ》の住んでいる処《ところ》から隔たった人気《ひとけ》のない一角で、あのひとの名を呼ぶような人の住む場所ではなかった。空襲を怖《おそ》れた私の幻聴であったのだろうか——。けれど、幻聴にしてはあまりに日常的な平凡な言葉であり過ぎる。もし私の幻聴に過ぎないのなら、なぜあのひとは、あのように青ざめた刺し通すような視線で私を見詰め、私の手を奪い取るようにしてあの場所から引き離したのだろうか。

また激しい爆裂音が響いた。焼夷弾《しょういだん》に混って重量爆弾が近い距離に投下されているらしく、不気味な地響きが厚い土蔵の壁まで揺るがせる。その度に、私は背骨が折れるような恐怖に襲われたが、そのひとはここへ入って来た時と同じ姿勢で私の左手を固く握りしめたまま、身動きもせずに坐っていた。気がつくと、私の手は、そのひとの掌《たなごころ》の中でじっとりと汗ばんでいたが、そのひとの掌は、不思議なほど冷たい湿りを帯びていた。私がかすかに身じろぐと、そのひとの体もかすかに身じろぎ、私を自分の傍《そば》へ引き据えるようにさらに力を籠めて、私の手を握りしめた。まるで何かを怖れ、何かを拒んでいるような異様に強い力であった。

「よし、ちょっと外を見ておいで――」

突然、そのひとの声がした。部屋の隅《すみ》に坐っていた老婢は起《た》ち上ると、重いひきずるような音を軋《きし》ませて蔵扉を押し開け、見に出た。五、六分して戻って来ると、

「神戸の湾岸の工場地帯がまた爆撃されたようでございますが、今夜のところは、こちらまでは心配ないと存じます」

安堵させるように伝えたが、そのひとはまるで意に反したように、

「そう、でも今にこちらも大空襲を受けて、焼けてしまうでしょう、どこもかしこも、何もかも、灰になって、失《な》くなってしまう、何も遺らなく――」

ふうっと言葉が切れ、沈むように声が落ちると、薄明りの中でそのひとは、空《うつ》ろな笑いを泛《うか》べた。

その夜以来、私はそのひとの美しさと、この家の静かさに異様なものを感じるようになったのだった。空襲警報がけたたましく鳴る度に、そのひとは何かを待ち構える

ように空を仰いで蔵の避難部屋に入り、何事もなく過ぎると、苛《いら》だたしい焦《あせ》りがその顔に見えた。私は、もう一度、あの夜、人の声を聞いた納戸の戸に触れ、その内を確かめてみたい思いに駆られた。

階下の厠《かわや》や、私だけが自炊をしている台所への行き帰りに、何気なく納戸の方へ近付きかけると、

「どちらへお越しになるのでございます、ご用のないお部屋の方へはお運び戴《いただ》きませんように、何分にも取りちらかして、お掃除が行き届いておりませんので……」

老婢の声がし、何時の間にか背後《うしろ》にたって、私を見ていた。そうしたことが二、三度重なると、絶えず、私の動きに眼を配っている老婢の視線を感じ取った。納戸の方へ行く私をなぜそんなに阻《はば》まねばならないのか——、私の納戸に対する興味はますます深まって行った。

私は、そのひとや老婢に気付かれぬように自分の部屋の換気窓の陰から、絶えず納戸の方を見詰めていた。廻り縁になった廊下の庇《ひさし》が邪魔になったが、窓際に椅子《いす》を置き、その上にあがって、窓枠の上に取り付けられた換気窓の端から見下ろすと、ちょうど納戸の扉の部分がよく見通せた。私はそこにたって、毎日少しずつ時間を変えて、納戸の扉を窺《うかが》っていた。昼間は学校へ出かけていたが、日曜日は終日のように見守っ

ていた。しかし、納戸の戸は固く閉ざされたままで、そこへ出入りする人影はおろか、内側の人の気配さえも感じ取れなかった。やはり、あの夜のことは、自分の幻聴であったのかもしれない。老婢の言葉も、そのひとの冷やかな表情も、用事のない場所へ近付く私に対する単純な窘《たしな》めの言葉であるように思えて来たのだった。

そうしたことが続いた或る日、私は奇妙なものを台所の一隅に見付けた。その日は、この家にとって珍しく来客があり、階上の客間の方から賑《にぎ》やかな人声が聞えて来ていた。私は三日前から風邪《かぜ》をひき、食欲を失くして寝込んでいたが、やや空腹を覚え、そっと起き上って廊下の台所へ自分の食事の用意に降りて行ったのだった。老婢は客間の接待に出ているらしく、広い台所には人影がなかった。ふらつき気味の体を支え、何時《いつ》ものように自分用に定《き》められた小さな水屋を開けかけた途端、眼を凝らした。水屋の手前の食器棚の戸が小開きになり、そこに丼鉢《どんぶりばち》に盛った麦ごはんと乾干《ひぼし》二尾に沢庵《たくあん》をそえただけの、粗末な見馴《みな》れない食膳《しょくぜん》が納められていた。

来客の接待に追われた老婢が、うっかり食器棚を閉め忘れたのであるらしい。しかし、この粗末な見馴れない食膳は、誰に出すものなのだろうか——。御寮人さまと呼ばれるそのひとの食膳は、塗の高脚台の御膳であるし、老婢が何時も台所に退《さが》って一人で食べている食器は、お膳のつかない普通のものであった。いくら食糧難の時であるといっても、まさか来客にこんな盛りきりの丼鉢の食膳を出すはずがない。私の眼に終日、暗い陽陰《ひかげ》になっている納戸の扉が浮かんだ。その湿っぽいじめじめとした暗さと、この粗末な食膳とが、不思議なほど無理なく結びついている。

私は食事の用意を止《や》め、自分の部屋へ帰った。階上の客間から、また華《はな》やかな女客の笑い声が聞え、老婢に何か云《い》いつけるらしいそのひとの声が聞えてきた。宏壮《こうそう》な屋敷に住む美しい御寮人、華やかな客間、侍くように仕える老婢、他人《ひと》を近付けない納戸、誰に出すとも解《わか》らぬ粗末な食膳——、それは、私が誇大な妄想《もうそう》を抱《いだ》いているのか、それとも、この家に私の知らない何かが隠されているのだろうか、私は脈絡のない奇異な思いに取り憑《つ》かれた。

それから五日目の夜、私は突然、老婢の声で起された。

「大変でございます！　ご容態が急に——、すぐ駅前のお医者さまへ走って！」

時計を見ると、午前三時であった。

「えっ！　御寮人さまが——」

驚いて飛び起きると、

「いいえ、御寮人さまでなく、旦那《だんな》さまが——」

「え？　旦那さま……」

「はい、ずっとお臥《ふ》せになっておられる旦那さまが急に――、いくら電話をしてもかかりませんから、すぐ走って戴きたいのです」

愕然《がくぜん》としたが、私はすぐパジャマの上に合オーバーを羽織って、駅前の医院へ走った。

医者を案内して帰って来ると、老婢は玄関に起って待ちうけ、私を奥の部屋へ行かさず、医者だけを奥へ案内した。私は玄関脇の板の間にたったまま、鉤《かぎ》の手に折れた廊下の突き当りを見詰めていた。そこからは淡い光が洩《も》れ、異常な静けさが籠《こ》められていた。私の耳に空襲の夜、「いく……い……いく子……」と呼んだ嗄れた男の声が甦《よみがえ》り、今、その声の主が、突然、現実の姿になって、そのひとと老婢と医者に看取《みと》られているのだと思うと、私は不気味な衝撃に襲われた。

人の気配がしたかと思うと、そのひと自身が医者の黒い鞄《かばん》を持って、玄関まで送り出して来た。

「お気の毒ですが、老衰に加えて、栄養失調で――、この節大へん多いケースで、老衰しておられると、よほど食事に注意していても、つい栄養失調になりがちなものです、急なことでお役にたちませんでしたが、あとで死亡診断書を取りに来て下さい」

そのひとは、終始、頭を低く俯《うつむ》けていたが、医者の言葉が終ると、深い一礼をして

鄭重《ていちょう》に送り出した。そして玄関脇の板の間に起っている私に気付くと、

「夜分にお騒がせ致しました、せっかく走って戴きましたけど、お聞きの通り間に合いませんでした、あとは私とよしでお通夜《つや》を致しますから、あなたはお若《わこ》うございますし、お風邪ひきのあとですから、どうぞお寝み下さいまし」

そう云い、そのひとは、すうっと薄い背筋を見せて、ひたひたと廊下を遠ざかって行った。

二階の自分の部屋へ帰ると、私は部屋の中の灯《あか》りを消し、椅子を踏台にして回転窓の端から、納戸の方を覗《のぞ》き見た。何時も閉ざされている厚い扉が開き、淡い光の中に赤茶けた畳が照らし出されていた。やはり、あの中に人が住んでいたのだった。なぜそれを私に隠さなければならなかったのだろうか、旦那さまというのは、誰のことなのだろうか、老衰に加えるに栄養失調——、五日前に台所の水屋の中に見つけた粗末な食膳《しょくぜん》が、迫るように私の眼に映った。
四、五時間、うつうつと微睡《まどろ》んだかと思うと、何時にない人騒がしさを覚えて眼が覚《さ》めた。階下に降りると、既に遺体の納棺が済み、納戸から広い客間に移された棺の前に、五、六人の弔問客がひっそりと集まっていた。
そのひとは、黒い喪服の膝の上に小粒な珊瑚《さんご》の数珠《じゅず》を持ち、祭壇の脇に坐って、弔

問客に鄭重な挨拶《あいさつ》を述べていた。喪服の背に笹林堂《ささりんどう》の女紋がくっきりと染め抜かれ、衿《えり》もとと袖口《そでぐち》から夫の死を弔う純白の羽二重《はぶたえ》の下着が覗き、無地紋《むじもん》の袋帯を締めたそのひとの姿は、まぎれもなく妻で、喪主となった人の姿であった。私と視線が合うと、じっと私の眼を見据えるようにしてから、焼香を勧めた。私は、同じ家に二ヵ月ほども住みながら、かすかに人を呼ぶ声を聞いただけで、会うこともなく死者になった人の前に、複雑な思いと奇異な怖れを持って焼香をした。眼を上げると、祭壇の中央に、豊かな肉付きと、彫《ほり》の深い横顔を見せた小さな写真が飾られていた。そのひとと居並ぶことが応《ふさ》わしい豊かな品を持った顔であった。これほどの人が、そのひとの夫となりながら、なぜ部屋を別にし、人前から隠れた生活をしなければならなかったのだろうか。祭壇の脇に、何ごともなかったように喪服を着て、白い頸《うなじ》を見せて端坐《たんざ》しているそのひとの姿を見ていると、私は不意にいいようのない怖《おそ》しさを覚えた。

葬儀は、戦局が切迫し、物資の貧窮した時ではあったが、そのひとの家から出る葬儀としては、あまりに質素であり過ぎた。亡《な》くなった翌日に、すぐ葬儀をとり行なったせいか、駈《か》けつけて来た親戚《しんせき》縁者は十六、七人ほどの人数に過ぎず、日頃、近隣のつき合いもなかったから、隣組代表として三人、私の両親、あとは出入りの商人たちで、三十人ほどの僅《わず》かな参列者であった。読経《どきよう》する導師もただ一人で、介添《かいぞえ》の番僧もなく、焼香する人々は不思議なほど言葉少なく、ひっそりと動いていた。口を開けば、死者の生前を語らねばならない雰囲気であったが、そこに集まっている殆《ほとん》どの人が、死者の生前の消息を知らない人ばかりであった。

導師の読経が終り、棺が霊柩車《れいきゅうしゃ》の中へ運び込まれると、参列の人たちも席を起って、霊柩車のあとに随《つ》いた。車の前でもう一度、近親者の最後の焼香があり、導師の念仏が唱えられると、車が静かに動き出し、参列の人たちも動き出した。突然、うっと呻《うめ》くような低い声がしたかと思うと、老婢が体を折り、肩を震わせながら、門前の陰に踞《うずくま》りかけた。

「よし！　送り火を――」

擲《う》つような厳しい声がし、そのひとの冷やかな視線が老婢に送り火を命じた。老婢は蹌踉《よろ》めくように門前に藁束《わらたば》を置いて、火を点《つ》けた。ぱっと赤い小さな焔《ほのお》が燃え上ったかと思うと、そのひとは右手に持っていた茶碗《ちゃわん》を焔の中へ投げ入れた。死者が生前に使っていた飯茶碗を割って、死者に別離を告げる葬送の終礼であった。焔の中で茶碗の割れる乾《かわ》いた音がし、乳濁色の破片がそのひとの足もとにまで砕け散り、紅色の絵付《えつけ》が艶《つや》やかな冴《さ》えを見せた。それは、数日前、台所で見た粗末な丼鉢などとは比ぶべくもない美しい絵付の志野《しの》茶碗の破片《かけら》であった。

それから、一週間目に私はこの家を去った。さらに苛烈《かれつ》さを加えて来た戦局と、私の心に異様な思いと暗い影を落したこの家が、私にとってこれ以上住むことが心に重くなったからであった。

両親と妹の疎開先《そかいさき》である姫路の田舎に辿《たど》りついた私は、最初のうちはそのひとと老婢とのことを思い出して、重苦しい思いに襲われていたが、やがて戦争が終りを告げる頃には、田舎の広々としたのどやかな風景と、毎日の畑仕事に追われて、三カ月前の異様であった生活を、何時しか忘れかけていた。

しかし、終戦の日から一年三カ月を経た或《あ》る日、私は突然、老婢のよしから分厚な手紙を受け取った。達筆とはいえなかったが、そのひとに長年、手習いでもしたのか、筆使いの正しい墨筆でしたためられていた。

突然、貴女《あなた》さまにお便りを差し上げます不躾《ぶしつけ》のほどをいろいろと思い煩《わずら》い、考えあぐねました末、やはり貴女さまにだけはお報《しら》せ申し上げたく、このお手紙をおしため致しました次第でございます。

実は御寮人さまは、先々月末、お風邪から肺炎を引き起され、ご看病の甲斐《かい》もなく、僅か一カ月余りのお患《わずら》いでお亡くなりになったのでございます。貴女さまのお胸には、旦那さまの突然のお亡くなりようによって、御寮人さまに対するご不審の念が残られ、御寮人さまとご一緒に過されました日々さえも、お心の重い悔いになっておられるのではないかと、ひそかにお案じ申し上げております。そのようないろいろなご不審やお疑いを解くためには、やはり御寮人さまの今日までのご生涯を、詳しくお話し申し上げるよりほかはないと存じます。もっと早く、お話し申し上げるべきでございましたが、御寮人さまから固く口を止められておりましたのでございます。御寮人さまは、私は既に一度、この世にないものとされた人間だから、改めて私の死や生涯などを伝えないようにと、固く申し渡されたのでございますが、御寮人さまほどのおりっぱさとお美しさと、そしておいたましい数奇なご生涯をこのまま葬《ほうむ》ることも口惜しく、ことに貴女さまには何か怖しい誤解があってはと存じ、貴女さまにだけは御寮人さまのご生涯をお伝え致したいと存じました。

もちろん、何ほどの学びもなく、御寮人さまのおかげで筆をもって字を書くことだけを学んだわたしでございますから、長いお手紙などしたためられる道理もございません。つきましては只今《ただいま》、わたしは御寮人さまのお亡くなりになりましたお屋敷の中に独《ひと》り住い致しておりますが、もし貴女さまがこちらへお見えの折、お訪《たず》ね下さいますれば、このお屋敷の中に坐《すわ》って、御寮人さまの長いご生涯をお話し申し上げたく存じます。

幸い文章の道をお学びになっておられます貴女さまのお力で、御寮人さまの歩まれました女の一生を何かの折にお伝え下さいますなら、五十余年間、この人、お一人にお仕えし、余命幾ばくもないわたしの一生の念《ねが》いも、かなえさせて戴けるわけでございます。

第二章

老婢《ろうひ》の許《もと》を訪れたのは、手紙を受け取ってから一カ月目であった。手紙を読み終えた時から、私はそのひとの生涯を知ることに強い興味と執着を覚えていたが、敗戦後の食糧事情の悪い大阪へ出かけて行く億劫《おっくう》さが、私の出足を鈍らせていたのだった。

一年数カ月ぶりに御影《みかげ》駅へ降りると、私は曾《かつ》てそうしたように小高い台地の上に見える松林の方を見やりながらゆっくり、そのひとの屋敷の方へ近付いて行った。初冬の冴《さ》えた陽《ひ》ざしの中で松の樹《こ》の間越しに、数寄屋《すきや》風のゆるやかな勾配《こうばい》の屋根と白壁が、くっきりと望まれた。

門の見えるあたりまで来ると、予《あらかじ》め報《しら》せておいた老婢が、もう門の前にたって待っていた。白くなっていた髪が、さらに真っ白になり、屈《かが》まっていた背が小さく二つ折れになって、侍《かしず》くべき人を失った老婢は僅《わず》かな間に驚くほど老い込んでしまっていた。

屋敷の中は、そのひとがいた時と同じたたずまいであったが、どの部屋も雨戸が閉ざされ、老婢の部屋と、私を迎えるために開《あ》けたらしい階下の客間だけが開かれていた。客間に入って向い合うと、老婢は踞《うずくま》るように深い一礼をし、

「もう、お越し戴《いただ》けないのかと思うておりましたのに、お見え戴きまして、何かこう肩の荷が下りるような思いが致します、貴女《あなた》さまもご承知のようにこの葛城《かつらぎ》家のご相続人さまの若旦那《わかだんな》さまは、貴女さまのお兄さまと同じように、昭和十六年に北支で戦死なさっておしまいになり、ご弟妹《きょうだい》もおいでになりませんし、御寮人《ごりょうにん》さまのたった一人のお妹さまもお亡《な》くなりになってしまっておられますので、ほかにご相続なさる方もなく、ご親戚《しんせき》さま方がこのお屋敷をお始末になりますまで、わたしが暫《しばら》くお預かり致すことになっております、ご覧の通り、この広いお屋敷の中にわたし一人だけが住まい、御寮人さまの思い出だけを生甲斐《いきがい》にして過しているのでございますが、貴女さまに御寮人さまのご生前のお話を申し上げるには、やはり御寮人さまがお亡くなりになりますまでお住まいになり、貴女さまも僅かの間でもお住まい下さいましたことで、お話し申し上げたかったのでございます」

そう云《い》い、老婢は言葉を切って、暫く話の緒《いとぐち》を探《さが》す様子だったが、

「貴女さまは、御室《おむろ》みやじという歌人の名をご存知でございましょうか」

何を思ったのか、唐突な人の名前を口にした。それは大阪近郷の河内《かわち》長野《ながの》から出た女流歌人の名前で、新古今調の流麗な歌を詠《よ》む人として、一部で高く評価されていた歌人であった。

「その御室みやじという歌人が、ほかならぬ御寮人さまのまたのお名でございます」

私は、思わず、息を呑《の》み、自分の耳を疑った。御室みやじは、既に死を伝えられ、その優雅典麗な歌と、清楚《せいそ》な気品に満ちた容姿は、白菊にたとえられていた薄命の歌人で、そのひとのような異様な烈《はげ》しさと酷薄さをもった人ではなかった。平安朝の昔を思い返すような典雅な歌の世界にのみ生きた陽炎《かげろう》のような御室みやじの面影と、私が知り、私が見た心の凍《こご》えるような暗い影に包まれたそのひととは、どうしても私の頭の中で結びつかなかった。

「お疑いになるのは当然でございます、昭和二年に三十八歳で物故したと伝えられ、そのような記述さえされておりますのでございますから、とてもご信用を戴けないかも知れませんが、実は、それも御寮人さまご自身が、ご自分の生涯は昭和二年以後から亡きものとお考えになり、自ら歌人としてのご自分の名が失《う》せるようにお心配《こころくば》りを遊ばしたのでございます、なぜそのような詮《せん》ないことをなされましたかは、これからお話し申し上げますわたしの拙《つたな》い話をお聞き下さいまし、けれど、何分、長いご生涯のお話でございますから、今日一日でというわけには参りませず、その上、わたしの体もこの節弱っておりますので、どうか何日も、日をおいて、気長にお聞き戴きとうございます」

と前置きし、老婢は遠い日を甦《よみがえ》らせるようなかすかに息づいた表情で話し出した。

＊

さようでございます、わたしが御寮人さまのおそばへ上りましたのは、御寮人さまがおん六歳、わたしが十五歳の明治二十八年の冬で、十二月に入ったばかりというのに、その日は、粉雪がちらつく寒い日でございました。わたしは定《き》められたお目見得《めみえ》の日のこととて、河内《かわち》木綿《もめん》の筒袖《つつそで》の着物に、三尺帯を結び、母に連れられて河内長野のお屋敷へ参上致しました。

雪が斑《まだ》らに降り積もりかけていた畦道《あぜみち》を歩きながら、母は何度も、河内長野随一の地主さまのお屋敷へ選ばれて上る名誉を繰り返しました。そのお家が永禄《えいろく》年間から始まり三百余年も続いた旧家であること、郡長さまよりもずっと大きなお力と格があること、今までは京育ちの娘しか上女中《かみじょちゅう》にお使いにならなかったものを、今度はじめて地《じ》の者をお使いになることになり、その人選を郡長さまにお任せになって、わたしが選ばれたこと、地主さまの旦那さまや御寮人さまにはめったにお目にもかかれぬことなど、母はとめどもなく話し、何時《いつ》に無《の》う昂奮《こうふん》している母の様子がよく解《わか》り、わたしは自分の体が棒縛りになるような痛さを覚えたのでございます。

金剛山《こんごうさん》の麓《ふもと》から一里の田舎道を歩き、河内平野を南北に流れている石川の河原《かわら》まで参りますと、母は足を止め、

「よし、この川の向うに森のように仰山《ぎょうさん》、樹が繁《しげ》っておるやろ、あの樹に沿うてお城のような高い長い塀《へい》が見えるのが、地主さまのお屋敷や、さあ、しゃんと胸を張って賢そうに行くんやでぇ」

母はあさましいほど上ずった声で云い、まるで自分がお目見得に行くような気張り方で、石川の大きな木橋を渡って行きました。

お屋敷へ近付いて参りますと、石川の河原から森のように見えましたのは、お屋敷の中に鬱蒼《うっそう》と生《お》い繁ったお庭の樹々で、お城のように高い石垣《いしがき》の上に積んだ白塀は、石川から引いた堀川を隔てて、三丁四方のお屋敷を城郭のように囲み、真っ白な土蔵が、天守閣のように堀川の水に白い影を映しておりました。

正面の御門は何年も開かれたことがございませんのか、鉄鋲《てつびょう》のついた頑丈《がんじょう》な扉《とびら》が錆《さび》を見せて、固く閉ざされておりました。脇門《わきもん》へ廻って、その横に小さく切られたくぐ

り戸から中へ入ると、奉公人部屋らしい棟《むね》が二棟並び、その前を通りぬけて、通庭《とおりにわ》の格子戸《こうしど》を開けると、広い漆喰《しっくい》の土間になり、台所との仕切に黒光りした木格子が入り、木格子の向うに恐しいほど大きな庭竈《にわかまど》が見え、忙しげにたち働いている多勢の人影が、白い湯気と煙の中で影絵のように見えました。

母は、もの怯《お》じるようにそっと、台所の木格子を開けて、案内を乞《こ》うと、着物の上にきちんと角帯を締め、紺の前垂れをかけた男衆《おとこし》が顔を出し、母とわたしの顔を見比べてから、土間の隅《すみ》にある床几《しょうぎ》に腰をかけて待っているようにと云い、木格子をもとのようにぴしりと閉ざしてしまいました。

土間の隅の床几に母と並んで坐《すわ》りながら、わたしは足もとから這《は》い上って来る冷たさと、お屋敷へ着くまでの道すがら母が云った言葉を思い返しておりました。河内長野一番の大地主さま、郡長さまよりおえらい方、その方のお子さまが、わたしのお相手する方で、わたしより九つ齢下《としした》のお幼《ちい》さい人——、わたしは繰り返すように呟《つぶや》き、その方にはじめてお目見得する期待と不安で、息苦しいほどの胸騒ぎが致しておりました。

人の気配がしたかと思うと、髪を蝶々髷《ちょうちょうまげ》に結い上げた上女中らしい人が上《あが》り框《がまち》にたって、母の方へ声をかけました。

「山田よしさんのお母さんどすか、私は奥を預かっておりますた澄《すみ》と申すものどすけど、お寒い中をご苦労さんどした、嬢《とう》さまは、折悪《あ》しゅうにお風邪《かぜ》気味で、今、お医者さまがお見えになっていやはるところどす、まあ、嬢さまのお部屋までお上りになっておくれやす」

ゆっくりとした京言葉で云い、母と私を促すように先にたって歩き出しました。お庭伝いの長いお廊下《おぐら》を歩きながら、わたしは想像もできないお屋敷の広さに眼を瞠《みは》りました。鬱蒼と小暗《おぐら》いほどに生い繁った樹々の間に四阿《あずまや》が見え、平らな芝生《しばふ》の向うに築山《つきやま》が築かれ、築山の裾《すそ》にお池の水が小川のように小波《さざなみ》だち、降りかけた粉雪が白い斑を水面に落しては、淡い波紋になって消えて行きました。わたしはともすれば、お庭の広さに眼を奪われ、足を止めて遅れがちになりましたが、その度《たび》に母に袖を引かれ、長い渡り廊下を渡り、幾つものお部屋の前を通りぬけて行きました。

中庭を通り、奥庭の南側のお部屋の前まで参りますと、先にたっていた澄さんの足が止まり、眼でお部屋を指しました。大和《やまと》障子の黒々と拭《ふ》き磨《みが》かれた大振《おおぶり》な桟《さん》に、貼《は》り替えられたばかりの障子紙が眼に痛いまで、真っ白に映《は》え、かすかに糊《のり》の香が漂っているようでございました。

澄さんは、廊下に両膝《りょうひざ》を揃《そろ》えて手をつくと、

「およろしゅうおすか——」

障子の外から声をかけました。

「お入りぃ」

凜《りん》と冴えたお声が聞え、澄さんは、顔を俯《うつむ》けたまま障子の縁《へり》に手をかけ、氷の上を滑《すべ》らせるように、すうっと音もなく襖《ふすま》を開け、ついと膝を中へ入れかけると、不意に激しいお声が致しました。

「いや！　いや！　いや！」

澄さんは、はっと身を退《すさ》らせ、母も、わたしも、思わず、膝を硬《こわ》ばらせました。

「せんせ、いや！　嫌《きら》い！」

激しい幼いお声は、お医者さまを拒まれるお声であることが解ると、澄さんはほっとしたように肩を緩《ゆる》め、母もわたしも、澄さんのうしろから、おずおずと眼を上げ、お部屋の中を窺《うかが》った瞬間、わたしは、眼が裂けるほどの驚きを覚えました。

二十畳のお座敷の大床《おおどこ》の前に、真っ白な羽二重《はぶたえ》のお寝巻をお召しになったお幼《ちい》さなお嬢さまが、お父さまと思《おぼ》しき眉《まゆ》とお髭《ひげ》の濃い大柄なお方のお膝に抱きかかえられ、お医者さまに向って、頭《かぶり》を振って、いやいやをなさっておられました。

「お手を出すだけでいいのです、痛くないから、さあ、先生にちょっとお手を出して

——」

真っ黒なお髪《ぐし》を丸髷に結い上げられたお母さまらしき方が、嬢さまのお手をお取りになりかけますと、

「いや！　せんせ、いや！」

さらに激しく頭《かぶり》をお振りになり、

「せんせは、あっち、帰るの！」

とおっしゃるなり、わたしたちが坐っているお廊下を指して、お医者さまをお睨《にら》みつけになりました。

「どうしても、いやなのかい」

お膝をかしておられたお父さまのお優しいお声がしたかと思うと、嬢さまをお母さまのお膝の上へお移しになり、

「それなら、お父さまが見てあげよう、お父さまならいいのかい」

とおっしゃり、お席をお起《た》ちになって障子の前へお寄りになりますと、いきなり、ばりばりっと障子をお破りになりました。それこそ、あっと声を呑む暇《いとま》もなく、ばりばりと真新しい障子紙を惜しげもなくお破りになり、

「さあ、ここから手をお出し、お父さまが診《み》てあげるから——」

まあるくあいた障子の穴からお招きになると、嬢さまはそのまあるい小さな障子の穴がお珍しいのか、お母さまのお膝の上に載られたまま、障子の前まで寄られ、

「お父さま、おてて見て——」

とおっしゃるなり、小さなまっ白なお手をお出しになりました。障子を隔てて、お廊下にお坐りになったお父さまは、嬢さまのお手をお取りになりながら、素早くお医者さまの方へ眼くばせをなさり、そっとお医者さまとお代りになりました。嬢さまは、俄《にわ》かに神妙な大人っぽいお顔をなさり、

「お父さま、どう、おてては——」

障子の穴に差し入れられたお手をひらひらと、おひらめかせになりました。

「ああ、大丈夫、大丈夫、このお風邪はすぐ癒《なお》りますよ」

お医者さまの代りに、お父さまがお応《こた》えになりますと、

「お父さま、ほんとに解って？　せんせみたいに——」

「うん、うん、お父さまはせんせによく教《おそ》わっているのだよ」

あやすようにとり宥《なだ》められ、お母さまもご一緒になって、

「ほんと、お父さまはせんせとそっくりね」

そうおっしゃりながら、嬢さまのお背を抱かれるようにして、お手をそえられます

と、嬢さまは小さなお手を障子の穴へさし入れたまま、神妙にお坐りになっておられました。わたしはふと、昔、御殿でご身分の高いお姫様や上﨟《じょうろう》方が障子を隔てて糸脈とやらをお取りになったという話を思い出し、地主さまというのは、母がいう通り、ほんとうにご身分の高いお暮しだと思い、お幼《ちい》さな嬢さまに仕える晴れがましい喜びが湧《わ》いて参りました。

「さあ、もういいよ、あとはお薬だけ飲めばすぐ癒りますよ」

お父さまのお声がすると、嬢さまは、つと小さなお手をおひっ込めになり、お母さまのお膝の上から起ち上られて、つかつかとわたしの前へ寄って来られました。

「嬢さま、これがよしという今日から嬢さまのお遊び相手をする者どすけど、澄などと違《ちご》うてお庭遊びや、お蔵の中のお遊びにも、嬢さまと同じように駈《か》けっこしてくれるのどす」

澄さんが、嬢さまのご機嫌《きげん》を伺うように云うと、嬢さまは、つぶらなお眼にお幼さい方とは思えぬひたと射るような光を漲《みなぎ》らせて、わたしをお見詰めになりました。そのお眼《まな》ざしの強さに思わず、眼を逸《そ》らせかけますと、

「よしですか、もっとこちらへお入りぃ、母親も一緒に――」

嬢さまのお母さまが、わたしとわたしの母にお声をおかけ下さいました。敷居をま

たぎ、障子際《しょうじぎわ》に母と並んでかしこまって坐ると、

「雪の降る日に、遠いところからご苦労でした、郡長さまから聞いたように、体の弱い郁子《いくこ》のために、今度はじめて、地《じ》の者をお守役《もりやく》につけることにしました、郡長さまのお話では、よしは、学校の時、成績が優《すぐ》れ、健康で率直温順な性格だそうで、郁子のお守りを安心して任せられます」

わたしにとも、付添《つきそい》の母にともなく、そうおっしゃり、嬢さまの方へ向かれ、

「郁子、今日からは、お離れのお葉《よう》さんやお恵《けい》さん、お歌《うた》さんなどのお部屋へ遊びに行かず、よしとよくお遊びするのですよ」

厳しい口調でおっしゃいますと、嬢さまは、お父さまのお顔を見上げられ、

「ほんとに、あちらのお部屋へ遊びに行ってはいけないの――」

つぶらなお眼が、きかぬ気らしくきらりと光り、紅《べに》を刷《は》いたような紅《あか》い小さなお唇《くちびる》が弓弦《ゆづる》のように、きゅっと引き結ばれました。

「そう、お葉さんたちは、もう大人の方たちだから、幼さな郁子は、よしのような子供と遊ぶ方がいいのだよ」

お父さまがお諭《さと》しになるようにおっしゃると、嬢さまはおちいさなお頭《つむ》で何か一生懸命に考えられるお顔をなさっておられましたが、

「いや！　よしはいや！」

不意にわたしの頰《ほお》を打つような激しさでおっしゃり、くるりと背を向けて、わたしの前から離れられました。その激しさにわたしは、はっと肩をすくめたまま、膝頭ががくがくと震えるような悲しさに襲われました。付添の母も、土荒れした手を膝頭に当てて、震えているようでございました。郡長さまに推薦されたせっかくのお目見得も、嬢さまのこの一言で、弊《つい》えてしまうのでございます。

「よし、離れの方の挨拶《あいさつ》をすませてから、あとでもう一度、ここに来ることにしておくれ、そのうちに郁子の機嫌も直るだろうから――」

嬢さまのおむずかりを取りなすようにお母さまがおっしゃり、澄さんは、度を失っているわたしと母を促すように席を起ちました。澄さんのあとに随《つ》いて、奥庭の長い渡り廊下を渡って、中庭に入ると、澄さんはあたりを見廻し、人影のないのを確かめてから、

「今から伺うお離れの方には、嬢さまの叔母《おば》さま方の、お葉さま、お恵さま、お歌さまのお三人方がお住まいになっておられるのどすけど、実は叔母さまとお云《い》いやしても、嬢さまのお父さまのお腹違いの異母妹さま、つまり、嬢さまのお祖父《じい》さま、私どもから申し上げると、御隠居さまのお妾《めかけ》さんのお子さま方というわけどすさかい、そ

の辺をお心得やしておいておくれやす、それから、御隠居さまは、お三人さま方の母御さまと大阪で別宅をお持ちになっておられ、今日はご不在どすさかい、日を改めてお目見得のご挨拶をすることになってるのどす」

そう云い、澄さんは中庭の廊下を、つうっと滑るように歩き出しました。ご妾腹《しょうふく》の叔母さま、お妾さんのお子、わたしは、何か怖《こわ》いものに出会うようなもの怯《お》じと不安に襲われながら、母と二人で澄さんのあとに従って行きました。

お庭の中ほどまで参りますと、二抱《ふたかか》えもあるような楠《くすのき》の老樹が空に聳《そび》え、その老樹の東側に、三部屋続きのお離れが、御殿のような深い庇《ひさし》のご普請《ふしん》で建っておりました。澄さんは、手前の二つのお部屋の前を通り過ぎ、一番奥のお部屋の前に坐り、

「お葉さま、嬢さまのお守役の者が、お目見得に参ったのどすけど、ご都合はおよろしゅうおすか」

「どうぞ、お入りぃ」

中からお声がし、澄さんは膝をついて障子を開け、お部屋の中へ膝を入れかけた途端、わたしはあっと小さな声をあげ、自分の眼が血色に染まるのを感じました。

「どうしたの、きれいなお花なのに――」

お葉さまとおっしゃる方の冴《さ》えたお声が聞え、お膝のまわり一杯に、血色をしたわ

たしの見たこともないお花が散り敷かれるように何本も並べられ、お葉さまはその真ん中にお坐りになって、青磁色《せいじいろ》のさしわたしが一尺ほどもあろうかと思われる大きな壺《つぼ》に、お花をお活《い》けになっておられました。嬢さまほどのお色の白さでないにしても、雪肌《ゆきはだ》の肌理《きめ》の細かいお肌に、たっぷりとしたお髪《ぐし》を長くまとめられ、お齢《とし》の頃は二十六、七歳ぐらいとお見受け致しましたが、大きく見開かれた両のお眼は、お膝のまわりの真紅の大輪の花のように大きく華《はな》やかで、まぶしいほどでございました。

「山田よしの母親でございます、不束《ふつつか》な娘でおますけど、どうぞ、よろしゅうお願いしとうございます」

母が、わたしに代ってぎこちない挨拶を致しますと、

「そう、嬢さまのお守役――」

とおっしゃり、しげしげとわたしの顔をご覧になってから、

「よしは、どんなお花が好き――」

いきなり、そうお聞きになりましたが、見る花といえば、野の畦道《あぜみち》に咲く蓮華《れんげ》やたんぽぽの花しか見たことのないわたしは、花らしい花の名前を知っている道理がなく、とっさに蓮華とお答えすると、

「ふぅ、ふぅ、ふぅ、蓮華はお花ではないわ、雑草のようなものよ」

可笑《おか》しそうにおっしゃり、

「このお花、なんていうか知っている？」

とお聞きになりました。いいえと頭を振りますと、

「これはダリヤという外国から入って来たお花で、ガラス温室で咲いた遅咲きのダリヤなのよ、こんなの好き？」

とおっしゃるなり、大輪のダリヤを両手で束ね取られました。白いお腕の中で、ダリヤの花が血飛沫《ちしぶき》を噴《ふ》き出すように血色に滴《したた》り、わたしは思わず、もの怯じるような身じろぎを致しました。

「駄目《だめ》よ、嬢さまはお幼《ちい》さいけれど、ダリヤのように激しい華やかなお方よ、それでいて、ダリヤのように女性的でなく、どこか猛々《たけだけ》しいご気性の方——」

そうおっしゃると、お葉さまは、つとお膝もとのお鋏《はさみ》をお取りになって、壺の中に活け込まれたばかりのダリヤの茎を、じゃきじゃきとお切り捨てになりました。

お葉さまのお部屋を退《さが》り、お隣のお部屋の前に来ると、澄さんはまた最前と同じように、廊下の外からご都合を伺われました。

「何のご用？　お入りぃ」

中からお声がかかり、澄さんが障子を開けると、広いお部屋の中に、お美しい方が

向い合って、お習字のお稽古《けいこ》を遊ばしておられ、お一人は二十一、二、お一人はわたしより一つ、二つ齢上の十六、七のお齢の頃とお見受け致しました。

「まあ、お歌さまもこちらでございましたのどすか、ちょうどおよろしゅうおす、嬢《とう》さまのお守役のよしのお目見得に参りましたんどす」

澄さんがそう挨拶すると、お齢の小さいお歌さまと呼ばれる方《かた》が、細い仮名書きのお筆を止められ、

「よしの齢は、幾つ？」

と聞かれました。

「はい、十五です」

とお応えすると、京人形のようにふっくらとしたお顔をお崩《くず》しになり、ころころとお笑いになって、

「嬢さまのお守りは大へんよ、でも、よしが来てくれると、私たちは大助かりよ」

とおっしゃり、またころころとお笑いになりましたが、お恵さまと呼ばれる方は、終始、お手習いのお筆をお止めにならず、白い冴えた額と濃い睫毛《まつげ》をお見せになったままで、澄さんが、

「ほんなら、これで退らせて戴《いただ》きとうおます」

と挨拶すると、始めてちらっと、お眼をお上げになり、

「ご丁寧に有難う、嬢さまのお勤めをよろしゅうに――」

とおっしゃったきり、また濃い睫毛をお手習いの上に伏せられました。

お葉さまといい、お恵さまといい、お歌さまといい、お三人とも叔母さまのお立場でありながら、お幼さな姪御《めいご》さまのことを嬢さまとお呼びになり、そのほかのお言葉にも他人行儀なお言葉遣《づか》いが聞き取られ、それも澄さんのいうご妾腹故《ゆえ》のご遠慮かと思うと、俄かにこの家の中の難《むずか》しい人間関係と異様な雰囲気《ふんいき》が、十五歳のわたしの胸にも、はっきりと感じ取られて参りました。

「さあ、もう一度、嬢さまのお部屋へお戻りいたしまひょ、もう、ご機嫌がお直りどすやろ」

澄さんの声に導かれ、わたしと母は、またお庭伝いの長い廊下を渡って、奥の嬢さまのお部屋に向って歩きながら、わたしはお葉さま方がおっしゃった嬢さまの激しさ、猛々しさ、お難しさを思い出し、胸苦しいほどの動悸《どうき》を覚えていました。もし、今度も、よしはいや！　とお拒みになるようなことがあれば、わたしはどうすればよいのか、母の方を見ますと、母も同じような思いでいるらしく、野良《のら》仕事で陽灼《ひや》けした黒い顔を青ざめさせておりました。

嬢さまのお部屋の前まで来ると、澄さんは中の様子を窺うように障子際へ耳を傾けてから、

「お葉さま方のお目見得をすませて、戻って参りました」

と申し上げ、膝《ひざ》をついて障子を開けますと、嬢さまは、先程の白羽二重のお寝巻の上に水色と白の市松《いちまつ》模様のお羽織をお重ねになり、お父さまとお母さまの間に挟《はさ》まって、分厚な緋色《ひいろ》のお座布団《ざぶとん》の上にお坐《すわ》りになっておられました。

「よし、もっと近くへお寄りぃ」

嬢さまのお傍《そば》から、お母さまがわたしをお招きになり、わたしは息詰るような思いで、膝を前へにじらせました。

「よしは学校の時、一番駈けっこが早くて、木登りが上手《じょうず》だったそうね、郁子も駈けっこが早いから、お風邪が癒ったら、よしとお庭を走りましょうね」

嬢さまのお心を惹《ひ》くようにお母さまがおっしゃいますと、嬢さまは真っ黒なお眼で瞬《まばた》きもせずに、わたしをご覧になり、つと起って、わたしの傍へお寄りになったかと思うと、

「よしのお着物《べべ》を変えて――」

「え？　よしのお着物《べべ》――」

お母さまが訝《いぶか》しげなお顔をなさいますと、

「よしのお着物《べべ》は嫌い――」

投げつけるようにおっしゃり、この日のために母が新調してくれた河内木綿《かわちもめん》の着物をいとわしげな眼ざしでお見詰めになりました。わたしはみるみる恥ずかしさに体が冷え、うしろに坐っている母のことを思うと、さらに悲しさが噴き上げて参りました。

「よし、お着物《べべ》を着替えましょうね」

嬢さまのお傍のお母さまが、とりなすようにおっしゃり、

「澄、お納戸《なんど》の中からよしに似合うのを選んで着せておやりぃ」

そうお指図《さしず》され、わたしの母の方を向いて、

「あとは私たちで、ちゃんとおさまるようにして、よしは責任をもって預かりますから、あなたは心配しないでお帰りぃ、遠いところをご苦労さまだったね」

とねぎらわれました。母はどうしようもない立場で、ただ地主さまのおっしゃるお言葉を、畳の上に這《は》いつくばるような不恰好《ぶかっこう》な姿勢で畏《かしこま》ってお聞きし、お座敷を退って行きました。

わたしは母に置き去られて行く心細さに襲われ、横眼で母のうしろ姿を見送り、澄さんに伴われて、お座敷から離れたお蔵の近くのお納戸に入りました。お納戸の中は

幾つもの長持や箪笥《たんす》が並び、どれも埃《ほこり》一つなく、黒々と拭き磨かれていて、澄さんはそのうちの一つの前にたつと、重い音をたてて引出しを開け、中からお正月にでも着るような絹の着物を取り出し、わたしの肩へふわりとかけました。萌黄《もえぎ》色《いろ》の友禅《ゆうぜん》がわたしの肩の上で若草のように萌え、わたしは次第に上気して来る自分の顔の紅《あか》らみを覚えておりました。

「早く着替えて、お座敷へ戻りまひょ、嬢さまがお待ちになっていはりますさかい――」

澄さんは、体を硬《かた》くしているわたしの腰に手をかけ、三尺帯をほどき、着物を脱がせ、手早く萌黄色の友禅を着せ、箪笥の中から水色の繻子《しゅす》帯《おび》を出して、小さなお太鼓に結び上げました。

「さあ、これで嬢さまのお気に召しはりますことどっしゃろ、嬢さまはお幼《ちい》さい方どすのに、赤いお着物《べべ》より、水色や草色の方がお好きどっさかい――」

澄さんは、着物の彩《いろど》りを確かめると、すぐわたしを促すように、長い廊下を滑るような早さで歩いて行きました。わたしは始めて着た絹の着物の裾《すそ》が、足もとにまつわりつき、ともすれば足を滑らせそうになるのを気にしながら、澄さんのうしろに随いてお座敷へ戻って参りました。

嬢さまは、お父さまとお母さまを相手に、何か絵双紙《えぞうし》のようなものをご覧になっておられましたが、お座敷へ戻って来たわたしの姿を見るなり、まじまじと着替えた着物を眺《なが》められ、小さなお口をかすかに綻《ほころ》ばされますと、

「よし、お庭で雪投げをしよう」

とおっしゃるなり、勢いよく、お席をお起《た》ちになりました。

「まあ、お庭で雪投げは駄目ですよ、それはお風邪が癒《なお》ってから――」

お母さまがそうお止めになると、

「いや！　雪投げでないといや！」

またおむずかりになりました。澄さんも慌《あわ》てて、

「嬢さま、今日はよしが絵双紙をたくさん読んでくれるそうどす、よしはお芝居のように面白い声で、上手にお読みしますのどす」

そう云い、嬢さまの前にある絵双紙をわたしの手へ渡しかけると、

「いや！　よしは駈《か》けっこが上手だといったから、よしと遊ぶことにしたの、絵双紙ならお父さまが一番お上手、駈けっこしないよしは嫌い！」

とおっしゃるなり、わたしに背を向けかけられました。

「じゃあ、お家の中で駈けっこをおし、お廊下にも火桶《ひおけ》を入れるから、それならお風

邪が悪くならないよ」

嬢さまのお傍《そば》で、先程から黙ってご様子を見ておられたお父さまがそうおっしゃられますと、市松模様のお袖《そで》をお振りになり、

「よし、お家の中の駈けっこよ、お前が鬼になって、私を摑《つか》まえるの」

始めてお幼《ちい》さな方らしい、はしゃいだお声を上げられました。

幾つものお部屋はもちろんのこと、長いお廊下に三尺おきに熾火《いこりび》を埋めた火桶が置かれ、黒々と拭《ふ》き磨かれたお廊下は、まるで篝火《かがりび》が焚《た》かれたようにあかあかと火が燃え、お庭に降り積っている真っ白な雪の上にまで、火の明るさがにじむようでございました。嬢さまのお父さまとお母さまは、お座敷の障子と襖《ふすま》を開け放たれ、見通しのきく処《ところ》にお坐りになりますと、

「さあ、鬼ごっこをお始め――」

とおっしゃり、嬢さまとわたしの鬼ごっこが始まりました。鬼ごっことい っても、わたしが鬼で、嬢さまは自由にお部屋やお廊下を走り廻られ、わたしが嬢さまを摑まえる役でござりました。

鬼になったわたしは、お座敷の柱に向って眼を瞑《つむ》って、十を数えてから嬢さまのお姿をお追いするのでござります。嬢さまはお幼さい方とも思えぬ素早《すば》しこさで駈けめ

ぐられ、わたしは着馴《きな》れぬ絹の着物の裾に足を取りまつわれながら、広いお屋敷の中を息をきって、鬼らしくもない頼《たよ》りなさで駈けめぐりました。

何度目かの鬼ごっこが始まると、それまでわたしをからかうように、あちら、こちらのお部屋から、お姿をちらちらとお見せになっていた嬢さまのお姿が、お蔵の近くまで追って行った時、急にお見えにならなくなりました。

「嬢さま、嬢さま、どっちへ行きはったんや、鬼に教えておくなはれ」

わたしは言葉遣いに気をつけるように厳しく云いつけられていたことも忘れ、地《じ》の言葉で、何度も大きな声で嬢さまをお呼びしましたが、何のお応えもなく、お蔵の厚い壁に私の声が不気味に撥《は》ね返るだけでございました。もしや、嬢さまにお傷《けが》でもと思うと、怖《おそろ》しさと悲しさで涙さえにじんで来、ふと眼を上げると、さっき澄さんに連れられて入ったお納戸の戸が、かすかにすいておりました。わたしは、足音を忍ばせて、お納戸の前へ歩いて行き、そっと音をたてずに戸を開けた途端、長持の陰に踞《うずくま》っていらっしゃる嬢さまの小さなお姿を見つけました。

「嬢さま——」

近付きながら、そうお呼びすると、

「しぃ！」

嬢さまは、小さなお手を口もとにおあてになって、声をたてぬように合図され、黙って手でわたしをお招きになりました。わたしは膝をついて、そっとお近付き致しますと、いきなりわたしの手をきつくお握りになり、

「よし、お前だけは、さっきのこと知ってるのね」

「さっきのこと——」

わたしがはっと、戸惑いかけますと、

「さっき、お父さまが障子をお破りになって、障子の向うから私のおててをお取りになった時のこと——」

とおっしゃり、燃えるようなお眼でわたしをお見詰めになりました。わたしの胸の中で、あの時、俄《にわ》かに神妙なお顔をなさり、何かをお企《たくら》みになるように大人たちの様子を窺《うかが》いながら、ひらりと小さなお手を出された嬢さまのお仕草が鮮《あざ》やかに思いうかびました。

「私のおててを取ったのは、お父さまでなく、せんせだったこと、私は知っててよ、大人たちにだまされた風をして、おとなしくしていただけ——」

「では、嬢さまは、やっぱり……」

「よし、お前だけは、私のこと知っていたのね」

とおっしゃり、嬢さまはお小さなお手で、強くわたしの手を握りしめられました。この、お前だけは知っている——というお言葉が、思えば御寮人さまとわたしの数奇な生涯の始まりでござりました。

＊

そう云《い》い、老婢《ろうひ》は激して来る思いを抑《おさ》えるように言葉を跡切《とぎ》らせた。何時《いつ》の間にか、紫がかった夕闇《ゆうやみ》が一千坪余りの広い庭の樹々《きぎ》に蒼紫色《あおむらさきいろ》の淡い影を落し、私と老婢がいるだけの人気《ひとけ》のない屋敷の中は、森閑とした静けさに包まれていた。

私は、その静けさの中で、自分の前に坐っている老婢だけが知っているそのひとと、私自身が知ったそのひとと、世に伝えられている閨秀《けいしゅう》歌人御室《おむろ》みやじが、それぞれ異なった映像を持って、私の胸の中に迫って来るのを覚えた。老婢の語るそのひとは、気性の激しい我儘《わがまま》な大地主の嬢さまであっても、どこまでもあどけなさと、透明な明るさに包まれている。私の知ったそのひとは、陰惨な暗さと酷薄さが影のようにその美しい姿につきまとっている。そして、歌人御室みやじは、その作風と容姿をもって白菊の花にたとえられた優雅典麗な女流歌人であった。この矛盾し異なった三つの映像を、どう結び合わせ、どう形づくって、一人の人間の姿にすればよいのか、私は、混沌《こんとん》とした思いと、既に死を伝えられながら、世に隠れて余生を送っていた御室みやじの生涯を探り出したい強い衝動に駆られた。

老婢は眼を上げて、私の顔を見守り、

「いろいろとご不審の点がございましょう、貴女《あなた》さまさえおよろしゅうございましたら、今夜、お泊り戴きまして、明日また、ゆっくりと、お話させて戴きとうございりますが——」

老婢は泊って行くことを勧めたが、今朝《けさ》、姫路の家を出る時から今夜は学生時代の友人である三宅伸子《みやけのぶこ》を京都の下宿へ訪《たず》ねることになっていたのだった。

「今度、伺った時に泊めて戴くことにして、今日は、お仏壇のお位牌《いはい》だけを拝ませて戴いて、失礼致します」

と断わり、そのひとが住んでいた居間の方へたちかけると、

「お位牌は、このお家にはございません」

「えっ、お位牌がない——」

「はい、殆《ほとん》ど半生をこの御影《みかげ》のお家でお過しになった御寮人《ごりようにん》さまでございますが、何年ぶりかで河内長野《かわちながの》のご生家にお帰りになりましたその時に、お風呂《ふろ》上りにお風邪を召され、肺炎をお引き起しになって、そのまま河内長野のご生家でお亡《な》くなりになり

ましたのでございます、そして一旦《いったん》はお出になったご生家の大仏間《おおぶつま》の御仏壇の中へ、今はお位牌になっておとなしゅうに、お納まりになっておられるのでございます」

と云うと、老婢は、絶え入るように顔を俯《うつむ》け、

「けれども、御寮人さまがお住まいになっておられましたお居間には、ご生前と同じように御寮人さまがお使いになっておられましたお文机《ふづくえ》を置き、その上にお写真とお花をお供え致しておりますから、どうぞ、お詣《まい》り下さいまし」

老婢は先にたって廊下へ出た。深い木立に掩《おお》われた中庭は、黒い樹木の影が高く聳《そび》え、颪に鳴る木立の音だけが屋敷の中に響いている。廊下伝いに中庭を渡り、鉤《かぎ》の手に折れた廊下の中程の納戸の近くまで来た時、私は、ふと足をとめた。樹の枝をざわざわと揺るがす風音にまじって、「いく……いく子……」あの時と同じような声が地面を這い、夕闇の中から響いて来るような思いがした。思わず、あと退《ずさ》りしかけると、

「御寮人さまのお部屋は、こちらでございます」

老婢は、つうっと納戸の前を通り過ぎ、突き当りの階段を上って行った。

老婢に随《つ》いて、階段を上り、南向きのそのひとの部屋へ入ると、十畳と六畳続きの座敷の正面に、京塗の文机を置き、そのひとの写真と白菊の花が飾られ、その前に塗物の高脚台《たかあしだい》の御膳《おぜん》が供えられていた。御膳の上に黒漆の四季花の蒔絵《まきえ》を描いた小振《こぶり》の

塗椀《ぬりわん》と七宝透《しっぽうすか》しの向付《むこうづけ》が載り、そのひとが生きていた時と同じ形で据えられている。老婢は御膳の前に屈《かが》み込むと私の方へ振り返り、

「御寮人さまは、よそへお招《よ》ばれの時以外は、お産れになりました時から、お亡くなりになります時まで、御生涯を高脚台の二の膳付きでお召し上りになられていたお方でございますので、御仏さまにおなりになりましても、やはり、同じ御膳の方がと思いまして、こうして毎日、高脚台の御膳をお供えしているのでございます――」

と云い、私が拝みやすいように、御膳を横へ退《ひ》いた。私は、そのひとの写真が祀《まつ》られている文机の前へ寄り、香台にお線香を点《つ》け、静かに頭を垂れてから、じっとそのひとの写真を見詰めた。

　何時頃に撮影されたものか、写真全体が妙に暗いトーンを持ち、そのひとの髪型も衣裳《いしょう》も不鮮明に黒ずみながら、そのひとの顔の輪郭だけが白く浮き出ている。ふっくらとまる味を帯びた頬《ほお》に静かな微笑をうかべ、遠い一点を見詰めるように見開かれている眼は、しとやかな羞恥《しゅうち》とも、哀愁とも、寡黙《かもく》とも、非情ともつかぬ複雑な光に包まれている。三つの異なった面をもったそのひとの、何を物語ろうとしているのだろうか。私はその年齢も、表情も捉《とら》えどころのない、複雑な美しさを持ったそのひとの写真を見詰め、もう一度、頭を垂れてから、膝をうしろへ退《すさ》らせた途端、思わず、眼

を瞠った。

床脇の違い棚の上に、乳濁色の地肌にほんのり紅を刷いたような紅志野の茶碗が一つ置かれていたのだった。

「あっ、それは……」

と云いかけ、あとの言葉を呑《の》むと、

「さようでございます、これは、旦那《だんな》さまのご葬儀の時に、送り火の中へ割ったあのお茶碗と同じ対《つい》の紅志野でございます、夫婦《めおと》茶碗になっているのでございますが、ある時期を境にして、御寮人さまはこれをお用いにならなかったのでございます、そのことにつきましても、何《いず》れお話し申し上げる時がございましょう」

老婢は、硬《こわ》ばるような表情をして口を噤《つぐ》んだ。

駅まで見送るという老婢の言葉を断わり、門の前で別れて、表に出ると、真っ暗な冬空に無数の星が散らばっていた。家の中の温《あたた》かさに比べ、外は夕方から吹き出した冷たい風が吹いていた。私はオーバーの衿《えり》をたて、ところどころ枯草が残っている郊外の坂道を、急ぎ足で駅に向って歩いた。宏壮《こうそう》な邸宅と鬱蒼《うっそう》と茂った樹々が連なる人通りのない坂道を歩きながら、私は今夜と同じように合オーバーの衿をたてて、旦那さまと云われる人の急を告げに、駅前の医院へ走った時のことが、鮮明に思いうかんで来た。

——お気の毒ですが、老衰に加えての栄養失調という、この節多いケースで、老衰しておられると、よほど食事に注意していても、つい栄養失調になりがちなものです、急なことでお役にたちませんでしたが、あとで死亡診断書を取りに来て下さい——と、事務的にいう医者の前に、そのひとは身揺《みゆる》ぎ一つせず、夜分にお騒がせ致しましたと云い、静かに一礼をしただけであった。あれほどの家に住み、生涯、高脚台の二の膳付きの御膳にしか向わなかったひとの夫が、いかに老衰していたといっても、なぜそのような死に方をしたのか、そして、そうした死に方を傍観していた人が、既に世を去ったと伝えられていた閨秀歌人、御室みやじであるというのだった。私の胸にまたしても、強い疑惑が広がって来た。

御影駅から阪急電車に乗った私は、十三《じゅうそう》駅で京都行きに乗り替えた。京都大学の大学院で国文学を専攻している学生時代の友人である三宅伸子の下宿を訪ねることは、今朝、姫路の家を出て来る時からの予定であったが、老婢の話を聞いた私は、その予定が久しく会わない友人を訪ねる目的から、歌人、御室みやじの作品と閲歴を知るために友人の協力を得ようという目的に変っていた。

京都行きの電車は、とっくに夕方のラッシュ・アワーを過ぎているのに、空席をみつけるのがやっとであった。
私は、入口に近い席に坐《すわ》ると、真っ暗な窓の外に眼を向けながら、葛城家《かつらぎけ》と私の家との繫《つな》がりを考えた。

葛城家の相続人であり、一人息子である葛城祐司《ゆうじ》と、私のたった一人の兄である龍村恭平とは、私の父が、男同士のつきあいというものは、ああ深《ふこ》うに兄弟以上になれるものやろかと感嘆するほど、中学校から高等学校、大学まで同じコースを歩み、京都の高等学校から東京の大学へ進んだ時は、同じ下宿で生活をともにしたのだった。

学期末の休暇ごとに、葛城祐司は、私の家に遊びに来て、大阪格子《おおさかごうし》の塡《は》まっている大阪の古い商家の構えや、その中にある商人の家の特殊なしきたりや、風習に驚きの眼を瞠った。私の兄もまた、御影の葛城祐司の家へ遊びに行き、商家のように誰一人、働く者も、商う者もなくして、贅沢《ぜいたく》な生活を営んでいる葛城家の常識では測《はか》れぬ富裕さと、一点の庶民臭さも持たない生活様式に眼を瞠り、帰宅すると、必ず、その日の葛城家の様子を伝えるのだった。

その度《たび》に父と母は、「河内長野《かわちながの》の大地主さんやから、働かんとじっとしてはっても、小作の年貢《ねんぐ》が入って来るし、それに大地主さんともなれば、借家の百軒や二百軒は持ってはるさかい」と、当然のことのように云ったが、私には、兄から聞く葛城家の生活の一つ一つが、私の知らない世界の話を聞くようにもの珍しく、面白かった。

地主といえば、その土地に住んでいるものだとばかり思っていた私にとって、田舎を離れて大阪というより、外国船が出入りする神戸に近い阪神間の山手に住み、しかも一千坪余りの庭と百坪近い家の中に、葛城祐司とその母と、老婢《ろうひ》だけで生活していることが、呑み込めなかった。そして兄の口から聞く葛城家の様子は、何時《いつ》も葛城祐司の母が中心で、父と名づけられる人の姿は、そこには見当らず、葛城祐司はその母を絶えず、異様なほどに尊敬し、畏《おそ》れ、愛しているようであった。私の兄も、葛城祐司の母のことを語る時は「あれほど気品のあるきれいなお母さんは、僕の友達の中にも、その周囲にも見たことがないなぁ、中学の頃からずっと、いつ遊びに行っても、最初と最後の挨拶《あいさつ》に出はるだけで、それ以上の近付きはなかったけど、その挨拶の時に、何時も、搏《う》たれるような気品を感じて、体が硬《かと》うなる、もっとも、息子の祐司自身も、母というより畏敬《いけい》する理想の女性に仕えるように自分の母に遠慮し、気を遣《つか》い、あのばあやのよしと同じようにお母さんに仕えている感じや」と話したことがあった。

「そいで、お父さんの方は、どないしはったの」私がそう聞くと、「それが、どうも僕にもよう解《わか》らへんけど、親父《おやじ》さんの姿は、まだ一度も見たこともないし、もちろん、会《お》うたこともない、というて、亡くなったのではなさそうなんやけど、親父さんのことを聞いたら、祐司が厭《いや》な顔をするから、聞かんことにしてる、多分、何か複雑な事情があって、親父さんだけ河内長野の家にいて、お母さんと祐司だけが、大阪の別宅という形で、御影に住んでいるのやないかと思うのや、ともかく、あのお母さんは葛城家の家付娘で、どんなことでも自分の意志通りに出来る地主の御寮人《ごりようにん》さまで、祐司はそのかよわき相続人というところやな」と冗談めかして応《こた》えたが、私の胸に〝地主の御寮人さま〟という言葉が強い印象を持って残った。

大阪の商家でも、良家の奥さんのことを、御寮人《ごりようん》はんと呼ぶ風習があり、御寮人の寮は部屋の意味で、いまだに部屋住みの身分の者という舅《しゆうと》姑《しゆうとめ》を憚《はばか》る言葉であったが、葛城家で使われている御寮人《ごりようにん》さまというのは、そんな憚りのある言葉ではなく、その家を差配《さはい》する女主人という重々しい意味に受け取られた。そして、その御寮人さまと呼ばれている母に仕えるように控え目で、弱々しく、神経質な葛城祐司と、商家の長男として逞《たくま》しく鍛え上げられている私の兄とを見比べ、私は、二人の対照的な性格と生活環境が、逆に二人を十年間も、兄弟のような親密度で結びつけて来たのだと、納得が行くような気がした。

そうした私の兄と葛城祐司は、昭和十一年の三月、大学を卒業すると同時に、兵役徴集延期が取り消され、すぐ徴兵検査を受け、二人ともその年の秋に、相前後して召集令状を受け取ったのだった。

日支関係が緊迫していた最中《さなか》であったから、父の商いを手伝っていた兄も、地主の若主人として農産物関係の新しい事業の設立を始めかけていた葛城祐司も、一応の覚悟はしていたらしく「いよいよ、当分、お別れだな」と云い、私の家で、二人だけの静かな送別会が開かれた。大阪が本籍地である兄は、大阪の高槻《たかつき》の連隊へ、河内長野に本籍がある葛城祐司は、広島の連隊へ入隊しなければならなかったのだった。中学校へ入学した年から、まるで双児《ふたご》のように同じ高等学校、同じ大学の同じ学部に在学し、卒業後も二人とも就職せず、自由な体で始終、顔を見合わせていただけに、二人の別離は、肉親の別れと同じもののようであった。

離れの兄の部屋で、何時間も飲みあかしたあと、葛城祐司が、悪酔いした蒼白《そうはく》な顔を見せた時は、もう夜中の十二時を廻りかけていた。兄よりも一週間早く、明後日《あさって》の朝に大阪を出発することになっている葛城祐司は、明日、一旦、本籍地の河内長野の家へ帰り、そこから明後日の早朝、大阪へ向い、午前八時三十五分、大阪駅発の列車で、広島の連隊へ向わねばならなかった。私の母が気遣《きづか》うように「もっと早《はよ》うお家へ帰ってあげはらんと、お母さんがきつうに心配して、お心残りにおなりやすでっしゃろ」と云うと、葛城祐司は、睫毛《まつげ》の濃い大きな眼をきらりと光らせると、「僕の母は、そのような気配のない人です、召集令状を受け取ってから今日まで、顔色一つ動かさず、何事もなかったような平静さでおり、かえって母を残して、応召して行く僕の方が、心残りになっております、大阪に身寄りのない母のことですから、よろしく願います、そして何かの節には、どうか僕の御影の家へいらして下さい、母にそう申してありますから」と云《い》い、丁寧に頭を下げ、兄の方を向いて「おい、元気で生きて、また、会おうな」と云うなり、くるりと背中を見せて、帰って行ったのだった。

翌々日、私と兄は、葛城祐司の入営を見送るために、出発の時間より三十分早く、大阪駅へ行くと、もうプラットフォームは、広島の連隊へ入隊する応召者の見送り人で一杯に埋まっていた。やっと葛城祐司の名前を記した幟《のぼり》の前まで来ると、河内長野の村会議員や、名士らしい人たちが、ものものしく見送り、河内長野の家を預かっているらしい国民服を着た老人が、兵隊姿の葛城祐司を若旦那さまと呼び、まめまめしく世話をやき、祐司に代って見送りの人々に鄭重《ていちょう》な挨拶をして廻っていたが、父らしい人の姿はそこに見当らなかった。

葛城祐司は、騒々しい人声と幟のはためきに取り囲まれ、まだ馴《な》れない敬礼の仕方で、歓送の答礼をしながら、眼だけは妙に落ちつきなく、人波と幟の間を往《ゆ》き来していた。兄と私が、手で合図すると、眼を輝かせ、女のように白い顔を紅《あか》らめて、兄の方へ歩み寄り、「よく来てくれた、君と母を待っていたんだ」ぶっつけるように云い、さらに人波の向うを見た。御寮人さまと呼ばれている葛城祐司の母は、なぜか河内長野の屋敷へは行かず、御影の家から直接、大阪駅へ見送りに来ることになっていたのだったが、発車十分前というのにまだ姿を現わしていなかった。母を畏敬し、仕えるように母を愛した一人の息子が、応召するという時に、真っ先に見送りに来るべき母の姿が現われていないことに、兄も私も、憤《いきどお》りに似た思いを抱《いだ》き、葛城祐司の顔から視線をそらせかけた時、「あっ、母が——」叫ぶように云った。葛城祐司の瞳《ひとみ》が、みるみる大きく膨《ふく》れ上り、伸び上りながら肩が小刻みに震えた。その方を振り向いた私もまた、始めて見るそのひとの姿に息を呑んだ。

そのひとは、波うつようにどよめいているプラットフォームを、銀鼠色《ぎんねずいろ》の道行《みちゆき》コートを羽織り、庇髪《ひさしがみ》のように古風に結い上げた髪の下に、透《す》けるような白い額を見せ、老婢《ろうひ》の腕にかまわれるようにして、人波の間をくぐりぬけて来ていた。かぼそい小柄な体が、昂《たかぶ》った人々の肩の間に荒々しく揉《も》まれ、時々、躓《つまず》きそうになった。葛城祐司は人前もなく、顔色を変え、母の方へ体を泳がせかけると、そのひとは咎《とが》めるような厳しい視線でそれを抑《おさ》え、祐司の前にたつと、身揺るぎも見せない静かな姿勢で、

「ご機嫌《きげん》よう、行っていらっしゃい」区切るようにそれだけを云い、母と子とは思われぬほど鄭重な一礼をした。葛城祐司は、一瞬、取り縋《すが》るような表情を見せたが、つと右手を上げると、「では行って参ります、お母さまもお元気で――」恭《うやうや》しく、敬礼した。

発車のベルが鳴ると、葛城祐司は、万歳の声に送られて列車に乗り込み、窓から歓送者に向って敬礼したが、眼だけは母に向って真っすぐに注がれていた。がたっと車体の揺れる音がし、列車が動き出すと、不意に祐司の顔が醜く歪《ゆが》み、母との告別に耐えているようであったが、そのひとは、能面のような動きのない表情で遠離《とおざ》かって行く祐司の姿を見詰めていた。

列車の影が見えなくなり、広いプラットフォームから波浪が引くように人影が疎《まば》らになると、それを待っていたように、そのひとは老婢を伴い、妙にゆるゆるとした足の運びで歩き出した。気懸《きがか》りになった私の兄が、同じように歩調を合わせて歩きながら、妹である私を始めて、そのひとに紹介した。そのひとは、セーラー・カラーに二本の白線が入った私の制服に視線を向け、「大阪学院の女学部でいらっしゃいますようですね」そう云い、かすかな微笑を見せると、あとはまた能面のように動きのない表情で、足を運んだ。待たせてある車の前まで来ると、そのひとは、私の兄の方へ振り返り、「長い間、ご兄弟のようにして戴《いただ》いて有難うございました、祐司は或《あ》る意味では、私よりあなたの方に肉親のような思いを抱いていたかもしれません、それだけに今日、あなたのお見送りで発《た》たせて戴き、何より喜んでおりましょう」と鄭重な礼を述べ、車のそばへ体を寄せかけた途端、不意にそのひとの姿勢が前のめりに蹌踉《よろ》めいた。とっさに兄の手がそのひとの体を支《ささ》えた。「どうしはったんです、やはりお気落ちが――」と云いかけると、そのひとは兄の手に支えられた体をもとの姿勢になおし、青白い額をまっすぐに上げ「いいえ、あまりの人混みに酔いましたのでございますわ、あなたさまもお疲れでございましたでしょう、ご苦労さまでございました――」慇懃《いんぎん》に礼をし、そのひとは老婢の手をかりて、つと車に乗ってしまったのだった。

それから一週間後、私の兄も高槻の連隊へ入営し、そこから北支へ発ってしまい、葛城家と私の家とのつき合いは、跡絶《とだ》えてしまっていたのだったが、太平洋戦争が緊迫して来た或る日、そのひとから、御影《みかげ》の私宅へ荷物を疎開《そかい》され、万一の場合の避難場所にされてはどうかという手紙を受け取ったのだった。母は頭から率直に喜び、早速《さっそく》、女中を督励して疎開用の荷物の荷造りをはじめていたが、頑《かたく》な商人気質《かたぎ》で凝り固まっている父は「日本の商い処《どころ》の大阪の船場《せんば》が焼けてしまう時は、日本が亡《ほろ》びてしまう時やさかい、荷物なんか疎開したかて何の役にもたてへん」と強硬に反対した。しかし、父も次第に切迫して来る戦局には勝てず、大阪へ始めて米機が飛来した翌日、慌《あわ》ててトラックに荷物を積み、母と女中を従えて御影の山手にある葛城家まで預かって貰《もら》いに出かけたのだった。

その日、夜になって帰って来た父と母は、店の間を通って中の間へ入るなり「ああ、しんどかった、かねがね恭平からは聞いてたけど、あない気しんどい見識の高いお人やとは思わへんかった」と父が云うと、母も「同じ御寮人さんでも、大地主の御寮人さんというのは、あない気位のお高いものでっしゃろか、奥女中みたいなばあやはんを従えて、まるで昔のお大名屋敷の奥方さまのようでおますな」と、つき合いにくそうに云った。私は、そうした父と母の言葉を聞きながら、葛城祐司の出征の日、始めて見たそのひとの﨟《ろう》たけた美しい姿と、毅然《きぜん》とした冷たさを思い出し、激しく惹《ひ》かれて行くものを感じたが、戦災を受けて、御影の葛城家を訪ねるまで、そのひとと会う機会はなかったのだった。

ふと窓の外を見ると、何時の間にか、電車は桂川《かつらがわ》を過ぎ、京都の街へ入っていた。夜の灯《あか》りの中で、戦災を受けなかった京都の街は眼にしみ入るような深い家並《やなみ》を見せていた。

四条大宮《おおみや》から市電に乗り、五条坂で降りると、塔頭《たっちゅう》の多いそのあたりは人通りが絶え、寺院の山門や長い海鼠塀《なまこべい》が月明りの中で、黯々《くろぐろ》とした影を縁取《ふちど》っていた。私は、三宅伸子《みやけのぶこ》が下宿している家の切戸《きりど》を押し、離れの伸子の部屋へ、まっすぐ行った。

私の足音に気付いたのか、私が声をかけるより先に、がらりと離れのガラス障子が開き、三宅伸子が顔を覗《のぞ》かせた。

「どうしたの、手紙では夕方に来ると書いてあったのに、あんまり遅いからもう来ないのかしらと思ったわ」

そう云われて始めて、熱っぽい昂《たかぶ》りから醒《さ》めるように、腕時計を見ると、既に十時になり、初冬の肌寒さが足もとから這《は》い上って来るのを俄《にわ》かに感じた。

「それがほんとに、思いがけないことが起って、それで遅くなってしまったの、食事はまだなのよ」

遠慮なく、伸子の部屋に入り込むと、食事をせずに待っていてくれたらしく、小さな卓袱台《ちゃぶだい》の上には、まだ蓋《ふた》をしたままのお茶碗《ちゃわん》が置かれていた。伸子は毛布にくるんで温めていた小さなお櫃《ひつ》を出し、ぬるくなったお吸物を電気コンロの上にかけなおしながら、

「思いがけないことって、一体、何が起ったというの」

学生時代と同じように伸子は、飾り気のない直截《ちょくせつ》なものの云い方をした。

「伸子さん、あなた、御室《おむろ》みやじという歌人の名前を知っている？」

「御室みやじ……」

伸子は、唐突な私の言葉に、一瞬、眼鏡の下の理智《りち》的な眼をきらりと光らせ、六畳一間に厚い壁のように積み上げた書棚に眼を遣《や》り、思考の糸をたぐり出すようにしていたが、思い当ったらしく、

「その人なら、既に亡《な》くなっている人じゃないの、『柊《ひいらぎ》』の同人で、才媛《さいえん》をうたわれながら、若くして亡くなってしまった薄命の歌人でしょう、そのことがどうしたの」

卒業してから一年ぶりに、はじめて伸子の住いを訪れながら、いきなり、御室みやじの名前を出した私に、伸子は訝《いぶか》しげな表情で聞き返した。

「それが、その亡くなったと伝えられていた御室みやじは、つい二カ月ほど前まで生きていたのよ、そして、私はその人が御室みやじだとは知らずに、全く信じられないような数カ月を一緒に過し、その人が亡くなってから二カ月も経《た》ってから始めて、その人が御室みやじ、その人であったことを知ったのよ」

そう云うなり、私は堰《せき》切るような激しさで、一年半ほど前に遭遇した自分の異様な

体験と今日、老婢から聞いたばかりのことを話し出した。

三宅伸子は、京都大学の大学院へ移って勉強を続けている学生らしく、食事をしながらも、注意深く私の話を聞き、時々、手近な手帳を取ってメモを記した。食事が終り、伸子の故郷である和歌山から送られて来た有田蜜柑《ありだみかん》の皮をむきながらも、なお話し続けた。

指先が黄色く染まりつくほど蜜柑の皮をむき、やっと話し終ると、何時の間にか、伸子の顔にも、昂りの色がうかび、頰《ほお》を紅潮させていた。私は伸子の顔を見詰め、

「それで、私、あなたの力をかりて、御室みやじが終戦後まで生存していながら、なぜ昭和初年に物故したことにされてしまったのか、そのほか御室みやじの作品などについて調べてみたいの、そして今日、私に話してくれた老婢の話が、果して真実のままなのか、それとも、昔語り特有の大袈裟《おおげさ》な都合のいい粉飾があるのか、そうしたことを知りたいの」

と云うと、伸子は、困難な研究課題を前にした時のような闘志を見せ、

「是非調べてみたいわ、でも、御室みやじに関する資料は、少ないでしょうね、何しろ早逝《そうせい》して、作品数が少ない、ということになっているのだから」

そう云い、ちょっと口を噤《つぐ》んで考え込んでいたが、

「明日、私と一緒に研究室へ行って、御室みやじの作品と閲歴を調べてみましょうよ、ともかく研究室には手がかりとなる資料はあるはずだから――」

伸子は、自分のことのように昂奮《こうふん》し、食事のあと片付けも放《ほう》り出して、明日、研究室へ持って行く私のためのノートや筆箱の用意にかかった。

大学の国文学研究室に入ると、三宅伸子は、指導教授に、私の遭遇した異様な体験は伏せ、ただ御室みやじの作品について調べたい友人がいるから資料の閲覧を許して戴きたいとだけ申し出た。近代詩歌専攻のその教授から、御室みやじの作品なら、短命で寡作《かさく》な歌人であったから『明治大正名詩歌選』『現代短歌俳句集』『要註近代短歌選』『日本抒情《じよじよう》詩歌集』の四冊にしか、紹介されていないということを、教示されると、三宅伸子と私は、すぐ書庫の中へ入り、明治大正歌壇の資料が纏められている書棚の前にたって、教示を受けた四冊の書籍のうち、真っ先に『明治大正名詩歌選』を取り出した。

半ば色褪《いろあ》せた茶褐色《ちやかつしよく》の本の頁《ページ》を繰ると、相馬御風《そうまぎよふう》、与謝野鉄幹《よさのてつかん》、与謝野晶子《あきこ》、北原白秋、石川啄木《たくぼく》、萩原朔太郎《はぎわらさくたろう》などの詩と歌に並んで、御室みやじの歌が収められていた。

おゆび冷えわが調《ととの》へし琴柱《ことぢ》にて鳴りいづるとき炎《ほむら》と化さめ
実母《はは》いまさば縢《かが》り給はむ小手毬《こでまり》の白きに描くましし児《ご》の夢
嵯峨野《さがの》ゆき秋の憂《うれ》ひぞ極《きは》まれば古き御衣《おんぞ》の哀史《あいし》にまみゆ

三首の歌が紹介され、御室みやじの閲歴については、巻末に、

御室みやじ　もと『柊』の同人たりしことと、昭和二年物故のことのほか知ることなきも、この三首秀作なれば収む。

と記されてあるだけであった。続いて『日本抒情詩歌集』を広げてみると、先の『明治大正名詩歌選』に収録されている三首の歌のほかに、五首の歌が加えて収録されていた。

花蕊《はなしべ》の黄を吐く野辺《のべ》にめくるめく玉響《たまゆら》ありて春ぞ頬《ほ》に映《は》ゆ
人さけて細殿《ほそどの》に立つ時雨《しぐれ》ふる沙庭《さには》にひらくわが心とも
小簾《をす》もるる月の光に包まれて眠らな夜半《よは》を竹のそよげる
うつろなる胸に降りしく落葉ありていとぞ疎《うと》まし現世《うつしよ》のこと
やがて護摩《ごま》のたきぎ焚《た》くべき火とならめ密《ひそ》かに燃えて恋の焔《ほのほ》は

静かな抒情の底に激しい思いが流れ、それがたゆたうような気品になっている優雅典麗な歌が、選び出されていたが、巻末の作者の閲歴は、

御室みやじ　本名、葛城郁子《かつらぎいくこ》、明治二十三年十月七日大阪府南河内《かはち》郡に生る。明治四十二年三月、御室みやじの筆名で『柊』へ投稿、大正五年頃まで

作歌活動を続けたりしが、爾後《じご》、杳《えう》として消息不明、昭和二年頃、夭逝《えうせい》したと伝へらる。

と記載されているだけであった。続いて『要註近代短歌選』と『現代短歌俳句集』を繙《ひもと》いてみたが、先の二著に収録されているのと同じ御室みやじの歌が紹介され、閲歴もこと新しい記述はなかったが、これにも同じように昭和二年頃物故と明記されていた。御室みやじの死は、早くから世に伝えられていたから、御室みやじの歌を愛する人の間では周知のことであったが、改めて四冊の文献の中に、御室みやじの死がはっきりと記されているのを眼にした私は、異様な思いに襲われた。そして、なぜ昭和二十一年まで現実に生きていた御室みやじを昭和二年に物故したと誤り伝えたのか、そして、当然、自分の歌が収録されているこれらの本を読んでいたであろうと思われる御室みやじ自身が、なぜ誤たれた自分の歿年《ぼつねん》を抗議しなかったのか、この二つが私の胸に大きな疑問となって広がった。

私は机の上に並んだ四冊の本の最終頁を開いて、一冊、一冊の奥付《おくづけ》を見た。そして、四冊の本の中で最も発刊年月の古い『明治大正名詩歌選』の御室みやじの頁を、もう一度開いてみた。最初に私が読んだ三首の歌が紹介され、閲歴は「御室みやじ　もと『柊』の同人たりしことと、昭和二年物故のことのほか知ることなきも、この三首秀作なれば収む」と素っ気ないほど簡潔に記されていたが、編者の荻原秀玲《おぎはらしゅうれい》は、明治短歌史専攻の有名な国文学者であり、歌人でもあって、この四冊の中で最も権威ある編者であった。しかし、私の胸の中にふと、奇妙な連想が走った。

「伸子さん『明治大正名詩歌選』を編纂《へんさん》された荻原秀玲先生の編著が最初の誤りで、それが元になってあとの三冊も同じ誤りを記述してしまい、何時の間にかそれが定説になってしまったのじゃないかしら――」

「えっ、荻原秀玲先生が誤りを……まさか、あれほどの権威者が……」

伸子は、呆《あき》れ果てたように私の顔を見た。

「でも何となく、そんな気がするの、もちろん、荻原秀玲先生ほどの方が、こんな大きな誤りをなさるはずがないと思うの、だから、何かの事情で故意に、御室みやじの早逝《そうせい》を記されたような気がするの、それでなければ、第一、この本を読んでいるはずの御室みやじが抗議するはずだと思うの」

私が憑《つ》かれたようにそう云うと、伸子の顔に、驚愕《きょうがく》の色がうかんだ。

「もしそうだとすれば、何か特殊な複雑な事情があるはずだわ、もし、あなたと私の力で、荻原秀玲先生が、なぜそのような誤りを書き記したかを突きとめることが出来、御室みやじの正しい閲歴とその作品を伝えることができたら、それこそ、御室みやじの歌にまで今までと異なった新しい解釈がなされることになるわ、いいこと、あんたと私の共同研究で、学会発表が出来るようなユニークな論文が書ける可能性だってあるのよ」

伸子はそう云《い》うと、新しい研究に取り組む決意のようなものを私に要求したが、私は頭を振った。

「御室みやじに関する学問的な研究は、国文学者を志しているあなただけでやってくれればいいわ、私はたまたま、自分が遭遇した異常な体験を基にして、誰も知ることの出来なかった御室みやじという歌を詠《よ》んだ一人の女の生涯と、その生涯の果てに辿《たど》りついた数奇な人生の淵《ふち》を覗きみたいだけなの」

そう云いながら、私の胸の中に、御室みやじとその夫と、御室みやじの歌を最初に『明治大正名詩歌選』に編纂し、御室みやじの誤った歿年を伝えた荻原秀玲との三人の間に、第三者が容易に窺《うかが》い知ることの出来ない何かが秘し隠され、そこに思いもかけない人生の暗い淵が渦巻《うずま》いているかもしれないと思った。

第三章

著名な国文学者であり、歌人であった荻原秀玲《おぎはらしゅうれい》の閲歴と消息を知るために、私は、三宅伸子《みやけのぶこ》のもとに泊った翌日、伸子と共に京都大学に足を運んだ。

荻原秀玲の閲歴そのものは、京都大学の国文学科の出身であったから、大学の事務局に保管されている職員名簿によって、その履歴を知る手蔓《てづる》があるはずであった。大学の事務局へ行くと、伸子は、顔見知りの事務局員に、

「明治大正短歌史を、荻原秀玲の考察に基づいて調べてみたいので、荻原先生の閲歴も知りたいのです、拝見させて戴《いただ》けませんか」

と云《い》うと、事務局員は、埃《ほこり》をかぶった名簿類の中から、一冊の分厚な名簿を出してくれた。大学の創立の年から、終戦の翌年である現在までの職員の履歴を収めた名簿であった。私と伸子は丹念に頁《ページ》を繰り、やっと荻原秀玲の項を見出《みいだ》した。

荻原秀玲　明治三十七年三月、京都大学文学部国文科卒業、同年同大学院に入り、国文学研究室助手。明治四十年、京都大学文学部講師と第三高等学校教授を兼任。明治四十四年同文学部助教授になり、翌年、ベルリン大学へ留学、次いでロンドン大学へも留学。大正五年、帰国後もとの職に復し、大正七年、京都大学文学部教授。昭和五年、東京大学文学部教授になり、昭和十六年停年退官と同時に同大学文学部の名誉教授に推されたが、翌年、職を拝辞す。出身地、宮城県登米《とめ》郡登米《とよま》、明治十五年生。住所、東京都小石川区原町一三八。転居先、宮城県仙台市光禅寺通五二

と記されていたが、住所と転居先の上に赤い二本の線が引かれていた。

「どうして、荻原先生の現住所と転居先が、赤い線で消されているのです？」

もしや既に亡《な》くなられているのではと、急《せ》き込むように事務局員に聞くと、

「それは、現在の住所が不明なんですよ、東京大学の名誉教授を拝辞なすってから、故郷の仙台へ帰られたんですが、昭和二十年の仙台空襲で罹災《りさい》され、その後、仙台の奥の方で隠棲《いんせい》されているとお聞きしたので、ともかく罹災地の住所宛《あて》で問い合わせ状

を出したんですが、一向にお返事がなく、そのまま、現在は消息不明になっているのですよ」

「じゃあ、ともかく、仙台にいらっしゃるということだけは確かなんでしょうか」

「そうらしいですね、ともかく、自ら退官なすってからもそうでしたが、罹災なすってからは、さらに世間から隠遁《いんとん》されるように外部との連絡をお断ちになっているとかいうことを、人づてに聞きましたよ、何だったら東京大学事務局の庶務課へ問い合わされたらいかがですか」

と、消息不明になっている経緯を親切に説明してくれた。

私はすぐにも、仙台まで荻原秀玲を訪《たず》ねて行きたい衝動に駆られたが、戦争中の混乱と麻痺《まひ》からまだ起《た》ち上れないでいる交通事情を考えると、心が怯《ひる》んだ。乗車券の制限をし、やっと乗車券を手に入れて乗り込んでも、連結器にまで人が鈴なりになっている列車に乗り、起ちづめで、仙台まで出かけて行くにはよほどの覚悟と体力が必要であった。伸子も、荻原秀玲の罹災地の住所だけを頼りにして仙台まで出かけて行くより、もっとこちらで手を尽して、現在の消息を調べてから訪ねて行く方が確かであるし、それより葛城家《かつらぎけ》の老婢《ろうひ》に会って、荻原秀玲のことを聞き出す方が賢明だとすすめた。私は、伸子の言葉に従い、東京大学への問い合わせは伸子に頼んで、再び葛城家の老婢を訪ねるために、京都駅へ出て、大阪行きの切符を求めた。

一昨日訪れたばかりの葛城家の門の前にたち、ベルを押すと、老婢のよしが勝手口の方から門へ廻って来る足音がし、正門の横の小さなくぐり戸を開けた。

「まあ！　貴女《あなた》さまでございましたか――」

老婢は、突然の私の来訪に驚き、

「さあ、どうぞ、うちらへお入り下さいまし」

正面玄関の扉《とびら》を開き、二日前と同じ階下の客間へ案内した。

不意の訪れであったが、座敷の隅々《すみずみ》まできれいに掃き清められ、床の間の掛軸から卓《しょく》に至るまで一昨日と同じように折目正しい位置にあり、欅《けやき》の刳《くり》ものの火鉢《ひばち》だけがその場で用意されたが、驚くほど見事な桐炭《きりずみ》がいけられた。

「このお炭はまだまだ二、三年は戦争が続くものと思い、御寮人《ごりようにん》さまにご不自由をおかけ致しますまいと、蓄《たくわ》えておいたものでございます」

皺《しわ》がれた手で火箸《ひばし》を取って、大事そうに桐炭をいけ、

「今日はまた、突然とお越しいただき、思いがけない嬉《うれ》しいことでございます、冬枯れで淋《さび》しいお庭でございますが、ちょうど朝から庭掃きを致しまして、枯葉を燃やしたところでございます」

と云い、中庭を指した。黄ばんだ冬枯れの大樹が聳《そび》えたったところどころに、枯葉が小山のように掃き寄せられ、火を点《つ》けられた枯葉の山がまるで文を焚《た》く煙のように、白いあえかな煙を吐き出していた。

羽鳥焼《はどりやき》の大振《おおぶり》な湯呑茶碗《ゆのみぢゃわん》に注《つ》がれた熱い柿茶《かきちゃ》を飲み、庭先へ眼を遣《や》りながら、私は最初に切り出すべき言葉を探《さが》していたが、お茶を飲み干すと、

「よしさん、今日は、私の方からあなたにお伺いしたいことがあって、参りましたの——」

思いきって、口を切った。

「貴女さまが、わたしに——、へえ、どんなことでございましょうか」

「実は、荻原秀玲という方を、亡くなられた御寮人さまが、ご存知でいらしたかどうかを、お伺いしたいのです」

そう云い、じっと老婢の顔を見詰めると、老婢は、かすかな身じろぎを見せ、返事に迷う様子であったが、やがて思いきめるようにきっと眼を上げ、

「はい、存じ上げております。御寮人さまがお歌を詠《よ》まれ、『柊《ひいらぎ》』へご投稿遊ばすようになりましてから、荻原先生とのお近付きが始まったのでございます、と申しましても、御寮人さまはお歌の会へはお出ましになりませんでしたので、『柊』にお載

りになりました御寮人さまのお歌を荻原先生が大そうご感服になり、お文《ふみ》やお歌をお取り交わしになるご交際が始まり、河内《かわち》の方へご旅行になりました荻原先生が一度、河内長野のお屋敷へお訪ね下さいましたこともございましたが、それも御寮人さまのご婚礼がお定《き》まりになりましたのと同時に、ご交際をお断ちになってしまわれたのでございます」

低い声の中に、強い緊迫感があった。私は俄《にわ》かに昂《たかぶ》って来る心を抑《おさ》え、

「じゃあ、荻原先生のご近況は――」

静かに迫るように聞いた。

老婢は、はっきり、そう応《こた》えた。

「いいえ、存じ上げません、もう三十何年も前にお二人がご交際をお断ちになりましてから、何のご消息も存じ上げません」

「じゃあ、荻原秀玲先生が編纂《へんさん》されたご本の中に、御室《おむろ》みやじが昭和二年三十八歳で物故したと、お記《しる》しになったことはご存知でございましょうね」

「えっ？　荻原先生が――、そうお記しになったのでございますか……」

老婢の顔に、激しい驚愕《きょうがく》の色がうかんだ。

「ええ、荻原先生がご編纂になった『明治大正名詩歌選』というご本に、そう書かれ

たために、あとのいろいろな本も、それに倣《なら》って、昭和二年に物故されたことになっているのです」

「では、御寮人さまが、ものの本にも私は昭和二年に三十八歳で死んでしまっていることになっていると、おっしゃっておられましたそのご本というのが、荻原先生のご本というわけでございますか」

老婢の声に、震えが帯びた。

「ええ、そうなんです、実は、一昨日、あなたから御寮人さまのお話を伺ったあと、京都の大学で国文学の勉強をしている友達を訪ねる約束がありましたので、そちらへ行き、昨日、その友達と一緒に大学の研究室へ行って、御室みやじについていろいろ調べましたの、その結果、御室みやじの死を最初に誤り記したのが、荻原秀玲先生であったことが解《わか》ったのです、けれど、なぜ、終戦の翌年までお健《すこ》やかに過しておられた方を昭和二年物故になどなさったんでしょうか、それをよしさんにお伺いしたいのです」

形を改めるようにして、そう尋ねると老婢は頭を振った。

「いいえ、わたしは、こともあろうに、荻原先生が、御寮人さまを昭和二年で亡きものとお書きになったと、今はじめてお伺いし、驚いているほどでございますから、その間のご事情は知るよしもございませんが、わたしの知っている限りの御寮人さまの数奇なご生涯をお幼《ちい》さい嬢《とう》さまの頃からずっとお話し申し上げますから、それを貴女さまのご理解とお力によって、荻原先生とのこともご判断いただくよりほかに術《すべ》がござりません」

そう云い、老婢は暫《しばら》く、話の緒《いとぐち》に迷う様子であったが、やっとその緒を見つけたらしく、静かに話を切り出した。

＊

先日も申し上げましたように、河内長野《かわちながの》のご生家には、嬢さまのお父さまとお母さまの他《ほか》に、嬢さまのお祖父《じい》さまにあたられるご隠居さまと、ご隠居さまのご妾腹《しょうふく》のお子さま、つまり、嬢さまにとっては叔母《おば》さまにあたられるお葉《よう》さま、お恵《けい》さま、お歌《うた》さまのお三人がご一緒にお住まいになるという複雑なご家庭でござりました。

もともと葛城家は永禄《えいろく》年間から三百余年も続いた五十町歩地主という大地主のお家柄でござりましたが、どうしたことか七代前からは女系《にょけい》のお跡継《あとつ》ぎばかりが続き、嬢さまのお父さまでやっと男のお跡継ぎに還《かえ》られたかと思うと、また嬢さまで女系におなりになりましたそうでござります。したがって、嬢さまのお祖父さまはご養子婿《むこ》さまでございましたが、家付娘《いえつきむすめ》のご令室さまに早くお先だたれになられましたので、外《そと》におなぐさめの方をお囲いになり、そのお子さまだけをご本宅へお引取りになられたわけでございます。

ご隠居さまは、ご養子婿さまではございましたが、明治の始め頃に続いた小作争議を見事に取り押えられ、一方では醸造業の方も、手広く商いをお広げになられたお方だけあって、豪放磊落《らいらく》なご気性で、家の中をお歩きになる時も、象牙《ぞうげ》の柄がついた太い籐《とう》のお杖《つえ》をついてお歩きになるのでございました。

はじめて、ご隠居さまにお目もじ致しましたのは、お屋敷へ参りましてから五日目でございました。と申しますのは、嬢さまにお目見得《めみえ》に参りました日には、ご隠居さまは大阪のご妾宅《しょうたく》の方へお足をお運びになり、ずっとお泊りでございましたので、ご本宅へお帰りになりましたその日に、お目見得のご挨拶《あいさつ》を申し上げたのでございます。二十畳ほどの大奥のお座敷の中を、ことことと、太いお杖をおつきになりながら、六十の半ばをお過ぎとは思えぬお元気なお足つきでぐるぐると歩き廻られ、女中頭の澄《すみ》さんに伴われたわたしの姿をご覧になると、ぎょろりと大きな眼を見開かれ、

「お前が、よしという娘《こ》か」

お座敷中に響きわたるようなお声で仰《おお》せられました。わたしは、思わず、後退《あとずさ》りす

るように上体を浮かせかけますと、

「どうじゃな、郁子《いくこ》は、なかなかきかぬ気の子であろう、それだけによしのお守《も》りも大へんじゃが、何でも一生懸命にやれば出来んことはない、お前が来てくれたので、離れの方のお葉やお恵、お歌たちが喜んでいるじゃろうが、あっ、はあっ、はあっ、はあっ」

お廊下のお障子を震わせるようにお笑いになり、嬢さまとお葉さま方をお呼びして来るように仰せになりました。

澄さんがお葉さま方を、わたしが嬢さまをお呼びして参りますと、ご隠居さまは、二十畳のお座敷の真ん中に、お行儀よく、横に並んでお坐《すわ》りになったお四人《よったり》のお顔を、順番にご覧になり、

「一週間ほど見なかったが、みんな風邪《かぜ》をひかなかったかな、どうれ、揃《そろ》って元気そうな顔をしているな、さあ、おみやげだよ」

とおっしゃり、お袖《そで》の中からごわごわと紙の音をおたてになって、白い紙袋をお出しになると、その中へ手をお入れになり、

「さあ、郁子、お前からだよ」

とおっしゃり、嬢さまのお小さなお手の上へおせんべいをお載せになりました。

「まあ、嬉しい！　辻占《つじうら》おせんべい——」

嬢さまは、はしゃいだお声をお上げになり、すぐお手の上でおせんべいをぱりっと、二つにお割りになると、中からお不動さまの形をした鉛の小さな絵型が出て参りました。

お恵さまも、お歌さまも、同じように次々と、掌《たなごころ》の上の辻占せんべいをお割りになって、中から出て来る花嫁人形やお駕籠《かご》などの鉛の絵型をお楽しみになりましたが、お齢《とし》の大きいお葉さまだけは、にこりともなさらず、お戴きになったおせんべいを、お膝《ひざ》の前へ置かれました。

「どうしたんじゃな、お葉だけは、辻占せんべいが嫌《きら》いかな」

ご隠居さまがそうおっしゃると、お葉さまは、青白んだお顔をなさり、

「お父さま、私はもうとっくに子供ではございません、何でも嬢さまを中心にして、ものごとをお考えになったり、お運びになるのは嫌《いや》でございます」

詰《なじ》るようにおっしゃり、お膝の前のおせんべいをついと、ご隠居さまの方へ押し返されました。嬢さまはちょっと、びっくり遊ばしたようなお気配でお葉さまのお顔をご覧になり、お恵さまとお歌さまは、急に笑いを潜《ひそ》めた硬《かた》いご表情におなりになりました。

「あっ、はっ、はっ、お葉は何をつまらんことを云うのじゃ、わしは何でも平等じゃ、その辻占せんべいが大人のお葉に気にいらねば、今度はお葉のために久しぶりに漢文の素読《そどく》でもしようかな、女でも学問をしておかんと、これからの世の中では、いい家へは嫁《とつ》げんから、今日は、この前の『孝経《こうきよう》』の続きからにしよう」

とおっしゃり、大床《おおどこ》の横の違《ちが》い棚《だな》の天袋《てんぶくろ》から和綴《わとじ》の四冊のご本をお出しになりますと、お四人《よつたり》のお机を運ぶように命じられました。広いお座敷の真ん中へ四つの春日机《かすがづくえ》を一列にお並べすると、ご隠居さまは、相変らず、畳の上をことことと、お杖をついて歩き廻られながら、

「さあ、この前の続きのところをお開き、開いたら、わしのあとに随《つ》いて読むのじゃぞ、わしは本を見ないでも、ちゃんと諳《そらん》じているから、お前たちが間違ったら、すぐ解るぞ、いいか」

そうおっしゃり、お杖を止め、まっすぐに姿勢を正され、

「身体髪膚。受《ク》二之《ヲ》父母《ニ》一。不《ルハ》二敢《テ》毀傷《セ》一。孝之始也」

朗々としたお声でお読みになりますと、お葉さま方は、真剣などご表情でご本をお見詰めになり、

「身体髪膚《しんたいはつぷ》、之《これ》を父母に受く。敢《あえ》て毀傷《きしよう》せざるは孝の始めなり」

とお繰り返しになりましたが、まだおん六歳の嬢さまは、難《むずか》しい漢字ばかりが列《なら》んでいる漢文をお読めになれるはずがなく、童謡をお唄《うた》いになる時と同じように、ご隠居さまの音《おん》になぞらえて、意味の解らぬ言葉を小さなお口をあけて、お葉さま方に随いてお習いになっておられました。

「そう、そう、よう読めた、次に行きますぞ、立《テ》レ身《ヲ》行《イ》レ道《ヲ》。揚《ゲ》二名於後世《ニ》一。以《テ》顕《スハ》二父母《ヲ》一。孝之終也」

とご朗読になりますと、また先と同じように、

「身を立て道を行い、名を後世に揚げ、以《もっ》て父母を顕《あらわ》すは孝の終りなり」

お葉さま方のお声にまじって、嬢さまのお調子のはずれたお声が聞え、まるで、寺子屋のようなご様子でござりました。わたしは始めて拝見することでござりましたから、驚きの眼を瞠《みは》っておりますと、澄さんは、

「大地主さまのお屋敷というのは、こないに学問にお力をお入れになりやすもんどす」

と、わたしの耳もとへ囁《ささや》くように云《い》いました。勉強の好きなわたしは、何か胸がじーんとなるような感動を覚え、わたしも嬢さま方とご一緒に学ばせて戴《いただ》こうと敷居際《しきいぎわ》に控えながら、ご隠居さまのご朗読に耳を傾けておりますと、ふいに嬢さまのお声が

致しました。

「おじいさま、こうのはじめって、何のはじめのこと？」

ちいさなお口を突き出すようにして、おっしゃいました。

「孝の始めというのは、親孝行の始めということで、自分を産み、自分を育てて下さったお父さまとお母さまを大切にするには、お父さまとお母さまから戴いた体を怪我《けが》したり、風邪をひいたりしないように大事にして、何よりもまず両親に心配をかけないようにすることが親孝行の始めですと、いう意味じゃよ」

とお応えになると、嬢さまは、ちょっと小首をおかしげになってから、

「では、お葉さま、お恵さま、お歌さまは、こうのはじめが出来ないのね、お母さまがいらっしゃらないから――」

あどけなく、そうおっしゃると、ご隠居さまは、かすかにご狼狽《ろうばい》になり、お葉さま方のお顔も、さっと色を失われました。

「お母さまのない人は、お父さまに戴いた大切な体だと思って、自分の体を大事にして、お勉強をすれば、それで孝の始めになるんだよ」

ご隠居さまは、とっさに、そうお取り繕いになり、

「さあ、今日はこれだけにしておこう、おじいさまは、ちょっと疲れたからな、その

代り、今度の回までに、今日のところを諳じておくんだぞ、わしは何でもお前たち四人に公平だから、よく云うことを聞くいい子には公平に褒《ほ》めてやるし、出来なければ、公平に叱《しか》りつけるぞ」

とおっしゃると、がらりとお廊下のガラス戸をお開きになり、木枯しの吹く寒いお庭へ、黒いお羽織の裾《すそ》をはたはたと、お翻《ひるがえ》しになりながら、お杖をついて出て行かれました。

事実、ご隠居さまは、嬢さまとお葉さま方のお四人《よったり》に対して、平等にお振舞いになり、ご隠居さまがお屋敷においでになります時は、和《なご》やかな気配が、お屋敷の中に漂っておりましたが、お留守になりますと、嬢さまのお父さまとお母さまと、お葉さま方の間で、よそよそしい取り繕った気配が流れるようでございました。

嬢さまのお父さまは、当時、三十四歳におなりになり、お母さまは、六つ歳下の二十八歳でいらっしゃいましたが、お二人方《ふたかた》ともご妾腹のお葉さま方をご義兄妹《きょうだい》として、おつき合いなさるのはご不満らしく、何事につけても他人行儀なおつき合いで、一つのお屋敷にお住まい遊ばされているとはいいながら、それはほんとうに名ばかりのことでございました。

お部屋のことに致しましても、嬢さまのお父さまとお母さま方が、お住まいなされておられます大奥と、お葉さま方がお住まいになっておられますお離れとを往《ゆ》き来するのは、召使い以外では、ご隠居さまと嬢さまだけでございましたが、その嬢さまも、わたしがお守り役に参りましてからは、お離れへお遊びに行かれるのを、お父さまとお母さまから差し止められておしまいになりました。

お食事のお仕度《したく》や、お賄《まかな》い方にも、大奥とお離れの方には大きな差がございました。大奥の方は高脚台《たかあしだい》の二の膳《ぜん》付きの御膳でございますが、お離れの方は黒の平膳《ひらぜん》で五品限りのお料理をお召し上りになりました。このようにご正室腹《ばら》と、ご妾腹とは何かとはっきり、けじめをつけられ、嬢さまとお葉さま方のお四人に、公平を旨《むね》とされておられますご隠居さまも、こうした家の中の厳《きび》しいおしきたりだけは、はっきりお認めになっておられました。したがって、お葉さま方が、大奥にお越しになるのは、朝と夜のご挨拶の時だけでございましたが、このご挨拶の時も、嬢さまのお父さまとお母さまは、ご自分たちのお部屋ではお会いになりませず、召使いたちの挨拶を受ける次の控えの間までお出になって、そこでお葉さま方のご挨拶をお受けになるのが、常でございました。お二人の前へお葉さま方がお並びになり、

「お早うございます、今日もご機嫌《きげん》およろしゅうに――」

とご挨拶されると、

「そちらも、ご機嫌よろしゅうに——」

と、お応えになるだけでございましたが、そのご挨拶の瞬時に見られるご両者のご表情の無さは、お傍《そば》で観《み》ているわたしの方が、背筋をぞっとさせられるほどよそよそしい冷やかさに襲われたもので、一日のうちでこの大奥とお離れのご挨拶のお時間が、わたしの一番心の重い時間でございました。

このようにお難しいお家の中のご様子でございましたが、幸いなことには、お幼《ちい》さな嬢さまは、そのようなご気配を一向にお気付きにならず、すくすくとお育ちになって、翌年の四月に、小学校へご入学になったのでございます。

ご入学式のその日は、早朝からお座敷はむろんのこと、お庭の隅々《すみずみ》まで掃き浄《きよ》められ、お赤飯と鯛《たい》の尾頭《おかしら》付《つ》きを載せた御膳が嬢さまのお前に運ばれる頃には、

「嬢さまのご入学日でございます、おめでとうございます！」

「嬢さまが学校へお出たちの日でございます、おめでとうございます！」

嬢さまのご入学を祝う召使いたちの声が、どよめくようにお屋敷中に響き渡りました。萌黄色《もえぎいろ》の綸子《りんず》のお着物に葡萄茶《えびちゃ》のお袴《はかま》を履《は》かれた大人びたお姿で、お膳に向われた嬢さまは、召使いたちの昂奮《こうふん》した気配に驚かれたように、お傍のご両親さまとご隠居さまのお顔を仰ぎ見られますと、ご隠居さまは、そんな嬢さまのご様子を愉快そう

にご覧になり、

「葛城家《かつらぎけ》の総領が小学校へ入学するというだけで、一族郎党がこれほど喜んで祝《いお》うてくれるのだから、わしが何時《いつ》も云うているように、これからは人のお手本になれるように勉強しなくてはいかんぞ」

と仰せられますと、お父さまも、

「将来、葛城家を継がなくてはならないかもしれないのだから、女の子でも、男の子以上に勉強するんだよ」

とおっしゃり、お母さまは、お眼の縁《ふち》をお潤《うる》ませになりながら、嬢《とう》さまのお膳の上にお神酒《みき》を置いて、お祝いのおしるしになされました。お祝い膳が終り、ご両親さまにお付き添われになった嬢さまがお玄関へお出ましになると、先にお祝いの言葉を申し上げられましたお葉さま方も、お玄関までお見送りに出られ、召使いたちは、お玄関から御門まで続いた敷石の長いお歩き道の両側にたって、改めてお祝いのご挨拶を申し上げました。嬢さまはご聡明《そうめい》さに溢《あふ》れた大きなお眼をぱっちり見開かれ、一人一人にお頷《うなず》きになり、やがて御門をお出になりますと、飴色漆《あめいろうるし》に笹林棠《ささりんどう》のご紋が標《しる》された人力車にお乗りになって学校へ向われました。

このようにご家紋入りの人力車に乗って学校へ行かれましたのは、ご入学式のその日だけでござりまして、翌日からはお守り役のわたしが嬢さまのお伴《とも》をして、毎日、学校へ通ったのでござります。

嬢さまは、小学校へお入りになってから、ますます、赤気《あかげ》なしの男の子のようなお召しものをお好みになり、ほかの女のお子さまのように可愛《かわい》らしい花模様などはお召しにならず、格子《こうし》縞《じま》や菱形《ひしがた》の模様をあしらったお色数の少ないすっきりとしたお着物に、葡萄茶のお袴を履かれ、その頃まだ珍しい布製のお鞄《かばん》はわたしがお持ちして参りましたが、登校の道すがらは、何時も、もの見高い村の人々の衆目にお曝《さら》されになりました。

「あれが地主さまの嬢さまや、はじめてお目にかかれたよな」

「ほんに男のお子のような形《なり》をしとってやけんど、えろうきれいやな、まるで役者の子のようや」

と囁き交わす声が、嬢さまのうしろから随いて歩くわたしの耳にも聞え、校門をお入りになると、また好奇心に満ちた子供たちの眼が、嬢さまを待ち受けておりました。

嬢さまのお席は、学校の先生方のお考えで、一番前列の中央にきめられておりましたので、教室の戸をお開けになると、どちらもご覧にならず、まっすぐにご自分のお席にお着きになりましたが、一年生になったばかりの子供たちにも、嬢さまのお美しさとご気品の高さが眼につきますのか、嬢さまが教室へお入りになると、四方から食いつくような眼が、一斉に注《そそ》がれました。

教壇の上の先生は、そのような教室の中の雰囲気を解きほぐすように、わざとさり気ないご様子で、

「さあ、皆さん、よそ見をしないで、先生のうしろの黒板をしっかり見なさい、今日は新しい字を覚える日ですよ」

とおっしゃり、黒板へ、ハ、ハナ。イ、イヌ。コ、コマ。とお書きになると、やっと子供たちの眼が教壇の上へ返り、黒板に書かれた先生の字をなぞらえて、各自の机の上に置いた石板《せきばん》へ、石墨《せきぼく》でハ、ハナ。イ、イヌ。コ、コマ。と、始めて習う字を一生懸命に書きはじめました。

嬢さまだけは、そんなお字は、とっくに六歳までにお習いしてしまわれておられますので、さっさと一度だけお書きになってしまわれると、あとは退屈そうに石板の裏を返して、何か絵でもお書きになっておられるようなご様子が、教室の窓ガラス越しに、廊下で嬢さまをお待ちしているわたしの眼に感じ取られました。

お授業が終って、帰り途《みち》の菜の花が一面に咲いた人影のない畦道《あぜみち》まで歩いて参りました時、

「嬢さま、毎日の学校はどうでございます」

とお伺い致しますと、それにはお応《こた》えにならず、

「よし、どうして、先生もお友達も、村の人たちも、みんな私の方ばかりじろじろ見るの?」

「それは、嬢さまが地主さまのお子さまでいらっしゃるからでございます」

とお応えすると、

「どうして、地主の子供だと見るの、ほかにも、地主の子供が来てるじゃないの」

わたしは、言葉に詰りました。

「地主さまの中でも、嬢さまのお家は、この河内《かわち》長野《ながの》随一の大地主さまで、解《わか》りやすう申し上げますと、この河内長野は殆《ほとん》ど嬢さまのお家のご領地内で、昔ならさしずめ、嬢さまは、ご領主のお姫《ひい》さまというほどのお立場でございますから——」

やっと、そうご説明致しますと、

「領地って、何のこと——」

「嬢さまのお家のお持ちものという意味でございます、ほら、ここから見えますあの金剛山《こんごうさん》の麓《ふもと》から石見《いしみ》川《がわ》、石川を渡って、ずっとこちらまで続いています田畑も、山も、みんな嬢さまのお家のお持ちものでございます」

嬢さまは、春霞《はるがすみ》に煙った金剛山とそれに連なる幾重もの山々や、その山麓《さんろく》から青々と続く広い野を伸び上るようにして眺《なが》めておられましたが、

「でも、おかしいわ、あの畑や田圃《たんぼ》には、よその人のお家が建って、よその人が、朝から晩まで働いてたがやしているじゃないの」

怪訝《けげん》そうに、お頭《つむ》をかしげられました。

「はい、さようでございます、よその人が朝から晩まで働いてお米を作ったり、お麦を作ったり致しておりますが、あれは小作人と申しまして、地主さまから畑や田圃をお借りしているだけでございますので、ああして働きました中から小作料と申しまして、何俵か地主さまの方へお米をお納めしているわけでございます、よしのうちも、嬢さまのお家から田圃と畑をお借り致しております小作人の家でございます」

「よしのお家には、たくさんお米があったの」

「いいえ、お米は地主さまにお納めしなくてはなりませんので、お麦を戴く方が多うございました」

正直に、そうお応え致しますと、

「畑を借りている人って、お米を作ってもお麦しか食べられないの？　そんな可哀《かわい》そうな人から、どうして地主がお米を取ったりするの」

嬢さまはまた、怪訝そうなお顔をなさりましたが、わたしははっと狼狽致しました。小学校へ上られたばかりのお子さまとは思えぬ真剣な嬢さまのご表情と、地主さまの嬢さまに小作人の苦しさを洩《も》らしてしまったことが、わたしの胸を早鐘が打つように騒がせたのでございます。

「嬢さま、もうそんなお話は止《や》めましょう、それより、よしとここから石川の河原《かわら》まで駈《か》けっこ致しましょう」

と申し上げると、俄《にわ》かに悪戯《いたずら》っぽくお眼をお輝かせになり、お袴の裾を翻してまっすぐにお駈け出しになりました。見渡す限り真っ青な麦畑に囲まれた細い一筋の畦道を駈けて行かれる嬢さまのお姿は、陽炎《かげろう》のように白く、胡蝶《こちょう》のように軽やかで、それはそれは、お美しゅうございました。わたしもあとに随いて駈けながら、そのお美しさに眼を奪われ、体中を汗ばませ、息をきって走りました。真っ青な麦畑と黄金色《こがねいろ》の菜種の花が続き、石川の河原まで参りました時、不意に嬢さまのお体が、河原の叢《くさむら》の中へ吸い込まれました。私の胸に割れるような鼓動が鳴り、走りながら、足ががくがく震えました。

「嬢さま！　嬢さま！　嬢さま！」

わたしはお目見得の日に、嬢さまのお姿を見失った時と同じように必死な声で叫び

ながら、河原の叢の中を駈けめぐりますと、

「よし！　ここよ、私はここよ」

思いがけぬ間近なところから、嬢さまのお声が聞えました。はっとして振り返ると、わたしの背後《うしろ》の大きな叢の中に、嬢さまが仰向けにお寝転《ねころ》びになって、つぶらなお眼を青い空にお向けになっておられました。

「まあ！　嬢さま、よしはどんなにご心配致しましたことか――」

そう云うなり、日頃の厳しい嗜《たしな》みも忘れて、嬢さまのお傍へ走り寄り、膝《ひざ》をついて、嬢さまのお手をお取りしますと、嬢さまはぐいとわたしの手を強くお引きになり、

「よし、寝転ぶといい、お空がきれい――」

とおっしゃいますので、わたしもそっと、嬢さまのお傍へ仰向けになりますと、眼の上に春霞のかかった空が広がり、河原の叢の中から緑の下草が萌《も》え出し、むうっと蒸せかえるような草いきれに包まれ、お屋敷の中では味わえぬ土くさいのびのびとした解放感を覚えました。

「よし！　私は地主の子供など大嫌い、みんなが私を見るのは、私が憎いからよ」

空をお見詰めになっていた嬢さまのお眼が、射るようにわたしをお見詰めになりました。

「憎いなどと……どうしてでございます」

嬢さまのお言葉の意味を受け取り兼ねました。

「だって、みんなが一生懸命に働いて作ったお米を、何にもしないで取るのだもの」

そうおっしゃり、嬢さまは少しわたしの方へお体をお寄せになると、

「よし、お前もそう思うでしょ」

囁《ささや》くようにおっしゃいました。わたしは、思わず、体を起し、嬢さまの前へ膝を正してきちんと坐《すわ》ると、

「いいえ、土地のない者は、土地を貸して戴《いただ》けないより、お米をお納めしてでも、お米やお麦を作る土地を貸して戴く方が倖《しあわ》せでございます、ですから、地主さまの嬢さまを憎いなどと思うものは誰もございません、みんなが嬢さまをご覧になるのは、今まで嬢さまがお屋敷の中ばかりでお過しになり、お外でお遊びになることがございませんでしたから、お珍しくて、お見致しているだけでございます」

わたしは、内心の動揺を抑えながら、そう申し上げ、

「嬢さま、これからもまた、こんなことをおっしゃるのでございましたら、よしはお暇を戴いて帰らせて戴きます、よしは河内長野一番の大地主さまの嬢さまがお好きで、そのお傍へ上れるのが嬉《うれ》しくて、お屋敷に上ったのでございます」

「よし、それほんとう？」

わたしの眼の中を覗《のぞ》き込まれるようにして、お聞きになりました。

「ええ、ほんとうでござりますとも――」

そうお返事致しますと、嬢さまは暫《しば》く黙っていらっしゃいましたが、きらりと大きなお眼をお光らせになると、

「もう云《い》わない、云わない約束をするから、よしはずっと私の傍にいてくれる約束をして――」

と、右手の小指をお出しになりました。

「はい、嬢さまが、もうおっしゃらないのでござりましたら、よしは喜んで何時までも、お傍におらせて戴きます、よしには、地主さまの嬢さまでいらっしゃるそのお美しさとお気高さが、よしの生甲斐《いきがい》のようなものでござります」

と云い、嬢さまの透けるように白い柔らかなお指に、わたしの醜い節くれだった指をおからませして、お約束を致しましたが、このお約束はその場限りの、嬢さまのお口封じのためのお約束ではござりませんでした。わたしは真底《しんそこ》、地主さまの嬢さまのお傍にお仕えすることが、わたしの強い生甲斐だったのでござります。

貧しい小作人の子に生れながら、なぜそのような愚かな考えをと、貴女《あなた》さまはお思

いでございましょう。ええ、それはごもっともでございます。けれど、わたしの胸のうちは、大地主の嬢さまと小作人の娘という酷《むご》たらしいほどの貧富の差を飛び越えて、今までわたしが想像したことも、見たこともない、この世のものとは思えぬほど雅《みやび》やかで豪奢《ごうしゃ》な世界にお育ちになった嬢さまの譬《たと》えようのないお美しさに心を奪われたのでございます。

それはちょうど、貴女さまが、類《たぐ》い稀《まれ》な美しい絵にお心をお奪われになるのと同じように、また匂《にお》うばかりの輝きと気品に満ちたお文章をこよなく愛されますのと同じように、わたしもまた嬢さまの類い稀な匂うばかりのご気品とお美しさをお愛しし、惹《ひ》かれて参ったのでございます。

＊

六十六歳の老婢《ろうひ》の顔に、いきいきとした生色が甦《よみがえ》り、そのひとのために生涯を傾け、そのひとのためにのみ生きた悦《よろこ》びが満ちるように漲《みなぎ》り、その異様なほどの献身と愛情が、薄暗い部屋の中で、息苦しいほど私の胸に厚く迫って来た。

「あら、今日もまたこんなに早く、日が暮れてしまいましたわ、そろそろ、お暇《いとま》しなくては――」

そう云い、席を起《た》ちかけると、老婢は、はっと陶酔から醒《さ》めるように、

「まあ、もう、そんな時間に——」

と云い、窓の外に眼を向けた。夕闇《ゆうやみ》に包まれかけた庭先は、小暗《おぐら》い影の中で樹木の幹は定かに見えなくなっていたが、葉を落した寒々とした枝先だけが、かすかな夕陽《ゆうひ》の名残《なごり》の中で、針のように鋭い枝先を見せていた。

「貴女さまさえ、およろしゅうございましたら、今夜はいっそ、お泊り戴きまして、先程の続きを、ゆっくりとお話させて戴きとうございますが——」

老婢は一昨日《おととい》と同じように、泊って行くことを勧めたが、私は一昨日の朝、姫路の家を出る時に、どんなに遅くなっても二泊ぐらいで帰ると、両親に云って来ていたのだった。

「せっかくのお勧めですけれど、一泊のつもりで行きました京都で、二日も予定が延び、今日で三日目ですから、今夜、こちらでもう一泊させて戴きますと、両親が心配致しますから、ともかく今夜の汽車で、一旦《いったん》、姫路の家へ帰り、今度参りました時にこそ、ゆっくり泊めて戴きますわ」

と云い、席をたちかけると、

「では、せめてお夕食だけでも、お召し上りになって下さいまし、せっかく、お話を

致し始めたのでございますから、お夕食を差し上げながら、もう少しお話をお聞き戴きました上で、お帰り遊ばすことでいかがでございましょうか、すぐご用意致して参りますから、その間、お幼《ちい》さい嬢さまの頃からのお写真帳をご覧になりながら、お待ち下さいまし」

「えっ、お幼さい時からのお写真が――」

写真帳――という言葉が私の耳に強く響いた。私は冷やかな暗い影を持った晩年のそのひとの姿しか知らなかったから、私の知らない時代のそのひとの姿を知りたかった。そして、もし、その写真帳を繰ることによって、荻原秀玲《おぎはらしゅうれい》とそのひととの間柄を知る何かのよすがを、見つけ出すことが出来るかもしれないという思いに襲われた。

「じゃあ、お写真を拝見させて戴きながら、よしさんのご用意をお待ちさせて戴きますわ」

と云うと、老婢は、すぐ席を起ち、

「では、すぐお写真をお持ち致しましょう」

と云い、二階のそのひとの居間であった部屋へ上って行き、暫くすると、四角な桐《きり》箱《ばこ》を抱《かか》えるようにして運んで来、私の前に置いた。

裂地《きれじ》の表紙をつけた和綴《わとじ》の写真帳が、桐箱の中に積み重ねられてあった。老婢は大

事そうに、その一番上の一冊を取り出し、

「これは、御寮人《ごりようにん》さまが、おん六歳の六月六日の手習い始めの日から晩年までお続けになりましたお習字の手習草紙《ぞうし》に、そのおん年々《としどし》のお写真をお貼《は》りつけになったものでございます、おん六歳の頃のお字の上には、おん六歳のお写真が、おん七歳の頃のお字の上には、おん七歳のお写真をといったように、お貼りつけになっておられますから、貴女さまがご覧になってもご興味深いことと存じます、おん六歳以前のお写真は、このように天鵞絨《びろうど》表紙の普通の写真帳に貼りつけてございます」

と云い、和綴の手習草紙の写真帳と、天鵞絨の普通の写真帳を私の前に置くと、すぐ台所へ起って行った。

私は、そのひとの幼い頃からの字がしるされている手習草紙の写真帳の方を手に取って、最初の頁《ページ》を開いた。

筆遣《ふでづか》いも定まらぬ幼い字で、草紙一杯に平仮名が書きしるされた手習いの上に、六歳の頃のそのひとの写真が二枚ずつ貼りつけられていた。大きな切れ長の眼をまっすぐ見開き、小さくつぼんだ唇《くちびる》をきゅっと引き結んだお河童髪《かっぱがみ》の幼女の顔には、老婢の語る嬢《とう》さまそのままの、幼いあどけなさと透明な明るさが漂っていた。

七歳、八歳、九歳と、手習いの字が形を整え、上達して行くにつれ、写真の中のそのひとの顔から幼さが薄れ、聡明《そうめい》さと気性の激しさが、濃い眉《まゆ》と眼もとにくっきりと現われ、女学校へ入学した頃のそのひとの顔には、やや病的な鋭ささえ感じたが、今と異なって、写真館のきまりきった背景の前で撮《と》っている明治時代の写真からは、その時々の生きた背景が感じ取られなかった。しかし河内長野随一の大地主の家の総領娘として、豪奢《ごうしゃ》な日常生活の中で、大輪の菊のように気品高く豊かに成長して行った気配は、女学校時代の少女にしては豪奢すぎる被布《ひふ》姿や、両親と妹らしい幼い人と一緒に撮った写真の中でも、そのひとが何時《いつ》も、真ん中に取り囲まれるように悠然《ゆうぜん》と坐っている姿に現われていた。

三冊目の写真帳を繰ると、女学校を卒業した頃の写真が、十八歳とは思えぬ勝《すぐ》れた筆でしたためられた手習いの字の上に、束髪に結《ゆ》い、振袖《ふりそで》を着たみずみずしいばかりの女らしい容姿で貼りつけられている。この頃から写真館が出張撮影したらしく、家の中でお茶やお花、上方舞《かみがたまい》までお稽古《けいこ》するそのひとの美しい姿が華《はな》やかに貼り並べられ、二十二歳春としたためられたところには、その頃まだ珍しかったはずの鹿鳴館《ろくめいかん》風の丈長《たけなが》の洋服に、鳥の羽根を飾った帽子をかぶった洋装の写真まで貼られていたが、どの写真にもなぜか、その華やかさに比べ、一抹《いちまつ》の哀愁のような暗い影が漂っていた。そして四冊目の写真帳を広げた時、私は奇妙なことに気付いた。

大正二年二十四歳としるされた頃から、急に写真の数が少なくなり、その頃には既に結婚しているはずのそのひとの婚礼写真も、夫となった人の写真も見当らない。そのひとの一人息子である葛城祐司《かつらぎゆうじ》の産着《うぶぎ》に包まれた姿や、祐司と一緒に撮った写真だけが、疎《まば》らに貼りつけられてあるだけであった。見落しではないかと思い、もう一度、丹念に頁を繰ってみたが、そのひとの婚礼をしるした写真と、夫の写真は見当らず、私がものの本で見知っていた荻原秀玲の姿も見当らなかった。

古今集の手習いらしく、紀貫之《きのつらゆき》や在原業平《ありわらのなりひら》の有名な歌を流麗な筆遣いで書きしためた筆の上に、不自然なほど疎らに散っている写真は、この期間、何らかの意味で空白であったそのひとの心を物語るようであり、その空白が、荻原秀玲の誤り記したそのひとの歿年と繋《つな》がっているような思いが、私の胸の中に広がって来た。

廊下に足音が聞えたかと思うと、ガラス障子が開き、お膳《ぜん》を持った老婢が座敷へ入って来た。

「どうも、お待たせ致しました、今日はちょうど御寮人さまのご仏前に、冬のお鍋《なべ》ものをお出ししようと思っておりましたので、貴女さまにもそれにおつき合い戴きまして、御寮人さまと半分わけにお召し上り下さいまし」

と云い、黒塗の客膳の上に古清水手付《こきよみずてつき》の土鍋と、赤貝の小鉢物《こばちもの》と、鰹《かつお》の煮付皿を並べて、給仕をしかけた。

「あら、よしさんの分は――」

老婢の食膳の分を聞くと、

「めっそうもございません、わたしはお台所に下って、あとで戴かせていただきます」

旧家の召使いらしく、厳しい嗜みをもって応《こた》えた。私は写真帳を閉じ、客膳の前に坐って、塗のお箸《はし》を取り、

「よしさん、どうして、ご婚礼のお写真と、ご主人になられた方のお写真がございませんの」

いきなり、不躾《ぶしつけ》に聞いた。老婢の顔に戸惑いに似た色が見えたが、

「それも、これからわたしがお話し申し上げますことをお聞き下されば、次第にお解《わか》り戴けることと存じますが、何分、何の学もなく、また七十に近いわたしのこととて、そこだけを取り出して、要領よくお話する術《すべ》を存じませんから、お耳だるうございましょうが、どうか順を追って、お聞き取り下さいまし」

と断わり、老婢は、私に礼儀正しい給仕をしながら、話し出した。

　先程のお写真帳でお気付きになったかと存じますが、おん七歳以後の嬢《とう》さまのおそばに、嬢さまの面《おも》ざしにお似になったお幼《ちい》さな方のお姿がありますのは、嬢さまのお妹さまにあたられる妹嬢《こい》さまでござります。

＊

　嬢さまが小学校へご入学になりました年の九月に、お生れになったのでござりますが、最初はお猿《さる》のように赤いお顔をしておられる妹嬢さまを気味悪そうにご覧になって、「お猿の子は嫌《きら》い！」とおっしゃり、どうお勧め致しましてもお近寄りにならず、わたしが何事につけても相談しておりました澄《すみ》さんはその年の始めにお暇を戴いておりましたので、わたし一人で嬢さまが妹嬢さまになつかれますように、いろいろとお宥《なだ》めしたり、おすかししたり致しましたが、何としてもお手をおさしのべになりませんでした。それでも、妹嬢さまのお顔から皮膚の赤らみが取れ、やがて嬢さまほどのお整い方ではござりませんが、色のお白いふっくらとしたお顔になられますと、今度は舐《な》め廻すようにして何時間もお可愛《かわい》がりになられましたが、一旦、妹嬢さまがおむずかりになり始めますと、お睨《にら》みつけになるようにじっと、妹嬢さまのお顔をご覧になり、どんなに火が点《つ》いたようにお泣きになっても、おあやしになることはただの一度もなく、くるりとお背を向けてお席を起ってしまわれるのが常でございました。何時ぞやなどは、わたしがちょっとお使いに出かけております時に、孃さまが、お泣きになっておられる妹孃さまのお口の上に、お座布団《ざぶとん》をお載せになってお席を起ってしまわれ、もう少しのことで、妹孃さまはご窒息死なさりそうなことがございました。さすがにご両親さまは驚かれ、何時になく、厳しくご叱責《しっせき》になりますと、孃さまはお眼に一杯、涙をお溜《た》めになったまま、頑《かたく》なにお口をお噤《つぐ》みになられました。

「どうして、こんなひどいことをするの、典子《のりこ》が嫌いなの」

お母さまがそうお聞きになりますと、孃さまは小さく頭《かぶり》をお振りになり、

「典子は、私よりあとに産れ、私よりきれいじゃないわ」

おん七歳の方とは思えぬほど、冷やかなお声でお応えになりました。そのお言葉の中に、ご自分よりあとで産れ、ご自分より勝れていないものをお可愛がりになるご両親さまに対する反感と、ご自分より勝れていない者に対する見縊《みくび》りのようなものをお感じ取り致しました。

妹孃さまのご出生に続いて、孃さまのお心に強く映られましたことは、ご妾腹《しょうふく》の叔母さまにあたられるお葉さまのご婚礼でございました。

お葉さまは、当時、二十八歳におなりになっておられましただけに、孃さまのお母

さまが、お二人目のお子さまをお産みになり、小春日和《こはるびより》の日など、広いお屋敷内を親子水入らずでご散策になるお姿を見ては、ますます、ご結婚をお焦《あせ》りになり、目に見えて、お気持がおすさみになるのが、わたしども召使いの者にまで、感じ取れましたのでございます。

それだけに、お葉さまのお父さまにあたられますご隠居さまは、ご不憫《ふびん》にお思いになられ、以前にも増してご縁談をお探しになったのでございますが、ご妾腹ということが災いして、お望みになるようなご縁談が、なかなかお結ばれになれないご様子でございました。

と申しますのは、当時の地主さまのご縁組は、どんな場合でも、地主さま同士でご縁組をなさり、地主さまのお子さまは、小作人の子供で、どんなに勝れている者がおりましても、その者と縁組なさるようなことは、絶対、なかったのでございます。それほど、地主さまと小作人の身分の差は激しく、地主さまと小作人は、主従のような縦の関係はございましても、同じ人間同士というような横の関係は、見られなかったのでございます。

お葉さまのご縁談も、いくらご妾腹とはいえ、河内《かわち》長野《ながの》随一の大地主の十代目を継がれたご隠居さまのお血を分けられ、しかもご本宅へ引き取られ、ご本宅の人としてお育ちになりましただけに、やはり、地主のご子息としかご縁組が出来ないわけでございますが、一方では、ご妾腹というご出生のお卑《いや》しまれが随《つ》きまとわれ、ご隠居さまがこれぞとお思いになりました大和《やまと》、河内、和泉《いずみ》、摂津《せっつ》一円の地主さま方は、揃《そろ》って巧みなお言葉をかまえて、お葉さまとのご縁組をお断わりになったのでございます。そうかと申しまして、まさか小作人とはご縁組が出来ず、何時の間にか二十八歳という、その当時にしては、後家さんのようなお齢《とし》になってしまわれていたのでございます。

この年の半ばも過ぎ、秋の気配がたちかけますと、このまま、うかうかとして三十になっては一生、嫁《い》かず後家を通さねばならないかもしれないという強いお焦りが、お葉さまだけでなく、ご隠居さまにも、そしてお葉さまのご義兄姉《きょうだい》にあたられる孃さまのご両親さまのお顔にもお現われになって参りましたその年の暮に、ばたばたと全く一カ月ほどの間に、お葉さまのご縁談が決まってしまいましたのでございます。

ご縁組の先さまは、和泉の郷荘《ごうのしょう》の地主さまの七人兄弟の七番目に当られる方で、お齢はお葉さまより二つ上の方でございますが、正直なところ地主さまとは名ばかりで、逼塞《ひっそく》したお暮しをしておられる地主さまの端《はし》くれのようなご身分の方でございました。しかも、ご隠居さまがご縁の遅いお葉さまのために、新たに葛城家の分家をおたてになり、その養子婿《むこ》というので、お越しになったというのが、ほんとうのご事情のようでございました。いずれに致しましても、やっとお葉さまのご縁組が決まり、お屋敷の中は俄《にわ》かに慌《あわただ》しい気配に包まれ、ご隠居さまのご意向で、ご婚礼は、一つでもお齢が若いようにと、お年越にかからぬ年明けの一月二十日、お住いは、広いお屋敷内の一隅に新家《しんや》をご普請《ふしん》になることにきまりました。

嬢さまは、俄かに慌しくなりましたお屋敷のご様子にお気付きになり、

「よし、どうして、みんなが急に忙しくして、外からも沢山の人がお家に来るの」

無邪気にお聞きになりました。

「お葉さまが、花嫁さまになられるからでございます」

とお応えすると、

「まあ、お葉さまが花嫁さまに——、きれいな花嫁さまね」

お眼をお輝かせになるようにおっしゃり、京大阪の呉服屋、道具屋、貴金属商などが慌しく出入りし、お葉さまのお離れのお部屋からお葉さまだけでなく、お恵さま、お歌さまのお賑《にぎ》やかなお声まで聞えて参りますと、何時も森閑《しんかん》と静まりかえっているお屋敷内《うち》に住んでおられます嬢さまは、そのお賑やかさがお珍しくて、お離れの方へお遊びに行こうとなされますと、その度《たび》に、ご両親さまが厳しいお顔をなさり、

「お離れの方へ行ってはなりません、子供は、婚礼のお支度《したく》などを見るものではないから——」

とおっしゃり、嬢さまにお随きしているわたしにも、嬢さまがお離れへお行きにならぬようにお相手することを、厳しくお云《い》い付けになりましたのでございます。

お葉さまのご婚礼のお支度さえ、嬢さまのお眼に触れさせたくないとお考えになるご両親さまでございますから、もちろん、お葉さまのご義兄姉として、お葉さまのお支度を親身《しんみ》に甲斐甲斐《かいがい》しくお手助けしてあげられるというようなご様子はいささかもございませず、すべてご隠居さまがあの太いお杖《つえ》をおつきになって、お屋敷中をお歩きになりながら、ご婚礼のお支度のお指図《さしず》をなさりましたのでございます。

いよいよご婚礼の日は、嬢さまがご婚礼のお席へお出にならぬようにお相手致すのがわたしの役目でございました。嬢さまは、袂《たもと》の長いお着物を着て、ご両親さまとご一緒にお葉さまの花嫁姿を見られるのをお楽しみにしておられたのでございますが、ご婚礼のお席へお出になりますのは、先さまのご両親さまとご兄姉、ご親戚《しんせき》ご一同さま、こちらは、ご隠居さまと嬢さまのご両親さまと、お葉さまのお妹さまのお恵さま、お歌さま、それにごく内輪のご親戚さまだけで、お葉さまのご実母で大阪にお住まいしておられる方のご出席は固く止められておりました。

この方のご出席につきましては、最後までご隠居さまと、嬢さまのご両親さまの間で激しくお争いになり、ご婚礼の日のつい二日前にも、わたしがご隠居さまのお部屋へお茶を運んで参りますと、何時になく険しいご隠居さまのお声が廊下まで聞えて参りました。

「お前たちは、どうしてそんなにお葉たちに冷たく当るのじゃ、そりゃあ、こんな河内の田舎で、妾腹の子供を屋敷内に同居させていると、いろんな噂《うわさ》があるじゃろうが、自分の腹を痛めた子供の花嫁姿を見たいというのは、妾《めかけ》であろうと、何であろうと同じ気持じゃないか、お前たちも二人の子供の親だから、その辺のことが解らぬはずはないじゃろう、それにお葉の実母の願いをなぜ、そんなに聞き入れてやらんのか！」

詰め寄られるような語調でおっしゃいますと、嬢さまのお父さまが、あたりを憚《はばか》れるような低いお声で、

「失礼な申し上げようでございますが、お父さまは既にご隠居なさいましたお気楽なお立場でございますが、私は、十一代目葛城家の当主として、世間のいろんな会合に出席しなければならぬ立場で、お葉たちのことがどんなに世間に取り沙汰《ざた》され、それがどんなに私を不愉快な苦しい立場にたたせているか、お父さまはご存知ないでしょう、妾腹のお葉を他家《よそ》へ嫁《かたづ》けず、分家させて、いくら広いとは云いながら、同じ屋敷

内の一隅に新家をお建てになることすら、世間がとかく申しております矢先に、噂の因《もと》の実母がのこのこと世間を憚らず、婚礼の席へなど出て参りましては、ますます、噂を大きく致してしまいかねません、お父さまが、ご自分の子供のお葉が可愛いとお思いになるのと同じように、私もまた自分の子供の郁子《いくこ》、典子が可愛ゆく大事でございますから、郁子たちの将来や、婚礼の時のことまで考えますと、なおさら、この際、妾腹ということを目だたせるようなお葉の実母の出席だけは、お取り止《や》め戴《いただ》きたいのです」

「それでは、どうしても、いかんと云うのか」

念をお押しになるようにご隠居さまが仰《おお》せられますと、

「はい、何としても、それだけはお取り止め下さい、もし、お聞き届け戴けない場合は、葛城家の当主である私が、明後日《あさって》の婚礼の席に欠席させて戴きます」

嬢さまのお父さまは、はっきりとそうお答えになりますと、さっとお席をたつご気配がし、障子をお開けになりました。お茶を捧《ささ》げたまま、お座敷へ入るのを控え、廊下にたっていましたわたしは慌《あわ》てて、

「只今《ただいま》、お茶を――」

と申し上げますと、

「よし、婚礼の日は、郁子を大広間の婚礼の席へ出してはいけない、いいか」

と仰せになりますなり、足音荒く、おたち去りになられましたのでございます。

そのお言葉通り、わたしは、嬢《とう》さまのお守りを致しながら、和泉の郷荘から婿入りをして来られるお俥《くるま》のご到着のご気配をお待ち致しておりました。お婿さまをお迎えするご婚礼の席は、早くから整えられ、嬢さまをお相手致しておりますお部屋の前の庭先にまで、大広間のあかあかとした明りの色が映り、慌しい騒《ざわ》めきが伝わって参りました。十八歳になったばかりのわたしは、一目でも花嫁衣裳《いしょう》を着飾られたお葉さまのお姿が見たく、早く嬢さまをお寝かしつけして、大広間の方へお手伝いに行きたいと心焦りを致しておりましたが、嬢さまは、なかなかお寝つきにならず、次々とアンデルセンの童話をお読ませになるのでございます。とうとう痺《しびれ》をきらせましたわたしは、

「嬢さま、今晩はもうお早くお寝《やす》みなさいまし、お幼《ちい》さい妹嬢《こい》さまも、今晩はお泣きにならず、とっくにお眠りになりましたから――」

と申し上げますと、

「典子は、赤ちゃんだから何にも知らないわ、だけど、私は何でも知っているもの――」

とおっしゃり、大きなお眼を悪戯《いたずら》っぽく、くるりとお廻しになりましたが、大きなお欠伸《あくび》をなされ、羽二重の柔らかなお枕《まくら》に頰《ほお》をおつけになると、急にお眼をおつむりになって、すやすやとお寝みになりました。

嬢さまのお寝息をうかがい、すやすやとお寝みになりましたことをお確かめ致しますと、わたしは足音をしのばせて、嬢さまのお部屋から出、渡り廊下を通って、お広間の方へ行き、忙しくたち働いている召使いたちの間に混ってお手伝いをはじめました。

やがて、ご門の方に騒めきが起り、お婿さまのお俥のご到着を告げる声が、大広間まで高々と聞えて参りました。緊張した気配がお屋敷の中を流れ、お離れのお座敷からお葉さまのお手をひかれたご隠居さまがお出ましになりました。この日ばかりは太いお杖をおつきにならず、紋付袴《もんつきはかま》のお姿でお父さまらしく、お優しくゆるゆるとお手をおひきになり、そのお手にすがられるように、しずしずと大広間へ歩まれるお葉さまのお姿は、思わず息を呑《の》むお美しさでございました。深い綿帽子の中からお目鼻だちのはっきりしたお顔が覗《のぞ》き、白無垢《しろむく》の裲襠《うちかけ》を羽織られたお背の高いお姿は、たっぷりとしたぼたん雪のように真っ白な豊かなお美しさでございました。それに引きかえ、表玄関からお廊下伝いに大広間に入られたお婿さまは、男の方にしては色がお白いというだけのことで、仙台平《せんだいひら》のお袴に黒紋服をお召しになったお姿は、妙に落着きなく、ご貧相《ひんそ》でございました。

ご妾腹とはいえ、お葉さまほどのお方がと思うと、お葉さまのご気性の強さを存じ上げておりますだけに、華《はな》やかに取り繕っておられながらも、そのお胸のうちが解り、これはお諦《あきら》めのお気持で、ご婚姻になったような思いが致しました。せっかく、拝見致しましたお葉さまの花嫁姿のお美しさも、思いがけないお婿さまのご貧相さに、自分のことのように昂奮《こうふん》致しておりました心も醒《さ》め、またそっと、嬢さまのお部屋の方へ帰って参りました途端、わたしは、ぎくっと身を竦《すく》ませてしまいました。

一月下旬の寒さの中で、嬢さまが白絹のお寝巻のままで、渡り廊下の角におたちになって、太い柱の陰から大広間をじっと、ご覧になっておられるのでございます。わたしは、滑《すべ》るようにお傍《そば》に駈《か》け寄り、

「嬢さま、こんなところへ……もし、お風邪でもお召しになったら、よしは……」

あまりの驚きで、あとは言葉がつかえてしまいましたが、嬢さまは平気なお顔で、

「よし、お前だって、花嫁さまとお婿さまを見に行ってたじゃないの」

「では、嬢さまは、よしがお部屋を出て行くのを、ご存知だったのでございますか」

と申し上げますと、こくりとお首をお頷《うなず》かせになり、大広間の方をお指《ゆびさ》しになると、

「よし、どうして、大広間の前のお幕のご紋は、笹《ささ》の葉っぱが一枚少ないの？」

わたしは、とっさにお返事に戸惑いました。ご門の前はもちろんのこと、大広間の周囲までぐるりと垂れ廻《めぐ》らされているご婚礼幕のご紋章は、葛城家《かつらぎけ》のご家紋である笹《ささ》林棠《りんどう》の五枚笹より、一つ笹の葉が少なく、ご分家されたお葉さまと、ご本家とのけじめを明白にするために、新たに創《つく》られたご紋章だったのでございますが、おん九つになられたばかりの嬢さまにそのようなことは申し上げられず、お返事を躊躇《ためら》っておりますと、

「なぜ、あんなご紋にしたの、おうちのご紋と一緒の方がずっときれいなのに——」

とおっしゃいましたが、このご紋のことにつきましても、ご隠居さまと嬢さまのお父さまは、激しくお云い争いになられ、お葉さまのご婚礼を境にして、お葉さまと、嬢さまのご両親さまとの間に、次第に深い溝《みぞ》が掘られ、やがてそれが怖《おそろ》しい出来事に通じることを誰も、その時は気が付かなかったのでございます。

その怖しい出来事と申しますのは、お葉さまがご婚姻になった年から三年目のことでございます。

嬢さまがおん齢、十二歳の春に、お父さまは、胃のお病いに臥《ふ》せられ、大阪の高名な病院へ出養生《でようじょう》をなさらねばならぬという思いがけないことが、起りましたのでござ

ります。

もともとお酒《しゅ》にお強いお方でございましたが、お葉さまのご婚姻以後、複雑なお家《いえ》内《うち》のご事情が因になられましたのか、お酒の量が目に見えて多くなられ、皆でお案じ申し上げておりました矢先に、突然、血をお吐きになったのでございます。直ちに河内長野一番の名医と云われるお医者さまをお迎えし、いろいろとお手当なされましたが、胃のお痛みと食が細られる一方でございましたので、ご隠居さまのお考えで大阪の有名な竹村胃腸病院の院長さまのご往診を仰がれましたところ、お酒だけが原因ではなく、神経からも来ている胃潰瘍《いかいよう》だから、一年ぐらいの出養生を覚悟して、大阪で治療に当るようにとのご診断でございました。

早速《さっそく》、大阪行きの準備が整えられ、ご隠居さまのお指図で、大阪にご養生のためのお家を求められ、院長さまのご診断のあった日から十日目には、もう大阪へ向ってご出発遊ばすことになりましたのでございます。その日は、三月末日のまだ冬の寒さが残っている時でございましたが、暗い内からご出発のご用意を整え、ご隠居さま、お葉さま、お葉さまのお婿さま、お恵さま、お歌さま方のお見送りと、多くの女中衆《おなごし》や男衆《おとこし》の見送りを受けて、一番先のお俥に嬢さまのお父さま、続いて妹嬢《こいさん》さまをお膝《ひざ》の上に抱かれたお母さま、一番うしろのお俥に嬢さまと、わたしがお傍に随いて乗り、三台の俥を連ねて出発致しました。

ご両親さまは、ご病気のことをお考えになり、うち沈まれたご様子でございましたが、嬢さまは、はじめてのお旅だちのこととて、次第に空が明るんで行くにつれ、東《ひがし》高野《こうや》街道の両側に見える広々とした河内平野や、お椀《わん》を二つ置き伏せたように剽軽《ひようきん》な形の双子山《ふたごやま》を伸び上られるようにしてご覧になり、途中の小さな町々に入られるごとに、お珍しそうにお声をたてて、おはしゃぎになりました。やがて、河内松原を過ぎ、大阪へ入り、天王寺《てんのうじ》から高津高台《こうづたかだい》のご養生先に到着致しました頃には、嬢さまはすっかりお疲れになったらしく、ぐっすりお眠りになってしまわれました。

大阪のお家は、仁徳《にんとく》天皇さまをお祀《まつ》りしている高津神社のある高津高台に臨み、竹村胃腸病院までの交通が便利で、しかも嬢さまが一年間、転入学なされます高津小学校へも近く、大阪の街中《まちなか》とは思えぬほど閑静な場所でございました。お家は、二百坪ほどの敷地に、五十坪余りの平家建てでございましたが、建ってからまだ間がないらしゅうございまして、木の香が残り、既に三日前に河内長野のお屋敷から先に着いている下女中のお咲さんと手伝いの男衆の手で、隅々《すみずみ》まできれいに掃き清められ、お道具方もきちんと運び込まれ、まるでご新婚のご夫婦がお住まいになるような明るいこぢんまりとしたたたずまいでございました。

お俥の中でうち沈んでおられました嬢さまのお父さまも、河内長野のお屋敷と異なり、こぢんまりとした明るいお家の中をお珍しそうにご覧になって廻り、

「妙なことから、はじめて親子水入らずの生活が出来るな」

とおっしゃり、ご病気になられてから始めて、笑顔をお見せになりました。

事実、翌日からご養生先ということを除けば、親子水入らずのお和《なご》やかなご生活でございました。嬢さまは、西洋風の応接室がついている南向きの明るいお部屋の中で、おん六歳になられたばかりの妹嬢《こい》さまをお相手にして飛び廻られ、ご両親さまも、旧家のおしきたりとお煩《わずら》わしさから解《と》き放たれたようなお寛《くつろ》ぎのご様子でお過しになり、病院へお通いになります時も、ご家族打ち揃《そろ》ってお出かけになります時がございました。

心斎橋筋《しんさいばしすじ》から二丁程東へ入りました清水町《しみずちょう》の角にある竹村胃腸病院は、煉瓦造《れんがづく》りの大きな西洋館でございましたが、中へ入りますと、日本風の畳敷きになり、院長さまは奥の大広間の正面に大きなお座布団《ざぶとん》を敷いて坐《すわ》られ、その両側に若い先生方が並び大名のようにお膝を揃えて居並んでおられました。嬢さまのお父さまが、院長さまのお前にお坐りになりますと、一人の先生がつと膝行《いざ》り寄って、院長さまがご診察しやすいようにお胸をおはだけになったり、お体の位置を直されたりなさってから、院長

さまがゆっくり聴診器をお取りになって、お胸やお腹《なか》を何度も丹念にご診察になりました。そのもののしさに嬢さまのお母さまさえ、もの怯《お》じされるように固唾《かたず》を呑んでおられますと、

「せんせ、お父さまのご病気はいかがでございます」

突然、嬢さまのもの怯じのないお声が致しました。うしろに控えておりましたわたしは、はっと狼狽《ろうばい》致しましたが、金縁のお眼鏡をかけられた院長さまは、

「長いご病気ですよ、一年は十分にかかります」

「まあ、嬉《うれ》しい！　それだけ長く大阪にいられる――」

お手をお叩《たた》きになり、はしゃいだお声でおっしゃいました。

「お嬢ちゃまは、そんなに大阪が好き、どうして？」

院長さまが、お驚きになるようにお聞きになりますと、嬢さまはちょっと、はにかまれるようにお首をおかしげになり、

「大阪の学校のお授業の方が難《むずか》しいことが沢山あって、面白いもの、田舎の学校は、私の知っていることばかり――」

とお応《こた》えになり、大きなお眼をお輝かせになりました。

ほんとうに嬢さまのお言葉通り、おん六歳の時からご隠居さまやご両親さまにおつ

きになって、お手習いやご本を読むことを始めておられました嬢さまにとりまして、田舎の小学校は、退屈で、しかも地主さまの嬢さまというもの見高さがございましたが、大阪の小学校ではそのような眼でご覧になられることもなく、何より毎日、嬢さまのご存知ないことを教えて戴けることが、嬢さまのお楽しみのようでございました。そして、高津高台のお家から見下ろせる大阪の街の犇《ひしめ》くように建て混んだ家並や、賑《にぎ》やかな騒めきも、小学校六年生の嬢さまには、もの珍しいご興味の的のようでございました。

このようにご家族打ち揃ってのお和やかな大阪でのお暮しとは逆に、河内長野のお屋敷では、いろいろと煩わしいことが起っておりましたのでございます。もちろん、ご養生中の旦那《だんな》さまには、一切雑事をお知らせ致さないことになっておりましたが、嬢さまのお母さまだけは、大地主の家の御寮人《ごりようにん》さまとして、大阪のお家と河内《かわち》長野《ながの》のお屋敷を往《ゆ》き来して、奥内《おくうち》の差配《さはい》を取り仕切っておられ、わたしも時々、お伴《とも》致しましたので、そうしたことどもを、存じ上げておりましたのでございます。

ご当主の旦那さまが大阪へご養生に出られましたあと、河内長野のお屋敷は、ご老齢のご隠居さまのお指図のもとに、お葉さまのお婿《むこ》さまの敬七郎さまが、当主代理として、小作契約、小作料の取立《とりたて》、農地区画、その他ご隠居さまがお広げになりました醸造業、金融などの実務を執っておられたのでございます。この方は、お姿のご貧相さに比べて、ご器量のほどは、さすがに地主さまのご子息だけおありになって、小作契約、小作料の取立から金融方面まで勝《すぐ》れたご手腕をお示しになり、表方《おもてがた》は見事に取り仕切っておられましたが、奥内の方は、嬢さまのお母さまが、大阪と河内長野の両方をかけ持っておられましたので、何かと不都合なことが出来て参りましたのでございます。

ご承知かと存じますが、大和や河内の地主さまのお家では、衣服と食膳《しょくぜん》のおしきたりが、ことのほか厳《きび》しゅうございます。男衆は盲縞《めくらじま》の木綿、手代は糸入縞貫《いといりしまぬき》の木綿、番頭以上は木綿羽織着用、下女中は縞木綿、上女中は銘仙《めいせん》という風に、お為着《しきせ》のしきたりが定《き》まっており、食膳も男衆、下女中までは、台所の三和土《たたき》の上にしつらえた長《なが》板膳《いたぜん》で食事をし、手代以上は、台所の板の間に上って、箱膳に向って食事をする食膳のしきたりが定《き》められていたのでございますが、旦那さまの出養生が半年以上にもわたりますと、何時《いつ》の間にか、こうした衣食の厳しいしきたりも緩《ゆる》みがちになり、男衆が手代のような装《なり》をして、台所の板の間に上って箱膳に向ったり、朋輩《ほうばい》同士で口争いをしたり、何かと不都合なことが起って参りましたのでございます。そうした時に、お留守中の嬢さまのお母さまに代って、お葉さまが厳しくおたしなめになったり、お指図をなさることが度々あるのでございますが、それがかえって召使いどもには、反《はん》撥《ぱつ》の因になったのでございます。

それと申しますのも、田舎の小作人の娘や悴《せがれ》である召使いたちは、小作人の子は貧乏人の子であるけれど、妾《てかけ》の子は畜生の子というほど、妾腹《しょうふく》を卑《いや》しむ風潮が強うございましたので、お葉さまがお口をお挾《さしはさ》みになると、まず妾腹のくせにということが先にたって、露《あら》わな反感さえ示すことがあったのでございます。

そうしたことが度重なりますと、ご気性のお激しいお葉さまは、ますます召使いたちに云《い》い募られ、はては、そうした召使いたちの反感も、もとを糺《ただ》せば、孃さまのお母さまが、大阪と河内長野の両方の奥内の差配をかけ持っておられるためで、ちゃんと自分に代行するようにしておかれなかったせいだとお考えになり、何かにつけてのご不満とお憎しみが、すべて孃さまのお母さまに集まったのでございます。

その上、表方を取り仕切っておられます敬七郎さまと、奥内を取り仕切っておられます孃さまのお母さまとは、表と奥とのご連絡のために何かと、お話し合いになる機会が多うございました。孃さまのお母さまが、ご病気の旦那さまに代ってりっぱに実務を代行しておられる敬七郎さまを優しくお犒《ねぎら》いになりますと、敬七郎さまの方もご自分と同《おな》い齢《どし》のお義姉《ねえ》さまに、辞を低うしてよくお尽しになりましたが、それがお葉さまのお気に甚《いた》く障《さわ》られたご様子でございます。

或《あ》る日、嬢さまのお母さまのお伴をして、河内長野のお屋敷へ帰り、奥前栽《おくせんざい》のお掃除を致しておりますと、ご隠居さまのお部屋から、癇走《かんばし》ったお葉さまのお声が聞えて参りました。

「お義姉さまとうちの人は、同じ地主の家の出で、ご本妻腹《ばら》だから、二人で私を侮《あなど》って、退《の》け者《もの》にしていらっしゃるのだわ、いいえ、お隠しになっても私には、ちゃんとお二人のお腹《なか》の中が読み取れる——、私はどうせ、どこかの芸者上りのお妾《めかけ》の子だわ！」

投げつけるようにおっしゃいますと、嬢さまのお母さまのお声が聞え、

「まあ、あなたは何をおっしゃるのです、私はただ、あなたのお婿さまに、ご病気中の旦那さまの代理として、よくお尽し下さることを何時も有難く思って、そのお礼を申し上げているだけですわ」

とおっしゃられますと、敬七郎さまも、

「お義姉さまのおっしゃる通りで、お義姉さまは至らぬ私をよくお犒い下さり、あなたのことも侮ったり、退け者になさるようなお気持など、微塵《みじん》もおありでなく、そのように取っては、かえってあなたが僻《ひが》んでいるように取られかねませんよ」

とお宥《なだ》めになりますと、

「お父さま！　私は僻んでいると云われましたわ、貧乏地主の端くれの養子婿のこの人にまで、妾の子だから僻んでいると云われましたのよ！」

とおっしゃるなり、お葉さまはわっとお泣き喚《わめ》かれました。

「お葉！　静かにせぇ、何という言葉じゃ、お前がそのような言葉を吐けば、わしがそれと同じ恥をかくだけじゃ、しかし、お前がそのような気持になっても致し方のない空気がこの家にあることも事実じゃから、ともかく、今日のところはこれだけにして、あとはわしに任せて貰《もら》うから、みんな引き取ってくれ」

ご隠居さまのお取り裁かれるような太いお声が致しました。わたしは、なぜかこの時、何か怖しいことが起るような不気味な予感が体の中を走り、箒《ほうき》をもったまま、お庭の植込みの陰に踞《うずくま》ってしまったのでございます。そしてその予感は、やはりわたしが怖《おそ》れていたような形になって、この年の秋に現われたのでございます。

第四章

ざわざわと鳴る風音に揺り起されるように眼を覚《さ》ますと、葛城家《かつらぎけ》の客間の時計は、もう午前二時を過ぎていた。今夜はどうしても帰らなくてはと何度も席を起《た》ちかけながら、私は老婢《ろうひ》が予感したという、その怖《おそろ》しい出来事を聞かずに帰ってしまうことが出来ず、そのまま、泊ってしまったのだった。

一千坪にある邸内は、森閑としてもの音一つ聞えず、ただ松林をわたる風音だけが、嵐《あらし》のように梢《こずえ》を戦《そよ》がせ、不気味な樹々《きぎ》の騒《ざわ》めきをたて、時々、悲鳴に似た風音を空に舞い上げながら、吹き抜けて行った。

老婢が寝ている召使部屋の方も灯《あか》りが消え、静かに窓が閉《と》ざされていたが、その閉ざされた四角な頑丈《がんじょう》な窓から、つい三時間ほど前に聞いた老婢の言葉が、再び私の耳に響いて来るようであった。三百余年も前から河内《かわち》平野を占有して来た大地主の家の暗い陰惨な一つの出来事――、眼を閉じると、先刻、私に話した老婢の声が闇《やみ》の中で、私の耳に鮮《あざ》やかに甦《よみがえ》って来た。

＊

その日は、ちょうど十一月三日の明治天皇さまの天長節でございました。嬢《とう》さまのお母さまは、二日前から河内長野のお屋敷へお帰りになっておられましたが、嬢さまは天鵞絨《びろうど》のお洋服をお召しになって、学校の祝賀式に行かれ、菊のご紋のついた紅白のお饅頭《まんじゆう》を戴《いただ》いて帰られ、お洋間で妹嬢《こい》さまとお分けになって召し上っておられますと、突然、慌《あわただ》しくご門を叩《たた》く音が致しました。下女中のお咲さんが出て、ご門を開けますと、河内長野のお屋敷からご隠居さまの至急便を届けに来た使いの男衆《おとこし》だったのでございます。お咲さんからお文《ふみ》を受け取り、奥の旦那《だんな》さまのお座敷へお持ち致しますと、お床に起き上られて、お文を開かれましたが、旦那さまのお顔の色がさっとお変りになり暫《しばら》く愕然《がくぜん》としたご表情でお文を見詰められ、

「河内長野から大事出来《しゆつたい》、即刻帰宅されたしと云って来たから、すぐ俥《くるま》を整え、使いの男衆にも手伝わせて、子供たちも帰る用意をしておくれ」

とおっしゃるなり、長い胃のお病いでお窶《やつ》れになったお体で、すぐご用意にかから

れました。

　嬢さまと妹嬢さまは、お母さまのお帰りになっておられる河内長野のお屋敷へお戻りになられるお喜びで、わっと歓声をお上げになりましたが、わたしの胸は、大事出来という言葉に、早鐘を打つような動悸《どうき》が鳴っておりました。

　二台の俥を連ねて、河内長野のお屋敷へ帰り着き、ご門の中へ一歩入るなり、ただならぬ気配と不吉な予感を覚えました通り、思いもかけない出来事が、お屋敷の中に起っておりました。お玄関の式台のところまで参りますと、既に太いお杖《つえ》をつかれたご隠居さまが、仁王《におう》だちにお起ちになっておられ、召使いの肩に倚《よ》りかかられるようにして、お俥から降りられた旦那さまに、

「市治郎！　お前だけはすぐ奥座敷へ来るように、子供たちは、よしが子供部屋へ連れて行き、奥へ寄こさぬようにするのじゃ」

　何時《いつ》になく、険しいご表情をお見せになるなり、旦那さまをお引ったてになるようにして、奥へ行かれました。嬢さまと妹嬢さまは、そんなお祖父《じい》さまのみ気色《けしき》に、怯《おび》えられるご様子でございましたので、わたしは素早く嬢さま方をお子供部屋の方へお連れ申し上げましたが、嬢さま方はお母さまのお姿がお見えにならぬことに合点《がてん》の行かぬお顔をなされ、お母さまはどうしたのと、頻《しき》りにお問いになり、留守をしていた

女中たちにも、お母さまは何処《どこ》へいらしたのとお聞きになりましたが、留守居の女中たちは、ただ、大奥のご隠居さまのお部屋にと応《こた》えるのみで、なぜか、あとは固く口を噤《つぐ》んでおりました。

しかし、やがて夕方近くになりました頃、わたしの耳にも怖しい出来事が伝わって参りました。嬢さまのお母さまと、お葉《よう》さまのご養子婿《むこ》さまが不倫のご関係をなさり、ご隠居さまがお二人を厳《きび》しくご詮議《せんぎ》になっている最中であることを知りました。嬢さまのお母さまが不倫のご関係を——わたしは胸の裂けるような愕《おどろ》きと、信じられぬ思いで体中が震えて参りましたが、嬢さま方には気取られぬように装《よそお》いながら、お夕食を差し上げました。嬢さまと妹嬢さまは、向い合って高脚台《たかあしだい》のお膳《ぜん》の前にお坐《すわ》りになり、お箸《はし》をお取りになりながらも、お母さまはどうなすったのとばかり、お繰り返しになり、ついお返事に困り、今日はお祖父さまのお部屋でお難《むずか》しいご用事がとお返事を濁らせ、お夕食のあと、嬢さまのお好きなお伽草子《とぎぞうし》をお読み致しましたが、何時ものように早くお寝《やす》みにならず、お伽草子を殆《ほとん》ど全部お読みして、やっと九時過ぎに、お昼のお疲れがお出になったらしく、すやすやとお寝みになりました。けれど、いつぞやのお葉さまのご婚礼の日のようなことがあってはと存じ、お寝みになったあとも、お傍《そば》に坐って、嬢さまと妹嬢さまのお寝顔をお見守り致しておりました。

お屋敷の中はもの音一つせず、張り詰めたような静けさで、何時も は聞える多くの召使いどもの足音も聞えず、屋敷中の眼と耳が、ご隠居さまのお部屋に向って網の目のように集まり、息を殺しているようでございました。どれ程経《た》ちましたのか、突然、人の気配がし、音もなく襖《ふすま》が開きました。驚いて振り返りますと、嬢さまのお母さまが、血の気を失われた真っ青なお顔に髪を乱され、今にも倒れられそうなほど傷つき、疲れ果てられたお姿で、敷居際《しきいぎわ》におたちになっておられました。それはまるで幽霊のように力なく蒼《そう》けた凄惨《せいさん》なお姿でございました。

「まあ！　御寮人《ごりようにん》さま、どうなさったのでございます」

お傍にお寄り致しますと、空《うつ》ろなお眼で嬢さま方のお寝顔をご覧になり、

「よし、二人のことを頼みます、私は離縁《さ》らねばならぬかもしれない――」

「えっ、お離縁《さ》りになるかも――」

思わず、お傍へ寄りますと、

「ええ、何とお申し開き致しても、私と敬七郎さまとのお疑いを解くことができないのです――」

「でも、ご潔白でございましたら、そんな酷なことは――」

と申し上げかけますと、お首をお振りになり、

「いいえ、ほかの場所と異なって、鍵《かぎ》のかかった蔵の中に、男と女が一緒にいたということは、臥床《ふしど》に男女が一緒にいたことと同じ意味を持つのです——、でも、お前だけは私を信じておくれ、私は、奸策《かんさく》に陥《お》ちたのです——」

悲痛なお声でそうおっしゃられ、嗚咽《おえつ》遊ばしながらの御寮人さまのお話は、わたしには信じられないほど怖しい出来事でございました。

「ちょうど、昨日《きのう》のお昼過ぎ、今日の天長節のお床飾りの用意のために、お道具蔵へ入って祝儀《しゅうぎ》のお軸やお屛風《びょうぶ》などのお道具調べをしていると、突然、お蔵の扉《とびら》が開く音がし、振り向くと、敬七郎さまが入って来られたのです、驚いて理由《わけ》を聞きますと、お葉さんから大輪の菊を活《い》ける古備前《こびぜん》の花生《はないけ》を探《さが》して来てほしいと頼まれたのですとおっしゃられたので、一緒になってお探しし、三、四十分程して、お蔵を出ようと扉に手をかけた時、ちらっと人の気配がしたかと思うと、不意に外から扉が締まり、鍵がかかったのです。驚いて扉を押し、揺さぶったのですが、厚い蔵扉《くらとびら》のこととて、びくともせず、突然、外で声高《こわだか》に叫ぶお葉さんの声が聞えたのです。お父さま！　お父さま！　敬七郎とお嫂《ねえ》さまがお蔵の中に！　と、泣き喚《わめ》くようなお葉さんの声が蔵の中まで聞えて来、私と敬七郎さまは、顔色を変え、二人で渾身《こんしん》の力を振り搾《しぼ》って揺り動かしましたが、蔵扉は開かず、やがて、外から扉が開かれた時は、お蔵の前に、お舅《とう》さまをはじめ、召使いたちの群がり集まった姿が私の眼に飛び込んで来ました。恥知らず奴《め》！　いきなり、険しいお舅さまのお声が、私の顔を撲《う》ちました。あまりの意外さに、いいえ、扉は勝手に締まったので、内から締めたのではございませんと申し上げますと、まだこの上、弁解するのか、破廉恥《はれんち》とはこのことじゃ、蔵の扉が化物のように、ひとりでに締まってなるものかと仰《おお》せになるので、いいえ、扉が勝手に締まったのではなく、誰かが外から締めたのです、お舅さまもご承知のように、この蔵扉の鍵は、ドイツ製の新しい鍵で、扉を開ける時には鍵を使わねばなりませんが、締める時は、内からでも外からでも、扉を強く締めさえすれば、がちゃりと鍵がかかることになっておりますから、外からでも締め込むことが出来ますと申し上げますと、では、一体、誰が鍵をかけたというのじゃと、お問い返しになりましたが、それにはお答えのしようがないのです。それというのも、蔵の中にいた私の眼に、何か白い、ひらりとした人の影が見えたと思った瞬間のことですから、女の白い手とも、女の白い袂《たもと》ともいえるのですが、それが明らかにお葉さんの白い手、もしくは袂であったと云《い》い切れるだけの証拠はないのです。思わず、口ごもりますと、敬七郎さまが青ざめたお顔で、お嫂さまのお立場からは、それと名指していえないような人が、締め込んだのでしょうとおっしゃった途端、お葉さんのお顔が引き吊《つ》り、まあ、何というおっしゃり方、それではまるで私がしたとでもおっしゃるの！　あなたはやはり、妻の私よりお嫂さまをと、さらに喚きかけられると、ええい、見苦しい！　お互いに云うことがあれば、わしの部屋へ来て云うのじゃ、大阪へもすぐ使いを出して、当主の市治郎を呼んで立ち会わせると、語気荒くおっしゃるなり、召使いたちの間をかき分けて、先にたって大奥のお部屋へ入られ、それから長い間、お問い糺《ただ》しがあったのです。私と敬七郎さまが、どのように身に覚えがないと申し上げても、では、誰が外から扉を締めたかということについて答えられない限り、私の濡衣《ぬれぎぬ》は晴れないのです、大阪から帰って来られる旦那さまだけは、私を信じて下さると思ってお待ちしていたその旦那さまは、お舅さまから鍵のかかった蔵の中に、私と敬七郎さまとが二人きりでいたことをお聞きになるなり、さっと顔色をお変えになって、私の顔からお眼をそむけられたのです。そして、それに畳み込むように、お舅さまとお葉さんが、旦那さまの留守中の河内長野のお屋敷の中で、表方《おもてがた》と奥内《おくうち》の事務連絡と称して、私と敬七郎さまが、再々、親密に話し合い、それが因《もと》で以前から、お葉さまと敬七郎さまの間が不仲であったことを云われると、旦那さまはさらに苦しげにお顔をおそむけになりました。というのは、よしも、もう少しして嫁《かたづ》くような齢《とし》になれば解《わか》ることですが、旦那さまがご病気になられてから、旦那さまと私の間には、殆ど夫婦の交《まじ》わりがなかったのです、それだけに、旦那さまにとっては、お蔵の中での出来事が、真実にお思えになったのでございましょう。私を陥《おとしい》れた人は、そうした私たちの夫婦関係のことも、うすうす気付き、何もかも計算の上で、何カ月も前から私を陥れる罠《わな》をつくって、その機会を待っていたのです、そうとは気付かず、不用意にその罠にかかってしまった私はどうしようもない……よし、私は口惜しい……」

御寮人さまはそうおっしゃるなり、お寝みになっておられる嬢さま方に憚《はばか》られるように、声を殺し、身を揉《も》んでお泣き伏しになりました。

その翌日から御寮人さまのお実家《さと》の方や、お仲人《なこうど》さま方が慌しく出入りされ、お屋敷の中はただならぬ緊張に包まれましたが、お蔵の中の出来事があってから一カ月目に、御寮人さまは、ご離縁ということに定《き》まり、その日の夕方、お実家からのお迎えの俥によって、お離縁《さ》りになることになりました。ご隠居さまから、その旨《むね》を召使いどもに仰せ出され、やがて日をおいて、お葉さまのご養子婿さまの敬七郎さまも、離縁《さ》ることになっていると仰せられましたので、奥内は息詰るような重苦しい気配に閉ざされました。

旦那さまのお胸のうちは、到底、召使いのわたしなどが窺《うかが》い知るところではございませんでしたが、お蔵の中の出来事があった日から、大奥の一室に閉じ籠《こも》られ、再び激しい胃のお痛みと吐血に苦しまれ、御寮人さまがご看護にお行きになられましても、一切、お寄せつけにならず、お食事も、お寝みも、すべて御寮人さまとは別々に遊ばし、何かお独《ひと》りでお苦しみになっておられるご様子でござりました。葛城家の十一代目のご当主にお生れになり、不倫などという言葉は口にするさえ、破廉恥だと思召《おぼしめ》しておられるようなご潔癖で、お誇りの高い旦那さまのことでござりますから、ほかのことと異なり、ご妾腹《しょうふく》のお葉さまの養子婿さまと、御寮人さまとが不倫の疑いをとお思いになるだけでも、耐え忍び難いお苦しみであったようでござります。まして不倫という言葉を口にして御寮人さまに真偽のほどを深くお問い糺しになるなど、卑《いや》しさとご不快さが先にたって、お出来になれなかったのではござりませんでしょうか。それにしても、あれほどご円満なご夫婦仲が、どのようなご隠居さまやお葉さまのご説明があったのかは存じ上げませんが、このように詮《せん》ない結果になるとは、夫婦というものの縁《えにし》のはかなさを知るような思いが致しました。

御寮人さまは、旦那さまよりさらに激しくお窶れになり、まるで囚人《めしゅうど》のように終日、御寮人部屋にお閉じ籠りになり、お食事の時間だけ、無理に笑顔を取り繕われて、嬢さま方とお食事をともになさり、思いついたことどもをお話しになりました。お幼《ちい》さな妹嬢さまは、何もお気付きになるご様子はござりませんでしたが、十二歳になっておられます孃さまは、うすうすお気付きになっておられますのか、急にお母さまに対して、お口数が少なくおなりになり、そのくせ、お眼だけは、絶えずお母さまのお姿を追っておられるご様子でございました。

お離縁《さ》りになります日のお昼過ぎ、御寮人さまがはじめて、孃さまと妹孃さまに、お実家《さと》へ帰られることをお話しになり、

「お母さまがいなくなると、よしの云うことを、よく聞いておとなしくするのですよ」

とお諭《さと》しになりますと、妹孃さまは何と思われましたのか、

「おとなしくしているから、早く帰って来てね」

無邪気におっしゃいましたが、孃さまは、

「お母さまは、なぜ、お行きになるの、私たちをおいて――」

責めるように、おっしゃいました。

「お母さまが愚かで、弱かったからよ」

御寮人さまが力なく、そう応えられますと、

「そう、お行きになってしまうの」

そうおっしゃるなり、孃さまはきゅっと唇《くちびる》を固く引き結ばれ、そのまま刺し通すよ

うなお眼で、お母さまのお顔をお見詰めになりました。

やがて、お実家からのお迎えの俥が参りますと、御寮人さまは、嬢《とう》さまと妹嬢《こい》さまのお手をお引きになって、お玄関までお出ましになりましたが、お俥が召使いたちの出入りする裏門へ廻されていることをお知りになりますと、あまりの苛酷《かこく》さに思わず、どっと涙をお噴《ふ》き出しになりながら、

「では、お母さまは参ります……郁子《いくこ》、典子《のりこ》、いい子になって……よし、頼みます……」

やっと、それだけおっしゃり、震えるおみ足でお草履《ぞうり》を、お履《は》きになりかけますと、今まで無邪気にしておられた妹嬢さまが、わっとお泣き出しになって、お母さまのお袖《そで》に縋《すが》りつかれましたが、嬢さまは、お傍にたっておられるお祖父《じい》さま、お父さま、お葉さま、お恵さま、お歌さまと同じように、じっとそこにおたちになったまま、涙もおうかべにならずに、お玄関から裏門の方へ去って行かれるお母さまのお姿をお見送りになりました。十二歳のお方とは思えぬ冷たく、動かないお眼《まな》ざしでござりました。

＊

不意に、私の耳に響いていた老婢《ろうひ》の声が跡切《とぎ》れ、暗闇《くらやみ》の中に、十二歳の少女の冷た

く、動かない眼が、私を見詰めているような異様な不気味さを覚えた。外は、風が吹き止《や》まぬらしく、ざわざわと鳴る風音が庭の樹々《きぎ》を揺すっていた。私は、葛城家《かつらぎけ》の客間のベッドの中で、母が去って行く時でさえ、涙一滴うかべず、見送った少女の心の中にあるものは、何であるかを知りたかった。母に対する怒り、父に対する恨み、祖父や若い叔母《おば》たちに対する反感、それとも、生来、その少女の心の底に貼《は》りついている氷河の淵《ふち》のように暗く冷たいものだろうか――。私の耳にまた、数時間前に聞いた老婢の言葉が、なまなましく伝わって来た。

＊

お母さまをお見送りになった時と同じ、冷たく動かないお眼ざしで、嬢さまがお迎えになった人は、その翌年、葛城家へ嫁《とつ》いで来られたご継母の勝代さまでございます。お後添《のちぞえ》のことにつきましては、ご隠居さまも旦那《だんな》さまも、随分、お迷いになりましたご様子でございますが、何分、河内長野《かわちながの》随一のご旧家のこととて、世間とのご応対から地主同士のおつき合い、奥内のお取り仕切りなど、御寮人さまなしでは何かと不都合なことが重なり、その上、旦那さまのご病気のご看病にも行き届かぬことなどが起り、大和郡山《やまとこおりやま》の地主さまのご息女をお後添にお迎えになることになったのでござります。

　そのことが定まりますと、旦那さまは嬢さまと妹嬢さまをお座敷へお呼び寄せになり、わたしもうしろに控えて聞いているように仰せになって、急に改まったお言葉で、新しいお母さまがおいでになることを嬢さま方にお告げになりました。おん七歳になられたばかりの妹嬢さまは、一瞬、合点のゆかぬお顔をなさいましたが、すぐ、

「新しいお母さまって、どんな人、きれいかしら、優しいの、ご本を読んで下さる――」

　と、もの珍しそうにお聞きになりました。旦那さまは、新しいお母さまが非常にお美しく、お優しく、嬢さま方のことをよくご存知で、早く会いたがっていらっしゃることをお話しになりますと、妹嬢さまはあどけなくお眼をお輝かせになりましたが、嬢さまはお眼を大きく見開かれたまま、一言もお話しにならず、旦那さまが、明後日《あさって》の婚礼の席へ嬢さまと妹嬢さまも出るようにとおっしゃいました時、はじめて嬢さまのお口が開きました。

「厭《いや》でございます！」

　はっきりと、お応えになりました。その激しいお言葉に、旦那さまはご驚愕《きようがく》の色をうかべられ、妹嬢さまは怯《おび》えられるように、わたしの方へお体をお寄せになりました

が、嬢さまはそうおっしゃるなり、くるりと背を向けて、お席を起《た》ってしまわれました。

お後添の方を迎えるご婚礼の日は、ご再婚とはいえ、葛城家のご当主さまのご婚礼だけあって、お葉さまの時とは異なり、ご一族の方々が、大和、河内、摂津《せっつ》、和泉《いずみ》などの畿内《きない》から続々とお集まりになり、ご家紋入りの婚礼幕が三丁四方の高塀《たかべい》に張り廻《めぐ》らされ、お通り筋には緋《ひ》の毛氈《もうせん》が敷き詰められました。この日も、ご隠居さまが太いお杖《つえ》をついてご婚礼全般の差配《さはい》を遊ばし、お葉さま、お恵さま、お歌さまはもちろん、妹嬢さまも、燦《きらび》やかなご紋服をお召しになって、ご婚礼の席へお列《つら》なりになりましたが、嬢さまだけは、お風邪気味と称して、ご自分のお部屋にお引き籠りになりました。お葉さまのご婚礼の時には、ご両親さまから出てはいけないと厳しくお止めされておられながらも、お葉さまの花嫁姿をご覧になりたい一心から、お寝巻のままお廊下の柱の陰から覗《のぞ》き見された嬢さまでございましたのに、新しいお継母《かあ》さまのご婚礼の席へは、誰が何とお勧めしても、お出にならない嬢さまのお胸の中には、夕闇の中を召使いの出入りする裏門から追われるようにして離縁《さ》って行かれたお母さまのお姿が、荊《いばら》のように突き刺さってお残りになっているようでございました。

嬢さまにお随《つ》き致しておりますわたしは、嬢さまがご婚礼の席へお出にならないということで、旦那さまとご隠居さまから、ご不興をかっておりましたので、ご婚礼の席がすみかけました時、そっと嬢さまのお部屋へ参り、沢山の人がお集まりになっているお席がおいやでございましたら、せめてご婚礼がおすみになったあとにでも、新しいお母さまにご挨拶《あいさつ》を遊ばしましてはと、申し上げますと、嬢さまは穴のあくほどわたしの顔をご覧になり、

「よし、お前は、ご婚礼の席へ戻ってお行き」

蔑《さげす》むようにおっしゃいました。そのお言葉の強さに思わず、膝《ひざ》を退《すさ》らせました時、お廊下に人の気配がし、障子が開かれました。

「あっ、旦那さま――」

驚いてお迎え致しますと、旦那さまのうしろに、新しく嬢さまのお母さまになられる方が、白無垢《しろむく》のご婚礼衣裳《いしよう》の裾《すそ》を長くお引きになったまま、静かにおたちになっておられました。嬢さまは、一瞬、はっとしたようなご表情をなさいましたが、始めてご対面になるお継母さまの方はご覧にならず、お父さまの方へお顔を向けられました。

お継母さまの方から、

「郁子《いくこ》さん、今日から私があなたのお母さまになりましたから、我儘《わがまま》に甘えて下さい」

とおっしゃいますと、嬢さまは瞬《まばた》きもせず、動かないお眼ざしで、お継母さまのお顔を射るようにお見詰めになりました。お父さまは、ややご狼狽《ろうばい》遊ばすように、

「郁子、お母さまにご挨拶するのです」

お命じになるようにおっしゃいますと、嬢さまのお顔がかすかに動き、

「およろしゅうに――」

とおっしゃいましたが、そのお眼は、はっきりとお拒みになるお眼ざしでございました。同時に、お美しいお継母さまのお眼からも、身じろぎするような白く鋭い光が奔《はし》りました。それは、ほんとうに一瞬のことでございましたが、わたしの眼の前で、嬢さまの氷のように冷やかな視線と、お継母さまの針のように細く鋭い視線が、宙を切って行き交うのを確かにこの眼で見、感じたのでございます。

そして、その懸念《けねん》通り、嬢さまとお継母さまの仲は、容易になじまれず、ことごとにお心の行き違いが重なって行くようでございました。ご気性の勝たれたお継母さまは、お輿入《こしい》れになった翌日から、前の御寮人さまのお名残《なごり》を取り払い、一日も早く、ご自分の手で差配する奥内にしようとなされ、お床のお軸から置物、お座敷机、お座《ざ》布団《ぶとん》の敷き方一つまでも、すべて模様変えをなさり、まだ真新しい障子紙までお貼り替えになり、嬢さまと妹嬢さまのお部屋の模様変えも遊ばしたのでございます。妹嬢

さまは無邪気に、もの珍しそうにお喜びになりましたが、嬢さまはその一つ、一つをもとの位置にお直しになりました。

と申しますのは、嬢さまにとっては、なぜ、突然、お母さまが帰されたのか、お祖父さまにお聞きになっても、お父さまにお聞きになってもお答えして戴《いただ》けず、おしまいには、わたしにまでお尋ねになりましたが、嬢さまが大きくなられましたらお解りになりますことでございますと、お答え致すばかりで、嬢さまのお気持に納得がつかれぬうちに、新しいお継母さまが、お離縁《さ》りになったお母さまの名残を拭《ぬぐ》い消すように、どんどん奥内の模様替えを遊ばしたわけでございます。それだけに嬢さまは、新しいお継母さまの仕儀を、素直にお受入れになることがお出来にならなかったのでございます。お継母さまの方からご覧になれば、頑《かたく》なに心の拗《ねじ》けた娘に見え、ご双方でますますお心の行き違いが重なって参りました時、さらに思いがけないことが起ったのでございます。

それは、新しいお継母さまがお見えになってから、はじめてのお雛祭《ひなまつ》りの数日前のことでございました。お雛さまをお飾りになるために、何時《いつ》もより早目に女学校からお帰りになった嬢さまが、ご自分のお部屋へお入りになるなり、

「よし、このお雛さまはどうしたの」

大きなお声でお聞きになりました。お床の間を見ますと、何時の間にか、七段重ねのおりっぱなお雛さまが飾られているのでございます。

「まあ、燦やかなお雛さま、お茶道具からお乗物までついて——、よしは奥内のご用で出かけておりましたので存じませんが、御寮人さまがお飾りになったのでございましょう」

と申し上げますと、

「あの人をお呼びして——」

嬢さまは、お継母さまのことを、そうおっしゃるのが常でございました。御寮人さまのお部屋へ参り、嬢さまがお目にかかりたいそうでございますと申し上げますと、御寮人さまはそのお美しいお顔を明るくお輝かせになり、

「きっと、私が飾っておいた新しいお雛さまが、気に入ったのでしょう」

とおっしゃり、足早に嬢さまのお部屋へ行かれ、襖《ふすま》をお開けになった途端、あっ！と大きなお声をお上げになり、のけぞるように敷居際《しきいぎわ》に棒だちにおなりになりました。驚いてお部屋の中を見ますと、お床の間に飾られてあったお雛さまは跡形《あとかた》もなく失《な》くなり、ずたずたに引き裂かれた緋布《ひぬの》と、お首の折れたお雛さまが、お部屋の前の棗形《なつめがた》のお池の中に、水死体のように浮かんでおりました。お継母さまのお顔が、蒼白《そうはく》に引

き歪《ゆが》まれ、

「あなたは、あなたは、何ということをなさるのです！」

険しいお声で叫ばれると、嬢さまはひたと、お継母さまのお顔を見詰められ、

「なぜ、こんなけばけばしいお雛さまを、お飾りになるのです、私は、お離縁《さ》りになったお母さまから戴いた古いお雛さまを飾りたいのです」

とおっしゃり、お蔵の方へ走って行こうとなさいますと、

「お蔵の中の古いお雛さまと、衣裳簞笥《いしようだんす》の中に残っておりました縫取りの小袖は、今朝《けさ》、取り片付けておしまいました」

「えっ、取り片付けてしまいました――」

「そう、お雛さまのお箱にも、小袖の入った畳紙《たとうがみ》にも、お離縁《さ》りになった方の女紋が入っておりましたから、きっとお取り乱しの時に、お忘れになったのだろうと思い、今朝、使いの者に高野口《こうやぐち》のお宅までお返しに行かせました」

冷笑をさえ含まれたようなお声でござりました。嬢さまのお顔に怒りと憎悪《ぞうお》の色がうかんだかと思いますと、

「お母さまは、お忘れになったのではございません、お蔵の中のお雛さまは、お母さまがお輿入れをなさる時に持って来られた由緒《ゆいしよ》ある京雛で、あの縫取り小袖は、お母

さまのお形見です、あの小袖の中に、私のお母さまのお声とお体とお匂《にお》いが残っていたのに、それを――」

嬢さまは、きゅっとお唇を嚙《か》みしめられました。お唇の端《はし》が切れ、みるみる赤い血が滲《にじ》み出ましたが、お拭いにもならず、

「私は葛城家の総領娘です、いくら新しく父の配偶者になられた方でも、私には、勝手なお振舞はお止め下さいまし」

お継母さまに劣らぬ、相手を刺し通すようなお声でおっしゃいました。

このようなことがありましてから、間もなく、突然、嬢さまのお部屋が、奥前栽《おくせんざい》を挟《はさ》んだ別棟《べつむね》に新築されることになったのでございます。表面は、女学校の二年になられた読書好きな嬢さまのために独立したお部屋をということでございましたが、その実、新しい御寮人さまが、嬢さまをご隠居さまや旦那さま、妹嬢さま方からお遠離《とおざ》けになるためのお計らいのようでございました。旦那さまはそうとはお気付きになられず、葛城家のご総領である嬢さまのために、八畳と六畳続きのお居間に、四畳半の板敷の書庫と三畳の化粧部屋まで付け、あやめ垣《がき》を低く取り廻したおりっぱなご普請《ふしん》をおきめになり、間取から木柄《きがら》まで旦那さまおん自ら、お指図《さしず》になったのでございます。

けれど、このお離れの間《ま》に移られましてから、お屋敷の中での嬢さまの孤立が眼に

たち、十四歳になられた嬢さまに、そのお齢《とし》とも見えぬ孤独な暗さが眼に見えて参りました。それまでも、お母さまがお離縁《さ》りになられた時を境にして、嬢さまは、急に闊達《かったつ》な明るさと、悪戯《いたずら》っぽさがお失くなりになり、極端にお口数が少なくなっておられましたが、お離れの間にお移りになってからは、さらにお口数が少なくなられ、お幼《ちい》さい時からお仕えしているわたしにさえ、容易にお心をお開きにならぬようにおなりになりました。

新しい御寮人さまは、お心の中はいざ知らず、表見《おもてみ》には、お幼さい妹嬢さまのために、お珍しい高価なお人形やお持物を次々とお整えになったり、妹嬢さまのお好きなご本を読んでさしあげられたりなさるのはもちろんのこと、ご妾腹《しょうふく》のお葉さま、お恵さま、お歌さまのお三人さまにも、お義姉《ねえ》さまらしく、こまごまとしたお身廻り品のことまで、お気遣《きづか》いになり、特に敬七郎さまとご離縁後も、お屋敷の中の新家《しんや》に独《ひと》り住いされているお葉さまを足繁《あししげ》くお訪れになりましたので、ご隠居さまのお覚えがめでとうござりました。ところが、新しい御寮人さまが足繁く、お葉さまのもとへ運ばれるのは、敬七郎さまと前の御寮人さまとの不義のご関係をお噂《うわさ》するためだと、新家の女中から聞きました時は、前の御寮人さまのお身の潔白を信じているわたしは、体中の血が逆流するような怒りを覚えました。けれど、新しい御寮人さまのお気にそまないという理由で、お暇になった召使いが短い間に三人もあり、わたしと一緒に大阪のご養生先へお伴《とも》した下女中のお咲さんも、大阪のお家を引き上げてお屋敷へ戻って来ておりましたが、お番菜《ばんざい》（関西風のお惣菜《そうざい》）の作り方を、前の御寮人さまのおしきたり通りに守り過ぎたという理由で、お暇を出されました矢先だけに、わたしはお暇を出されて、嬢さまとお離れすることの怖《おそろ》しさに、そうした新しい御寮人さまのお仕打を黙って耐えておりました。

しかし、何時とはなく、こうした新しい御寮人さまのお仕打が、嬢さまのお耳にも伝わりましたのか、嬢さまはますます頑なに、お離れの間にお引き籠《こも》りになり、女学校から帰って来られるなり、ご両親さまにご挨拶もなさらず、ご門からまっすぐにお部屋へ入ってしまわれることが多くなりましたが、二年生の一学期の中頃からは、田舎の女学校へなど行っても仕方がないとお云《い》い遊ばし、学校をお休みになって、一日中、お部屋の中で、ご本をお読み耽《ふけ》りになったり、お歌を作られたりして、籠り居を遊ばす日が多くなって来られました。

お幼さい時から、お歌と書道にことのほかお勝《すぐ》れになったお母さまについて、お歌をお詠《よ》みになっておられた嬢さまでございますが、この頃から、何かものに憑《つ》かれたようなご様子で、お歌に打ち込まれるようになったのでございます。お独りでお作りになる時もあり、また、妹嬢さまをお相手にしてお歌をお詠みになる時もございましたが、その頃のお歌で、わたしの印象に残っておりますのは、

帯、小袖《こそで》、簪《かざし》もいらぬ誰人か真実《まこと》を我に告げてよかし

疎《うと》まれて離《はなれ》にむすぶ夢愛《かな》し翼もつ夜は実母《はは》のみもとに

というお歌でございましたが、いずれもご生母さまを恋い、ご継母さまをお憎しみになるお歌でございました。そうしたお歌を、嬢《とう》さまのお文机《ふづくえ》の下や、反古籠《ほごかご》の中にお見付け致します度《たび》に、わたしは、万一、このお歌が新しい御寮人さまのお眼に止まるようなことがあってはという不安な思いで、御寮人さまにはもちろん、嬢さまにも気付かれぬように、反古籠のお歌を細かく引き裂いた上、人気《ひとけ》のない奥前栽の築山《つきやま》の陰で、跡形なく、燃やしてしまいましたのでございます。

このような嬢さまのご様子には、旦那さまも、ご隠居さまもご心配になり、長く女学校をお休みになっておられる嬢さまのために、お二方《ふたかた》でかわるがわるに、大学《だいがく》と中庸《ちゅうよう》の素読《そどく》をとおっしゃられましても、一向にお受けつけになりませず、或《あ》る大豪雨の

日、そうした嬢さまの頑ななお心のうちを覗き見るような出来事が起りました。

その日は、朝から大豪雨《おお》が降り続き、お昼過ぎから雨を混えた雷が鳴り出し、辺《あた》り一面、真っ暗な空に掩《おお》われ、遠くの方から空を揺るがすような音が響いたかと思うと、一瞬、天も地も砕けるような大雷鳴が轟《とどろ》き、眼を射るような稲光《いなびかり》が空を引き裂くように奔《はし》りました。その度に、大奥の方は旦那さまのお部屋に、召使いたちは男も女も、一斉に庭竈《にわかまど》の処《ところ》に集まり、落雷の度に身を寄せ合いましたが、お離れの間におられる嬢さまだけは、お動きになりませんでした。わたしはそら怖しさに震えながら、何度も嬢さまに大奥の方へ移られるように申し上げましても、お離れの間に身じろぎもされずお坐《すわ》りになったまま、

「雷が落ちるなら、落ちてほしい、そして火を吐いて、何もかも焼けて失くなってしまったら、お母さまのお家へ行ける——」

呟《つぶや》くようにそう仰《おお》せになったお言葉の中には、涙一滴おうかべにならず、お恨みになるようにお母さまをお見送りになった嬢さまのお心の底に、それに劣らぬ深さで、お母さまに対するご思慕が潜んでいたことを、始めて存じ上げましたのでございます。

嬢さまのお母さまは、お実家《さと》へお帰りになられたあと、田舎の旧家のこととて、いろいろとご離縁の噂が高く、それをお逃《のが》れになるために、大阪へ出てお住まいになって

おられると、人づてにお伺い致しましたが、もちろん、嬢さまはそのようなご消息はご存知なく、ただ大落雷でもあって、このお屋敷が焼け失せてしまったら、紀見峠《きみとうげ》を越えて高野口へ出、お母さまのお実家へ行ってご一緒に住まえるものと思い込んでおられるようでございました。このような嬢さまの心の底まではお解《わか》りにならずとも、あまり頑なに孤独をお守りになる嬢さまのご様子には、さすがの旦那《だんな》さまも、ご隠居さまも深刻にお考え遊ばしたらしく、お二方のお計らいで、大阪から小牧芳美《よしみ》先生を、嬢さまの家庭教師としてお招きになったのでございます……。

＊

外はまだ風が吹き止《や》まないらしく、風に鳴る梢《こずえ》の音にまじって、柴折戸《しおりど》のばたばたと鳴る音が聞えた。私は、うつうつと、まどろみながら、老婢《ろうひ》が語った小牧先生というそのひとの家庭教師となった人の話を思い返した。小柄で優しそうな感じを与える名前とは逆に、背が高く、骨々しいほどの大柄な容姿は、暗闇《くらやみ》の夜など、旦那さまお合乗りをと、辻《つじ》待ち車夫に声をかけられたとかで、大阪の公立女学校で教鞭《きょうべん》を取っていたのを、河内長野の村長の遠縁にあたることから、葛城家《かつらぎけ》の懇請を受けて家庭教師になったということであるが、この女丈夫らしい先生の個人教授によって、そのひとが今までと異なった成長の仕方をした様子が、うつつにまどろんでいる私の眼にうかんで来た。風音に眠られぬままに、私はさらに老婢の語った言葉を、糸を手繰《たぐ》り寄せるように思い返した。

＊

嬢さまが小牧先生のご指導をお受けになりましたのは、明治三十七年の春から四十一年の春までで、お齢《とし》でいえば、十五歳の春から十九歳の春までの四年間でございました。小牧先生のご指導のなさり方は、女学校と同じように、国語、歴史、修身、算数術、地理、英語などの学課表によってお勉強をお進めになり、その間にお裁縫と家事の先生を別にお招きして、偏《かたよ》ったご教育にならぬようにお気をつけておられましたが、何と申しましても、国語とお歌にお力を入れられ、特にお歌は小牧先生ご自身が、歌人でいらっしゃいましたから、昔のお難《むずか》しいお歌を諳《そらん》じたり、そのお歌のご注釈をなさるなどという本格的な指導から始まり、毎日のようにお歌を詠まれました。小牧先生がお見えになってから半年目には、嬢さまと小牧先生は、京都、奈良へお歌詠みのご旅行をなさるほどで、お帰りになってからは、必ず、お文机に向い合って、お筆を取られ、その日のお歌を短冊《たんざく》におしたためになったり、朗々とお歌を詠みあげられる嬢さまの澄んだお声が、お離れの間から伝わって参りました。

嬢さまのことをご懸念遊ばしておられました旦那さまとご隠居さまは、やっと愁眉《しゅうび》を開かれ、小牧先生をお迎えしたことの成功をお喜びになりましたが、わたしのような学問のない者の眼から拝見致しましても、嬢さまのようなご聡明《そうめい》なお方は、なまなかの田舎の女学校へなどお通いになりますより、小牧先生のような勝れた先生につかれて、個人教授をお受けになる方が、おふさわしく存じ上げました。

それにもかかわりませず、新しい御寮人さまとお葉さまは、嬢さまのご成長ぶりがお妬《ねた》ましく、お気に障《さわ》られるのか、ことごとに小牧先生に辛《つら》くあたられ、聞えよがしに、〝オールドミス先生〟などとおっしゃられたり、はてはわたしにも、よしの大事な嬢さまを、小生意気な新参者《しんざんもの》の小牧さんに奪《と》られてしまうよ、とおっしゃることもございました。正直なところ、わたしは、嬢さまが小牧先生と同じお離れの間にお寝《ね》起《おき》され、小牧先生のみ胸に抱《いだ》かれるようにしてお過しになっておられるご様子を眼《ま》のあたりに致しまして、わたしの一番大切な方をいきなり、横合いから奪われたような淋《さび》しい、息苦しい思いが致しましたが、小牧先生のご指導によって、嬢さまがさらに類《たぐ》い稀《まれ》なご聡明さを増して行かれるためには、わたしの気持など取るに足らぬ小さなものと存じ、自分の取り乱れる気持を強く取り抑《おさ》えて参りました。

この間に、二十八歳と二十四歳になられたお恵さま、お歌さまが相次いでご婚礼になりましたが、ご妾腹のこととてその間に何かと煩《わずら》わしいことがあったり、お葉さまのヒステリーのようなご発作などもありましたが、すべて小牧先生のご庇護《ひご》のもとに、嬢さまはそうしたことにお傷つきにならず、お離れの間で、お好きなご勉強にのみ耽られました。或る時など、嬢さまが源氏物語のご朗読を遊ばしている時、二度目の流産を遊ばしたあとの御寮人さまの何時にない険しいお声が、お屋敷の中に響き渡りました。はっとしたように嬢さまがご朗読をお止めになりかけられますと、小牧先生は、つとお起《た》ちになり、窓際の障子を音もなくお閉《し》めになってから、ご自分で続きを朗読され、わたしがお文机の前へお茶をお置き致しますと、

「よしさん、いいところへいらしたわ、今、源氏物語の女性を、このお家の中の女性にたとえて品定《しなさだ》めをしようと思っているの、さしずめ、露《あら》わなお妬み心を持った弘徽《こき》殿《でん》の女御《にょうご》は、新家《しんや》のお葉さま、勝れておきれいなお顔をなさりながら、ねっとりと内に籠ったお妬み心を持った六条の御息所《みやすどころ》は、お継母《かあ》さま——、もの静かなひそやかさを持たれたお恵さまは、夕顔、明るくてご自分のご婚礼の日にもころころとお笑いになっておられたお歌さまは玉鬘《たまかずら》、あどけなくお可愛《かわい》らしい妹嬢《こい》さまは紫の上、そして何をおいてもお気ぐらいの高い貴女《あなた》は、明石《あかし》の上というところでいかが——」

と嬢さまの方をご覧になって、からからと大らかにお笑いになり、御寮人さまの険しいお声に聞き耳をたてかけられた嬢さまのお心を、からりと巧みにおはずしになってしまったのでござります。

このように大らかで、しかも温《あたた》かいお心の小牧先生のご指導を受けられました嬢さまは、四年の間に、お見違えするように闊達《かったつ》になられ、ご聡明さも増され、さらに女学校課程以上のご勉学を楽しんでおられました矢先に、小牧先生にご縁談が起り、どうしてもお嫁《かたづ》きになることに定《き》まったのでござります。

この時、嬢さまは、まるで肉親のお姉さまを失われるようにお悲しみになり、お食事も細られるほどお力落しになったのでござりますが、何と申しましても、母一人、子一人の小牧先生のご家庭の事情と、三十歳という先生のお齢から申しましても、無理強《じ》いにお留《とど》めすることも出来ず、旦那さまとご隠居さまは、ちょうど嬢さまのお齢がおん十九歳で女学校課程を一年前に終えていたことが、せめてもの倖《しあわ》せだとおっしゃり、まるでご親戚《しんせき》のお嬢さまをお嫁けになる時のように、ごりっぱなお支度《したく》をして差し上げられました。

小牧先生は、お屋敷をお去りになる日の朝、嬢さまに向って、最後の授業を遊ばしてから、

「まる四年、このお屋敷の中で、ご一緒にご本を読んだり、お歌を詠んだ楽しい想《おも》い出は、おそらく私の生涯の中でも、またとない美しい想い出として残ることでしょう、今日から私がいなくなりましても、お歌だけは続けて下さい、そして、そのお歌を詠む励みになるように、私が同人になっている『柊《ひいらぎ》』という短歌誌へ、貴女を準同人として、ちゃんと投稿が出来る手続を取っておきましたから、できることなら、生涯お歌を続けて下さい、貴女は将来、お歌で世に讃《たた》えられる人におなりになるかもしれないと、そう思うのです」

改まったお声でおっしゃり、お文机の上にある短冊をお取りになると、

姉妹《おとどひ》よ花よと愛《めで》し才の子に歌筆ゆだね春を別たな

というお歌を見事なお筆でしたためられ、小牧先生とのお別れに打ち沈んでおられる嬢さまに、

「お独《ひと》りでお淋しい時、この私の歌を想い出して、お歌を詠む限り、私と貴女は絶えずご一緒にいると思って下さい」

とおっしゃり、お廊下にお控えしているわたしの方を振り向かれ、

「これからは、おそらくお茶やお花、お琴などの女らしいお稽古《けいこ》ごとを、沢山お習いしなければならないことになると思いますが、お歌を止めなくてよいように、よしさんがいろいろとお気配り下さい」

何の学もないわたしにまで、そう云われましたが、この小牧先生のお言葉と、『柊』という短歌誌の準同人にご推薦されましたことが、孃さまがその後もずっとお歌を続けられ、孃さまのお歌が世に出ることになったきっかけとなったのでございます。

この時のお言葉を守って、小牧先生がお去りになってからも、孃さまは絶えずお歌に励まれ、二十歳になられた春、はじめて御室《おむろ》みやじのお名で『柊』へご投稿になりました。そのお歌というのが、ご承知かとも存じますが、

涙ふふむ瞼《まぶた》あえかにかげらへど奢《おごり》とし見む緋《ひ》の舞扇

まま し母の臥所《ふしど》めぐらふ呪《のろ》ひともわが木々芽ぶかめ夜のしじまを

という二首でございました。この初投稿のお歌が『柊』に出まして、一カ月程たってから、貴女さまのおっしゃる荻原秀玲《おぎはらしゅうれい》先生から、始めてお歌のことについてのお手

紙を賜わったのでございます。

嬢さまは、荻原先生のお名前をよく存じ上げておられましたらしく、ご達筆なお字でしたためられたご封書の裏を返して、荻原先生のお名前をご覧になるなり、緊張したご表情で、白い木蓮《もくれん》の花びらが浮かんだお池に面した方へ、お文机をお運ばせになり、その前に居ずまいを正してお坐りになってから、ご封書の封を切られたのでございますが、思えば、このご封書の封が、御寮人さまの数奇なご生涯に繫《つな》がる封印であったかもしれないようでございます……。

＊

何時《いつ》の間に風が吹き止んだのか、部屋の外は、森閑とした静けさに包まれ、かすかな朝の陽《ひ》が窓から射《さ》しはじめていた。終夜、風の鳴る音に、うつうつとしては眼を覚まし、眼を覚ましては老婢の言葉を思い返し、思い返してはまた、うつうつと、まどろみながら夜を明かした私は、荻原秀玲からの封書を白い木蓮の花びらが浮かんだ池に向って封を切ったそのひとの姿が、清洌《せいれつ》な印象になって、私の眼の底に灼《や》きつくように残った。しかし、老婢《ろうひ》はなぜ、昨夜、荻原秀玲の名前が出るところまで来ると、不意に話を止め、またのことに致しましょうと話を切ったのだろうか——。

第五章

姫路の家へ帰った私は、日が経《た》つにつれ、老婢《ろうひ》の口から荻原秀玲《おぎはらしゅうれい》が、『柊《ひいらぎ》』へ初投稿した御室《おむろ》みやじに励ましの手紙を贈ったところまで聞きながら、それ以上を聞けずに帰って来たことが、強い心残りになった。

あの風の夜の翌朝、私が、さらに、荻原秀玲のことを詳しく聞き出そうとすると、老婢は、「どうか、そんなに性急にお聞き下さいませぬように——、荻原先生のことで、私の存じ上げている限りのことはお伝え申し上げますから、ゆっくり、お話しさせて下さいまし、ただ、御室みやじの筆名をもった御寮人《ごりょうにん》さまと、荻原先生とのおつき合いは、とても普通の常識では推しはかれぬようなおつき合いでございまして、しかも、成人なさりましてからの嬢《とう》さま、そして、御寮人さまになられましてからは、お幼《ちい》さい時のように始終、わたしがお傍《そば》に随《つ》ききりというわけでもございませんでしたから、その辺のところの記憶が曖昧《あいまい》でござりますので、もう一度、時間をかけて、その頃のことを思い返し、間違いのないように思い出しましてから、お話しさせて下さいまし」と云《い》い、そのまま、口を噤《つぐ》んでしまったのだった。

そう云われると、それでも強いてとは云えず、一方、私も、六十近い両親が私の帰りを心配し、待ちわびていたから、老婢の言葉通り、暫《しばら》く日をおいてから訪《たず》ねることにし、姫路の家へ帰って来たのだったが、それが、日とともに、何か取り返しのつかぬことのように思われ、私は、お正月休みが終るのを待ちかまえるようにして、姫路城内にある市立図書館へ通い、歌人御室みやじと明治短歌史の研究者である荻原秀玲のことを、調べはじめた。

戦災で市の中心部を焼き払われた姫路市の市立図書館は、姫路城の大手門《おおてもん》横の元陸軍兵舎を改造した粗末な図書館であったが、姫路高等学校がある学校都市らしく、各分野の専門書が蔵書されていた。私は、火の気のない図書館の閲覧室で、終日のように明治大正時代の短歌と歌壇に関する資料を繙《ひもと》いた。

まず、御室みやじが、その詠歌を投稿した短歌誌『柊』のことを調べるのが、真っ先に必要な仕事であったが、幸い、『柊』の初刊本は、戦災を免れて、書庫に貴重本として、バック・ナンバーを揃《そろ》えて収められていた。

その創刊号を開いて見ると、『柊』は、明治三十三年十月一日に創刊され、当時の有名歌人、日夏柏葉《ひなつはくよう》と、その妻であり、柏葉とともに著名であった女流歌人、日夏須磨子《すまこ》の二人の手によって発刊された短歌誌であった。この『柊』の誕生によって、これまでの和歌の概念が徹底的に破壊され、和歌を短詩として考え、実生活と芸術の中の一切の因襲的なものを無視し、人間性の勝利と自我の確立を奔放に歌いあげる新しい浪漫的な短歌活動の烽火《のろし》が上げられたのであった。しかも、この新しい浪漫主義的な短歌活動は、短歌の世界のみならず、明治大正の文学運動の中心になり、『柊』には、短歌のみでなく、広く小説、詩、戯曲、評論、翻訳も掲載され、それらは当時の一流の小説家、戯曲家、評論家、外国文学者の協力によってなされていた。したがって全盛期の『柊』は、発刊部数五万部に達し、東京に本部を置き、大阪、京都、仙台、名古屋、高松、福岡などに支部を持ち、投稿者が殆《ほとん》ど全国に及んだ短歌誌であった。それだけに準同人、同人になる規定は厳《きび》しく、三人以上の同人の推薦がなければ、準同人になることが出来なかったから、葛城郁子《かつらぎいくこ》こと御室みやじは、家庭教師の小牧芳美《よしみ》が、自分のほかに、あと二人の同人の推薦を得て、御室みやじを『柊』の準同人に加えたようであった。

『柊』社の規定として、準同人は、毎月又は隔月に、自作の短歌二十首以内を送付して主宰者の批閲を求むと規定されていたから、作歌活動の激しさと応募数の多数さがうかがわれ、その中から一首でも選ばれて、掲載されることは、厳しい批評と他の多数の作品を凌駕《りようが》して選ばれたものであることを物語っていた。

そして、その厳しい批評をなす選者の中には荻原秀玲の名を見付け出すことが出来た。主宰者の日夏柏葉、日夏須磨子のほかに、島田文明、冬木《ふゆぎ》琢也《たくや》、石川蘭桐《らんとう》ら五人の歌人と、国文学者で短歌史の研究家であり、歌人でもあった荻原秀玲の六人が、『柊』の選者であったのだった。

私は、表紙に、半裸の女性が花を抱《いだ》いたその当時としては大胆な絵を配した『柊』の創刊号を見詰めながら、そこに集まった当時の浪漫派の詩人、歌人たちの太陽のように輝かしい、華麗な姿を思い描き、その中でただ一人、夜空の月のように高く冴《さ》え渡りながら、金剛山麓《こんごうさんろく》の河内《かわち》平野で、孤独を守って、独り歌を詠《よ》んでいた御室みやじの姿が、眼に灼《や》きつくような美しさと、謎《なぞ》のような影を持って私に迫って来た。

そして、『柊』に掲載されている御室みやじの歌を読んで行くにつれ、最初は華麗さと激情に満ちながら、秀玲とのつき合いが深まって行ったと思われる頃から、華麗さの中に一脈の哀愁と孤独の翳《かげり》が感じられるのは何故《なぜ》だろうか。老婢が、荻原秀玲の名前を口にする時の、一種の躊躇《ためら》いと苦渋に似た口の重さの中に、『柊』の投稿をきっかけに始まった荻原秀玲と御室みやじの容易に窺《うかが》い知れぬ繋《つな》がりが、秘し隠されているように思えた。

私は、人影の疎《まば》らな閲覧室の窓から、すぐ間近に見える戦災を免れた白鷺城《しらさぎじょう》の天守閣を見上げた。或《あ》る時は人間を殺戮《さつりく》し、或る時は月見の宴を催したであろう天守閣は、人間の栄枯盛衰の歴史を静かに秘め、壮麗な哀愁の影を帯びながら、夕闇《ゆうやみ》の中に沈もうとしていた。私はその静かで壮麗な哀愁の中に、御室みやじと荻原秀玲の姿を映して見た。河内平野随一の旧家であり、大地主の跡継ぎである御室みやじと、高名な国文学者である荻原秀玲とが辿《たど》った人生も、同じような華麗さと哀愁に満ちていたのではないかという思いに揺さぶられ、その秘し隠された生涯を探り当てたい欲望が、私の胸の中で次第に深く、確固たるものになって行くのを感じた。

毎日のように図書館に通い、家にいる時は殆ど終日、部屋に閉じ籠《こも》って資料を読み耽《ふけ》っている私の姿に、両親は訝《いぶか》しげな眼を向けたが、私は集められる限りの明治大正の短歌関係の資料を集め、そこから荻原秀玲の歌壇における位置や業績を調べると同時に、昭和二年に死を伝えられ、寡作《かさく》の人とされている御室みやじの歌を一首でも探しあてる努力を続けた。

荻原秀玲に関しては、彼が明治短歌史専攻の有名な国文学者であると同時に、歌人とあり、短歌誌『柊』の同人であり、選者であると記され、荻原秀玲の編纂《へんさん》した『明治大正名詩歌選』は、この種の研究書の中で、最も権威ある優《すぐ》れたものであると記述されていたが、歌人御室みやじについては、私が京都大学の国文学研究室で閲覧した『明治大正名詩歌選』『現代短歌俳句集』『要註近代短歌選』『日本抒情《じょじょう》詩歌集』の四冊に収録されている八首の歌と、『柊』へ投稿した歌を四十首ばかり見付けることが出来ただけであった。

一方、京都大学の国文学研究室で勉強している三宅伸子《みやけのぶこ》からは、私が老婢と別れ、姫路の家へ帰って来た一カ月目に手紙が届いた。

もどかしくその封を切ると、荻原秀玲が最後に職を辞した東京大学の事務局の庶務課へ問い合わせ状を出すことはもちろん、曾《かつ》て『柊』の同人であった人で、今なお健在でいる老齢の人々に、伝《つて》を求めて順々に尋ねて廻ったが、現在のところ、荻原秀玲が仙台で罹災《りさい》してから後の住所については知ることが出来ない、しかし、仙台の田舎に隠棲《いんせい》しているらしいことだけは確かな様子で、今後もなお続けてその消息を調べてみるから、力を落さないでほしいという、簡単な中間報告だけであった。

伸子の調査に大きな期待をかけていた私は、激しい落胆を覚え、その二、三日は図書館へ通う気力も失い、終日、家にいて、ぼんやりと日を過していたが、伸子の手紙を受け取ってから五日目に、机の端に埃《ほこり》をかぶっている硯箱《すずりばこ》が、私の眼に止まった。

それは、私が大阪で戦災を受け、そのひとと老婢が住む御影《みかげ》の家へ避難し、暫《しばら》くそこに身を寄せていた時、戦災見舞の品として戴《いただ》いた硯箱であった。明日にも再び大阪が空襲され、戦災を浴びるかもしれない時に、渋い朱漆《しゅうるし》のかかった根来塗《ねごろぬり》の硯箱に瓊《けい》玉《ぎょく》のような濃紫色《こむらさきいろ》の石肌《いしはだ》を持った端渓石《たんけいせき》の硯を納めて贈られたのであった。その硯の美しさと気品に搏《う》たれた私が「まあ、美しい石、でも硯石にはもったいな過ぎるようですわ」と云うと、そのひとは静かな、そして冷やかな表情で、「文字というものは、本来、瓊玉のような硯から磨《す》り出される墨で書かれ、遺《のこ》されるものではないでしょうか」と応《こた》え、ちらりと厳しい視線を私に投げつけたのだった。

私は、その厳しい視線と冷やかであったそのひとの表情を思いうかべると、ふと、この瓊玉のような硯で、荻原秀玲宛《あて》に手紙をしたためたい衝動に駆られた。もちろん、荻原秀玲の住所は、羅災時の住所しか解《わか》らなかったが、ともかく、現在知り得ている その羅災時の住所宛に手紙を出せば、もしかすれば、稀有《けう》な幸運によって、それが荻原秀玲の転居先に回送されることがあり得るかもしれなかった。なぜ、そんな簡単なことを今まで思いつかなかったのか、私は、自分の迂闊《うかつ》さを悔む思いで、硯箱の埃を払い、端渓石の硯に清水《せいすい》を満たし、硯に添えられた唐墨《からすみ》を磨って、筆を取った。

突然、書状をしたため、先生のご静謐《せいひつ》をお煩《わずら》わせ致しますご無礼をお許し下さいまし。一面識もございませぬ者が、突然、お手紙を差し上げます不躾《ぶしつけ》とご不審につきましては、この書状を最後までお目通し戴ければ、お許し戴けることと存じます。先生の先生に、私がお手紙を差し上げたいと発意《ほつい》致しましたのは、実は一カ月前、先生のご編纂になる『明治大正名詩歌選』を、京都大学の国文学研究室の書庫で精読致しましたその日からでございます。

と申しますのは、あのご本の中に編纂されております歌人、御室みやじの歿年《ぼつねん》について、私は全く思いもかけぬ偶然なめぐり合わせから、御室みやじこと葛城郁子刀自《とじ》と、終戦の年の春の一時期、起居をともに致し、昭和二十一年十月二十九日にお亡《な》くなりになりましたご様子を存じ上げているのでございます。しかし、歌人、御室みやじはつとに、早逝《そうせい》を伝えられ、明治大正の短歌関係の資料のいずれを閲覧致しましても、昭和二年歿と記されておりますので、私はこの推測に苦しむ大きな誤謬《ごびゅう》について、ここ一カ月、大学時代の友人で、今は京都大学の国文学研究室で勉強しております者の協力を得て、いろいろ調査致しました結果、まことに不躾な申し上げようでございますが、先生のご編纂になるご高著『明治大正名詩歌選』に記述されました御室みやじの閲歴がもとになって、その後の短歌研究の書物が、次々と誤りを記述していることを発見致しましたのでございます。

しかし、先生ほどのその道の権威の方が、このような大きな誤りを、誤りとしてお記《しる》しになるとは到底、信じられません。ここにはきっと、一冊の書籍の中で処理し得ぬ何らかの経緯があったものと推測され、一方、当然、先生のご編纂になるご本を読んでおられたはずの御室みやじ自身が、なぜ、誤り記された自分の歿年を抗議なさらなかったのか、思えば思うほど、先生がお記しになりました数行の御室みやじの閲歴には、容易に他が測り知ることの出来ない事情が介在しているように存じ上げるのでございます。

もちろん、私はつまらぬ興味やだいそれた学問的探究心をもってお伺い申し上げるのではございません。たとえ三カ月でも、早くから死を伝えられている閨秀《けいしゅう》歌人、御室みやじと起居をともにし、その晩年の姿を知ることを得、しかも歌から受ける印象と全く異なった一種の陰惨さと酷薄な影を持った人間像をかい間見ました私にとって、一人の歌を詠む女性が歩んだ人生の真実を知りたいという、それだけの念《ねが》いからでございます。

それに致しましても、高名な国文学者として、大学時代からご高著を通して存じ上げております先生に、このような書状を差し上げますには、何日も思い迷い、いろいろと躊躇いましたが、葛城郁子刀自から生前、私に贈られました端渓石の美しい硯と、それを戴きました時の妖《あや》しい美しさを持った想《おも》い出が、私をして、先生にこのような書状を、おしたためする勇気を与えてくれたのでございます。

ここ一カ月間、いろいろと先生のご消息をお尋ね致しましたが、ご転居先を存じ上げることが出来ませんでしたので、ともかく、ご罹災地宛に差し上げますこの書状が幸運を得て、先生のお手もとに届きますことを念願致し、なお、お目もじさせて戴けますようならば、早速《さっそく》、仙台までお訪ね致したいと存じ上げます。かしこ

私は何度も書き直し、書き継ぎ、やっとそれだけをしたためると、荻原秀玲からの返信を祈るような思いで封をし、家から三丁程離れた郵便局まで行って、ポストに投《とう》函《かん》した。

それから私は、毎日のように郵便配達の時間を待ち受け、荻原秀玲からの返信を期待していたが、遂《つい》に一カ月経っても、返信はなかった。しかし、付箋《ふせん》付きで返送されて来ないところを見ると、罹災地から次の転居先へ回送されている様子であったから、私はなお辛抱強く仙台からの便りを待った。

　しかし、一カ月半を経ても何の便りもないとなると、さすがに私は苛《いら》だち出し、京都にいる三宅伸子に、何か詳しい消息は得られないかという催促の手紙を出したが、伸子の方からも依然として、新しい消息は得られなかった。

　四月の声を聞き始めると、私はこれ以上、姫路の家にいて荻原秀玲からの返信を待っていることに耐えられなくなった。ともかく老婢に会って、老婢の知っている限りの荻原秀玲と御室みやじとの交際を聞き、そこから何らかの消息を得られるかもしれないと考え、予《あらかじ》め、老婢に訪問の旨《むね》を伝えた上で、私は再び御影《みかげ》へ出かけて行った。

第六章

御影《みかげ》の葛城家《かつらぎけ》の正門のベルを押すと、老婢《ろうひ》は待ち受けていたようにすぐ門を開けたが、何時《いつ》ものように玄関の方へ案内せず、中前栽《なかせんざい》を横切って、枯山水《かれさんすい》になった奥前栽の方へ足を運び、深い植込みの陰になった茶室へ私を請《しょう》じ入れた。

茶室の中には、あえかな香《こう》の匂《にお》いが籠《こも》り、炭火を埋めた炉の上の釜《かま》は、既にしゅんしゅんと白い湯気をたぎらせていた。赤味を帯びた聚楽土《じゅらくど》の壁に紺無地の腰張りは、茶室としては明る過ぎるようであったが、床に掛けられた雪舟《せっしゅう》の墨絵が、茶室の明るさを引き締めていた。老婢は、炉の前に坐《すわ》ると、

「今日は、このお茶室でお茶を差し上げながら、先日来のお話の続きを致したいと存じます、それと申しますのも、このお茶室は、実は、御寮人《ごりょうにん》さまがお若い時に、一時、家をお出になり、石川の畔《ほとり》に庵《いおり》を結ばれた時がございますが、その時の庵のお茶室と

そっくりに、しつらえられているのでございます」

と云《い》い、老婢は古代紫の袱紗《ふくさ》を取って、改まった形でお点前《てまえ》をはじめた。そのひとに随《つ》いて習ったのか、老婢の袱紗さばきは年期の入った見事なさばき方であったが、私はそれより、そのひとが若い時の一時期、家を出て庵を結んだという一言に心を奪われた。

老婢は、心を静めるためか、姿勢を正し、一つ一つ間《ま》をおくような所作《しょさ》でお点前をし、大振《おおぶり》な茶碗《ちゃわん》を私の前においた。私はお茶を呑《の》んでから、茶碗を掌《てのひら》に入れて眺《なが》めた。青緑色の釉《うわぐすり》の上に、早蕨《さわらび》のような文様《もんよう》が描かれた絵織部《えおりべ》であった。

「お見事なお茶碗、織部でございますね」

見惚《みと》れるように云うと、

「さようでございます、御寮人さまは、この絵織部のお茶碗で、荻原《おぎはら》先生にお茶を差し上げられましたのでございます」

「えっ、このお茶碗で荻原先生に――、それは、何時のことですの」

私は思わず、急《せ》き込むように聞いた。

「荻原先生からはじめて、お手紙を戴《いただ》きました年の翌年のことでございます」

と云い、老婢は静かに話し出した。

＊

この間、お越し戴きました際に、お話し申し上げましたように、二十歳になられました嬢《とう》さまが、はじめて『柊《ひいらぎ》』へご投稿になりました時、選者の荻原秀玲《しゅうれい》先生からご封書を戴かれましたのでございますが、そのご封書の内容は、初投稿の貴女《あなた》のお歌を拝見しましたが、天質の優婉《ゆうえん》さの上に、古典の味わいがあり、実感に根ざしながら、露骨にならず、抑制のきいた詠《うた》い上げだと思いました、ただ、いささか才気と感傷に溺《おぼ》れるきらいが見られますから、今後ご注意なされたく、この上とものご精進のほどを祈りますという、選者としてのお励ましのお言葉であったそうでございます。嬢さまはそのご書状をお読みになったあと、朱漆《しゅうるし》のお文箱《ふばこ》の中へお納めになり、すぐ、東京へお嫁《かたづ》きになられました小牧先生に、この旨《むね》をお知らせになったのでございます。

小牧先生からは、早速、お返事があり、荻原先生が現在、京都大学の講師をしておられる新進学者で、国文学のご専門誌へのご執筆はもちろんのこと、『柊』では主宰者の日夏柏葉《はくよう》、日夏須磨子《すまこ》氏とともに選者であると同時に、数多くのお歌を発表されておられる有名な方で、そのような方から貴女のお歌が認められたことは、貴女にお歌をお教えした私として非常に嬉《うれ》しい、荻原先生は月に一度、『柊』の編集のために京都からご上京されるから、その時、何かの機会があれば、貴女のことをよくお伝え致しておきますが、貴女からも荻原先生に、鄭重《ていちょう》なお礼のお手紙を差し上げなさいというお言葉と、荻原先生の京都のご住所が同封されていたそうでございます。

嬢さまは、早速、お文机《ふづくえ》に向われて、荻原先生宛《あて》のお礼状をしたためられましたが、その時の嬢さまのお美しいたたずまいは、今もわたしの眼にまざまざと、うかんで参ります。いつぞや、貴女さまに差し上げられましたのと同じ端渓石《たんけいせき》のお硯《すずり》に墨を磨《す》られ、白い木蓮《もくれん》の花が散ってしまったお庭に向って、真っ白な江戸川巻紙をお広げになり、朱漆の仮名筆を取ってお手紙をおしたため遊ばす嬢さまのお姿は、さながら、王朝の昔の絵物語からぬけ出られたような雅《みやび》やかな、お美しいたたずまいでございました。

荻原先生へのお礼状をおしたためになりました翌日から、嬢さまはさらにお歌にお打込みになったのでございます。お茶、お花、お琴、上方舞《かみがたまい》、お習字などの沢山のお稽古《けいこ》ごとを抱《かか》えられながらも、一日に一度は必ず、お文机の前にお坐りになって、お歌をお詠《よ》みになられましたが、その殆《ほとん》どは『露草』と書かれたご自分のお歌帖《うたちょう》におしたためになるだけで、『柊』へは隔月に、ご投稿になりました。それでも、嬢さまのお歌は、勝《すぐ》れて人のお目にたちますのか、『柊』の東京の本部からはもちろん、大阪の支部からも、毎月のお歌会の催しに、頻《しき》りにお招きを預かりましたが、嬢さまは一度も、お出かけにならなかったのでございます。

と申しますのは、旧家で地主であるお家では、お齢頃《としごろ》になられますと、めったに外へお出かけにならぬのが普通でございまして、お稽古ごとのお師匠さま方も、皆、大阪から泊りがけで、はるばるとお見えになるのでございます。したがって、明治四十二年でございましたその当時、女の身でお稽古ごとならぬ、男女が自由に寄り合うお歌の会などへのご出席は思いも寄らぬことで、ご縁談にもさしつかえることでございましたから、旦那《だんな》さまはもちろんのこと、ご隠居さまも、そうした会へのご出席は固くお止《とど》めになり、一方、嬢さまも、お歌をお詠みになることだけがお楽しみで、それがご本に載ったり、そのためにお歌の会へご出席になったりすることは、ご興味のないご様子でございました。

それでも、嬢さまのお歌や、ご日常については、皆さまの好奇なお心をそよがせますのか、『柊』の消息欄に、河内《かわち》長野《ながの》の御室《おむろ》みやじよ、出《い》で来《き》たりて、我らとともに現《うつ》し世の歌詠まむとか、御室みやじの歌詠まば、上代《かみつよ》の河内の国の姫君の長き真白き裳裾《もすそ》を想《おも》う、というような短い文章が載ったり致しましたが、嬢さまは、それをお読みになって、ふうっと、かすかなお笑《え》みをお口にふくまれましたまま、あとはそうしたことを話題に遊ばしませんでした。

二度目に荻原先生から、お手紙を戴きましたのは、『柊』の創刊十周年記念号が発刊された時でございました。嬢さまがご投稿になりましたお歌が二首とも掲載され、準同人でございますのに、同人の方と同じように大きくお扱われになったのでございます。

幻《まぼろし》のあへなく消ゆる現《うつつ》とも上《かみ》つ言《こと》の葉《は》積む夜半《よは》の秋

真澄《ますみ》なる鏡に見《まみ》えわが実母《はは》とうき髪ながく結ぼるあはれ

とお詠みになった二首のお歌でございましたが、そのお歌が『柊』へ載りましてから、十日目ぐらいに、荻原先生から最初と同じようにお見事な手蹟《しゅせき》でしたためられた奉書巻紙のご封書を戴き、嬢さまは楓《かえで》の大樹がお縁先まで枝をさし交わし、見渡す限り、お池の水まで紅葉に染まったお庭に向って、封を切られました。

どのようにおしたためになっておられましたのか、その時は、お手紙のお言葉を、わたしにお洩《も》らし下さいませんでしたが、透けるような真っ白な頰《ほお》を、楓の紅葉に染

められながら、

「よし、荻原先生からおりっぱなお歌を戴きました」

とおっしゃられ、お姿を改められるように長いお袖《そで》をお膝《ひざ》の上にお重ねになり、

雲の上の調《しらべ》とまがふ貴人《あてびと》の裳裾は天にたなびくとみて

張り詰め、冴《さ》え渡ったお声で、二度、繰り返してお詠み上げになりました。その時の空高くまで冴え渡るように澄み切ったお声は、まことに荻原先生のお歌の通り、雲の上からの調べかと聞きまごうほど、朗々としたご気品とお麗《うるわ》しさに満ちたお声でござりました。そして、そのお歌を詠み終えられましてからも、何を思い耽《ふけ》られますのか、東側のお窓から見える金剛《こんごう》山脈が、銀鱗《ぎんりん》のような夕雲を山懐《やまふところ》にたなびかせながら、墨色に消えて行くまで、お文机に身動きもされずにお倚《よ》りになっておられました。やがて、夕闇《ゆうやみ》がお部屋の周《まわ》りを暗く埋めかけますと、嬢さまは、わたしに灯《あか》りを持って来るようにお云いつけになり、その灯りの下で、ご返歌をしたためられたのでござります。

ゆくりなき光おも映ゆ籠女《こもりめ》に賢《さか》しき道のしるべたまへかし

とお詠みになったお歌を、真っ白な巻紙にお見事な字くばりでおしたためになり、先程と同じようにお声を出してお詠み上げになってから、手漉《てすき》の厚い封筒へお入れになりました。

それからの嬢さまは、まるで何かに憑《つ》かれたようなご熱心さで、さらにお歌にお励みになりましたが、一方では、二十一歳の秋を迎えておられます嬢さまのこととて、ご縁談が近在の地主さまから降り積るほどに持ち込まれていたのでござります。

ご継母の御寮人さまは、お輿《こし》入れになってから九年目をお迎えになっておられましたが、三十をお越えになってからのご結婚でござりましたせいでしょうか、それとも、身に覚えのない濡衣《ぬれぎぬ》を着せられてお離《さ》縁りになった前の御寮人さまのご無念が、残っておりますせいでしょうか、続いて三度もご流産になったあとは、ご妊娠の兆《きざし》も見えず、既にご自分のお子さまをお産みになることをお諦《あきら》めになっておられるご様子でござりました。その代り、嬢さまのご養子婿《むこ》さまに、ご自分のご血縁の方をとお考えになり、いろいろそのご画策を遊ばされ、それには新家《しんや》に独《ひと》り住いのお葉《よう》さまもお加わりになっておられるご気配でござりました。

嬢さまとお継母《かあ》さまのご関係は、嬢さまが、母屋《おもや》とは別棟《べつむね》のお離れで独り住い遊ばし、わたしだけがお側《そば》にお仕え致しているご日常でござりましたから、お継母さまとご接触になる機会が殆どござりませず、表だっての波風は見当りませんでしたが、それだけにご両人さまのお胸の奥には、刃《やいば》のように冷やかなお心が、研《と》ぎ澄まされていたのではござりませんでしょうか。お葉さまとのご関係も、嬢さまは、ご妾腹《しょうふく》の叔母さまというやや軽んじられたお気持の上に、さらにご生母さまを離縁《さ》らせるように仕向けた者というお恨みが加わり、お葉さまの方も、ご自分が離縁《さ》らせた相手の血に繋《つな》がる者というこだわりの上に、思い上った正室腹の総領娘というお憎しみが加わり、お庭やお廊下でお顔をお合わせになる時があっても、お互いに軽く会釈《えしゃく》を交わされるだけで、お言葉をお交わしになることは、殆どござりませんでした。

それでも、嬢さまのご縁談のこととなると、お継母さまとお葉さまは、わたしの理解に苦しむほど、妙にお昂《たかぶ》りになり、お二人でひそひそとお話し合いになることが多うござりました。

その日も、大奥のお継母さまのお部屋へ、お葉さまが入り込まれ、長々とお話しなさっているご様子でござりましたが、お葉さまが新家の方へお帰りになるなり、お継母さまは、奥前栽の庭石伝いに、お離れの方へ足を運んで来られました。

あやめ垣《がき》を低く取り廻した柴折戸《しおりど》を開けられ、南側のお縁からお上りになり、

「郁子《いくこ》さん、ちょっとお邪魔していいかしら——」

何時になく、馴《な》れ馴れしいお声をおかけになりました。

「どのようなご用事でございましょうか」

とお聞き返しになりますと、

「別に、改まったことでもないのだけど——」

とおっしゃり、嬢さまのお返事も待たれず、するりとお部屋の中へ滑《すべ》り込まれ、お琴を前に置いて、お独りでお稽古を遊ばそうとしておられました嬢さまのお膝のお傍《そば》へ、

「この人なら、どうかしら——」

わざとさりげないご様子で、ご養子婿さまの新しい候補者のお写真をお置きになったのでございます。嬢さまは、それをまるで穢《けが》らわしいものでもご覧になるように、

「私はまだ、結婚など考えてもおりません」

とお応《こた》えになり、お写真には手もお触れになりませんでした。お継母さまは、お膝を前へ進められ、

「あなたは、結婚がおいやなの、それとも、私が持って来るご縁談だから、いやだと

おっしゃるの」

権高《けんだか》なお顔で、ねっとりとからみつくようなお声でござりました。嬢さまは、象牙《ぞうげ》のお琴の爪《つめ》をおいじりになりながら、

「その両方ですわ〃結婚もいやでございますし、お継母さまのお持ちになるご縁談も嫌《きら》いでございます」

そうおっしゃるなり、お継母さまを無視遊ばすように、つと前のお琴にお手をおかけになり、何時ものように乱れのない調べで『相生《あいおい》の曲』を弾《ひ》きはじめられますと、不意に、お琴の音をかき消すような激しいお継母さまのお声が致しました。

「お止《や》め！　お止めなさい！　あなたという人は何という思い上った怖《おそろ》しい人――、せっかくあなたのためにと、ご縁談を持って来ている私の話を半ばにして、お琴を弾かれるとは何という仕種《しぐさ》です、私は、あなたのためを思えばこそ……」

さらに云い募られかけますと、嬢さまはその言葉を遮《さえぎ》られました。

「私は、私の倖《しあわ》せより、お継母さまのためにと考えられた結婚は、致したくありません」

ぴしりと、鳴るようなお激しさで申されました。

「まあ、私のためなどと……あなたは一体、何を私におっしゃりたいのです……」

お継母さまのお声がわなわなと震えられましたが、嬢さまはお琴の前に端然と坐られたまま、

「お継母さまがお持ち下さるご縁談は、どうして、みんな、お継母さまのご血縁の方ばかりをお選びになるのでございます、ほんとうに私の倖せをお考え下さるのなら、ご血縁にだけこだわられず、私のために、もっと自由にお選び下さいまし、それに間違っても、新家のお葉さまになど、ご相談下さいませぬよう」

芯《しん》の通ったお声で申されました。お継母さまは、きっと顔色を変えられ、

「誰が、私とお葉さまとが相談してるなどと申したのですか、私は、あの方とお話しすることがあっても、あなたの縁談については、何のご相談もしておりません、すべて私の一存で、あなたのご養子婿に私の血縁の者を迎え、私とあなたの間にない血の繋がりを少しでも、濃くしたいと願っているのです」

とおっしゃいますと、嬢さまは、

「どうして、私とお継母さまとの間に、血の繋がりに似たようなものを持たねばならないのでしょう、もし、それが、私がこの葛城家《かつらぎけ》を継ぐ総領娘だからというご配慮から来ているものでございましたら、そうしたご配慮はご無用でございます、私はこの家の家督を、出来ることなら妹の典子《のりこ》に譲りたいと思っているほどでございます」

あっと、お止めする間もなく、そうおっしゃってしまわれたのでございます。

「郁子さん！　それは、ほんとうのことなのですか、本心で、この家の家督を、典子さんに譲ってもいいとおっしゃるのですか」

お継母さまのお声に、異様な昂りがございました。

「ええ、私は好きな歌の道にさえ進めましたら、いっそ、この家は妹に譲った方がいいと思っております」

重ねて嬢《とう》さまが、はっきりとお応えになりますと、お継母さまの頰に、血の色がさされ、

「そう、それなら、あなたのお気儘《きまま》に、何時《いつ》までお独りで過されようと、どうなされようと、あなたのご自由です」

そうおっしゃると、つい先程まであれほど、嬢さまのご結婚に固執なされていた方が、お身を翻《ひるがえ》されるようにお写真を取って、お部屋を出て行かれました。

その翌日、嬢さまは、旦那さまとご隠居さまに、母屋の大奥のお座敷へお呼びつけられになりました。わたしは不安な思いを抱《いだ》きながら、嬢さまのお伴をしてご一緒に参りますと、お継母さまもそこに坐《すわ》っておいでになりました。旦那さまは、嬢さまがお席へお坐りになるなり、

「郁子、お前は、ほんとうにこの家を妹の典子に継がせようと思っているのか」

とお聞きになりました。孃さまは悪びれたご様子もなく、

「ええ、そうです、私が妹の典子のように可愛気《かわいげ》のない女の子であるために、お家の中に険しい波風がたち、私が総領娘であるために絶えず、策謀のような縁談が次々に持ち込まれ、私はまるでこの家の颱風《たいふう》の目のようでございます、その度《たび》にお祖父《じい》さまも、お父さまも、私をお庇《かば》い下さいましたが、私自身は、何時も、颱風の目になっていることに疲れ果て、そうしためまぐるしい煩《わずら》わしさと、醜さの中に生きるのが厭《いや》になってしまったのでございます、できることなら、このまま独り居して静かに歌だけを詠んでいたいという気持から、ほんとうに、この家の家督を妹に譲ってしまいたいと考えているのでございます」

とお応えになりました途端、不意に大きなお声が、お部屋中に響き渡りました。

「ならん！　ならん！　何を勝手なことをいうのじゃ、葛城家の総領娘が自分の勝手気儘で、家督を譲ることは出来ん、戸籍法の上でも、総領娘の廃嫡《はいちゃく》は簡単には出来んのじゃ」

ご隠居さまが、割れ鐘のようなお声で仰《おお》せになり、

「郁子、なぜ、そんなにこの家がいやなのじゃ、ほら、覚えているか、お前が小学校

へ入学する日だというだけで、一族郎党が集《つど》い寄り、赤飯を炊《た》いて、屋敷中に響き渡るような声で祝い合《お》うたあの日のどよめきを覚えておれば、こんなことを云《い》い出せるものではない、それに、こんなことを平気で郁子が云うようになったのは、一つは、両親の市治郎と勝代が、日頃から総領娘としての躾《しつけ》を怠っているからじゃ」

と嬢さまより、旦那さまと御寮人さまをお咎《とが》めになるようにおっしゃいました。旦那さまは、お返事にお惑いになるようにお眼を逸《そら》されましたが、御寮人さまは、ご隠居さまの方へお手をつかれ、

「お舅《とう》さま、お言葉をお返し申し上げるようでございますが、私たちは郁子さんに総領娘としての躾を怠っていたのではございません、ことある度に、葛城家の総領娘らしい振舞と心得をお勧めして来たのでございますが、そうお勧めすればするほど、私と郁子さんとの間は険悪になる一方でございますので、ついそれ以上は、お強《し》いすることが出来なかったのでございます、それにつけましても、本人がこれほどまでに、跡継ぎをいやがっておられますのを、無理に家督を継がせたり、そのために養子婿を迎えることは、本人の倖せのためにいかがなものでございましょう」

とお口をお挟《はさ》みになりますと、

「まだ、何を愚かなことを申すのじゃ、葛城家の総領娘になる人間は、生れたその日

から、そのように育て上げられているから、俄《にわ》かに他《ほか》の者がその代りなど、出来るものではない、たとえ、郁子の妹の典子であっても、その代りは出来るものではないのじゃ」

とお叱《しか》りつけになり、孃さまの方へ向き直られ、

「今、云ったように葛城家の総領娘に生れた者は、生命を失わない限り、この家を継ぎ、河内長野八カ村の土地を継ぎ、家名と家督を繁栄させなければいけない運命を持っているのじゃ、それはお前だけではなく、わしの御寮人であったお前のお祖母《ばあ》さまも、その前の曾祖母《ひいばあ》さまも、お前と同じように総領娘として、葛城家を継ぎ、繁栄させて来たのじゃ、お前のしたいこと、欲しいものはお祖父さまとお父さまで、何でもしてやるから、家督を譲ることだけは、まかりならん！」

がんと、撥《は》ねつけられるようにおっしゃられたのでございます。そのお言葉の強さに、孃さまは一瞬、お気を呑《の》まれるようにお顔を俯《うつむ》けておられましたが、お眼を上げられますと、

「お祖父さま、それでは、私の大分前からの望みを、かなえさせて下さいまし」

何かを思いたたれましたのか、ふいにお甘えになるようにおっしゃいました。ご隠居さまは、畳の上に置かれた太いお杖《つえ》の握りをお撫《な》でになりながら、

「よし、よし、何でも聞いてやる、何じゃな」

和《やわ》らいだお声でおっしゃいますと、

「お祖父さま、私に庵《いおり》を造って下さいまし」

「え？　庵——草の庵を結ぶというあの庵か、そんなものを造って、どうするというのじゃ」

ご隠居さまは、あっ気に取られましたようにお問い返しになりました。

「お祖父さま、私の今の楽しみは、美しいお衣裳《いしょう》をまとうことでも、贅沢《ぜいたく》な山海の珍味のお膳《ぜん》を戴《いただ》くことでもございません、独りで静かにお歌を詠《よ》むことです、お離れの間も結構ですが、お庭の築山《つきやま》の上から見えるあの石川の畔《ほとり》に庵を建てて下さいまし」

唐突な嬢さまのお申し出に、お座敷の中は、激しいお愕《おどろ》きと緊張した気配に包まれましたが、やがて旦那さまはお難《むずか》しいご表情で、

「なぜ、庵になど住みたいのか、この屋敷の中にいるのがいやだとでもいうのか」

とお聞きになりました。嬢さまはご思慮深げにお眼を瞬《まばた》かせながら、

「お父さま、先程、お祖父さまがおっしゃいましたように、この家を継ぐことが私の避けられない運命のようなものでございましたら、なおさら、結婚するまでのたとえ、二、三年の間でも、私に、私の好きな歌の道を三昧《さんまい》にさせて下さるために、庵を造っ

て下さいまし」

張り詰めた嬢さまのお声とお心のほどが、弓なりのようにお座敷の中に伝わりました。ご隠居さまと旦那さまは、お心惑いなさるように暫《しばら》くお口を噤《つぐ》んでおられましたが、ご隠居さまが、つと、嬢さまの方へお膝《ひざ》を寄せられました。

「郁子、お前、ほんとうにこの家をりっぱに継いでくれるのなら、今が二十一歳で、養子婿をとるには決して早い齢《とし》ではないが、たとえ僅《わず》かな間でも、お前の好きなようにさせて貰《もら》えるように、わしからも、お父さまに願ってやるが、どうじゃな」

嬢さまは、お首を深くお頷《うなず》かせになり、

「はい、お歌を詠む庵さえ造って下さいますなら、お祖父さまとお父さまのお云いつけ通りに致します」

とはっきり、お応えになりました。ご隠居さまと旦那《だんな》さまは、ほっとしたようなご表情を遊ばしましたが、御寮人さまのお顔にはご失望のようなお色が見えましたのは、あわよくば、この機会に嬢さまの家督権を、ご自分の云いなりにおなりになる十五歳になられたばかりの妹嬢《こいさん》さまに譲らせ、その妹嬢さまにご自分の方のご血縁を迎えようというお心づもりであったのではございませんでしょうか。そうしたご気配は、嬢さまのお心にも映りましたのか、お祖父さまとお父さまとのお話が終って、大奥のお

座敷からお離れの間へ帰って来られるなり、お手習帖《てならいちょう》の真っ白な紙の上に、何時にな
く乱れた大きなお字で、

あの声でとかげ喰《くら》ふかほととぎす

と、お書きになったのでござります。

こうしたことがござりました翌日から、ご隠居さまと旦那さまは、早速、お出入りの棟梁《とうりょう》をお屋敷へお呼びになり、お屋敷から二丁程離れた石川の畔の葛城家の地所に、嬢さまの庵をお建てになるご準備にかかられたのでござります。

七年前に、お離れの間をご普請《ふしん》なさりました時と同じように旦那さまが一切のお指《さし》図《ず》を遊ばし、南側に磨《みが》き竹の竹縁を取り廻し、北に黒木の伝い縁をもった、わざとお床をつけぬお座敷と、次に三畳のお茶室は南に明り採りの円窓《まるまど》をお刳《く》りになり、あとは二畳の玄関とお水屋、召使い部屋という、こぢんまりとした間取りでござりましたが、八畳のお座敷のお襖《ふすま》は、金砂子《きんすなご》の白木の戸襖、お茶室との仕切は鹿皮《しかがわ》の手総《てぶさ》をつけた有職《ゆうそくじ》仕立《たて》の二枚襖という凝ったご普請でござりました。その上、お庭には羽曳野《はびきの》から移し植えられました赤松と、木曾《きそ》から運ばせられました川石を配され、お庭から

たらたらと、つづら折に下りて行けば、そこが石川の河原《かわら》になり、庵と申しますよりも、香を焚《た》き、お歌を詠まれるご別荘とでも申し上げたいような雅《みやび》やかさと贅沢など普請でござりました。旦那さまのご発意《ほつい》で『春草庵』と名付けられましたのは、庵のように抹香《まっこう》臭くならず、嬢さまが春の若草のようにすくすくと匂《にお》やかなご日常を過されるようにという意味のように窺《うかが》われ、お後添《のちぞえ》の御寮人さまと仲睦《むつま》じくお過しになりながらも、ご総領の嬢さまには、ご隠居さまと同じように深いお慈《いつく》しみを持っておられますことを、今さらのように、しみじみと、お感じ申し上げましたのでござります。

嬢さまが春草庵にお移りになりましたのは、おん齢二十二歳の春のことでござりましたが、長い冬を経て春を迎えた萌草《もえくさ》のように、いきいきとしたご表情で、

「よし、この庵にいる間は、私は葛城郁子ではなく、歌を詠む御室みやじよ」

とおっしゃいましたが、永禄《えいろく》年間から三百年余りも続いた旧家の厳しいしきたりと重み、そしてご生母さまの暗い想《おも》い出のつき纏《まと》うお家から解放され、お生れになってからはじめて得られたお心のご自由を楽しまれるご様子でござりました。そして、そのお喜びのお気持を、

香たきて歌の忍音《しのびね》たゆたへばわれにめでたき庵の過《すぎ》ゆき

とお歌に詠まれたのでございますが、そのお歌が『柊《ひいらぎ》』に載りましてから、暫くして、荻原《おぎはら》先生から、近日中に万葉旅行に大和路《やまとじ》を歩きますから、その際、ご都合がおよろしければ、お目にかかりたいというお手紙を戴いたのでございます。

第七章

湯のたぎる音だけが聞える静まりかえった茶室の中で、老婢《ろうひ》が糸を手繰《たぐ》るように語る歌人、御室《おむろ》みやじの若い日の面影と日常は、妖《あや》しいほどの華麗さと雅《みやび》やかさに満ち、私は暫《しばら》く現実を離れ、酔い痴《し》れるように老婢の話に聞き入っていたが、荻原秀玲《おぎはらしゅうれい》から御室みやじを訪《たず》ねたいという便りがあったというところまで聞くと、私は夢から醒《さ》めるように現実にたち返った。

三カ月ほど前から、私と三宅伸子《みやけのぶこ》と二人で、荻原秀玲の消息を八方手を尽して探し、京都大学の書庫や、姫路の市立図書館で調べてみても、その学問的業績以外は、何も知ることが出来なかった荻原秀玲のことを、始めて知り得ることが出来る喜びで、私の胸は激しい動悸《どうき》が搏《う》った。

「それで、荻原先生がお見えになった時のご様子は、いかがでございましたの？」

思わず、急《せ》き込むように云《い》うと、老婢は暫く、当時を思い起すように眼を瞬《まばた》かせていたが、やがて、つと席を起《た》つと、茶室の中に籠《こも》った熱気と、張り詰めた気配を外へ解き放つように躙口《にじりぐち》の戸を開いた。

蹲《つくばい》の前の植込みに春の陽《ひ》ざしが白く溜《たま》り、葉末から洩《も》れた光が苔《こけ》をつけた庭石の上に温《あたた》かくこぼれていた。老婢は、その温かさに眼を向け、静かにもとの席へ戻ると、

「荻原先生が、お見えになりましたのは、ちょうど今頃と同じ春の候で、四月の始めのことでございました――」

と云い、何かを思い決めるような表情で話し出した。

＊

その年は、例年より早い春の訪れで、石川の畔《ほとり》の小高い処《ところ》に建てられました嬢《とう》さまの庵《いおり》から、石川の細流《せせらぎ》を隔てて、黄金色の菜種の花が畑一面に広がり、早咲きの桜が白い花を霞《かすみ》のようにほの白くつけ、庵を取り囲む広いお庭の樹々《きぎ》も、青々とした芽をふき出しておりますのが、一望のうちに見渡せました。

荻原先生がお訪れになりますその日は、嬢さまは、お昼のお食事をおすませになりますと、お髪《ぐし》を丈《たけ》長く梳《くしけず》られ、香を焚《た》きしめられた濃紫《こむらさき》の無地に近い地味なお衣裳《いしょう》を

お召しになって、八畳のお居間に静かに坐《すわ》っておられました。わたしは、荻原先生を庵でお迎え致しますより、ご隠居さま、旦那《だんな》さま、御寮人《ごりようにん》さま方がおいでになるお屋敷でお迎えする方がよろしいのではございませんかと申し上げたのですが、嬢さまは、荻原先生とお目にかかるのは、葛城郁子《かつらぎいくこ》としてではなく、御室みやじとしてお目にかかるのだから、ここでお迎えする方がふさわしいとおっしゃられ、八畳のお居間に端坐《たんざ》して、荻原先生をお待ちになったのでございます。そのお静かなたたずまいと、地味過ぎるほど地味なお衣裳をお召しになりましたお姿の中に、荻原先生に対する嬢さまのご尊敬の念と、厳《きび》しいお心のほどが見られ、わたしまでも息苦しいほどの緊張を覚え、かすかなもの音にも耳を敧《そばだ》てて、荻原先生のお運びをお待ち致しておりました。

足音が聞え、急いでご門を開けに参りますと、ご門とは反対のお庭の柴折戸《しおりど》の方で、足音が高くなりました。慌《あわ》ててその方へ走って参りました途端、わたしは、息を呑《の》みました。

深い植込みの向うに、眼と眉《まゆ》の濃い、お口もとの引き緊《しま》った端麗なお顔だちでありながら、どこかひやりとした冷たさを身につけておられる荻原先生のお姿をお見つけ致したのでございます。荻原先生の方は、植込みの陰になったわたしの姿には、お気付きにならず、柴折戸の向うで、お足をお止めになりますと、嬢さまのお住いをめでられますようにお庭の樹々や、庭石や庵のたたずまいに、ゆっくりとお眼をお廻《めぐ》らせになりましたが、その端麗なお顔とお背の高いお洋服を召されたお体が、かすかに動く度《たび》に、その周《まわ》りの空気までがひやりとした冷たさになるような気配が致しました。わたしは、お声をかけることを憚《はばか》り、暫く躊躇《ためら》っておりましたが、何時《いつ》までもそうは致しておれませず、

「荻原先生でいらっしゃいますか、お待ち申し上げておりました」

やっとそうご挨拶《あいさつ》致しますと、先生は、突然、植込みの陰から声をかけたわたしの方を振り向かれ、

「荻原です、石川の河原の方から小径《こみち》伝いに上って参りました」

折目正しく、仰《おお》せになるそのお声にも、凜《りん》とした人を寄せつけられない響きがございました。

「そこからでは失礼でござりますから、どうぞ、お玄関の方からお上り下さいまし」

とお玄関の方へご案内しかけますと、

「いや、庵をお訪ねするのですから、ご迷惑でさえなければ、ここをお開け下さい」

とおっしゃいましたので、柴折戸を内側からお開きし、庭石伝いに植込みの間を通り、嬢さまのお居間の方へご案内致しますと、嬢さまはもう、おん自ら、お居間のお

障子をお開けになり、お縁側までお出になって、荻原先生をお迎えになっておられました。

「お待ち申し上げておりました、御室みやじでございます——」

嬢さまはそうおっしゃり、お手をついて、恭《うやうや》しく、頭をお下げになりましたが、嬢さまが人に向ってこのように恭しく、深くお頭をお下げになったのは、これがはじめてでございました。その居ずまいの正しさに、荻原先生も、一瞬、はっと遊ばされたように庭石の上でたち止まられ、

「荻原です、ご静境をお騒がせします」

とおっしゃり、まじまじと嬢さまのお姿をお見詰めになりました。嬢さまは、眩《まぶ》しげにお見上げになり、

「大和路《やまとじ》の万葉旅行はいかがでございました——、橿原《かしはら》から古市《ふるいち》へ出られ、古市から河内《かわち》長野《ながの》へお出ましになったのでございますね」

とおっしゃられ、荻原先生が歩んで来られた方角を指されますと、荻原先生もお縁側のそばに寄られ、嬢さまの指される方角をご覧になりました。もちろん、大和の国までは到底、見はるかすことは出来ませんが、見渡す限り、菜の花畑と麦畑が織りなした黄と緑の格子《こうし》縞《じま》の広々とした野が続き、なだらかな丘陵の向うに金剛《こんごう》山脈と二上

山の峰々が、春霞に包まれて淡い影を見せ、一幅の絵のように美しい野と山の景色でございました。お二人は暫く、身じろぎもなさらず、その景色をご覧になっておられましたが、荻原先生は、伸び上るように大和の方へお眼を向けられますと、

「同行者四人の旅でしたが、ほんとうに心の静まる旅路でした、雑木林の間から見える塔頭《たっちゅう》の面影も、民家の白壁も、叢《くさむら》に埋もれている礎石《そせき》一つにも、千三百年前の飛鳥《あすか》京《きょう》時代の歴史が、そのままの姿で眠り続けているような静謐《せいひつ》な美しさが残っていますね」

今、歩いて来られた大和路をお胸の中に思い描かれるようにおっしゃいました。

「香具山《かぐやま》へは、お登りになりましたのでございますか――」

嬢さまが、そうお聞きになりますと、お頷《うなず》きになり、

「中腹まで登ってみましたが、真正面に畝傍山《うねびやま》が望まれ、その手前に藤原宮址《ふじわらきゅうし》が見え、真下の雷丘《いかずちのおか》の森のあたりは、深い庇《ひさし》を持った白壁の聚落《しゅうらく》が点在し、その聚落を抱《いだ》くように飛鳥川が北に向って大きく彎曲《わんきょく》し、飛鳥京の昔を偲《しの》びながら、舒明《じょめい》天皇が詠《よ》まれた万葉集の歌を思い出しました、あなたもご存知でしょう、

大和には　群山《むらやま》あれど　とりよろふ　天《あめ》の香具山　登り立ち　国見《くにみ》をすれば――」

荻原先生が口ずさまれますと、嬢さまも、それに随《つ》いて、

「――国原《くにはら》は　煙立ち立つ　海原《うなばら》は　かまめ立ち立つ　うまし国ぞ　あきつ島　大和の国は――」

とご一緒に唱和されましたが、この時の朗々とした荻原先生のお声と、明るいご表情は、先程、わたしが植込みのところでお見かけした人と同じ方とは信じられないほど明るく冴《さ》えられ、孃さまとお並びになったお姿は、まるで春の陽炎《かげろう》の中から現われた上代の姫君と公達《きんだち》のようなご気品に満ちたお麗《うるわ》しいお姿でござりました。

やがて孃さまは、荻原先生の方へ向き直られ、

「何のおもてなしもございませんが、お茶室で、お茶を差し上げたく存じます――」

とおっしゃり、孃さまのご案内で、お茶室へ足を運ばれました。

荻原先生は、お茶のたしなみを持っておられる方らしく、蹲でお手とお口をすすがれ、躙口からお茶室へお入りになり、正客の座へお坐りになりました。孃さまは炉の前にお坐りになり、わたしは次の間の水屋の前に控えますと、

「本日は、ご遠路をお運び下さいまして有難うございました、不調法でございますが、お茶を一服いかがでございますか」

改まったご挨拶を遊ばしますと、荻原先生も、

「いや、ご鄭重《ていちょう》なご挨拶恐縮です、早速《さっそく》一服、戴《いただ》きましょう」

とお応《こた》えになりました。

嬢さまは、濃紫のお着物の胸もとに緋色《ひいろ》のお袱紗《ふくさ》を挟《はさ》まれ、炉の前に水指《みずさし》、茶杓《ちゃしゃく》、棗《なつめ》、茶筅《ちゃせん》などを置かれますと、お見事なお袱紗捌《さば》きで棗と茶杓を拭《ふ》かれたあと、お気持を静められるように徐《おもむろ》に柄杓《ひしゃく》を構えられ、水指の黒塗の蓋《ふた》に、嬢さまの何時になく緊張遊ばしたお顔が映っておりましたが、三十歳そこそこにお見受け致しました荻原先生は、お茶席らしく正しい姿勢でお坐りになりながらも、余裕をもったご様子で、

「私が、想像していた通りの庵ですね、石川の河原から茅葺《かやぶ》きのこの庵を眺《なが》めた時から、簡素な屋根の形と、庵を取り巻くお庭の深さなど、あなたの歌から感じ取っていた通りだと思いました、ここなら読書三昧《ざんまい》、歌三昧の生活が出来ますね」

とおっしゃられますと、嬢さまは、茶筅を動かされながら、かすかに頬《ほお》を紅《あか》らめられ、

「はい、他《ほか》のことに煩《わずら》わされず、歌を詠むことが出来ますのが、何よりの楽しみでございます」

とお応《こた》えになりました。

「そうですね、あなたは歌に何もかも打ち込んでおられますね、それがあなたの歌からよく感じ取られます、それでいながら、あなたは、大阪や京都の歌会には一度も出

かけて来られないのは、どうしたことです？」

嬢さまは、暫く、お返事に戸惑われながら、

「そうしたことにあまり興味ございませんし、それに、出かけたいと思いましても、私の家の者が、そうしたことを許してくれないと存じます、私には家から少し離れたこの石川の畔の庵へ出かけている程度の自由しか認められていないのでございます」

「そうですか、やはり、小牧さんに伺った通りですね、あなたの家庭教師をしておられた小牧芳美《よしみ》さんから、あなたのことをよろしく頼まれ、お家のこともいろいろと伺っていましたが、現実にこうして河内平野まで訪れて来てはじめて、金剛山麓《さんろく》のこの平野の地主の家にある封建性と、それに重く、息苦しく縛られている人間の姿というものが解《わか》るような気がしました」

そうおっしゃられますと、嬢さまは、何か激して来るお気持を抑《おさ》えられるようなご表情で、緑色に泡《あわ》だったお茶を荻原先生のお膝《ひざ》の前へお出しになりました。荻原先生は、作法正しく、お呑み干しになり、お茶碗を掌《たなごころ》の中に入れ、

「絵織部《えおりべ》ですね、早蕨《さわらび》の文様《もんよう》があって、この季節にふさわしいお茶碗《ちゃわん》ですね」

とおっしゃり、しみじみとお眺めになったあと、

「贅沢《ぜいたく》という言葉がありますが、その言葉は、まるであなたのためにあるような言葉

ですね」

嬢さまは、はっと驚かれたような表情で、

「どうしてでございましょう、私が贅沢などと――」

お眼を瞠《みは》って、口ごもられますと、

「いや、私のいう贅沢というのは、物質的な意味ではありません、あり余る才能を持ちながら、その才能を発表したがったり、職業化しようとしないことを云うのですよ、『柊』には、毎月、何とかして歌人としての名声をはせ、歌人として世に立とうという野心を抱いて競い合っている人たちが、何万人となく集まって来ていますが、その中で、あなただけが、ご自分の才能で名声を得ようとも、また職業にしようとも思っていない贅沢な人です、私は、そういう意味での贅沢さを云っているのです」

とそうおっしゃると、ご自分の方から、

「もう一服、戴きたいのですが――」

と、お茶をご所望になりました。嬢さまは、またお手の中に花を咲かせるようなお見事なお袱紗捌きで、お茶を点《た》てられ、今度は紅志野《べにしの》茶碗で一服差し上げますと、

「ほう、今度は紅志野ですか、あなたの歌のように白く澄みきった気品と、あえかな夢のような紅らみがありますね」

とおっしゃり、乳濁色の白い釉《うわぐすり》にほんのりと紅色を帯びた志野茶碗の艶《つや》やかな肌《はだ》を、撫《な》でるようにしてお茶を呑み干されました。嬢さまは、お茶碗を引いて、もとの席へ帰られますと、

「先生のご日常を伺わせて下さいまし――」

大きなお眼を、きらりとお輝かせになり、控え目なお声でおっしゃいました。荻原先生は、とっさに、お言葉に惑われるご様子でございましたが、

「私のですか――、私は、くめというばあやと二人だけで、大学の近くの家を借りて住んでいます、私は宮城県の生れですが、京都が好きで高等学校、大学ともに京都で終え、そのあとも大学に残り、今は京都大学の講師と第三高等学校の教授を兼任する傍《かたわ》ら、『柊《ひいらぎ》』の編集を手伝っているのですよ」

「あの、お故郷《くに》の方は、どなたかが――」

「ええ、両親と妹がいますが、あなたの家と同じように地主ですから、両親は、京都の大学を卒業すると、すぐ郷里へ帰って、家を継ぐ準備のために地主の実務を執るようにと、喧《やかま》しく云っているのです、どうしても大学に残りたいのなら、地主の実務を執る傍ら、東北大学で教鞭《きょうべん》を取るようにとも云うのですが、私はずっと今の勉強を続けたいし、それに、現在の農村で行われている小作制度や年貢《ねんぐ》取立については納得の

行かぬ気持がありますから、妹に養子婿《むこ》を迎えてと思うのです、しかし、現在の民法では、法定相続人の廃嫡《はいちゃく》を認めずと明記されていますから、相続を放棄するためには、それを被相続人が地方裁判所へ申し立て、裁判所が親族会議を招集し、その親族会議の議事録を裁判所へ提出した上で、相続権の放棄が認められるという複雑な手続を取らねばならないので、ついことが面倒でそのままになっているのです、そういう意味では、あなたも私も、同じ因習に囚《とら》われた家の子ですね」

とおっしゃり、ふと明り窓の方をご覧になり、

「何時の間にか、夕暮になりましたね、四人の同行者たちが、大阪の宿で待っていますから、これで失礼致します」

「まあ、もうお帰りに——、お夕食を差し上げたく存じておりますのに——」

嬢さまが、お引き止めなさるようにおっしゃいますと、

「いや、同行者たちと大阪の宿で、一緒に食事をする約束をしてしまいましたから、失礼します」

とおっしゃり、ズボンの皺《しわ》を伸ばして席をお起《た》ちになり、躙口《にじりぐち》からお茶室を出られると、

「織部と志野のお茶碗で戴いたお茶は、あなたの激しい直截《ちょくせつ》な強さと、幽艶《ゆうえん》な美しさ

を合わせ持った歌のようでした、どうか今後も、歌に打ち込んで下さい」

そうおっしゃられ、ひたと射《い》るように嬢さまのお眼をご覧になると、くるりと背中をお向けになって、さっき入って来られた時と同じ柴折戸を押し、つづら折の小径を静かに去って行かれました。石川の河原に続く小径を独り去って行かれる荻原先生のお姿は、ほの暗い薄暮の中で、しんと心に沁《し》み入るような厳しさとひややかさをお残しになりましたが、嬢さまは瞬《まばた》きもなさらず、じっと、お姿が薄暮の中にお消え去りになるまでお見送りになり、そのお眼の中に、私が今まで見たこともない艶やかな深い光を、お湛《たた》えになっておられました。

この日から二、三日は、嬢さまはお居間のお文机《ふづくえ》の前にお倚《よ》りになり、そこから遥《はる》かな大和路の方角へお眼を向けられ、荻原先生のお姿を偲《しの》んでおられるご様子でござりましたが、四、五日目に、荻原先生からお便りを戴かれますと、嬢さまは、ぱっと面《おも》をお輝かせになって封をお切りになりました。暫《しばら》くご書状にお眼を当てておられましたが、やがて低い籠《こも》るようなお声で、

若草の清《すが》しさに住む斎女《いつきめ》のふくいくと我を包みくるかな

二、三度、繰り返してお詠み上げになると、何時の間にご用意しておかれましたのか、濃紫《こむらさき》の絹糸でそのお文を蝶結《ちょうむす》びに結わえられ、お文机の横の手文庫の中へ納められました。わたしは、そのお文を結わえられた濃紫の絹糸の色に、荻原《おぎはら》先生に対する嬢《とう》さまの優雅なお心と、ほのかにお慕い遊ばすお胸のうちをお読み取り致しましたが、その後も、荻原先生から、お文を戴かれる度に、濃紫の絹糸でお文を結わえられた上、手文庫のお引出しの奥へお納めになりましたのでございます。

一方、お屋敷の方では、嬢さまが庵《いおり》を結ばれたのは、お離れの間が石川の畔《ほとり》に移ったぐらいにしかお考えにならず、嬢さまのご縁談は、その後も降るほどあり、ご親戚《しんせき》、ご知人から次々とご縁談が持ちこまれ、嬢さまのお耳に入れる前に、ご隠居さまと旦那《だんな》さまとでご縁談先の厳しい身元調査が進められておりました。わたしは一日が暮れ、嬢さまが白絹《しらぎぬ》のお寝巻にお召替えになって、お寝《やす》みになりますと、お屋敷から夜番に来た男衆《おとこし》にあとを頼み、お屋敷へその日、一日中の嬢さまのご様子をご報告に参らねばならないことになっておりましたが、嬢さまのお云《い》い付けで、荻原先生がお見えになったことは、ご報告申し上げずに過しておりました。ところが、ちょうど荻原先生がお見えになりましてから四、五カ月ほど経《た》ちました頃、お屋敷から突然、嬢さまにお呼出しがございました。

急に何事かと存じ、九月はじめのまだ残暑の厳しい日盛りを、嬢さまに日傘《ひがさ》をおさしかけして、お屋敷へ参りますと、お玄関に女中が出迎え、ご隠居さまは今日から暫く大阪のご別宅住いで、旦那さまと御寮人さまが奥のお居間で、嬢さまをお待ちになっておられるとのことでござりました。急いで奥のお居間へ参り、嬢さまがお久しぶりのご挨拶《あいさつ》をなさいますと、旦那さまも御寮人さまも、何時《いつ》になく硬《こわ》ばったご表情でご挨拶をお受けになったあと、不意に御寮人さまが、お袖《そで》の中から白い角封筒をお出しになりました。

「郁子《いくこ》さん、この男の方はどなたです――」

わたしは、あっと声を出しそうになりましたが、嬢さまはお顔色をお変えにならず、

「そこにしたためられてございますように、荻原秀玲《しゅうれい》という方からでございます」

凛《りん》とした お声で云いきられました。

「この方は、何をなさる方で、お幾つぐらいの方です」

「京都大学で国文学をお教えになる傍ら、『柊』の選者をしておられる先生で、お齢《とし》のほどは、はっきり存じません」

嬢さまが臆《おく》せず、おっしゃいますと、御寮人さまのお顔に皮肉な笑いが走りました。

「お歌の雑誌の選者は、歌を選ぶだけではなく、恋歌のご指導までなさるのですか」

「えっ、恋歌《げ》――」

嬢さまは解し兼ねるようなご表情をなさり、お眼を御寮人さまのお手に握られている白い封筒に向けられますと、封書の端がはがされていたのでござります。みるみる嬢さまのお顔色が変り、きっと御寮人さまのお顔を見据えられ、

「私宛《あて》の封書を、私に無断で封を切られ、中を盗み見なさったのでございますね」

「盗み見――、何という言葉遣《ことばづか》いを、私に向ってするのです」

御寮人さまのお声が気色《けしき》ばまれましたが、

「盗み見と申し上げてどうして悪いのです、人の信書を無断で破り、何の断わりもなく中を読むのは、盗み見と同じ卑劣さではございませんか、そんな卑劣なことを――」

なおも嬢さまが、お言葉を続けようとなさいますと、旦那さまが、頭をお振りになり、

「郁子、お前が憤《いきどお》る気持は解るが、お継母《かあ》さまも、悪意があってしたのではないのだよ、齢頃《としごろ》のお前の身を案じてしたことなのだが、この人から、どうして歌や手紙を戴くようになったのだ――」

とお問いになりました。嬢さまはまっすぐに旦那さまのお顔をお見上げになり、

「はい、『柊』へ初投稿致しました私の歌を、荻原先生がことのほかお認め下さいまして、ご批評とお励ましのお手紙を戴き、それから、私の方からお礼状とお歌を差し上げたり、また先生の方から戴いたり致しているのでございます」

お心の疚《やま》しさのない孃さまは、そう応えられますと、御寮人さまの方へ向き直られ、

「どうして、封をお切りになる前に、私をお呼びにならないのです、何かご疑念がおありなら、私をお呼びになって問い糺《ただ》された上、眼の前で封をお切らせになるのが当然ではございませんか、そうなさらずに、なぜ無断で中をお読みになったのか、それをお伺いしたいと存じます」

相手を許さぬ厳しさで詰め寄られますと、

「そんなに私が中身を読んだということが気になるのですか、そうすると、お父さまにはおりっぱなことをおっしゃいましたが、やはり、私が思ったように、この中の歌は恋歌なのね」

御寮人さまのお言葉の中に、冷やかな棘《とげ》がございました。

「恋歌というのは、どういう歌をお指しになっておっしゃっているのか存じませんが、男性から女性に贈られる歌は、すべて恋歌だとご解釈になるのなら、それは、お継母さまの卑俗なお考えでございましょう」

嬢さまは、荻原先生に対するご尊敬と清純なお心を穢《けが》されたように憤りを含んだ激しい語調でおっしゃいました。

「まあ！　卑俗などと、何という失礼なことを――、それなら、この中の歌を読めば、私のいう恋歌か、どうかが解りましょう、さあ！　中をお読みなさいな」

とおっしゃるなり、右手に持った封書を、嬢さまのお膝もとへ投げつけられました。嬢さまは、ご自分のお膝もとに落ちた荻原先生のご封書を、一瞬、息を殺すように、じっとお見詰めになっておられましたかと思うと、いきなり、それを取って旦那さまの前にある煙草盆《たばこぼん》のマッチをおすりになりました。

「あっ、お火傷《やけど》を――」

思わず、お傍《そば》へかけ寄りますと、嬢さまは、わたしの手を強くお払いになり、火のついたご封書を、お縁側から庭石の上へお落しになりました。真昼の灼《や》けつくような陽《ひ》の光の中で、白いご封書は忽《たちま》ちめらめらと黄色い焔《ほのお》を上げて燃え出して、灰になって行きました。嬢さまは身じろぎもせずに、封書が燃え尽きてしまうのをお見詰めになり、一塊《ひとかたまり》の白い灰になってしまうと、

「お継母さま、私は無礼な仕打には、耐えられない人間でございます、それがどんなに自分にとって大切なものであっても、それに無礼な仕打や屈辱を蒙《こうむ》れば、いささか

の心残りもなく、捨て去ることの出来る人間であることをご記憶しておいて下さいまし」

毅然《きぜん》としたお言葉でおっしゃり、旦那さまの方へもお向きになり、

「お父さま、私は、お祖父《じい》さまとお父さまと、そしてお離縁《さ》りになった私のほんとうのお母さまから、このようにいささかの無礼も屈辱も許さない、誇り高い心を育てられたのでございます」

とおっしゃり、つとお席を起たれかけますと、旦那さまが、お呼び止めになりました。

「郁子、お前の気持はよく解ったが、この際、お前に話しておくことがある」

俄《にわ》かに改まった語調でおっしゃられました。嬢さまが、もとのお席へお坐《すわ》りになりますと、旦那さまは、ご自分のうしろに置かれた用箪笥《ようだんす》のお引出しを、いきなり、全部お開けになりました。どの引出しにも、はみ出るほどの書類が埋まり、一つ一つに、付箋《ふせん》がついておりました。

「郁子、この引出しの中に入っている書類は何だと思う？」

「さあ、何でございましょう――」

嬢さまが、訝《いぶか》しげにお聞き返しになりますと、

「これは、お前の縁談の身元調べだよ」

「えっ、私の縁談の……」

嬢さまは、絶句なさりました。

「そうだよ、葛城家《かつらぎけ》の総領娘のお前の養子婿ともなれば、方々から持ち込まれた沢山の縁談の中から、まず、これという人物を選び出し、その人物の戸籍謄本《とうほん》はもちろん、除籍謄本も取り寄せて、八代前まで溯《さかのぼ》って、一族の血統や姻戚《いんせき》関係の職業、財産、健康はむろん、分家の場合は妾腹筋《しょうふくすじ》かどうかということまで、こと細かに調べ上げ、謄本に載っている人物で、既に死亡している人は、その人の墓探しまでして確かめるのだよ、そこまで徹底的に調査するから一人の身元調べだけで、簞笥の引出しが、一杯になるほどの書類が溜《たま》るのだよ、お前の結婚のためには、これほどまで慎重に大事を取っているのだから、お前も、自分自身さえ疚しくなければ、それでいいのだと思わず、葛城家の総領娘として、周囲の誰から見られても、納得の行くような行動を取ってほしいのだ、解ってくれたか、わしの云うことが——」

と念を押されるようにおっしゃいました。嬢さまは、暫く顔を俯《うつむ》けて、何か思いあぐねるように考え込んでおられましたが、やがてお顔を上げられますと、

「では、たとえ、その本人がどんなりっぱな人間であっても、そのお引出し一杯の書

類全部が合格でなければ、私の配偶者に定《き》められないということでございますか」

「そうだよ、二十二歳のお前の眼で見たり、お前の心で考えたりしたりっぱさより、これだけの書類によって確かめ、お祖父さまや私が考えたりっぱさの方が、確かなのだよ」

「では、たとえば、どのような人が、お父さまのおめがねに合格するおりっぱな方でございましょうか？」

嬢さまは、まじまじと旦那さまのお顔を見ておっしゃられました。旦那さまは、やや、当惑されたようなお顔をなさいましたが、

「そうだな、そうまともに聞かれると困るが、まず同じ地主同士で、しかも葛城家と同じ程度の五十町歩地主でなければならない」

嬢さまは、無表情にお聞きになりました。

「次は、いくら資産家でも一族の中に商人のある家はいけない、商家はよく丁稚《でっち》上りの番頭を養子婿に迎えたりして、血が汚れている」

嬢さまは、同じ無表情なお顔でお聞きになっておられました。

「次は、河内《かわち》、大和、摂津《せっつ》、和泉《いずみ》、山城《やましろ》の畿内《きない》以外の者は、いけない」

嬢さまのお顔色が動き、

「どうして、河内、大和、摂津、和泉、山城の畿内以外の者はいけないのでございます？」

「畿内以外の者は、この河内から見れば全く縁もゆかりもない他国者であるし、第一、畿内以外の遠国の者になれば、一人につき箪笥の引出し一杯の身元調べが出来ないという点が信用出来ない、素姓が知れないということが、一番いけない——」

吐いて捨てるように旦那さまがおっしゃいました。

「では、お父さまのおっしゃるおりっぱな方というのは、畿内の大地主のご子息で、八代前まで溯った一族、姻戚関係まで優れて資産があり、結婚以後は葛城家の地主の実務を継ぎ得る人というわけでございますか」

嬢さまが、昂《たかぶ》ったお声でお問い返しになりますと、

「そうだ、その通りだよ、それなら、何も文句を云うことはない、今後、お前は、そうした心がけを忘れないでほしい」

とおっしゃり、お座敷の隅《すみ》に控えているわたしにも、

「よし、お前も聞いていた通りのことだから、屋敷を離れて庵にいても、郁子に対しては、今云ったような心構えをもって仕えることがお前の勤めだ」

と仰《おお》せになったのでございます。わたしは畏《かしこま》って承りましたが、嬢さまはお顔を逸《そむ》

けられるようにしてお席を起たれました。

そして、その翌日、嬢さまは、お屋敷から一里離れたわたしの両親の家宛に、荻原先生からのお便りを戴《いただ》くことにしたいと、強くお命じになるようにおっしゃられ、その旨《むね》、荻原先生宛にこまごまとお手紙をおしたためになったのでござります。わたしは、昨日、承ったばかりの旦那さまのお言葉を思い出しますと、歯の根が合わなくなるほど怖《おそろ》しい思いが致し、躊躇《ちゅうちょ》致しましたが、嬢さまと荻原先生とのお気高いおりっぱなお歌の上のご交際を思いますと、このまま、ご交際が打ち絶え、嬢さまのお生甲斐《いきがい》であるお歌の道が絶えてしまうようなことがあってはと思い、嬢さまのお命じになる通り、金剛山の麓《ふもと》のわたしの両親の陋屋《ろうおく》へ荻原先生のお手紙を戴き、それをわたしの末弟がお駄賃《だちん》欲しさに運んで来ることになったのでござります。

けれど、何と申しましても、他人の家を通してのお文《ふみ》のお交わし合いでござりますので、荻原先生も、嬢さまもついお控え目になられますのか、以前のように頻繁《ひんぱん》なお文の交換はなさらず、その代り、その頃の『柊《ひいらぎ》』へ載りました嬢さまのお歌は俄かに激しさを加えて来られたようでござります。門前の小僧習わぬ経を読むで、生涯、嬢さまのおそばにお仕え致しましたわたしは、何時の間にか、お歌を暗誦《あんしょう》する癖がついておりましたので、そのお激しさを増されたお歌の中でも、次の二首を覚えております。

君ふれし紅志野《べにしの》とり出《い》づ夜の灯影《ほかげ》心みだれて消えもいりたし

石川の流れ染めつつ散る花を織りなして燃ゆ恋の夢ごろも

このようにお激しさを増された嬢さまでございますが、日常のご生活は、今までと少しもお変りなく、一日中、お静かにご本を読まれたり、お歌を詠《よ》まれたりして孤独などご日常を過され、一カ月に一度ぐらいずつ戴く荻原先生のお文を、例の濃紫の絹糸に結わえて手文庫へお納めになることだけが、ご日常の唯一《ゆいいつ》の彩《いろど》りでございました。

二度目に荻原先生がお見えになりましたのは、その年の晩秋のことでございました。何の前ぶれもなく、樫《かし》の樹《き》の下にたたずまれました先生のお姿をお見付け致しました時は、ほんとうに卒倒しそうなほど愕《おど》ろきました。その時、嬢さまはお風邪《かぜ》気味で引き籠《こも》っておられましたが、荻原先生の突然のご来訪をお伝え致しますと、すぐお身づくろいを遊ばし、八畳のお座敷へ先生をお迎えになりました。

その日、荻原先生は、藍大島《あいおおしま》のお羽織とお着物に、鉄鼠色《てつねずいろ》の無地の紬《つむぎ》のお袴《はかま》を履《は》かれ、さらでも、何かお冷たさを覚える荻原先生のお顔が、お寄りつきにくいほどの端麗さをお見せになっておられました。嬢《とう》さまと先生は、お座敷の真ん中に向い合われ、最初のうちは、お歌のことなどをお話し合いになっておられましたが、やがて、長子相続とか、総領娘とか、廃嫡《はいちゃく》とか、何かお家のご相続か、ご結婚に繋《つな》がるようなお難《むずか》しいお言葉が、茶菓のご接待を致しておりますわたしの耳に入りました。旦那《だんな》さまから嬢さまのご縁談方《がた》について厳しいお言葉を承っておりますわたしは、そうしたお言葉の中に、何か思いがけないことが起って来るような不安に襲われましたが、嬢さまは、

「よし、お琴を持っておいで――」

と仰せられました。わたしはお部屋の隅にたてかけられているお琴の掩《おお》い布を取り、嬢さまのお前へお琴をお運び致しますと、嬢さまは、象牙《ぞうげ》の爪《つめ》をお指に差され、琴柱《ことじ》の位置と弦《いと》の調子をお合わせになってから、荻原先生の方へご一礼を遊ばし、静かに弾《ひ》きはじめられました。

さらでだに、ものの淋《さび》しき名にたてる、嵯峨《さが》のあたりの秋の暮、月は隈《くま》なき柴《しば》の戸に、忍びて漏らす箏《こと》の音は、峰の嵐《あらし》か松風か、尋ぬる人のすさびかや、駒《こま》を停《とど》

めて聞く時は……

哀愁を籠《こ》めた惻々《そくそく》としたお琴の音と、嬢さまのお声が、庵《いおり》の中から広いお庭の樹々の間に響き、石川の流れにまで沁《し》み通り、静かな晩秋の空気を震わせ、わたしはその中に、嬢さまの深いお哀《かな》しみとお苦しみのようなものを感じ取りました。

お琴を弾き終えられますと、嬢さまは、最初に先生をお迎えされました時と同じように、お茶室の方へご案内されかけますと、

「いや、今日は、お琴を聞かせて戴いただけで失礼します、それにあなたのお体のご様子もおすぐれにならないようですから――」

とおっしゃり、お席を起《た》たれかけますと、嬢さまは、

「では、石川の河原までお見送りさせて戴きとうございます」

とおっしゃり、お羽織の上に、さらに被布《ひふ》をお召しになって、荻原《おぎはら》先生とご一緒に柴《し》折戸《おりど》を開けて、つづら折の小径《こみち》を降りて行かれましたが、夕闇《ゆうやみ》の中を寄り添うようにして歩いて行かれる嬢さまと荻原先生のお姿は、相寄るお心を抱《いだ》かれながら、それをお互いにお言葉になさらず、云《い》わず語らずに強いお心の絆《きずな》をお結びになっているような、深い重なりのあるお姿でございました。

その翌日から嬢さまは、何か打ち沈まれたご様子で、わたしにさえも、殆《ほとん》どお口をきかれず、思い苦しまれるようなご様子でござりましたが、十二月の三十日には、庵を閉めて、お屋敷のお離れの間《ま》の方へ帰られ、例年のお正月のご用意におかかりにならねばなりませんでした。

毎年、お正月には、御寮人さまと嬢さまのお召物が新調され、それをお召しになって、わたしたち召使いどもの年賀の挨拶《あいさつ》をお受けになるおしきたりでござりました。嬢さまの新しいお召物は、上着は白綸子《しろりんず》に梅と柏《かしわ》の吹寄せの御所《ごしょ》解き模様、下着は鴇《とき》色《いろ》のぼかし染、長襦袢《ながじゅばん》は絞り綸子という、三枚重ねの豪奢《ごうしゃ》なお衣裳《いしょう》でござりましたが、嬢さまはお嬉《うれ》しそうなご様子もなく、大晦日《おおみそか》の午後十時からお風呂《ふろ》へお入りになり、お髪《ぐし》を結われ、除夜の鐘がなりますと、新年のお召物に着替えられて、お離れの間から大奥の大床《おおどこ》の間《ま》へお出ましになりました。

大床の間は、二十畳に十畳が続くお広間で、正面のお床は畳から八寸上《あが》り、幅二間半の大床で、三幅対《さんぷくつい》のお軸がかけられ、その前に、ご当主である旦那さまがお坐りになりました。その両側に御隠居さまとご総領の嬢さまが坐られ、嬢さまの次に御寮人さまと妹嬢《こい》さま、ご隠居さまのお隣にお葉《よう》さまがお坐りになり、お祝儀膳《しゅうぎぜん》はお正月用のご家紋入りの金蒔絵《きんまきえ》の高脚台《たかあしだい》のお膳でござりましたが、ご妾腹のお葉さまだけは、ご家紋が入らず、まして、わたしたち召使いどもは、平膳《ひらぜん》黒無地のお膳の前にお為着《しきせ》の木綿の紋服を着て、ずらりと三十人が膝《ひざ》を正し、

「新年おめでとうございます、今年もご当家とご当代さまのお栄えのために、大切にご奉公させて戴きます」

と畏《かしこま》って新春のご挨拶を申し上げますと、旦那さまも、黒羽二重三紋のご紋服と仙《せん》台平《だいひら》のお袴のお膝を正され、

「新年おめでとう、旧年中は一同よく働いてくれたが、今年も葛城家のために陰日向《かげひなた》なく働いてくれるように――」

とお応《こた》えになり、続いてご隠居さまが、

「今年もめでたい正月を迎えられて結構なことじゃ、土地を大事にして、年貢《ねんぐ》を滞りの無う上げることじゃ」

とおっしゃり、お屠蘇《とそ》のお盃《さかずき》が、旦那さま、ご隠居さま、嬢さま、御寮人さま、妹嬢さま、お葉さまの順で廻されましたが、この時、わたしは、ふと嬢さまと荻原先生との間で、家督とか、総領娘とかいうようなお言葉を交わされていたことを思い出しました。

ご総領娘の嬢さまは、葛城家のご家督を継がれる方だけに、ご当主の旦那さまとご

隠居さまの次に嬢さまという、御寮人さまよりお上《うえ》の席につかれ、何事もその順で運ばれているのでござりました。それだけに、嬢さまのたたされておられるお立場は重く、葛城家の総領娘としての責任と義務が、どんなに大きく、逃《のが》れ難いものであるかということを、今さらながらに、つくづくとお察し申し上げましたのでござります。

御寮人さまは鶯色《うぐいすいろ》に金銀の箔《はく》を捺《お》した四君子《しくんし》の裾模様《すそもよう》、妹嬢さまは鴇色に紅梅と金《きん》霞《がすみ》の縫取のお振袖、お葉さまは藤色《ふじいろ》に能面散らしの裾模様と、嬢さまに劣らず、お見事なお召物でござりましたが、お屋敷の上女中の話では、嬢さまと妹嬢さまのお召物は出入りの大阪の呉服屋任せで、御寮人さまとお葉さまは、何度も呉服屋をお呼びつけになってはお二人でご相談の上、凝りに凝ってお誂《あつら》えになったそうでござります。

祝儀のお屠蘇がすみますと、わたしたち召使いどもは、平膳のお膳を眼の高さに持ち上げて、お台所の隣の下座敷に退《さが》り、そこで無礼講《ぶれいこう》にお正月のご馳走《ちそう》を戴《いただ》くのでござりましたが、わたしだけは、嬢さまにお相伴《しょうばん》するようにということで、大床の間の隅に畏って、お相伴させて戴くことになりました。

召使いどもが退ってしまいますと、俄《にわ》かにお内輪らしく、打ち解けられたご様子になり、ご隠居さまは、お屠蘇に染まられた赤いお顔を、艶々《つやつや》とお光らせになりながら、妹嬢さまの方をご覧になり、

「典子、お前は今年で幾つになったのかな」

「はい、十七歳になりました」

妹嬢さまは、ふっくらとした蕾《つぼみ》のようなお顔でお応えになりますと、

「そうか、十七歳といえば、そろそろ、婚礼の齢《とし》じゃな」

と仰せられますと、妹嬢さまは、ぱあっと耳まで紅《あか》らめられて、さし俯《うつむ》かれましたが、ご隠居さまのお言葉通り、明治四十五年のその当時は、十六、七歳から二十歳までにご婚礼になるのが普通でございました。ご隠居さまは、お顔を紅らめられた妹嬢さまのご様子を愉快そうにご覧になり、今度は、嬢さまの方に向って、

「郁子、お前は幾つになった――」

「はい、二十三歳になりました」

とお応えになりますと、

「うむ、二十三か――、もう、そんなに齢をくったかな、しかし、わしの口から云うのもおかしいが、郁子ほどの才気と器量と家柄を兼ね備えた娘は、大和、河内、山城、摂津、和泉の畿内にもまずないじゃろうから、二十歳《はたち》を越えておっても、何のこともない、だが、今年あたりはそろそろ、縁談を決めねばならんな」

とおっしゃいますと、嬢さまは、はっとお顔色をお動かしになりましたが、新年

早々とでも、お考えになりましたのか、そのまま、黙ってお口をお噤《つぐ》みになりました。ご隠居さまは、そんな嬢さまのご気配には、お気が付かれないのか、気付かれながら、気が付かない振《ふり》をなされておられますのか、

「わしも、八十を三つも越えた齢になったから、眼の黒いうちに郁子にふさわしい養子婿《むこ》を選んでおかんことには、心残りじゃ、まあ、わしのこの眼で選ぶ婿には、間違いがないから、安心することじゃな」

とおっしゃいますと、ご隠居さまのお隣に坐《すわ》っておられるお葉さまが、きゅっと険しくご隠居さまの方をご覧になりました。ご隠居さまは、すぐそれにお気付きになり、

「お葉、お前にも、前よりりっぱな婿か、再婚先を探してやるから安心せぇ、ああ、元旦《がんたん》の朝の酒ほどうまいものはないな、あっ、はあっ、はあっ」

と大声で笑われ、あとは元旦らしく、御先祖さまのことや、葛城家《かつらぎけ》の由緒《ゆいしょ》などをお話しになり、お雑煮を召し上られましたあと、ご隠居さまが、お謡《うたい》の『高砂《たかさご》』を朗々とご独吟遊ばされて、元旦のご祝儀が終りました。

そして、あれは二月の始めでござりました。何時《いつ》ものようにわたしの弟が、小雪のちらつく中を、はあ、はあと白い息を吐きながら、荻原先生からのお手紙を届けて参りました。早速、受け取って嬢さまにお渡し致し、わたしは寒い中を一里の田舎道《いなかみち》を

歩いて来た弟のために、お台所で熱いお茶を飲ませておりますと、不意に絹を裂くような嬢さまのお声が致しました。

驚いてお居間の方へ参りますと、嬢さまは、荻原先生のお手紙へお眼を止められたまま、蠟《ろう》のように真っ青なお顔で、

「よし、荻原先生が外国へ、外国へいらっしゃるかもしれない……」

とおっしゃるなり、のけ反《ぞ》るように白いお咽喉《のど》をお見せになりました。

それから半月目、何の前ぶれもなく、突然、荻原先生がお見えになったのでございます。

霜柱がなかなか解けない寒い朝でございましたが、荻原先生は黒いマントをお羽織りになった和服姿で、何時ものように石川の河原から続くつづら折の小径の霜を踏みしだいて、お庭の柴折戸をお叩《たた》きになったのでございます。思いがけないご来訪に、わたしはとっさにご挨拶の言葉も出ず、お驚き致しておりますと、

「急用があって、突然、伺ったのです」

端麗な静かなお顔に、何時になく取り急がれるような気配が見えました。早速、嬢さまにお取り次ぎ致しますと、嬢さまは、急用というお言葉に、はっとなされるように、すぐお身繕い遊ばし、八畳のお部屋へ荻原先生をお迎えになりました。

金剛塗《こんごうぬり》のお手あぶりに向い合われますと、荻原先生は暫《しばら》く埋火《うずみび》をご覧になり、お言葉に迷われるようでございましたが、お手あぶりの上にかざされていたお手をお膝の上におかれますと、

「実は、外国へ行くことが決定的になったのです――」

「えっ、ご決定に、ほんとうに……」

嬢さまはそうおっしゃるなり、外国へ行くことになるかもしれないというお手紙を戴かれた時以上に、顔色を蒼《あお》ざめられ、白いお咽喉を裂けそうなほどお震わせになり、

「何時、どちらへ、いらっしゃるのでございます」

やっと、そうおたずねになりました。

「ドイツへ――、この秋に発《た》つことになるでしょう」

「まあ、ドイツ――、秋にもう――」

嬢さまのお眼が激しく波だち、衝撃にお耐えになるようにお唇《くちびる》を固く引き結ばれますと、荻原先生は俄かに居ずまいを正され、

「もし、貴女《あなた》にそのお気持があれば、外国へ発つ前にせめて、将来のお約束だけでもしておきたいと思って、伺ったのです」

とおっしゃられました瞬間、お部屋の中にじーんと耳が鳴るような静謐《せいひつ》さが流れ、

その静まりの中で、嬢さまのお顔が血色に染まっておられました。

「外国へ行くことになるかもしれないという時には、ただ外国で勉強が出来る喜びだけで一杯でしたが、いよいよ決定となると、急に貴女のことが気懸《きがか》りになったのです」

唐突な申入れを謝《わ》びられるようにおっしゃいますと、嬢さまは大きなお眼をきらりとお輝かせになり、

「先生が、私をお望み下さいますなら……」

あとは、もうお言葉にもならず、お羞《はじ》らいになるようにお顔を深く俯《うつむ》けられました。

そのような嬢さまを、荻原先生は、これまでと異なった温かいご愛情に満ちたお眼《まな》ざしでご覧になり、

「では、今からご一緒に、ご両親のおられるお屋敷の方へ伺いましょう」

「まあ、今からすぐ、私の家へ――」

嬢さまは思わず、身じろがれ、

「とても、そんな急には――」

とお口ごもらせになり、旦那さまとご隠居さまのお胸のうちを思い測られました。

「貴女のお家のご事情は、私にはよく解《わか》っていますよ、けれど、今はそんなことを思

い煩《わずら》っているより、ともかく堂々とご両親にお目にかかって、お話しすることとです」

とおっしゃいますと、嬢さまのお手をとって、お起ちになりました。

「よし、どうしよう――」

嬢さまが、助けを求められるようにわたしの方をお振り向きになりますと、

「何を人にご相談になるのです？　貴女自身の問題ではありませんか」

厳《きび》しいお声でそうおっしゃるなり、先にたって、庵を出られました。

庵からお屋敷へ向う二丁程の道を、嬢さまとわたしは、思いがけない事態に直面した緊張と不安を抱きながら、重くなりがちな足を運んでおりましたが、荻原先生はマントの裾をお翻《ひるがえ》しになって、ゆったりとおみ足を運んで行かれました。お屋敷の近くまで参りますと、嬢さまがちょっとおみ足を止められ、

「よし、お前が先に行って、先生のご来訪をお伝え申し上げておいておくれ」

とおっしゃいましたので、わたしは小走りに走って、先にお屋敷へ参り、その由《よし》をお伝え致しますと、大奥はむろんのこと、召使いたちまで、嬢さまが、何の前ぶれもなく、男の方とご一緒にお屋敷へ入られるというので、忽《たちま》ち騒然とした気配がお屋敷を包み、お葉さま、妹嬢さままでが、ご興奮なさるようなご様子でございました。

嬢さまは、今はもうと、お心をお決めになりましたのか、騒然とした気配でお出迎

えする召使いたちに軽くお会釈《えしやく》をなされ、荻原先生に向って、

「突然のお運びで、何かと不調法な点もございますかと存じますが、どうぞお上り下さいまし」

お式台の前で、改まったご挨拶を申し上げられて、荻原《おぎはら》先生を大奥へご案内して行かれました。長いお廊下を荻原先生の先に立って静かに大奥へ向って行かれる嬢《とう》さまのお背中には、葛城家ののしかかるような重みが掩《おお》いかぶさり、それに耐えておられるような必死な思いが泌《にじ》んでいるようでござりましたが、荻原先生の広いお背中には、自信に満ちた力強さが漲《みなぎ》り溢《あふ》れているようでござりました。お二人の異ったうしろ姿をお見守りしながら、そのあとに随《つ》いて、長いお廊下を一歩、一歩、大奥のお座敷へ近付いて行くにしたがい、わたしは空怖《そらおそろ》しさに何度か足を滑《すべ》らせそうになりました。

大床の間に入りますと、ご来客用の見事な緞子《どんす》のお座布《ざぶ》団《とん》が整えられ、ご隠居さま、旦那《だんな》さま、御寮人さまのお三人が、そのお座布団を取り囲まれるようにコの字型にお坐りになっておられました。そのものものしいご様子に、嬢さまとわたしは、思わず、胸を衝《つ》かれましたが、荻原先生はご表情もお変えにならず、落ち着いたご様子で大床を背にしてお坐りになりました。それは、嬢さまと同じように大地主さまのご総領さまとして、何のご不自由もなくお育ちになり、その上ご頭脳にまで恵まれた方の力強

いご自信と余裕に満ちたお姿でござりました。

ご隠居さまと旦那さまは、そうした荻原先生のお姿を、しっかと受け止められるようにご覧になり、御寮人さまは、何か敵意に満ちたようなお眼ざしをお向けになっておられました。嬢さまは、ご隠居さまと旦那さまとの間へ、青白んだお顔でお坐りになりましたが、荻原先生は、お席に着かれますと、まず自己紹介を遊ばし、

「本日、突然、お伺い致しましたのは、私のドイツ留学が俄かに定《き》まり、この秋に出発致すことになりましたので、それまでに、誠に不躾《ぶしつけ》な申入れですが、ご息女をお戴《いただ》き致したいと存じ、単刀直入にお申入れに参った次第です」

そうおっしゃいました途端、ご隠居さまのお膝が、大きく前へ進み、

「これはまた、唐突なお申入れ、寝耳に水の話とはこのことらしいて、当家にとって、こんな不躾な申入れを受けるのは始めてのことじゃな」

ご不興そうにおっしゃられますと、旦那さまも、

「貴男《あなた》のことについては、以前、娘から伺ったことがありますが、まさか、結婚の申入れを受けるとは、思ってもいませんでした」

迷惑そうなご表情でおっしゃられましたが、荻原先生は、旦那さまのお言葉にお頷《うなず》きになり、

「実は、私自身も、こうして結婚のお申入れをすることになるとは、想像もしていませんでした、ただ歌につながっての交遊とのみ思っておりましたが、外国へ行くことが定まってから、俄かに自分自身が驚くほどの気持で、ご息女を戴きたいという希望が強まって来たわけです」

悪びれたご様子もなく、堂々とおっしゃいますと、横合いから御寮人さまが、

「さようでございましょうか、何時か、娘宛《あて》にお戴き致しましたご封書の中には、このほかお親しげなお歌が――」

とまで云《い》われますと、

「お継母《かあ》さま、荻原先生は、お父さまとお祖父《じい》さまに向って、私との結婚をお申し入れ遊ばしているのでございます！」

嬢さまは、ぴしりと鳴るようなお激しさで、御寮人さまのお言葉を遮《さえぎ》られました。ご隠居さまは、既にそのことについて、旦那さまからお聞き及びになっておられますらしく、

「そうしたことは今、持ち出さんでもええことじゃ、要は、荻原さんが今日、突然に郁子《いくこ》に結婚を申し入れられたことについてのお返事だけすれば、それでいいわけじゃ」

御寮人さまをお窘《たしな》めになるようにおっしゃり、

「ところで、荻原さん、あんたのお家も、東北の大地主さんということじゃが、あんたは、将来、学者をやめて地主の実務をお執りなさるおつもりかな」

嬢さまのご尊敬しておられる荻原先生に、ご隠居さまは方々から集まって来ている養子婿候補の一人に向っておっしゃられるような尊大さでお尋ねになりました。

「いや、私には地主の実務より、学校の教壇にたつかたわら、研究生活を続けている方が相応《ふさ》わしいようですから、地主の実務の方は、妹に養子婿を迎えて、あとを継がせたいと思っています」

「では、郁子を望んでこの葛城家へ入って戴いても、地主の実務は継ぎたくないと云いなさるわけじゃな」

ご隠居さまのお眼が鋭く光りました。荻原先生は、一瞬、お返事に詰られ、

「そうです、その点、大へん申しわけないのですが、私にはどうも地主というのは肌に合わず、学究の徒でいる方が似つかわしいようですし、幸い、郁子さんご自身も私と同じようにご家督をお妹さんに譲って、歌の道一筋に行きたいと思っておられると承り、それなら、期せずして、志を同じゅうしていると思ったわけです」

とおっしゃいました途端、

「黙らっしゃい！」

破《わ》れ鐘《がね》のようなご隠居さまのお声が、部屋中に響きわたり、お眼をぐっと荻原先生の方へお据えになったのでござります。

「荻原さん！　あんたはなるほど、大地主の総領息子で京都大学の助教授をしておられるだけあって、お見受けしたところ人品骨柄《じんぴんこつがら》卑《いや》しからず、気宇《きう》堂々として、お見事なご人物と拝察致すわけじゃが、郁子を望まれる限りは、葛城家の養子婿になって、地主の実務を継ぎ得る人物ということが絶対的条件でありますのじゃ、それを、あんたの方から仲人《なこうど》もたてず、直談判《じかだんぱん》で郁子を望みながら、郁子が家督を妹に譲ってなどというような当家の家督権に口を挟《さしはさ》まれるようなことを云いなさるとは、無礼千万ではござらんか、ともかく、葛城家の養子婿になって、地主の実務を継いで貰《もら》わん限り、この話は失礼ながら、何と申されても、頭からお断わりする！」

と語気を荒げられました。旦那さまも、

「庵《いおり》を建てる時、郁子に、結婚までの期間を庵で独《ひと》り歌を詠み暮す自由な生活を許す代りに、家督はちゃんと継ぐようにと、本人に納得させていますから、今さらそんな話は迷惑至極《しごく》！」

を払い退《の》けられるようにおっしゃいますと、

「いいえ、お父さま！　私はやっぱり、家督を妹に――」

嬢さまのお口から悲痛なお声が洩《も》れました。

「郁子、たとえ親子の間の約束でも、一旦《いったん》、約束したことは最後まで守るべきだ、げんに、お祖父さまもご一緒の席で、お歌に励むために庵を建てて下さるなら家督を継ぎますと、お前のその口で約束したではないか、それに、法定相続人の廃嫡《はいちゃく》は、簡単に出来ず、法廷にたって、法律的手続を踏んだ上でないと認められないということは、お前より、大学の先生をしておられる荻原先生が誰よりも、一番よくご存知のはず――」

詰《なじ》られるように荻原先生の方をご覧になりますと、荻原先生はお言葉もなく頷かれ、やがて、

「私はどんな煩わしいことがあっても、もしこの結婚を許されれば、自分の家督放棄を致すつもりですが、郁子さんの家督放棄は絶対、許されないものでしょうか」

重ねてそうおっしゃいますと、旦那さまは、

「当主である私も、隠居している父も、絶対、郁子の家督放棄は認めません」

断固とした語気でおっしゃいました。荻原先生は、お言葉の継穂《つぎほ》を失われ、暗澹《あんたん》とした思いに沈まれるご様子でございましたが、蒼ざめられておられるような嬢さまの

お姿に気付かれますと、

「そうですか——、ではもう一度、よく考えてから、改めてご挨拶に参上致しましょう」

感情を抑《おさ》えられたお声で、そうおっしゃいますと、ご隠居さまのお眼がぎょろりと光り、

「何度、お見えになっても、お返事は同じで、無駄足《むだあし》でござらっしゃろうから、このお話はなかったことにして戴きたい」

ときっぱりお断わりになりましたが、荻原先生はそれにはお応《こた》えにならず、静かに席をお起《た》ちになりますと、嬢さまも、先生に随《つ》いてお起ちになりかけました。

「郁子！　ご挨拶はここで申し上げるのじゃ、お見送りは、よしがご鄭重《ていちょう》にさせて戴く」

ご隠居さまの険しいお声が致しましたが、嬢さまは、そのお声を無視なさるようにすくっとお起ち上りになるなり、先生のおあとに従われました。

「郁子！　何処《どこ》へ行くのじゃ！」

嬢さまを呼び止められるご隠居さまのお声と、殺気だつようなお座敷の騒《ざわ》めきが、お廊下まで響きましたが、嬢さまは、微動だになさらず、荻原先生のおあとに随いて、

長いお廊下をお玄関の方へ渡って行かれました。わたしも、そのおあとに随き従い、ただならぬ気配を盗み見するような召使いたちの視線を感じ取りながら、お玄関を出ました。

嬢さまと荻原先生は、ご門の外へ出られますと、石川の河原の方へおみ足をお向けになりました。二月半ばの河原は、冬枯れの叢《くさむら》と、氷のように冷たく動かない川の流れがあるだけの寒々とした景色でござりましたが、それがまた、嬢さまと荻原先生のお心のうちのようにも存じられ、わたしは黙ってお二人のおあとに従いました。

荻原先生は、ひどくお疲れになったような蒼《そう》けた表情を河原の方へ向けられておられましたが、河原のところまでおいでになりますと、おみ足を止めて、嬢さまの方を振り返られ、

「葛城家《かつらぎけ》は、私の想像以上に、因習の強い家ですね、しかし、力を落さないように、ともかく、私としては出来る限りの方法を考えて、もう一度、お願いに来ることにしましょう」

おいたわりになるようにおっしゃいますと、嬢さまは、まじまじと荻原先生のお顔をお見上げ遊ばしたかと思うと、不意に狂ったようなお激しさで、

「先生、攫《さら》って行って下さいまし！」

「荻原先生のことがお前の決心を鈍らせているようだが、あの先生との結婚はどう考えて見ても不可能だよ、何度も、鄭重な懇望状を戴いているが、肝腎《かんじん》の葛城家の養子婿になることと、地主の実務を継ぐことの約束はどこにもない、ただ、自分の家の家督放棄をするとだけ書いているが、そんなことは葛城家にとっては何の代償にもならない、肝腎のところをはずして、身ぎれいなものの云い方をしているところに、大学の先生らしい冷たさと利己主義を感じて、不愉快だ」

「荻原先生が、冷たい、利己主義などと――」

みるみる孃《とう》さまのお顔色が変り、刃向われるような険しさで旦那《だんな》さまの方へ向き直られました。

「郁子、何度云っても同じことだ、荻原先生との結婚は、お祖父さまもお父さまも絶対反対だよ」

止《とど》めをさされるようにはっきりとおっしゃいますと、孃さまは血の気を失われたお唇を固くひき搾《しぼ》られ、

「では、私は誰とも結婚致しません、一生この庵で、鈍色《にびいろ》の衣を着て、独り歌を詠《よ》む生活をさせて戴きます」

とおっしゃり、つとお顔を逸《そむ》けられました。

「郁子、何ということを云うのじゃ、お前のように美しゅうに、才たけた女が一生、尼のような生活など、何という身のほど知らずのたわけたことをいうのじゃ」

ご隠居さまは頭から、嬢さまのお言葉を取り合われず、笑い飛ばされるようにおっしゃいますと、

「いいえ、荻原先生との結婚をお許し戴けないようなら、いっそ尼衣に包まれた童貞女の生活の方が私にとって倖《しあわ》せでございます」

「尼衣だとか、一生貞女とか云うのは、乙女《おとめ》の一時の感傷に過ぎん、降るほどの縁談の中から、わしとお父さまとで選んだ櫟本の岡崎家との縁談を纏《まと》めることが、お前にとって間違いのない安泰な倖せというもんじゃ」

重ねてご隠居さまがそう仰《おお》せられますと、嬢さまは、大きなお眼を青い焔《ほのお》のように燃えたぎらせ、

「今、私に他の人と結婚せよとおっしゃることは、私に死ねとおっしゃることと同じでございますが、そのようにお受け取り致しましてよろしゅうございますか」

嬢さまの語尾に震えが帯び、お顔色が死人のような土色に変り、お眼《まな》ざしに異様な光が溜《たま》っておりました。そのただならぬみけしきに、わたしは、不気味な不安を覚えましたが、ご隠居さまと旦那さまも、何時《いつ》にない嬢さまのご様子にお気付きになりま

したのか、不意にお言葉をお跡切《とぎ》らせになり、

「では、今日のところは、この縁談を十分に考えておいて貰うということにして、返事のほどはまた日をおいて聞きに来ることにするから、そのつもりでいてほしい」

と旦那さまがおっしゃいますと、ご隠居さまは、

「やっこらさ、また来るぞよ」

わざとおどけたかけ声をおかけになって、何時ものように太いお杖《つえ》をついて、お屋敷へ帰って行かれました。

そして、この翌日の昼下りに、突然、嬢さまのお姿が、見えなくなったのでございます。

わたしが、嬢さまのご用を承って、お屋敷のお道具蔵へ五月の野点《のだて》用の茶道具を出しに参じ、庵へ帰って参りますと、閉めて行ったはずの柴折戸《しおりど》が開いたままになり、嬢さまのお部屋の戸もかすかに開け放たれたままになっておりますので、不吉な胸騒ぎが致し、お部屋の中へ駈《か》け込みますと、お文机《ふづくえ》の上がきれいに取り片付けられ、そこについ先程までお坐《すわ》りになっておられた嬢さまのお姿が見えないのでございます。すぐお茶室のお襖《ふすま》を開けましたが、そこにもお姿が見当らず、わたしは早鐘のような動悸《どうき》を胸に打ちながら、庵を取り囲む深い木立の中を駈け廻り、草木の間を分けるよ

うにしてお探し致しましたが、呼べど叫べど、嬢さまのお答えはなかったのでございます。わたしは、体中を不安に慄《おのの》かせながら、今帰って来たばかりのお屋敷への道を走り、この旨《むね》を申し上げますと、お屋敷中が打ちどよめくような騒動になり、上女中は申すに及ばず、下女中、下男どもに至るまで、大奥の旦那さまのお部屋の前に呼び集められました。

旦那さまは沈痛なご表情を遊ばし、御寮人さまは妙にご興奮遊ばしておられるようなご気配でございましたが、ご隠居さまは、例の太いお杖をおつきになって、お縁側にたちはだかられ、お庭先に跪《ひざまず》いている召使いどもをぐるりとお見廻しになりますと、

「葛城家の総領娘の姿が見えなくなったということは、葛城家の跡継ぎが失《な》くなったということじゃ、皆で草の根を分けても、今夜中に探し出してくれ、真っ先に探してくれた者には、わしから褒美《ほうび》をやる、そうじゃ、このイギリス製の金時計をくれてやる、純金じゃぞ、その代り、かけがえのない総領娘を探し出せん者には、こうじゃ」

とおっしゃるなり、ご隠居さまの太いお杖がわたしの背中に向って力一杯振り下ろされました。一瞬、背骨が折れたかと思うほどの痛さの中で、わたしは自分の粗相《そそう》の大きさに声も出ず、

「――申しわけございません――」

やっと、それだけ申し上げますと、

「お前になど謝《あやま》って貰《もろ》うて何になる、今から皆で、河内《かわち》長野《ながの》八カ村の葛城家の領地内を手分けして探し出すのじゃ、総領娘が見付かるまで、今夜の飯は食うでない、但《ただ》し、駐在所へなどは、葛城家の恥になるから頼むでないぞ」

とおっしゃると、召使いどもは蜘蛛《くも》の子を散らすように八方へ散り、石川の川沿いはもちろんのこと、川向うの金剛山に続く野山にまで分け入りました。わたしも屈強な男衆《おとこし》のあとについて、石川の畔《ほとり》を走り、嬢さまのお名前をお呼びしながら、おん七歳の嬢さまが小学校からの帰りにふと河原の叢《くさむら》の中へ隠れられ、泣くようにして嬢さまをお探しするわたしに「よし、ここよ!」と悪戯《いたずら》っぽくお返事なされたお姿を思い描き、河原の叢を這《は》い分けるようにして、お探し致しましたが、日が暮れる頃になっても、何の手がかりも得られませんでした。灯《あか》りを入れた葛城家の定紋入りの提灯《ちょうちん》が、暗闇《くらやみ》の中で野火のように次第に大きく広がって行くにつれ、昨日、嬢さまが「今、私にほかの人と結婚せよとおっしゃるのは、私に死ねとおっしゃることと同じでございます」とご隠居さまと旦那さまにおっしゃられたお声が、わたしの胸に生々しく甦《よみがえ》り、刻々と時が経《た》つにつれて、もしやという不吉な思いが高まって参りました。

ご隠居さまと旦那さまも、同じ思いでおられましたのか、八時を過ぎました頃、突

然、わたしをお呼びつけになりますと、

「よし、万一ということがあるから、召使いどもに川筋と野山を徹底的に探させる一方、わしは今から京都の大学へ電話をする、大学の先生ともあろう者が、もし、人攫いのようなことをしたのなら、わしは、ただではおかん、その証人にはお前がなるのじゃぞ」

ご隠居さまは凄《すさま》じい形相《ぎようそう》でそう仰せられますなり、電話器をお取りになりかけました。河内長野八カ村に十五しかない電話器が、その時ほどわたしに怖《おそろ》しく思えたことはございません、わたしは、ご隠居さまのお前へ手をつき、

「お電話はお待ち下さりませ、今からわたしが、荻原《おぎはら》先生のお宅まで参ります、ご住所を存じ上げておりますし、大学のお近くと承っておりますから、交番所で聞けば解《わか》ることと存じます」

荻原先生と嬢さまのお身の上にご迷惑がかかることを怖《おそ》れ、そう申し上げますと、ご隠居さまはぎょろりとお眼をお光らせになり、

「なるほど、粗相をしたお前が、京都まで出かけ、顔見知りの荻原を訪《たず》ねるのが一番よいじゃろうて、すぐさま行くことじゃ」

と仰せになりましたので、わたしは直ちに身ごしらえをして京都へ向いました。

京都駅へ着きました時は、もう十時を廻っておりましたが、わたしはご隠居さまのお指図《さしず》通り人力車を拾い、俥夫《しゃふ》に京都市上京区北白川平井町四十五番地の荻原先生のご住所を示しますと、運よくその辺《あた》りの地理に詳しいらしく、呑《の》み込んだ顔で俥《くるま》を走らせました。しかし、俥の外に見える京都の夜の町を眺《なが》めながら、河内長野のお屋敷と、旦那さまが胃潰瘍《いかいよう》のご療養を遊ばしておられた大阪の高津《こうづ》高台《たかだい》のお家以外に、何処へも出かけられたことのない嬢さまが、京都までお一人でお出かけになることが出来るだろうか、万一、途中でお傷《けが》でも——と思うと、わたしは、思わず、眼を閉じて「嬢さま！　荻原先生のお宅においでになっていて下さりませ」と声に出すように祈り、もし荻原先生のところにいらっしゃらない場合は——と考えますと、わたしはもう、気の狂いそうな怖しさを覚え、俥の中で走り出したいような衝動に駆られたのでございます。

俥夫は、樹々《きぎ》の茂みが目立つ北白川まで来ると、薄暗い門灯に照らされた家々の番地を確かめ、やっと『荻原』と記された表札がかけられたご門の前に俥を停《と》めた時は、わたしは、瘧《おこり》のように体が震え、ご門の戸を叩《たた》く手さえ震えておりました。

「どなたさんどす——」

中から年輩の人らしい京都弁が聞えました。荻原先生からお聞きしているくめというばあやさんらしい声でございました。

「夜分に恐れ入りますが、河内長野の葛城家の使いの者でございます」

と応《こた》えますと、

「只今《ただいま》、お開け致しますさかい、お待ちやしておくれやす」

と云い、すぐご門が開かれました。

「くめさんでいらっしゃいますか、わたしは葛城家の奥を勤めておりますよしという者でございますが、嬢さまがこちらへお見えになっていらっしゃいませんでしょうか」

急《せ》き込むように聞きますと、五十過ぎのくめさんは深々と腰を折り、

「へえ、お見えどす、どうぞお入りやしておくれやす」

「まあ、それでは、やっぱり……」

と云うなり、わたしは、思わず、その場にへたへたと坐り込みそうになりましたが、先にたって案内するくめさんの落ち着いたもの腰を拝見し、取り乱すことも恥ずかしく、よろけそうになる足もとをしっかり踏まえて、お玄関から奥へ上らせて戴《いただ》きました。拭《ふ》き磨《みが》かれたお廊下を通り、こぢんまりとした数寄屋《すきや》風の一番奥まったお部屋の前まで参りますと、くめさんは、

のを抑《おさ》え、

「葛城さまからお使いの方がお見えどす」

と声をかけ、お襖を半間《げん》ばかり開かれました。わたしはお廊下に坐り、涙声になる
「嬢さまのお迎えに参りました」

と申し上げながら、開かれたお襖の間から奥をお見致しますと、ご書斎らしく、天井までご本を積み上げられた広いお座敷の中に、嬢さまと荻原先生が、ご書斎机を挟《はさ》んで、お坐りになっておられました。

嬢さまは硬《かた》いお背中をお見せになったまま、振り返りも遊ばしませんでしたが、荻原先生は、わたしの方へ振り向かれ、

「きっと迎えに来て下さるだろうと思って、待っていたところですよ、私からいくら勧めても、首を振られるばかりで、どうしたものかと、くめと相談し、お迎えがなければ、今夜中にもくめにお送りさせようと考えていたところです」

愁眉《しゅうび》を開かれるようにおっしゃられますと、嬢さまは、そのお言葉を拒まれるように、無言で激しく頭をお振りになりましたが、荻原先生は、

「ともかく、今夜はお家へ帰られることです、どんな理由があるにせよ、ご両親に無断で私のところへやって来られるようなやり方は感心しない、私はどんな場合でも、

無謀な嵐《あらし》を吹き起すようなことは嫌《きら》いだし、たとえ私の周囲で嵐が吹きまくっていても、私の心の中だけは嵐を吹き入れないというのが私の生き方なのです、貴女《あなた》に対して愛情が薄いのではなく、何事によらず、学問以外の複雑さからは出来るだけ逃《のが》れ、学問をする純粋な静かさを侵されたくないというのが、今日まで自分を処して来た私の姿勢なのです」

静かなお声でおっしゃいますと、嬢さまは大きな眼をきっと見開かれ、

「でも、私には、とてもそんな冷静になど致している余裕はございません、先生にとてもお解り戴けないほど、私は葛城《かつらぎ》家の総領娘としての為来《しきたり》と因習の枠《わく》に縛りつけられ、今夜もし、このまま、よしと家へ帰ってしまいましたら、明日から屋敷の奥へ閉じ込められ、きっと婚礼の日まで座敷牢《ざしきろう》の中にいるように監視され、先生ともお会い出来なくなるかもしれません――」

悲痛なお声でそうおっしゃいますと、

「馬鹿《ばか》な、そんな馬鹿なことがあるものか――」

荻原先生は、笑い消されるようにおっしゃいました。

「いいえ、私にはそれがよく解るのです、二十三の齢《とし》まで総領娘という枠の中にはめ込まれて来た私には、理屈や論理でなく、肌でじかにそうしたことを感じとることが

出来るのでございます」

とおっしゃり、さらに身を揉《も》まれるようにお拒みになりますと、

「それは、貴女の気持の昂《たかぶ》りから来る思い過しでしょう、こうして今日、突然、私のもとへ訪れて来られたのも、昨日お祖父《じい》さまとお父さまから結婚の膝詰《ひざづ》め談判をされたその興奮からですよ、私は、そんなことにも毅然《きぜん》として、時が来るまで凜《りん》として、人を寄せつけずにいるのが貴女だと思っていました――」

荻原先生のお声の中に、嬢さまのはしたなさをお窘《たしな》めになるような厳しい響きがございました。嬢さまは、そのお言葉にはっと身じろがれるように、つとお顔を俯《うつむ》けられますと、

「よし、帰りましょう」

そう一言おっしゃり、深々と荻原先生に頭をお下げになって、お席をお起《た》ちになりました。荻原先生は、黙って射るような強いお眼《まな》ざしで嬢さまをご覧になっておられましたが、そのお眼は、深いご愛情と男らしいご理性とそして、冷やかなまでの厳しさが湛《たた》えられているようでございました。

京都から大阪までは終列車の汽車に乗り、大阪駅から河内長野まで早曳《はやび》きの俥に乗って、お屋敷まで帰り着きますと、もはや午前三時を過ぎておりましたが、お屋敷の

中は煌々《こうこう》と灯りが点《とも》り、俥が正門の前に停まり、嬢さまのお姿が見えますと、

「嬢さまのお帰りぃ！」

一斉に提灯をかかげて群がるようにご門の前へ飛び出して参りました。嬢さまは伏目がちに、軽くお会釈《えしやく》になり、敷石伝いにお玄関までお み足を運ばれますと、

「おお、帰って来たか！」

ご隠居さまと旦那さまが、お式台のところまでお出迎えになり、両側からひしと、嬢さまのお体を抱きしめられました。それは、わたしが十五歳の齢にお目見得《めみえ》に上りましてから、十七年間にはじめてお見受けするご肉親同士の絆《きずな》に結ばれた露《あら》わなお姿でござりました。思わず、わたしも、くうっと咽喉《のど》を詰らせかけました時、嬢さまのお体がぐらりと揺れ、そのまま気を失っておしまいになったのでござります。

その翌日から、嬢さまはお床に臥《ふ》せられがちで、そのお顔はお召しになっておられます白絹《しらぎぬ》のお寝巻よりさらに透けるようなお白さで、お寝《やす》みになっておられる間も、次第に近付いて来る荻原先生のご出発を、指折り数えておられるご様子でござりました。ご隠居さまと旦那さまは、嬢さまの思い詰められたご様子に憚《はばか》られましたのか、嬢さまがお一人で無断で京都へ出かけられましたことについては、直接、厳しくご叱《しつ》責《せき》遊ばされず、その代り、わたしに今後二度とこういうことが起らぬよう、万一、起

った場合は即刻、宿下りを命じると仰《おお》せになったのでございます。嬢《とう》さまのお傍《そば》に仕えて、何時の間にか三十二歳になっておりましたわたしは、とっくに婚期を失い、嬢さまお一人のみを生甲斐《いきがい》に致して参りましたから、このお言葉はわたしの魂が脱《ぬ》け落ちるほど怖しいお言葉でございました。それだけに嬢さまの一挙手、一投足に、わたしの倖《しあわ》せと不倖せが籠《こ》められているのでございますが、嬢さまはひたすら荻原先生をお慕いになり、ご気分がおすぐれにならぬ中でも、お歌だけはお詠《よ》みになり、荻原先生とのお文のお取り交わしを続けておられました。

一方、お屋敷の方へも、荻原先生から何度もご封書が届いているそうでございましたが、ご隠居さまと旦那さまは、嬢さまが無断で京都へ出かけられましたあの事件からは、眼に見えて、荻原先生のご封書を粗略に扱われ、時にはご開封も遊ばさないままでお破り捨てになることもあるそうでございました。そして、嬢さまのご縁談にはますます、お力を入れられ、多勢の婿《むこ》候補者の中から、先にお話がありました大和の櫟本《いちのもと》の岡崎家のご次男さまを、養子婿さまの第一人者としてお選びになり、嬢さまをぬきにして、日に日に具体的なお話になって行くご様子でございました。そうしたことを、お屋敷の上女中から耳にする度《たび》に、わたしは嬢さまのお身の上に何か、思いがけない不幸なことが降りかかって来るような不安を覚えましたが、それを嬢さまにお伝え致しますと、ご隠居さまと旦那さまに宿下りを命じられ、嬢さまのお傍から引き離されてしまうという怖れから、わたしは黙って、嬢さまのお身の上に近付いて来る不気味な足音に、耳を欹《そばだ》てておりましたのでござります。

しかし、とうとう、その懸念《けねん》していたようなことが、急激に重なり合うように、嬢さまのお身の上に降りかかって来たのでござります。

その日は朝靄《あさもや》が乳色のように漂っております十月始めの朝でござりましたが、お臥りがちの嬢さまをお妨げせぬように箒《ほうき》を使わずに、手で落葉拾いを致し、柴折戸の横の柴垣《しばがき》のところまで参りました時、柴垣の間に白い紙片のようなものが投げ込まれておりますのが眼に止まりました。村の悪童たちの仕業《しわざ》かと思い、柴垣の間に手を入れ、拾い取りますと、それは荻原先生のご筆蹟《ひっせき》でしたためられた白い角封筒だったのでござります。誰の手によって柴垣の間へ挟《さしはさ》まれましたのか、朝露に濡《ぬ》れた封筒の表は、露に沁《にじ》んだインクが、青い汚点《しみ》になっておりました。わたしは、愕《おどろ》き転《まろ》ぶようにして、嬢さまのお部屋へ走りました。

「嬢さま！　柴垣の間に、荻原先生のお手紙が――」

と申し上げますと、お臥せになっておられました嬢さまは、さっとお体をお起しになり、

「まあ、先生のお手紙が、どうして、柴垣になど――」

わたしの手からご封書を受け取られ、慌《あわただ》しく封を切られました。

ペン字でしたためられた数枚の便箋《びんせん》にお眼を通されますと、みるみる嬢さまのお顔が蒼白《そうはく》に変り、

「よし、今、何時！」

叫ぶようにおっしゃいました。

「もう、十時を過ぎております」

「十時――、十時を過ぎているというのね」

嬢さまは、震えるようなお声でそうおっしゃいますと、

「よし！　先生は、もう発《た》っておしまいになった……今頃は、神戸からお船に乗っていらっしゃる……」

そう絶叫なされますと、嬢さまは、声を上げて、どっとその場にお泣き崩《くず》れになりました。ご生母さまがお離縁《さ》りになって行かれる時でさえ、人前で涙をお見せにならなかった嬢さまが、身を揉み、声を上げて慟哭《どうこく》遊ばすお姿は、そのまま、悶絶《もんぜつ》し、泣き死にすることを願っておられるような悲しみに猛《たけ》り狂われたお姿でございました。

わたしは、その狂おしいお姿の前で、どのようなご事情から荻原先生が、嬢さまと別

離のお言葉も交わされずに、このような去り方を遊ばしたのか、理解に苦しみましたが、嬢さまのお手に握られた便箋の最後に、荻原先生のお歌がしたためられてあるのが、わたしの方からお読み取りすることが出来ました。

　汝《なれ》恋ふる百夜《ももよ》へだつる波《なみ》まくら秘めもちて匂《にほ》はめわが断腸花《だんちやうくわ》

惜別の情に滲《にじ》んだ胸を搏《う》つようなお歌でございましたが、このあまりに唐突な別離は、何と申しましても、〝酷《むご》い〟という一言に尽きることと存じます。

その日から、嬢さまは眼に見えてお窶《やつ》れになり、自ら座敷牢に閉じ籠られるように庵《いおり》の一間から、一歩も外へお出ましにならなくなりました。お屋敷の方では、そのような嬢さまのご傷心をご心配なさりながらも、荻原先生のご出発には内心ほっと遊ばされ、あとは、一日も早く嬢さまがお元気を取り戻され、ご婚礼を早めたいお気持から、高価な洋花や、華《はな》やかなお衣裳《いしよう》、調度品などを次々とお持ち運びになりましたが、嬢さまはそうした物には眼もふれられず、お見舞にお見えになるご隠居さまと旦那《だんな》さまにも、打ち解けたお顔をお見せにならず、鈍色《にびいろ》のお衣裳をまとわれ、ひたすらに遠い海を隔てた国へ行ってしまわれた荻原先生からのお便りを、待ちわびられたのでござります。

やがて荻原先生から珍しい外国の絵葉書が、わたしの弟の手によって、庵まで届けられますと、その時ばかりは、嬢さまは生きかえられたようなご表情で、遠い雲路を分けて来たお便りに眼をお当てになりましたが、お便りそのものは外国の珍しいことをさらりとおしたためになっていただけのようでござりましたが、嬢さまは、思い詰められたようにお文机《ふづくえ》に向って、何かこまごまとお綴《つづ》りになって外国郵便というわたしが生れて始めて見るような封書に、横文字で宛先《あてさき》をお書きになり、わたしの弟に堺《さかい》の大きな郵便局まで行かせて、投函《とうかん》するようにお命じになったのでござります。

嬢さまほどのお方に、これほどまでにお慕われになり、しかも、ご自分からご結婚までお申し出になりながら、突然、お会いになることもなく、外国へ発ってしまわれ、嬢さまに帰国するまで待っていて戴きたいともお伝えにならない荻原先生のお胸のうちは、一体、どのようなお考えでござりましたのでしょうか。わたしは、ふと荻原先生が嬢さまに向って「周囲にどのように嵐が吹き荒れていても、私は自分の心の中に嵐を吹き入れない人間です」とおっしゃったお言葉と、わたしが始めて荻原先生のお姿をお見致しました時の、そのあたりの空気まで冷たさを増すようなひやりとした印象を思いうかべ、すべてが荻原先生のお心の冷たさから来るものか、それともご隠居さまと旦那さまが、何か思いもかけない画策を遊ばされたのではないかという怖《おそろ》しい想像も思いうかんだのでございますが、そのようなことは口にすることも出来ませず、ただお傍から嬢さまのお苦しみをお見守り申し上げていることしか出来なかったのでございます。

やがてその年の暮を迎える頃になりますと、嬢さまのお顔に隈取《くまど》られるようなお窶れの色がますます濃くなり、時々、何かに絶望なされるような深いお苦しみの色まで加わって参りましたが、嬢さまは、一言もお胸のうちを語られず、木枯しの吹きすさぶ庵の外へじっとお眼を据えられているような日が多くなりましたが、そうした時に、不慮の出来事が起ってしまったのでございます。

第八章

全く突然、不慮の出来事が起ったのでございます——と、もう一度、繰り返すように云《い》うと、老婢《ろうひ》は、何を思ったのか、

「この御影《みかげ》の山手の方へお上りになりませんか、この上に嬢《とう》さまが御寮人《ごりようにん》さまになられ、この御影のお邸《やしき》へ移られましてから、時々、お運びになりました小さな美術館がございますから、その方へ散歩に参りながら、お話し申し上げとうございます」

と云うと、老婢は、茶道具を水屋に納めて、先にたって茶室を出た。

葛城家《かつらぎけ》の門を出、住吉《すみよし》川沿いに御影の山手に向って歩いて行くと、四月初旬の昼下りの道には人影がなく、明るい陽脚《ひあし》が道一杯に広がり、ゆるやかな勾配《こうばい》を持った坂道の上の小高い山には緑がふくらみ、ところどころにほの白い塊《かたまり》が見えるのは、桜の花の群《むらがり》のようであった。私は、老婢と並んで坂道を上りながら、なぜ急に老婢が散歩し

ながら話しましょうと云い出したのか、その言葉の意味を解し兼ねたが、おそらく、老婢は、あの茶室でさらに私と対《むか》い合ったまま、不慮の出来事を話し出す息苦しさを避けるために、散歩に誘い出したのではないかと、思い測《はか》った。

上り坂を四、五丁行くと、鎌倉《かまくら》風の簡素な力強い線を持った青銹色《あおさびいろ》の屋根が見え、分厚な白壁に囲まれた白鶴《はくつる》美術館が、松の茂みの中に建っていた。建坪二百五十坪余りの小美術館であったが、中国の古美術品ばかりを集めた特異な美術館として、私も学生時代に一、二度足を運び、特に青銅器の名品がよく蒐集《しゅうしゅう》されていることを知っていた。

正門を入って行くと、平日の昼下りのせいか、疎《まば》らな観覧者の姿が見かけられるだけで、館内は人声も騒《ざわ》めきもなく、森閑とした気配に包まれていた。

老婢はもの馴《な》れた様子で、拭《ふ》き磨《みが》かれた床の上を、足音をたてずに陳列室の中へ入って行った。陳列室の中へ一歩足を踏み入れると、俄《にわ》かに辺《あた》りの空気まで静まりかえるようなひやりとした静謐《せいひつ》さが室内を埋め、殷《いん》、周、漢、唐時代の兕觥《じこう》、卣《ゆう》、鎜《ばん》、鼎《かなえ》などの酒器や水器、煮たき用の青銅の器具がガラス張りの陳列棚《ちんれつだな》の中に展示されていた。いずれも一千年乃至《ないし》二千年前、中国から日本へ渡って来たものであったが、完全な形で保存され、古代の美しい形と銹色を見せ、息づくように並んでいる。

第二室に入ると、主《おも》に唐、宋《そう》、明《みん》時代の香炉、水注《みずさし》、花生《はないけ》、壺《つぼ》、鉢《はち》などの陶磁器と、経箱《きょうばこ》や食籠《じきろう》、盆、硯匣《すずりばこ》などの漆器類が、各時代の特色を現わしながら精巧細微な華麗さを見せていたが、老婢は足早にその前を通り過ぎ、階段を上って、第三室に入ると、その窓際《まどぎわ》の陳列棚に向って、まっすぐ足を運んだ。私もそのうしろに随《つ》いて、老婢が足を止めた陳列棚の前にたつと、老婢は、周囲の金銀を鏤《ちりば》めたり、螺鈿《らでん》の文様《もんよう》を嵌《は》め込んだ金銀器には眼を向けず、陳列棚の隅《すみ》に置かれている一対の暗緑色の玉碗《ぎょくわん》に眼を注いだ。

『玉碗一対　緑瑠璃《りょくるり》　伝中国山西《さんせい》省大同《だいどう》出土』としたためられた波形切子《なみがたきりこ》の小さな古代硝子《ガラス》器《き》であった。出土の正しさと高貴さを示すようにその一対の玉碗は、暗緑色の深い翠色《みどりいろ》を湛《たた》え、窓から射《さ》し込む陽の光をガラス越しに受けて、波形の切子の部分が、時々、エメラルドのように碧味《あおみ》がかった妖《あや》しい光を燦《きらめ》かせた。

老婢は、その光を吸い込むように暫《しば》く、その一対の玉碗を凝視し、ふいに私の方を振り向くと、

「御寮人さまは、時々、この美術館の中を、ひっそり、お歩きになることがございましたが、お伴《とも》を致しておりましたわたしの眼にも、御寮人さまは他《ほか》の何ものもご覧遊ばされず、この一対の玉碗だけをご覧になっておられるご様子でございました、そし

て、或《あ》る日、わたしに、よし、この一対の玉碗は、もとはペルシャから中国へ入って、中国から朝鮮を渡って日本へ入って来たものでしょうが、その長い間離れ離れになって、やっと何千年か経《た》った後に、誰かの手で、一対が相会うようになった玉碗だそうですと、お話しになったことがございます、わたしは、そのお言葉の中に御寮人さまと荻原先生の歩まれた哀《かな》しい運命の響きをお聞きするような思いが致しましたのでございます」

そう云い、老婢は、ふと涙をふくみ、激して来る思いを抑《おさ》えるように陳列棚の前を離れ、辺りを見廻した。人影のないのを確かめると、陳列室の端にある椅子《いす》を指し、

「幸い、人影もございませんし、まるで御寮人さまと荻原先生とのご運命のような一対の玉碗が並べられている陳列棚が見えるここで、お話の続きを申し上げましょう」

と云うと、老婢は、椅子に腰をかけ、

「先ほど申し上げました全く突然の不慮の出来事と申しますのは、ご隠居さまが、突然、脳卒中でお倒れになったのでございます」

「では、荻原先生ご自身の出来事ではございませんのね」

私は、何かほっとするような思いでそう尋ねると、

「さようでございます、荻原先生ご自身に関する不慮の出来事ではございませんが、

ご隠居さまが突然、お倒れになりましたことが、嬢さまと荻原先生とのご運命に思いがけない大きなかかわりを持ったのでございます、それも、これから順を追って、お話し申し上げます事柄の中から、お解《わか》り戴《いただ》けることと存じます」

老婢はそう云い、腰をかけ直すように椅子に坐《すわ》った姿勢をきちっと整えてから話し出した。

＊

ご隠居さまがお倒れになりましたのは、荻原先生が外国へ発《た》たれましたその年の暮でございました。

その日は、朝から金剛山から吹き下ろす膚《はだえ》を刺すような木枯しが吹きすさぶ日でございました。庵《いおり》の嬢《とう》さまのお居間には、金剛塗のお手あぶりに桐炭《きりずみ》を一杯に埋め、お屏風《びょうぶ》さえたて廻して、お風邪《かぜ》を召しませぬようにお暖かい上にも暖かくと、気配り致しておりますと、不意に、柴折戸《しおりど》を荒々しく叩《たた》く音が致しました。

「嬢さま！　ご隠居さまがお倒れに、脳卒中で――」

叫ぶような使いの者の声が聞えました。お手あぶりの前に坐っておられました嬢さまは、はっと棒だちに起《た》ち上られ、わたしも一瞬、自分の耳を疑いましたが、すぐ嬢

さまのうしろからお被布《ひふ》とお肩掛をおかけ致しながらもう玄関の方へ走り出てお
りました。
　木枯しの中をわたしと男衆《おとこし》が、蒼《あお》ざめられた嬢さまのお体を両側からお支《ささ》えするよ
うにして、お屋敷までの二丁の道を駈《か》けるように小走りし、お屋敷のご門の前まで参
りますと、嬢さまのお帰りにもかかわらず、正門は固く閉ざされておりました。脇門《わきもん》
をくぐりますと、広いお庭中に莚《むしろ》が敷き詰められ、召使いたちはすべて草履《ぞうり》を履《は》き、
足音はもちろん、物音一つたてることが許されない静まりかえったお屋敷のご気配で
ござりました。
　嬢さまは、思わず、お胸を衝《つ》かれるようなご動揺の色をお見せになりましたが、大
奥のご隠居さまのお座敷の前までおいでになりますと、お気を鎮《しず》められますように絨《じゅう》
毯《たん》の敷き詰められたお廊下にお膝《ひざ》をつかれてから、お障子をお開けになりました。
　お座敷の中から、鼻をつくような消毒薬の匂《にお》いがし、山水の枕《まくら》屏風に囲まれた三枚
重ねの緞子《どんす》のお布団《ふとん》の上に、お枕の方を高くして仰向かれたご隠居さまのお顔が見え、
お医者さまを挟《はさ》んで、旦那《だんな》さま、御寮人さま、お葉さま、妹嬢《こい》さままでが、ご隠居さ
まのお枕もとにお居並びになっておられました。
　その重苦しいご気配に、嬢さまは、一瞬、お怯《ひる》みになるように身じろぎ遊ばしまし

たが、つうっとご隠居さまのお枕もとへ進まれますと、

「お祖父《じい》さま！　郁子《いくこ》が参りました、お祖父さま――」

振り搾《しぼ》るようなお声でおっしゃいました。

「お……い、いく……こ……」

ご隠居さまのお眼が、うっすらと見開かれ、もつれるようなお舌で、一言そうおっしゃいますと、またお眼をお閉じになりました。

「お祖父さま！　しっかり遊ばして――、お眼をお閉じにならないで――」

大きなお声でお揺り起ししようとなさいますと、主治医の大木先生が、

「今、お起ししてはいけません、強心剤を打ったばかりですから、身心ともに絶対安静が必要です」

嬢さまのお手を遮《さえぎ》られ、旦那さまに、

「私は、もう一軒、診《み》なければならぬ患者がありますから、これで失礼しますが、看護婦を残しておきますから、何か変ったことがあれば、すぐお報《しら》せ下さい」

とおっしゃられ、大木先生のうしろに控えている看護婦さんに細かい注意をお与えになって、お席をお起ちになりました。

大木先生がお座敷を出て行かれますなり、不意にうっと、嗚咽《おえつ》するようなお葉さま

のお声がし、

「お父さま！　こんなに急に――」

とおっしゃるなり、堪《こら》えきれぬようにお泣き伏しになりました。そのお声にお呼び起されになりましたのか、ご隠居さまのお瞼《まぶた》がびくびくと震え、薄くお眼をお開きになったかと思いますと、

「い……いくこ……えんだんの……かつらぎけ……そうぞく……やまとの……ようしむこ……ゆいのう……」

殆《ほとん》ど聞き取れぬとぎれ、とぎれにおっしゃる譫言《うわごと》は、お子さまのお葉さまに関することでなく、すべて嬢さまのご縁談に繋《つな》がるお言葉で、一年以上も前から何度もお勧めになっておられます大和《やまと》の櫟本《いちのもと》の岡崎家のご次男さまとのご縁談を取りまとめ、ご結納を納めて早くご婚礼を挙げるようにという意味のようでございました。

「いく……こ、はよう……こんれい……」

再びご隠居さまがもつれたお舌でそう仰《おお》せられますと、嬢さまは固いご表情でさし俯《うつむ》かれましたが、旦那さまは横から身を乗り出され、

「お父さま、郁子の結婚のことは、安心して私にお任せ下さい」

大きなお声でお応《こた》えになり、

「郁子、さあ、お前も、そうお祖父さまにお答えするのだよ」

とお促しになりましたが、嬢さまはさらに固いご表情を遊ばし、きっとお口をお噤《つぐ》みになりました。ご隠居さまは、そのような嬢さまのご様子にはお気付きになられるはずもなく、空《うつ》ろなお眼《まな》ざしを嬢さまの方へお向けになり、

「いく……こ……いつ、こん……れい……」

もつれたお舌でそうおっしゃられますと、ご安心なさるように頷《うなず》かれ、またお眼をおつむりになりました。

「いいえ、お祖父さま――」

嬢さまが、お首をお振りになりかけられますと、

「郁子、控えなさい！」

旦那さまの険しいお声が、嬢さまのお言葉をお阻《はば》みになり、

「あとは、次の間で――、よし、すぐ次の間の用意を――」

と仰せになりました。わたしは直ちにお廊下を隔てた次の間へお手あぶりとお座布団のご用意を致しますと、妹嬢さまだけはお席をおはずしになり、旦那さま、御寮人さま、お葉さまのお三人さまと、嬢さまが、八畳のお座敷へお入りになりました。憚《はばか》りあるお話のこととて、わたしはお襖《ふすま》を閉めて引き退《さが》りかけますと、

「よし、郁子の縁談に関することだから、お前も聞いておいてておくれ」

重々しいお声で旦那さまが、そうおっしゃったのでございます。わたしは、思わず、胸の塞《ふさ》がる思いを致しながら、お座敷の隅にお控え致しました。

旦那さまは、お手あぶりにお手をおかざしになって、暫くご思案を遊ばされるご様子でございましたが、やがて、嬢さまの方へまっすぐお眼を向けられ、

「郁子、お祖父さまのご容態は、今、ちょっと落ち着いておられるように見えるが、何といっても、八十三歳という高齢で脳卒中を起されたのだから、決して安心ならない、それにもかかわらずお祖父さまの譫言で解るようにお前の縁談のことを非常に気に病まれ、縁談先の身元調査を、これという人に頼んで、徹底的にしかも相手を傷つけぬように調べさせられた上で、お前の養子婿《むこ》をお探しになったそのご心労が重なってお倒れになったといってもよいのだよ、だから、お倒れになったその直後も、お前の縁談、婚礼のことばかりを口走っておられるのだ、それだけにお前も、今度のお祖父さまのご病気には責任を感じなければいけない――」

きめつけられるようにそうおっしゃいますと、御寮人さまは、針を含んだような口調で、

「さようでございますとも、郁子さんのご縁談については、もう、かれこれ、四年ほ

ど前からお祖父さまだけではなく、お父さまも私も、どれだけ心を砕きましたことか――、降るほどのご縁談を何かと理由をつけて、片っぱしから断わり、この頃では、この河内《かわち》八カ村の葛城《かつらぎ》家の領地内でも、葛城家の総領娘の養子婿さまは、華族さまの次男か、三男でなくてはおさまらないのだろうと陰口をたたかれているほどでございますから、郁子さんも、お祖父さまがお倒れになったこの際、お祖父さまへのお申しわけのためにも、早急に大和の岡崎家の康弘さまとのご縁組をお取り決めなさるべきでしょう」

おっかぶせるようにおっしゃいますと、嬢さまは、きっと御寮人さまの方をお見据えになり、

「いつぞやも申し上げましたように、私は、自分以外の人のために、結婚は致しません、結婚は私自身のためのものでございます」

きっぱりとそうおっしゃいますと、お葉さまのお膝がつと前へ出ました。

「貴女《あなた》は、何という思い上った人なの！　貴女の縁談の気苦労からご病気になられたというのに、よくも、そんな口がきけるのね、私は妾腹《しょうふく》の叔母《おば》ということで、今日まで貴女にはいささかの遠慮をして来ましたが、私の大事なお父さまのご病気にかかわることとあっては、私も黙っておりません！　私の大事なお父さまのために、貴女は

何が何でもこの際、縁談を取り決めることです」

詰め寄られますと、嬢さまのお眼に氷のように冷やかな光がうかびました。

「お葉さま！　貴女が、私の大事なお父さまのためにとおっしゃるのなら、私も申し上げたいことがございます、私の大事なお母さまを失うようになさったのは、貴女ではございませんか」

「まあ！　何という怖《おそろ》しいこじつけをおっしゃるのです、貴女のお母さまがこの家を離縁《さ》られた理由《わけ》は……」

お葉さまが言葉を継ぎかけられますと、旦那さまは、御寮人さまの手前を憚られますように慌《あわ》てて、お手をお振りになりました。

「お前たちは、今頃、何を云《い》い出すのだ、そんなことは今、何の関係もないことではないか、それより、郁子は、お祖父さまへの孝行と、どうせ、何時《いつ》かは葛城家の総領娘として、地主の実務を継ぐ婿を迎えねばならないのだから、この際――」

ふとお言葉を切られ、旦那さまは俄かにお膝をお正しになり、改まったご姿勢をなさりますと、

「郁子、お父さまから改めてお前に頼む、この際、お前の倖《しあわ》せのためと、ご病床のお祖父さまのために、岡崎家との縁談を承諾しておくれ」

人に頭をお下げになることのない旦那さまが、お膝にお手をつかれて、お頭をお下げになったのでございます。嬢《とう》さまはもちろんのこと、御寮人さまも、お葉さまも、思いがけない旦那さまの改まったお姿に、声もなく、息を呑《の》んで沈黙遊ばされました。どれほどか、長い沈黙が続き、お座敷の重苦しい空気に堪《た》え難くなりました時、嬢さまのお体がかすかに前へ揺れ、細いお声が洩《も》れました。

「お父さま、今ここで、ご即答することだけはお許し下さいまし、後程、ゆっくり考えましてからお返事を……」

やっと、それだけお応《こた》えになりますと、

「ゆっくり考えた上で、よい返事をしてくれるというのだね」

畳み込まれるように旦那さまがおっしゃいました。

「いいえ、ドイツにいらっしゃる荻原《おぎはら》先生にこの旨《むね》をお伝えして、それから……」

「それから、どうするというのだ、荻原先生に相談してみたところが、どうしようもないじゃないか、あの人は、学問に生きようとしている人で、絶対、地主の実務は継ぎたくないというのでは、葛城家としてどんなことがあっても迎えられない人だ、そんな人に相談してみても仕方がないだろうし、第一、日本からドイツまでの郵便は敦《つる》賀《が》からウラジオストックまで船便、ウラジオストックからドイツまでシベリヤ鉄道経由で別配達にしても片道二十日はかかるじゃないか、それより——」

さらに旦那さまが、お言葉を継ぎかけられますと、嬢さまは、

「お父さま、ともかく、荻原先生に一度だけお手紙を出すご猶予《ゆうよ》を私にお与え下さいまし、これが、おそらく、私の一生のうちでの最後の我儘《わがまま》かもしれません——」

そう静かに、強い語調でおっしゃられますと、嬢さまは、旦那さまのお返事を待たれず、深々とご一礼遊ばして、お席をお起ちになりました。

「郁子！」

お呼び止めになる旦那さまのお声が致しましたが、嬢さまはそのまま、つうっとお座敷をお出になりました。わたしも、おあとに随《つ》いて、席を起ちかけますと、

「よし！　いつぞやのように郁子の姿が見えなくならぬように、十分な注意をしているのだぞ」

そう厳《きび》しく、お命じになったのでございます。

お屋敷から石川沿いの庵へ帰って参りますと、嬢さまは、すぐご自分のお居間に籠《こも》られ、お文机《ふづくえ》に向って、荻原先生宛《あて》に、お手紙をおしたためになりました。荻原先生が最初に庵をお訪《たず》ねになった時にお召しになった濃紫《こむらさき》のお着物にお召替えになり、お部屋の中にお香を焚《た》かれ、お夕食もお摂《と》りにならずに一心に何かをおしたためになっ

ておられます嬢さまのお姿は、まるで遺書をしたためる人のように思い詰められ、一本の蠟燭《ろうそく》が燃え尽きてしまう寸前のようにゆらゆらとした危ぶみを覚えました。そして、いつぞやのように嬢さまが何処《どこ》かへ行ってしまわれないかという心配から、庵のご門や柴折戸はもちろんのこと、早くから雨戸をたて、閂《かんぬき》をかけ、戸締りを厳重に致しましたのでございます。

その翌日から嬢さまは、天を仰いで祈るようなご表情で、荻原先生からのご返事を待たれたのでございます。ドイツまでは別配達便とか申しますものでも、往復四十日はかかることを百もご承知になりながら、なお、お手紙をお出しになったその翌日から、遠い海の向うから来るお返事を心待ちに遊ばし、お食事さえも眼に見えて細られ、頰《ほお》の色まで透けるように青白まれる嬢さまのお姿をお見致すわたしは、まるでこの身が切り苛《さいな》まれるように辛《つろ》うございました。

その間にも、ご隠居さまのご容態は、一向によくならず、お倒れになった時と同じように右半身不随で、お口もともご自由に廻らず、涎《よだれ》を垂らされたまま、やっと聞き取れるぐらいのお言葉しかお話しになれませんでした。それでも、嬢さまが、一日に一度、お屋敷までお見舞に上られますと、付添看護婦さんがいる前もお憚りにならず、ご自由のおききになる左手で、嬢さまのお手を取られ、

「い、いくこ……きたか……きた……か……」

　同じお言葉を何度もお繰り返しになっては、涎をたらたらとお流しになりました。嬢さまは、ご隠居さまをあやされますように、にこにことお笑いになりながら、何度も頷かれますと、ご隠居さまの左半分のお顔だけがくしゃくしゃと皺《しわ》だらけになり、大粒のお涙が左側のお眼からどっと、滝のように流れ落ちるのでござりました。そうした中でも、ご隠居さまのご病状は、特に良くも、悪くもなられず、ずっと横這《よこば》いの状態で、その年のお正月を越され、松の内が何事もなく、めでたく明けようとしております時、ご隠居さまのご容態が急変致したのでござります。

　その日は、一月十五日の女《おんな》正月のこととて、嬢さまも、一つ紋の紋服をお召しになって、お屋敷の大奥で、旦那さま、御寮人さま、妹嬢さま方と、お久しぶりにご夕食の御膳《おぜん》に向われ、わたしがお給仕を申し上げておりますと、突然、お廊下に高い声が響き渡り、

「大へんでござります！　ご隠居さまがご発作を――」

　と伝える上女中の声が致しました。

「え！　発作――すぐ、医者《せんせい》をお呼びするのだ！」

　旦那さまは、そうお指図《さしず》遊ばすなり、お袴《はかま》の裾《すそ》を蹴《け》って渡り廊下を走られ、嬢さま、

御寮人さま、妹嬢《こい》さまも後をお追いになりました。

ご隠居さまのお座敷へ駈《か》けつけますと、付添看護婦さんの応急処置らしく、お頭を高くし、お体を横たえておられました。大木先生がお見えになるまで、絶対動かしてはいけないという看護婦さんの言葉を守って、旦那《だんな》さまをはじめ嬢さま方、御寮人さま、お葉さまは、お手の下しようもなく、意識不明になっておられるご隠居さまのお姿を、息を殺すようにしてお見守りになりました。

大木先生はお見えになりますなり、すぐ強心剤をお打ちになり、脈搏《みゃくはく》をお取りになったあと、最初の発作より二度目の発作の方が強く、絶対安静が必要であるから、万一のことを考えて、ご老人の欲せられることは何でもしてあげて下さいと、おっしゃられたのでございます。

再びお庭中に莚《むしろ》が敷かれ、お廊下には絨毯《じゅうたん》が敷き詰められ、咳払《せきばら》い一つ許されぬほどの静粛さをお屋敷中に申し渡され、旦那さまをはじめ嬢さま方は、そのまま、夜更《よふ》けまで、ご隠居さまのお枕もとに侍《はべ》られたのでございます。

強心剤をお打ちになられたあとも、ご隠居さまは脳卒中特有の高い鼾《いびき》をかいて昏睡《こんすい》しておられましたが、やがてうっすらとお眼を開けられますと、

「い、いくこ……いつ……こんれい……は、な……よめ……」

聞き取りにくいもつれるお舌でそうおっしゃり、お苦しげに、息をとぎらせられました。嬢さまは、はっとお顔を硬《こわ》ばらされ、

「お祖父《じい》さま、私は――」

とおっしゃりかけますと、ご隠居さまは、どうお聞きになりましたのか、

「そ、そう……か……こん……れい……わしも……ゆ、く……いつ……」

「お祖父さま、いいえ、私は婚礼など――」

嬢さまがお首をお振りになりかけますと、

「郁子《いくこ》、お祖父さまは、誰よりもお前を愛して下さった方だ、そのお祖父さまが、今はもう――、何でも望まれることをと、お医者さまもおっしゃっておられる――、だから、お祖父さまの思いをかなえさせて上げることだ――」

嬢さまのお耳もとで旦那さまが、強く命じられました。お席に居並んでおられる御寮人さま、妹嬢さま、お葉さま方も、旦那さまのお言葉にご同意なさるように、強いお眼ざしで嬢さまのお顔を見詰められ、お血を分けられたおん十八歳の妹嬢さままで、

「お姉さま！　お祖父さまのご病気をよくしてさしあげるために、ご婚礼を遊ばして――」

啜《すす》り泣かれるようにおっしゃられたのでございます。それでも、嬢さまは、あと一

カ月待ち、荻原先生からのお返事を受け取ってからというお思いで、頑《かたく》なにお顔をお俯けになりますと、

「こ……ん……れい……いつ……わし……は、も……う……」

ご隠居さまのお舌のもつれが激しくなり、息遣《いきづか》いがお苦しげになって参りました。

「あのう、ご安静にしてさし上げて下さいまし」

付添看護婦さんが、ご容態を気遣うようにご隠居さまの脈搏をおはかりしかけると、ご隠居さまは、自由のおききになる左手で看護婦さんの手を払い、いきなり嬢さまの方へお手をお延ばしになり、

「い……い、くこ……こん……れい、こん……」

お口からたらたらと涎を垂れ流されながら、ひしと嬢さまのお着物の裾をお摑《つか》みになりました。ご壮健な時には威風堂々、豪放磊落《らいらく》、嬢さま方に四書五経などの難《むずか》しい漢文をお教えになったり、太いお杖《つえ》をついてお屋敷中の指図をしておられましたご隠居さまが、もの乞《ご》いのように嬢さまの裾を取られたのでございます。

「た、の……む……こん……れ……い……た……の、む……」

ご自由のおききにならぬお体を捩《ね》じるように身悶《みもだ》えなされ、涎と涙に汚れたお顔を引き歪《ゆが》ませて、嬢さまに向って懇願遊ばされるお姿は、思わず、眼を掩《おお》いたくなるほ

どお痛ましいお姿でございました。

「お祖父さま！」

不意に、嬢さまのお声が致しました。

「お祖父さま、ご安心下さいまし、お祖父さまのおっしゃいます通り、私は、大和の岡崎家の康弘さまと婚礼を致します――」

死人のように蒼《あお》ざめられたお顔でそうお応えになりました。

「あ……あ……りが……とう……す……ぐに……」

だらりと垂れたお舌で、それだけのお言葉をお口にされますと、ご隠居さまは、芯《しん》から安堵《あんど》なされましたように、お眼をお閉じになりました。旦那さまは思わず、嬢さまの方へお膝《ひざ》を寄せられ、

「郁子！　よく云ってくれた、これでお祖父さまのご寿命がお延びになるかもしれない――、早速《さっそく》、明日にでも大和の櫟本《いちのもと》まで足を運び、二、三日中にも岡崎家と顔合わせを致した上で、その席で婚約を結び、できるだけ早い期日に婚礼を挙げる段取りにしよう」

と仰《おお》せになりましたが、嬢さまは、

「いいえ、それには及びません、私は、お祖父さまと葛城家のために婚礼致しますの

でございますから、お見合いなどというものはご無用でございます」

そうおっしゃいますと、嬢さまは、蹌踉《よろ》めくようなお足もとで起《た》ち上られ、今、ご婚礼を取り決められた方とは思えぬ空《うつ》ろな虚脱遊ばされたお姿で、闇《やみ》に包まれた長いお廊下を音もなく、お玄関に向って歩んで行かれましたのでございます。

あれほど荻原先生のお返事を待たれ、それを待ってからと云っておられました嬢さまでございますのに、生死をさ迷うご病床のご隠居さまの取り縋《すが》られるようなご懇願の前には、さすがに血肉の繫《つな》がりの深さと申しますのか、おん自らのお心を葬《ほうむ》られるようにご婚礼をご承諾遊ばした嬢さまのお心のうちをお思い致しますと、わたしの胸まで千々に乱れ、身を裂かれるような思いが致しました。まして当の嬢さまのお心のうちは、悲しい諦《あきら》めの底と、身を灼《や》かれるような焦熱地獄の中でご悶絶《もんぜつ》しておられることとお察し申され、もしや、おん自らお生命《いのち》をとも思い、ご婚約を取り決められましてからご婚礼の日まで、わたしは、四六時中、嬢さまのご様子に心を配り、夜も寝巻に着替えず、帯を締めた昼着のままで、ひそかに嬢さまのお部屋のお隣に臥《ふ》しておりましたのでございます。

一方、お屋敷の方では、河内《かわち》長野《ながの》随一の大地主の葛城家のご総領さまのご婚礼のこととて、僅《わず》か一カ月余りのおこしらえ期間とはいえ、めったなおこしらえは出来ませず、京、大阪の出入りの呉服屋のお針子をまる抱《がか》えにし、鏡台、長持、簞笥《たんす》、屛風《びょうぶ》、茶道具などのご調度類もすべて京都の『洛趣堂《らくしゅどう》』に別注し、ご婚礼当日のお衣裳《いしょう》以外は、ご婚礼がすんでから運び入れることにして、贅《ぜい》を尽したおこしらえのご用意が進められました。その度《たび》に、お部屋から嬢さまのご意向を伺う使いの者が走って参りましたが、嬢さまは一度もお出かけにならず、庵《いおり》のお居間に引き籠って、荻原先生とお交わしになったお歌やお文をお読み返しになっておられたのでございます。

そしてご婚礼の日の前日になってはじめて、嬢さまは、二カ月ぶりに私に打ちとけて、お話しかけて下さいましたのでございます。

ご隠居さまがお病いの床に臥され、嬢さまにご婚礼をお迫りになりました日から、嬢さまは、長くお傍《そば》にお仕え致しておりますわたしにさえも、殆《ほとん》どお口をきかれなかったのでございますが、この日は、ご結婚後、庵を閉じてお屋敷の大奥へお移りにならねばならぬご用意のために、庵のお居間の最後のお取り片付けを致しておりましたのでございます。片付けがすみますと、嬢さまは、お文机《ふづくえ》の横の手文庫をわたしの前へお置きになり、

「よし、お前には今度の私のことが腑《ふ》に落ちぬかもしれないけれど、私にも我儘を押し通せる限度というものがあります、あのご威厳に満ちておられた私の大好きなおり

っぱなお祖父さまが、まるでもの乞いのようなお憐《あわ》れさで私に岡崎家との結婚を懇願され、しかも、その私のお返事一つでお祖父さまのご容態が良くも悪くもなられるとあっては、さすがの私もそれでもとは拒めず、心ならずも承諾したのです、けれど、私のほんとうの心は、この手文庫の中にこそ封じ込められている——」

とおっしゃり、荻原先生とお取り交わしになったお文とお歌がおさめられております黒漆の手文庫のお蓋《ふた》にお手をそえられ、紫の組紐《くみひも》を固くお結わえになり、不意にくぐもるようなお声で、

「よし、お前だけが、私のほんとうの心を知っている——お前だけが——」

十八年前、嬢《とう》さまのおん六歳の時に、はじめてお目見得《めみえ》に上ったわたしに仰せられましたお言葉と同じお言葉を今また繰り返され、ひしと私の不恰好《ぶかっこう》な手をお握りしめになったのでございます。わたしは、せき上げて来る涙を抑え、お応《こた》えの言葉もなく、うな垂れておりますと、嬢さまは、ふと憑《つ》かれたようにお縁側へお寄りになり、荻原先生が訪ねられた時には必ずお通りになったお庭の柴折戸《しおりど》の方へお眼を凝らされ、

額《ぬか》白き面影びとよ斎《いっ》き愛かぐろき血もて贖《あがな》ふぞ憂《う》し

とへはた へ搦《から》められゆくうつそ身の秘めもつ刃髪《やいば》にかざらな

万感のお思いを籠め、細く震えるようなお声でそうお詠《よ》みになる嬢さまのお歌は、底なしの闇に沈んで行くような深い悲哀と諦《あきら》めと、狂おしい呪《のろ》いさえ籠められているようでございました。

そして、その翌日、大正二年二月二十四日の宵、嬢さまは遂《つい》に、二十四歳の乙女《おとめ》の日を閉じられ、河内長野随一の旧家のご総領として婚礼の座へ、着かれたのでございます。

その日は、霙降《みぞれ》る心も凍りつくような日でございましたが、嬢さまのお顔色はその霙よりもなお、お冷たく、高島田にお結い上げになったお顔に何度、お紅を刷《は》いても、その下から鉛のようにお冷《ひや》やかなお顔色が覗《のぞ》き、紅刷毛を握っている化粧師の手が何度も、戸惑うように朱の色を加えました。それでも、嬢さまのお顔から鉛色の冷たさが消えず、能面のように動きのないご表情でございました。

お髪《ぐし》とお化粧が終られますと、お衣裳部屋へ入られ、そこでお下《しも》のものからお肌着《はだぎ》まですべて白絹《しらぎぬ》のお召しものにお召替え遊ばし、着付師の手でご婚礼着が着付けられたのでございます。白縮緬《しろちりめん》のお長襦袢《ながじゆばん》の上に、白無垢《しろむく》紋綸子《もんりんず》のお衣裳をお重ねになり、唐織《からおり》の掛けした帯をお締めになって、その上に白唐織のお裲襠《うちかけ》をお羽織りになりました嬢さまのお姿は、それはもう、お美しいなどと申し上げますより、お声をかけることも躊躇《ためら》われますほど、お気高く﨟《ろう》たけたお品《ひん》に満ち満ちられました。お部屋の隅《すみ》にお控え致しておりますわたしはもちろんのこと、御寮人さま、妹嬢さま、お葉さままでが、

「まあ！　何というお雅《みやび》やかさ――」

口々にお声に出して賞讃《しょうさん》遊ばされたのでございますが、嬢さまは、にこりとも遊ばされず、鏡の中のご自身のお姿を、他人を見るようなお眼《まな》ざしでご覧になっておられますと、ご紋服姿の旦那さまがお部屋へ入って来られ、嬢さまの前へ組紐のかかった桐箱《きりばこ》をお置きになり、

「お祖父さまからのお祝いの品だよ、お前が茶室で使っている紅志野《べにしの》と一対《いっつい》になっているものだから、夫婦茶碗《めおとぢゃわん》にするようにと贈られたものだ、貴重なお品ゆえ、末永く大切に戴《いただ》くよう――」

と仰せられました。嬢さまは、静かにその組紐を解《ほど》かれ、乳濁色の白い釉《うわぐすり》にほんのりと紅色を帯びた志野茶碗をお手にお取りになり、吸い込まれるようにその艶《つや》やかな肌を見詰めておられましたが、やがてもと通りにお納めになりますと、霙の降る窓

の外を、喘《あえ》ぐようにお見上げになりました。

ご婚礼のお時間が迫り、三丁四方に引き廻された葛城家のご家紋入りの御祝儀幕《ごしゅうぎまく》をくぐって、ご親戚《しんせき》御一同さまがお集まりになり、やがて、お婿《むこ》さまのお俥《くるま》がご到着される時刻になりますと、俄《にわ》かにご門の方に慌《あわただ》しい人の気配が致しました。

「岡崎さまのお着きぃ！」

お屋敷中に響き渡るような高らかな声が聞えますと、旦那さまと御寮人さまは、お玄関へお出迎えになられました。列を連ねた俥の停《と》まる音がし、賑々《にぎにぎ》しい人声が、ご門のうちへ入って来たかと思いますと、

「まあ！　お見事なお婿入り――」

妹嬢さまの無邪気なお声が聞えました。ご門の方をお見致しますと、植込み越しに、ご門を入って来られるお婿入りの行列が見えました。お仲人《なこうど》さまを先頭に、お婿さまは、ご大家へお婿入り遊ばすご格式に則《のっと》り、白羽二重の二枚重ねの紋服に、生絹《きぎぬ》の裃《かみしも》をおつけになり、うしろに黒紋付の岡崎家ご一統さまが続き、さらにお婿入りのお荷物を担《かつ》いだ伴の者が提灯《ちょうちん》をかかげてあとに続き、世に聞く古式ゆかしいお婿入りとはこのことかと、眼を瞠《みは》りました。そして、そのおりっぱな美々しさは、さすがに葛城家のご総領さまとご縁組遊ばす大和の大地主さまのお家柄と、お感じ入り致しま

したが、嬢さまは、ちらりともその方へはお眼を向けられず、鏡の中へ動かぬ視線をお当てになっておられたのでございます。

お廊下に明りが射《さ》し、静かな足音が近付いて参ったかと思いますと、

「嬢さま、お迎えに参りました」

燭台《しょくだい》を手にして、浅葱色《あさぎいろ》一つ紋の紋服を着た上女中たちが、お廊下の外に恭《うやうや》しく踞《うずくま》りました。一瞬、嬢さまは、はっと身じろぎ遊ばすようなご気配をお見せになりましたが、やがて真綿《まわた》の綿帽子を眉《まゆ》深くおかずきになり、女中たちが照らし出す燭台の明りの中を、しずしずと大広間に向って歩んで行かれました。ゆらゆらと揺らめく燭台の明りが、真っ黒に拭《ふ》き磨《みが》かれた暗いお廊下を光の海のように明々《あかあか》と照らし出し、その光の海を渡って行かれるように白無垢の裳裾《もすそ》を長く重く引いて行かれる嬢さまのお姿は、それはもう、この世のものとは信じられぬほどの荘厳《そうごん》さと華麗さに満ちた光景でございました。わたしは、震えるような足もとで、嬢さまのおあとに従いながら、中庭の曲り角まで参りました時、ふと嬢さまのおみ足のお運びが緩《ゆる》やかになられ、綿帽子の中のお眼が、中庭を隔てたご隠居さまのお部屋の方に向けられていることに気付きました。わたしもその方をお見致しますと、霙降る冷たい宵でございますのに、ご隠居さまのお部屋のお障子が大きく開かれ、嬢さまのご婚礼姿をご覧になるご隠居

さまのお姿がお見受けされたのでございます。

まるでご婚礼の席へお列《つら》なりになるように、緞子《どんす》のお布団《ふとん》の上に黒羽二重の紋付と仙台平《せんだいひら》のお袴《はかま》をお置きになり、ご病床の中から嬢さまの花嫁姿をじっと食い入るようにお見守りになるご隠居さまのお姿は、お葉さまのご婚礼の日に、太いお杖をついて、お葉さまのお手を取られたお姿より、幾層倍かの深いご愛情と、葛城家というものに対する強いご執念が滲《にじ》み出ているようでございました。嬢さまは、思わず、

「お祖父さま！」

お庭越しにそうお声をかけられ、お裲襠が雲に濡《ぬ》れることも忘れられたようにお廊下の端まで歩み寄られますと、ご隠居さまもお布団の中から、ご自由のきく左手をさし出され、ご双方でしばしお眼をお交わしになっておられましたが、嬢さまはつと、崩《くず》れかけるお顔をお逸《そむ》けになりますと、再び光の海の中をしずしずと大広間のご婚礼の座に向われたのでございます。

そして、その翌日から、わたしは嬢さまを御寮人さまとお呼び致し、お屋敷の南側の奥座敷にお仕えすることになったのでございます。

ご婚礼後は、お屋敷の中が俄《にわ》かに明るくなり、ご隠居さまのご病気も小康を得られ

るようになったご様子でございましたが、ご婚礼の日からちょうど一カ月目の朝、全く思いもかけず、荻原《おぎはら》先生からお手紙が、届いたのでございます。

御寮人さまになられましたばかりの嬢さまは、丸髷《まるまげ》のお髪に結い上げられて、ご隠居さまから戴かれた志野茶碗に手塩皿《てしおざら》をつけられ、お婿さまとご朝食の御膳《おぜん》に向い合われ、わたしはそのお前に坐《すわ》って、お給仕を致しておりましたのでございますが、

「御寮人さま、外国郵便でございます」

上女中がガラス障子を開いて、お廊下からわたしに郵便を手渡そうと致しました時、面長のお顔に切れ長なお眼を見開かれたお婿さまが、

「外国郵便――、珍しいものだね、どなたから？」

わたしの掌《たなごころ》から、すっと封書をお取りあげになりました。

「あっ、それは――」

愕《おどろ》いて、取り戻そうと致しました時は既に遅く、お婿さまは封筒の表に記されている、差出人のお名前をお読み取りになってしまったのでございます。

「荻原秀玲《しゅうれい》――、ドイツのベルリンからのお手紙ですね、別配達になっていますが、この人は、どういう方なのです？」

御寮人さまに向って、そうお問いになりますと、御寮人さまは、お婿さまのお声を

無視遊ばすように、御膳の上のお椀《わん》に手を伸ばされ、蓋をお取りになりました。

「よし！　お前なら解《わか》るだろう、この方はどういう人なのか——」

険しいお婿さまのお声がし、とっさにお返事に迷いますと、

「よし！　主人である私が、召使いのお前にものを聞いているのだ、知っているのなら知っている、知らないものなら知らないと、明確に返事をすべきだ、それとも、私には返事が出来ぬとでも申すのか！」

激しい語調で、わたしの方へ詰め寄られますと、御寮人さまは、

「よしは私の召使いでございます、私が答えられないことは、よしも答えられません、このお手紙の方については、いずれお話を申し上げる機会がございましょう」

冷やかにそう仰せられ、お婿さまのお手もとから、さっと荻原先生のお手紙をお奪い返しになりました時、お廊下に慌《あわただ》しい足音が聞え、いきなり、旦那《だんな》さまがお障子を引き開けられました。

「郁子《いくこ》！　お祖父《じい》さまが、亡《な》くなられた——」

「え！　お祖父さまが、お亡くなりに——」

みるみるお顔色が変り、お唇《くちびる》から血の気がお失《う》せになりました。

「そうだ、今、看護婦が朝食にたっている間のほんの僅かな間に、お布団の中から身

まわれたのでございます。
光がゆらいだかと思いますと、御寮人さまのお体が大きく揺れ、その場に昏倒《こんとう》してし
荻原先生のお手紙を握りしめられた御寮人さまのお手が激しく震え、お眼に異様な
「では、ほんとうにお祖父さまが、お亡くなりに……」
を乗り出され、ご発作のまま……」

＊

そう老婢《ろうひ》が語り終えると、何時《いつ》しか夕闇が外に迫り、美術館の一室の陳列室は、ほの白い薄暗さに包まれていた。

「それから、御寮人さまは、どうなすったのです?」

私がそう尋ねると、老婢は、さっき私に指した陳列室の一隅に並べられている一対の玉碗《ぎょくわん》の方へ眼を向け、

「ご隠居さまのご死去を境にして、御寮人さまのご生涯は、あの一対の玉碗のように、思いもかけぬ波瀾《はらん》と起伏に満ちた運命《さだめ》を辿《たど》られたのでございます」

と云うと、老婢は、つと席を起《た》って、もはや、緑瑠璃碗《りょくるりわん》の美しい光沢を見定められぬ薄暗い陳列棚《ちんれつだな》の前にたって、もの思いに憑かれるようにたたずんだ。

第九章

白鶴《はくつる》美術館を出ると、もうあたり一面が蒼紫色《あおむらさきいろ》の薄暮の中に包まれ、正面に見える六甲《ろっこう》山脈の峰々も、右側に流れる住吉《すみよし》川のせせらぎも、さだかな形を示さず、墨色に昏《く》れなずみかけていた。

老婢《ろうひ》は、暫《しばら》く、夕靄《ゆうもや》の中に姿を消して行く六甲山脈の峰を見詰めていたが、やがて、くるりと踵《きびす》をかえすと、

「そろそろ、お邸《やしき》の方へ帰ることに致しましょう」

と云《い》い、先にたって坂道を歩き出した。人影のない夕暮の坂道を、六十の半ばを過ぎた老婢の小さな体が、足音をたてずにひっそりと歩いて行く姿は、夢の中で見る影絵のような静けさと、一種の不気味なひそまりがあった。

私は、うしろ姿を見詰めながら、さっき老婢が、一対の緑瑠璃《りょくるり》の玉碗《ぎょくわん》を並べた陳列

棚の前にたって、――ご隠居さまのご死去を境にして、御寮人さまのご生涯は、あの一対の玉碗のように、思いもかけぬ波瀾《はらん》と起伏に満ちた運命《さだめ》を辿《たど》られたのでございます――と、云ったその言葉が、耳朶《じだ》を搏《う》つように生々《なまなま》しく甦《よみがえ》って来た。

老婢のいう一対の玉碗のような数奇な運命というのは、どのようなことを云うのであろうか――。陳列棚の中で暗緑色の深い翠色《みどりいろ》を湛《たた》え、窓から射《さ》し込む陽《ひ》の光を浴びると、エメラルドに似た碧《あお》い妖《あや》しい光を燦《きらめ》かす緑瑠璃の一対の玉碗のように、御寮人さまといわれるそのひとと、荻原秀玲《おぎはらしゅうれい》との間には、華麗な妖しさに包まれた、第三者が容易に窺《うかが》い知ることの出来ぬ経緯が秘し隠されているのだろうか――。私は、さらに高まって来る強い興味をそそられた。

葛城《かつらぎ》家の邸の前まで来ると、老婢は、私の方を振り向き、

「どうぞお入りになって、ご一服下さいまし」

と云い、小腰を屈《かが》めて切戸《きりど》の扉《とびら》を開けかけた途端、不意に前のめりによろけた。

「よしさん！　どうなすったのです――」

とっさに私は手を添え、抱きかかえるようにすると、老婢は体を支《さき》え直し、

「御寮人さまがお亡《な》くなりになりましてから、あまり外へ出かけることがございませんでしたので、つい疲れが出まして……、けれど、もう、何でもございません――」

老婢は、かすかな笑いを見せながら、そう云ったが、深い皺《しわ》が刻まれている額には、べっとりと脂汗《あぶらあせ》が滲《にじ》み、ありありと疲労の色が現われていた。

「でも、ずいぶん、疲れていらっしゃるようですわ、だから、先程のお話の続きは、また次の機会に、ゆっくりと伺わせて戴《いただ》くことに致しますわ」

私は、先を聞き急ぎたい気持を抑《おさ》え、老婢の体をいたわるように云うと、

「いいえ、どうか、先程の続きを、今からお話させて下さいまし」

なぜか、老婢は、何時《いつ》ものの口の重さと異なった積極的なものの腰で切戸を開け、先にたって邸の中へ入り、座敷の灯《あか》りを点《つ》けると、再び私と対《むか》い合った。

＊

先程も申し上げましたように、ご隠居さまのご死亡を境にして、御寮人さまのご運命が変転遊ばしたのでございますが、それにはまず、ご隠居さまのご葬儀の日のことからお話し申し上げねばなりません。

ご隠居さまのご葬儀は、葛城家の菩提寺《ぼだいじ》になっておりますす石川沿いの興妙寺で取り行われたのでございます。三月下旬のこととて、金剛山の頂きの雪は消えておりましたが、底冷えのする寒い日でございました。興妙寺の広い境内には、三百対《つい》に余る大《おお》

樒《じきみ》、花環《はなわ》、花籠《はなかご》が列《なら》べられ、県令（知事）さま、郡長さま、村長さまをはじめ近在の名だたる大地主さま方が参列され、河内《かわち》長野《ながの》の家々は誰からともなく一斉に門戸を閉じて業を休み、ご葬儀に参列するという、これまでに前例のないおりっぱなご葬儀でございました。これもひとえにご隠居さまの日頃のご徳望のお高さによるものでございます。

ご本堂の正面の高い須弥壇《しゅみだん》の前には、白綸子《しろりんず》に笹林棠《ささりんどう》のご家紋を薄墨に染めぬいた棺捲《かんまき》で掩《おお》われましたご隠居さまのお柩《ひつぎ》が安置され、緋衣《ひごろも》に七条の袈裟《けさ》をかけられた興妙寺住職が大導師になられ、そのうしろに末寺の住職、番僧、納所《なつしょ》など五十人にあまるご僧侶《そうりょ》さまがずらりと居列《いなら》ばれたのでございます。ご遺族席の最前列には格式高いお家のご葬儀にのみ許される、白羽二重の裃《かみしも》の喪服をおつけになられた喪主の大旦那《おおだんな》さまと、白無垢《しろむく》縮緬《ちりめん》に白繻子《しろじゅす》の帯を締められたご総領の御寮人さまがお坐《すわ》りになり、そのうしろに黒紋付の喪服を召されたご継母の大御寮人さま、紋付袴《はかま》のご養子婿《むこ》の旦那さま、妹嬢《こい》さま、お葉《よう》さまの順にお列びになり、お座席はもちろん、お召ものの喪服にまで、ご当主とご総領は白の喪服、その他は黒の喪服に区別されますところは、今さらながら、ご旧家のご格式の高さと、お家内《いえうち》の厳《きび》しいご秩序のほどを、身にしみて存じ上げましたのでございます。

したがって、ご分家、ご別家さまなどのご一族さまは、お揃《そろ》いの黒装束でご遺族席とはさらに別のご一門席にお坐りになり、番頭、手代をはじめ召使いの者たちは、ご本堂へなど上《あが》れず、階《きざはし》の両側に鼠紬《ねずみつむぎ》の揃いの葬礼着《そうれんぎ》を着て踞《うずくま》るように参列させて戴いたのでございます。

ご本堂の鐘が鳴り、大導師さまに和する読経《どきょう》の声が高なりますと、番僧がご遺族席に向って、ご焼香を勧められました。大旦那さまは居列ばれる導師さまたちにご一礼を遊ばした上、須弥壇の前まで歩まれ、裃のご衣紋《えもん》正しいお姿で恭《うやうや》しく、ご焼香を遊ばされました。続いて御寮人さまがお席をたたれますと、堂内のご参列者の間に、はっと息を呑《の》む気配が流れ、一斉に御寮人さまの方へ眩《まぶ》しげな視線を向けられました。ご結婚を遊ばされましたとはいえ、まだ一カ月にしかならず、未婚の嬢《とう》さまのようなご清楚《せいそ》さに白無垢縮緬の喪服をまとわれ、黒元結《くろもとゆい》の忌髷《きまげ》をお結いになった御寮人さまのお姿は、服喪の敬虔《けいけん》さと清浄なご気品に包まれ、並いるご参列の方々のお眼を奪われたのでございます。

御寮人さまは、そうしたご気配にはお気付きなく、喪服の裾《すそ》を引かれるように静かにお焼香台の前へ進み寄られ、お膝《ひざ》を折ってお香を焚《た》かれ、何をお念じになりますのか、白珊瑚《しろさんご》のお数珠《じゅず》で、長い合掌をなされ、お起《た》ちになろうとお膝をおたてになりました時、ふいにお体が前へ揺れ、そのままぐらりとお蹌踉《よろ》めきになりました。階の下からとっさにわたしが、お傍《そば》へ寄ろうと致しますと、焼香台の横に坐られた番僧が、目だたぬように御寮人さまのお腕をお支えになりました。御寮人さまは蒼白《そうはく》なお顔で、やっと姿勢を支え直されて、もとのお席にお戻りになりましたが、血の気のないお顔の中で、黒い大きなお眼だけが、異様に強い光を溜《た》めておられました。

堂内にご参列の方々は、しばし、愕《おどろ》きを抑えきれぬ面持で御寮人さまをご覧になり、亡くなられたご隠居さまに対する御寮人さまのなみなみならぬ深いお悲しみように搏たれるようなご様子でござりました。けれど、わたしは、御寮人さまのお蹌踉めきは、決して、ご隠居さまのご逝去《せいきょ》をお悲しみになってのことだけではなく、ご隠居さまのご寿命を少しでも長くと、お思いはかりになってご結婚遊ばされながら、その甲斐《かい》もなく、ご結婚後、僅《わず》か一カ月目で身罷《みまか》られてしまった皮肉なご運命に、強い衝撃をお受けになっておられるとともに、相前後して荻原先生からお受け取りになったお手紙について、何か深くお苦しみになっておられるのではないかと、ご推察致しましたのでござります。

もちろん、ご結婚後は、嬢さま時代と異なり、わたしと打ち解けてお話など遊ばされる機会もなく、荻原先生のお手紙の内容については、何もお伺い致しておりませんでしたが、ご隠居さまのご死去を境にして、御寮人さまのお胸のうちに、思いがけぬ異変のようなものが起り、ご焼香台でお体をお蹌踉めかせになりましたのも、そうしたお心の動揺から来るもののように思えたのでございます。その証拠に、御寮人さまは、ご隠居さまが亡くなられました日の朝、荻原先生からお手紙をお受け取りになったのでございますが、その日のお通夜《つや》から、ご葬儀の日まで、喪主の大旦那さまに次ぐ重いお立場にあられながら、何一つ先にたってご葬儀のことを取り進められず、お通夜のご弔問客に対するご答礼もうわの空で遊ばしたり、ご納棺式のお水しめしに樒の枝先を逆に持ち間違われたり、お心のどこかに、ご葬儀と離れた何かが、大きく占めているようなご様子で、それが、長年おそばに仕えて参りましたわたしに、手に取るようにお察し出来ましたのでございます。それだけに、わたしはお通夜からご本葬までの四日間、御寮人さまに何かお間違いがあってはと、遠くからお見守り致しておりました矢先に、お蹌踉めきになったのでございます。

ご遺族のお焼香に続いてご一族、ご名士の方々のお焼香が終り、一般焼香になりますと、興妙寺門前に待ち構えていた河内《かわち》長野《ながの》八カ村の村人たちが、どっと焼香路に押しかけ、白布を敷き詰めた四列の焼香路にご隠居さまのお徳を慕い、ご逝去を悼《いた》む人影が、黒い帯のように蜿蜒《えんえん》と続いたのでございます。

やがて、一般焼香も終りますと、白羽二重の裃姿の大旦那さまが、白木のお位牌《いはい》を持って先頭にたたれ、そのあとにご隠居さまのお棺を納めたご定紋入り白木造りの霊《れい》柩駕籠《きゅうかご》が、駕籠舁《かき》の肩に乗って続き、黒装束のご一族さまがそのあとに従われ、昔ながらのお駕籠でゆく葬列が音もなく、しずしずと歩み、葬列を見送る人々も、重く頭を垂れて、村全体が厳粛な静けさに包まれ、さすがに河内長野随一の大地主さまのご隠居さまにおふさわしいご葬儀でござりました。

ご葬儀の翌日、大旦那さまは、すぐお家内《いえうち》をはじめ、葛城家のご分家、ご別家さま方ご一門をお集めになり、ご隠居さま亡きあとは、さらに一族が力を寄せ合って、河内長野八カ村にわたる葛城家の所領を守って行かねばならぬ旨《むね》を、重々しく仰《おお》せ出されれ、次第に強固になりつつありました小作問題については、特に一族が力を合わせてたち向わねばならぬとの、強いお言葉がござりました。

そして、この日から大旦那さまを、名実ともに葛城家のご一門の中心としてお仰ぎすることになり、大御寮人さまはお家内のご差配《さはい》、ご養子婿の旦那さまと御寮人さまは、それぞれ大旦那さまと大御寮人さまの補佐というお取定《とりき》めまでなさったのでござりますが、ご隠居さまのお力があまりにずばぬけて大き過ぎましたのか、それとも、ややご病弱な大旦那さまのお静かなご性格のせいでござりましょうか、正直なところ、お屋敷の中には以前のような活気が薄れ、何か隙間風《すきまかぜ》の吹くような、はだはだな空気が漂うようになって参ったのでございます。そして、そうした空気に輪をかけるように、はだはだなご気配をお見せになりましたのが、御寮人さまとご養子婿の旦那さまとのお間柄でございました。

もともとお見合いも遊ばされず、ご病床のご隠居さまのおためにお取決めになりましたご結婚のこととて、最初からしっくりとは遊ばしておられませんでしたが、それに加えて、御寮人さまと旦那さまのご性格の相違が、日に日に眼だって参りました。旦那さまは、大和《やまと》の櫟本《いちのもと》の八代も続いた大地主さまのご次男らしく、お上品に整われたお顔だちで、学校も大阪の高商までお出になられ、お家柄といい、ご教養、ご容貌《ようぼう》といい、近在の大地主さま方のご子息の中では際《きわ》だって勝《すぐ》れたお方でございましたが、何と申しましても、大学でご学問一筋のご生活を遊ばし、かたわら、お歌をおたしなみになっておられます荻原先生にお比べ致しますと、ご人品《じんぴん》の格と申しましょうか、いいようのないお品《ひん》の開きがございました。特に御寮人さまが、お厭《いと》いになりましたことは、婿を取るなら大和からという諺《ことわざ》がございますように、ご養子婿の旦那さまがあまりに約《つま》しく、ご勤勉に過ぎられました点でございます。

ご承知のように大和には、大和粥《がゆ》という言葉がございますほど、粗食に耐えて勤勉に働くのが大和の人の気風でございますが、ご養子婿の旦那さまも、大地主さまのご次男であられながら、表方《おもてがた》の地主の事務はもちろんのこと、家内《いえうち》の賄《まかな》い方にまで細かくお気を配られ、家内の日常の美食はできるだけ避けるようにとおっしゃり、奉公人の朝の食事は茶粥にするように、お指図なされるほどでございました。

これがお幼《ちい》さい時から高脚台《たかあしだい》の二の膳付きのお食事を遊ばして来られました御寮人さまの眉《まゆ》を顰《ひそ》めさせられ、お食事の度《たび》に、美食を詰《なじ》られる旦那さまと、それを平然とお聞き流しになって、二の膳を運ばせられる御寮人さまとの間に、お気まずいご気配がわだかまっておりましたのでございます。それでも、旦那さまにとっては、それこそ、お家柄、ご器量、ご頭脳ともに兼ね備えられました御寮人さまが、この上もなくお愛《いと》しくお思い遊ばしますらしく、ご自分はすべての面でお約しくなされながらも、御寮人さまにだけは、お望み通りのことをお尽しになり、御寮人さまのお身廻りのことまで、こまごまとお心を配られたのでございますが、これがまた出来るだけご自分をかまってほしくないとお思いになっておられます御寮人さまにとって、お煩《わずら》わしく、お厭わしいようでございました。

その上、御寮人さまは、ご結婚後も読書を遊ばされ、お歌もお詠《よ》みになり、時々、『柊《ひいらぎ》』へもご投稿されるようなお方でございましたが、旦那さまは、地主の実務一本に励《いそし》まれるご実直ご一方のお方で、ご趣味と申しましても、尺八をお吹きになるぐらいのご趣味でございましたので、ことごとにご性格がお合いにならず、やがてご結婚後半年をお迎えになる頃には、旦那さまは殆《ほとん》ど一日中、お屋敷の表方で地主の実務をお執りになり、御寮人さまは大奥にお籠《こも》りになってお歌を詠まれ、お食事の時にだけお顔をお合わせになるというようなよそよそしいお間柄におなりになってしまわれたのでございます。

こうしたよそよそしいお二人のお間柄を、大旦那さまは、陰ながらお案じになるご様子でございましたが、冷然と他人のようなお冷たさでご覧になっておられる方がございました。それは、申すに及ばず、ご継母の大御寮人さまと、ご妾腹《しょうふく》の叔母さまのお葉さまでございました。大御寮人さまは、ご自分のご血縁の方にご養子婿をお勧めになり、それが果せなかったいきさつがございますし、お葉さまは、ご養子婿の敬七郎さまと離婚されましてから四十を過ぎられます今日まで、ご良縁にめぐまれず、お屋敷の別棟《べつむね》でお独《ひと》り住いを遊ばされている無聊《ぶりょう》さから、御寮人さまと旦那さまが、ご新婚早々からお睦《むつま》じくないことが、ご興味の種のようでございました。

それに加えてお葉さまは、何かお含みになるようななさしでがましさで、ご養子婿の旦那さまに、何かとご親切なお気持をお示しになりました。

と申しますのは、旦那さまは、大和の大地主さまのお家から来られた方ではございますが、葛城家ほどの手広い地主さまではございませんせいでしょうか、小作契約や小作料の取立、農地区画などには優れたご手腕をお示しになりましたが、大阪近在の大地主さまなら必ずお手を広げられます株式投資や金利貸しなどの方には、もう一つご自信のないようなご様子でございました。大旦那さまにお聞きになりさえすれば、すぐさまお教え戴けることでございましたが、大旦那さまは、十二年前に大阪の病院へまで出養生遊ばしてお癒《なお》しになったはずの胃潰瘍《いかいよう》が再発され、ご隠居さまがお亡くなりになりました翌々月から、お床に臥《ふ》しておられましたので、度々、お尋ねになることを憚《はばか》られ、お戸惑いのご気配でございました。

　そうしたご気配を、お葉さまは、いち早く、お読み取りになって、さり気ないご様子で、お屋敷の表方にお出になっては、旦那さまに、あれこれとお智恵《ちえ》をお貸しになりましたのでございます。お葉さまは、堺《さかい》の醸造業にまでお手をお広げになっておられたご隠居さまのお血を受けておられますためか、女の方とは思えぬほど商才に富まれ、お独り住いをされるようになってからは株にも手を出しておられましたので、旦那さまへのご助言が何時《いつ》も当を得ておられますらしく、旦那さまは何かにつけてお葉さまにご相談遊ばすことが多くなりました。わたしは、心ひそかに、お離縁《さ》りになった御寮人さまと、お葉さまのご養子婿さまとのようなことが、形を変えて起りはせぬかという、妙な不安を覚えておりましたが、やがて、それに近いことが起ったのでご
ざります。

それはちょうど、その年の小作料を取り立てる十二月の始めのことでござりました。
一年一回の年貢《ねんぐ》取立《とりたて》の日には、早朝から玄関の広い土間を掃《は》き浄《きよ》め、土間に面した
上《あが》り框《がまち》にずらりと、お帳場机を並べ、その前に番頭手代が坐って、年貢米の取立を致
すのでござりました。この日は、ご当主の地主さまと、その御寮人さまが、その場へ
お顔を見せられて小作人の労を犒《ねぎら》われるのが、この辺《あた》りの風習でござりましたが、先
にも申し上げましたように、大旦那さまはご病気で大奥に臥せられ、大御寮人さまは
そのご看護に付き添われて、ご養子婿の旦那さまと御寮人さまが、ご当主に代って、
お出ましにならねばならないことになったのでござります。

ところが、御寮人さまは、お幼《ちい》さい時から小作人のことを、朝から晩まで働いてい
るのにどうしてお米が食べられなくて、お麦しか食べられないの？　どうして地主が
お米を取り上げたりするの？　などとお聞きになり、大きくなられましてからも、年
貢取りの日には、お米を運んで来る小作人の姿が見えるからと、ご自分のお部屋のお
障子を固く閉ざされてしまう方でござりましたから、何と申し上げましても、年貢取

立の場へ出るのはお厭《いや》だと仰せられたのでございます。それで、大御寮人さまが、お葉さまに、葛城家の年貢取立を始めて遊ばすご養子婿の旦那さまのお傍に随《つ》いて、何くれとなく助けてさしあげるようにと云われますと、お葉さまは、それを待ち受けておられましたように、すぐさまお身繕いを遊ばし、大御寮人さまに代って、表方へお出ましになったのでございます。

この日の年貢取立は、金剛山の麓《ふもと》の千早赤阪《ちはや》村の年貢でございましたが、この辺りの小作人たちの出来高は、一戸当り約二、三石で、その中から小作料として一石二、三斗の年貢を納米し、残りの一石だけで親子五、六人の一年中の食糧に当てるというのが、おおむねの状態でございましたから、一石の米で親子五、六人が一年間食べられるはずはなく、殆ど麦や稗《ひえ》、粟《あわ》などで飢《うえ》をしのいでいたのでございます。それだけに年貢の取立は悲惨を極《きわ》め、一年中、汗と脂《あぶら》に塗《まみ》れて作った俵を運び込んで来る小作人の姿は、食べるために働いている人間というより、飼主に追い使われている牛馬のような哀れさでございました。

したがって、年貢取りの日は、お屋敷中の下男が、早朝から小作人の家を廻って、せっつくようにして年貢米を運ばせるのでございましたが、襤褸《ぼろ》のような汗臭い野良着《のらぎ》を纏《まと》った小作人たちが、米俵を積んだ大八車を曳《ひ》いて来るのは、やっと夕方頃になってからでございました。

米俵を積んだ車が次々と、お屋敷の前へ着きますと、脇門《わきもん》から玄関土間に至る通路に明々《あかあか》と灯《あか》りが入れられ、下男も一緒になって小作人の大八車から米俵を下ろし、玄関土間へ運び込み、ここで旦那さまのお立会いのもとで、年貢米の品質検査と計量が行われるのでございました。

旦那さまは、番頭が差し出す小作契約書に眼を向けられ、契約の小作料の数字をご覧になるだけで、あとは手代が米俵の米を、出来工合によって一等米から三等米の等級に分け、一升桝《ます》で計量するのでございました。

煌々《こうこう》と輝く灯りの下で、天井まで米俵を積み上げ、

「赤阪村　山田伍市《ごいち》　稲作　二等米　一石二斗五合三勺《じゃく》――」

「同じく赤阪村　川村克太　稲作　三等米　一石三斗一合七勺――」

と声高に呼び上げながら、計量の済んだ年貢米を、次々と米蔵へ運び入れて行く光景は、眼も欺《あざむ》くような活気と豪勢さに満ちておりましたが、この華《はな》やかな光景の陰に、悲惨な人間の生活があることを、旦那さまとお葉さまは考えてもおられませんのか、終始、陽気にお言葉を交わされ、お葉さまはお茶やお夜食の用意を甲斐甲斐《かいがい》しく、楽しげに指図《さしず》しておられたのでございます。

そうしたお二人のお姿に、わたしは胸が塞《ふさ》がる思いが致し、大奥の御寮人さまのお部屋へ参りますと、御寮人さまは、お文机《ふづくえ》の前に寄られ、何か祈られるようなご表情でお筆を取っておられましたが、

「よし、千早赤阪村の年貢取りはもう終ったの？」

と仰せられますので、まだ続いていることを申し上げますと、お顔を暗くお曇らせになり、

いづちより湧《わ》く哀《かな》しみや星氷る夜空あざむき年貢取る灯の

そうお歌を詠まれ、お眼を伏せられたのでござります。

この夜、年貢取りの事務は、十時を過ぎてやっと終り、旦那《だんな》さまがお部屋へお戻りになりましたのは、もう十一時近いお時間でござりました。

御寮人さまは、熱いお茶を入れてお迎えになりますと、旦那さまは、何時になく不愛想なご応対でお茶を呑み干され、お湯呑をお座敷机の上に置かれますと、つと懐《ふところ》からその日の新聞をお出しになって、御寮人さまの前へ広げられました。

「ここを、読んでごらん――」

妙に、湿り気を帯びたお声でございました。御寮人さまは、ゆっくりと新聞をお取りになり、指された紙面の中段のあたりへお眼を当てられたかと思いますと、あっとお声を上げ、みるみる蒼白《そうはく》なお顔になられました。

京都帝大助教授　荻原秀玲《おぎはらしゆうれい》博士　ミュンヘンで自動車事故

という見出しが見えたのでございます。

「……十二月五日、日本時間午前一時三十分頃、ミュンヘンで開催されていた国際比較文学会の帰途、雨の中で正面衝突……、同帝大加納助教授の伝えるところでは、奇蹟《せきてき》的に九死に一生を得……ミュンヘン市立病院へ入院……」

旦那さまの前であることを忘れられたようにかすれたお声で、跡切《とぎ》れ、跡切れに読まれる御寮人さまのお顔は、血の気を失われ、異様な驚愕《きようがく》と悲痛さに包まれました。

旦那さまは、探るような視線で、

「どうなすった？　荻原秀玲が自動車事故に遇《あ》ったということぐらいで、そんなに愕《おどろ》くとは思わなかったよ、それとも、荻原秀玲とは、事故で負傷したというだけでも、そんなにあなたの気持を動揺させる間柄だとでも云《い》うのですか」

陰に籠った云い方をなさりますと、打ちひしがれたようにお顔を俯《うつむ》けておられました御寮人さまが、つと仰向かれました。

「妙な云い方をなさらないで下さいまし、荻原先生は、私が心からご尊敬申し上げておりますお歌の先生でございます」

鋭く撥《は》ね返されますようにおっしゃいますと、旦那さまのお顔に、今まで見たこともない皮肉な薄笑いがうかびました。

「心から尊敬する先生が、あなたに恋歌を送ったり、京都の自宅まであなたを誘《おび》き出したりするものだろうか――」

「まあ！　何というおっしゃり方をなさるのです、恋歌――、誘き出すなど――、そんな卑しい云い方を……」

御寮人さまのお眼にお憤《いきどお》りの色が奔《はし》りました。

「卑しい――、卑しいというのは、そちらを指していうことではないだろうか、葛城《かつらぎ》家《け》の総領娘ともあろう人が、婚前に恋歌を交わし合ったり、男が独り住いをしている家へまで家出のような形で一人で出かけて行って――、それこそ、はしたない卑しいことではありませんか」

慇懃《いんぎん》なお言葉遣《ことばづか》いの中に、疑り深い陰険さが見えておりました。

「そんないいかげんなことを、誰が申したのです、荻原先生とお歌をお取り交わし致していたことも、先生の京都のお宅まで私一人で出かけて参りましたことも、事実です、けれど、あなたがおっしゃるような、そんなはしたない内容のことではございません、それに、誰が一体、そのような卑劣な表現で、あなたのお耳に入れたのです」

「誰が云ったか確かめたいというのですか、それなら云ってあげよう、信用のおけないあかの他人の口からではなく、あなたと血の繋《つな》がっているお葉さまからだよ」

「えっ、お葉さま――、お葉さまからお聞きになったとおっしゃるのでございますか」

刺すような鋭いお声でおっしゃいますと、

「お葉さまだけでなく、あなたが家出同然に京都へ行かれたことや、大学の先生と石川沿いの庵《いおり》で逢《あ》いびきをしていたことは、村の者たちも知っている、京都へ出かけたことは、その日、屋敷中が総動員で、石川の河原《かわら》や金剛山の麓のあたりまで探し廻ったことで村中に知れ渡っているし、大学の先生のことは、時々、あなたが石川の河原まで見送って行かれたらしいから、これもまた村人の知るところとなったのだ、知られていないと思っているのは、葛城家の人たちだけで、私も結婚してから、或《あ》る村の者から耳にし、まさかお舅《とう》さまとお姑《かあ》さまに向ってお聞きするわけにもゆかず、お葉さまにうかがうと、お恥ずかしいことながら、事実だとお答えになった――」

「まあ、事実だと、事実だとおっしゃったのですか、それで、あなたは、あの妾腹の叔母の言葉をお信じになるのでございますか」

不意に御寮人さまは、軽侮に似た冷やかな色をおうかべになりましたが、旦那さまは、平然とした表情で、

「妾腹でも節操を守る人もあるし、正室腹《せいしつばら》でも操《みさお》を守らない人もあるから、あながち妾腹と卑しめることはないでしょう」

「それは、一体、誰のことをおっしゃるのです？　正室腹でも操を守らない人とは、誰のことをおっしゃるのです――」

きっと、詰め寄られるようにおっしゃいました。

「それは、あなた、いや、あなたのご生母のことを申し上げているのですよ」

「えっ、私のお母さま――、私のほんとうのお母さまのことだとおっしゃるのですか」

御寮人さまのお顔から、さっと血の気が引き、全身をわなわなとお震わせになったかと思いますと、つと席をお起《た》ちになり、

「私自身のことならいざ知らず、私のほんとうのお母さまのことを悪《あ》しざまに侮辱なさるとは何事です、よし！　お葉さまをすぐお呼びしておいで、すぐここへお呼びして——」

わたしに向ってそうお命じになりました。旦那さまは、かすかに動揺の色を見せられ、

「ご妾腹とはいえ、叔母さまにあたる人を、十一時近い深夜にお呼びだてするというのですか」

「さようでございます、ほかのことと異なって、私の母と、私の節操に関することですから、即刻にお出《い》で戴《いただ》きます、それに、この家の名誉に関することでございますから、総領娘の私が、その一族の人をお呼びだてするのは、当然のことでございましょう」

とおっしゃいますと、旦那さまはさっと気色《けしき》ばまれ、

「この家の総領娘なら、叔母も、夫も、呼びつけにすることができるというのか——」

「いいえ、夫である人を呼びつけに致そうなどとは一度も思ったこともございませんが、葛城家でその生活をみている一族の者に対しては、当主とその総領娘は、大きな責任と権利を持っております」

凛《りん》としたお声で、そうお応《こた》えになり、

「よし、すぐお葉さまをお呼びしておいで、もし、おいやだとおっしゃったら、ことの仔細《しさい》を申し上げて、何としてもお呼びして——」

重ねてお命じになりました。わたしは、ことの大きさに動顚《どうてん》致しながら、十二月の深夜の廊下を走り、広いお庭を横切って、別棟のお葉さまのお部屋へ参りますと、お葉さまは、艶《なま》めかしいお寝巻に着替えられ、お寝《やす》みになろうとしておられるところでございましたが、仔細を申し上げますと、はっとしたようにお顔色をお動かしになりましたが、すぐ何事もないようなご表情で、

「まあ、何事かと思ったら、そんなことだったの、やれやれ、勝手気儘《きまま》で権高《けんだか》なご総領娘のお召しともあらば、子供を寝かしつけるような気分ででも、行ってあげなくちゃあ仕様がなさそうね」

いや味なおっしゃり方をなさり、人前もかまわず、肌も露《あら》わにお召替えを遊ばしました。その間、わたしはお部屋の隅《すみ》にお控え致しておりましたが、お葉さまのお枕《まくら》もとに置かれた新聞に朱色の線が入っているのに気付き、その方を見ますと、旦那さまが御寮人さまにお示しになりましたのと同じ見出しの荻原先生の事故を記した記事でございました。たまたま、年貢取立のために表方のお座敷にご同席になっておられた

旦那さまに、お葉さまがその日の新聞をお示しになり、この方をご存知ですかとでもいうように切り出され、さっき、旦那さまがおっしゃったようなことを告げられましたのか、それとも、もっと以前からお葉さまが、旦那さまに嬢《とう》さま時代の御寮人さまのことをお話し、今日の新聞記事によって、旦那さまが話の口火を切られましたのか、そのいずれかは存じませんが、いずれに致しましても、やはり、お葉さまがあらぬことを話されましたことは、事実のようでございました。

お召替えの出来上りましたお葉さまのあとに随いて、御寮人さまと旦那さまのお部屋へ参りますと、氷を張り詰めたような冷やかさが、お部屋の中に漲《みなぎ》っておりましたが、お葉さまは、

「郁子《いくこ》さん、深夜にわざわざ人を呼びたてて、どんな火急なご用がおありですの」

人ごとのようにおっしゃいました。

「お葉さま、空《そら》っとぼけられるのはお止《よ》し下さいまし！　深夜にわざわざ、あなたにお越し戴きましたのは、あなたが、私と、私の母を侮辱なすったからです――」

ぴしりと鳴るような激しさで申されましたが、お葉さまは、いささかのご動揺もなく、華やかなお笑いさえうかべられて、

「あら、私が、あなたと、あなたの何でございましたかしら？　そうそう、あなたの

生みのお母さまを侮辱――それは一体、どんなことでございますの？」

さらに、おとぼけになりかけますと、

「先程、康弘から伺いました、あなたが、荻原先生と私のことを卑しい間柄のようにおっしゃったことも、私のほんとうの母のことを操のない女とおっしゃったことも、すべてお聞きしましたが、一体、何をもって、そのようなことをおっしゃるのです？荻原先生と私のことは、お祖父《じい》さまとお父さまにも逐一お話し申し上げていて、疚《やま》しい点は一点もございませんし、私のお母さまのことに至っては、疚しいどころか、私が葛城家の親族の者から聞きましたお話では、疚しくない者を、疚しい者のようにしつらえ、陥《おとし》いれられたのは、お葉さま、ほかならぬあなたご自身だということではございませんか」

いきなり、投げつけるようにそうおっしゃいますと、お葉さまは、さっと顔色を変えられました。

「郁子さん、あなたこそ、何というひどい云いがかりをなさるのです、なるほど、今日の新聞を見て、康弘さまに、この方はかつて郁子さんのお歌の先生でご親交のあった方ですとは申し上げましたけれど、あなたと荻原さんが疚しいお間柄だなどとは申しませんわ、それは私が申し上げなくても、召使いや、村の者たちも陰でとかくの噂《うわさ》をしておりますから自然、康弘さまのお耳に入ったのでございましょう、それから、あなたのお母さまのことについては、私があなたのお母さまを陥れたなどと、そんな妙な云いがかりを、何の証拠があっておっしゃるのです、あれは、お亡くなりになった私のお父さまが、舅《しゅうと》として、嫁であるあなたのお母さまの不貞をお読み取りになり、あなたのお父さまも、それをお認めになったから、ご離縁になったのではありませんか、それこそ、妾腹《しょうふく》の私などが、どうこう出来る問題ではございませんわ」

揶揄《やゆ》するように云い逃《のが》れられますと、

「あのおりっぱなお祖父さまと、お父さまをすら、そのようにお思い込ませられるほど、あなたの仕組んだお芝居はお上手《じょうず》で、怖《おそろ》しいとも申せますわ、私の母を不幸にするだけでは満足なさらず、私をまで不幸に陥れようとなさるあなたは、怖しい人！あなたのような怖しい人とは、この一つ屋敷では住めません、どこかへお出になって——」

「まあ、私に、このお屋敷を出て行けとおっしゃるの、いくら総領娘とはいえ、何という口はばったいことを云うのです、でも、残念ながら、まだ家督を継いでいないあなたには、この私を追い出すだけの権力はありませんわ」

嘲笑《ちょうしょう》なさるようにお葉さまが云い返されますと、

「お父さまに、ことの次第を申し上げ、私の意にそうようにして戴きます」

はっきり、そう云い切られますと、お葉さまは、少しもおたじろぎにならず、

「せっかくでございますが、あなたのお父さまは、ご病床中ですし、四六時中、お傍《そば》についておられるお継母《かあ》さまは、あなたのことなど、いささかもお信じになっていらっしゃいませんわ」

御寮人さまは、一瞬、お言葉に詰られましたが、やがてお葉さまの方へお向き直りになり、

「生《な》さぬ仲のお継母さまが、私にご愛情をお持ちになっておられないことは解《わか》っていますが、私をいささかもお信じにならないというのは、どういうことをおっしゃるのです？」

聞き咎《とが》めるように迫られますと、お葉さまは不意に笑いを含まれ、

「ふぅ、ふぅ、ふぅ、ふぅ、教えてさし上げましょうか、あなたがご結婚なさってから、二度目に届いた荻原さんからの外国郵便は、お継母さまのご一存で、あなたにお渡しにならず、破り捨ててしまわれましたわ」

「ええ！　荻原先生からのお手紙を、私に無断で、黙って、破り捨てられた……」

御寮人さまは、そうおっしゃるなり、旦那さまのお前も憚《はばか》られず取り乱したお姿で

お席をお起ちになり、大旦那さまのお部屋に向って、お廊下を走られました。

「お父さま！　お父さま！　お開け下さいまし、郁子でございます……」

お廊下に響くようなお声で仰《おお》せられました。お部屋の内側で、お眼をお覚ましになる大旦那《おおだんな》さまのご気配が致し、大御寮人さまと一言、二言お言葉をお交わしになる低いお声が聞え、

「郁子、この深夜に、明日ではいけないのか」

「お父さま、郁子は、死んでしまいたいほど辛《つろ》うございます」

御寮人さまは、嗚咽《おえつ》なさるようにおっしゃりました。

「何？　死んでしまいたいほど辛《つら》い——」

お愕《おどろ》きになるご気配がし、

「郁子、すぐお入りぃ」

お呼び入れになるお声が致しました。御寮人さまのおあとに随《つ》いて、わたしもお部屋の中へ入りますと、金箔《きんぱく》散らしの枕屛風《まくらびょうぶ》を引き廻された十畳のお座敷に、床の間をお枕にした大旦那さまと大御寮人さまの三枚重ねの緞子《どんす》のお布団《ふとん》が敷かれ、その上に、綿入れのお重ねを羽織られた大旦那さまがお坐《すわ》りになり、大御寮人さまは、お布団からおりられ、大旦那さまのおそばに坐っておられましたが、冷やかなご表情で、

「郁子さん、ご承知のようにお父さまは、このところご気分がおすぐれになりませんから、こんな夜更《よふけ》に、大げさなお言葉で、お心騒がせをなさるようなことは、お慎み下さい」

針を刺すようにおっしゃいました。御寮人さまは、まじまじと大御寮人さまのお顔をお見詰めになり、

「このようにお父さまを深夜にお騒がせ致しますのも一つは、お継母さま、あなたのせいでございます、あなたは、ドイツにおられる荻原先生から私宛《あて》に送られたお手紙を、私に無断で、お破り捨てになりましたのね」

大御寮人さまは、一瞬、大きくお眼を瞬《しばた》かれましたが、

「誰が、そのようなことを申しましたのかしら――」

どちらにともつかぬお返事をなさろうとされました時、お廊下の外に、お葉さまと旦那さまのお足音がし、お葉さまはお部屋の中へ入って来られるなり、いきなり、大御寮人さまの方へ寄られ、

「お嫂《ねえ》さま、ご免遊ばせ、私が申してしまいましたのよ、郁子さんから、この家を出ていってほしいなどと、ひどいことを云《い》われたものですから、ついかっとなって云ってしまいましたの」

お葉さまがそうおっしゃいますと、大御寮人さまは、さすがにお言葉を変えることが出来ないとご観念遊ばしましたのか、

「郁子さん、あなたの結婚生活の倖《しあわ》せをお思いすればこそ、私は心を鬼にして、ご病弱のお父さまにもご相談申し上げずに、荻原さんからのお手紙を破り捨てたのです」

とってつけたような改まり方で云われますと、御寮人さまは、切れるほど唇《くちびる》をお嚙《か》みしめになり、

「この段になって、お云いわけがましいお言葉は、お止《や》め下さいまし、以前にも荻原先生からお手紙を戴きました時、私に無断で封をお切りになり、中身をお読みになったことがございますが、その時、私は、二度とこのような無礼なことはなさらないで下さいまし、二度とこのようなことがございましたら、我慢致しませんと申し上げましたはずでございます、それに、そのお破り捨てになった荻原先生のお手紙の中に、もし、私の人生に繋がるようなことがあったと致しましたら、あなたは、私の運命を、私に無断で、お変えになったことにもなりましょう、一度ならず、二度までも、このような無礼なお仕打と屈辱を受けましたからには、これ以上我慢なりません」

きっぱりと、強い語調でおっしゃいました。

「と云うのは、どういう意味のことなの？」

大御寮人さまが、わざと意味を解《げ》し兼ねるように問い返されますと、御寮人さまはそれにお応えにならず、

「お父さま、私はそんなに信用のならない女でしょうか、私はお亡《な》くなりになったお祖父さまと、お父さま、そしてお離縁《さ》りになった私のお母さまから、自分の心に顧《かえり》みて疚しいことはしてはならないという風に育て上げられ、二十四歳の今日まで、そのお教えを守って参りましたのに、このようなお継母さまの度重なるご不信と、お葉さまの私に対する悪意というより怖しい奸計《かんけい》のようなお心のうちを知りましては、私は、このままではおれません」

とおっしゃり、ご養子婿《むこ》の旦那さまが横からご阻止なさるのも、お聞き入れにならず、先刻からのおいきさつを、洗い浚《ざら》いにお話しになりました。お床の上に坐られました大旦那さまのお顔色が次第にお変りになり、咎めだてられるような厳しいご視線で、大御寮人さまとお葉さまをご覧になり、

「それで、郁子は、どうしたいというのだ――」

「私は今、独《ひと》りになりたいと存じます」

「えっ、独りに――」

大旦那さまと旦那さまのお声が同時に聞えました。

「はい、出来ることならそうさせて戴きたいと存じます、正直なことを申し上げますと、私はお祖父さまにお喜び戴き、少しでもお祖父さまのご寿命をと思って結婚致しましたが、そのお祖父さまは、私の婚礼後たった一ヵ月でお亡くなりになってしまわれました、それでも、私は何とか現在の結婚生活をと存じ、私なりに努力致して参りましたが、康弘と私は、所詮《しょせん》、性格の相違と申しますか、不縁の仲と申しましょうか、結婚後、十カ月経《た》ちます今日になりましても、心から打ち解けて話し合うようなこともなく、その上、私の言葉より、お葉さまのお言葉の方をお信じになるとあっては、到底……」

さらにお言葉を続けられようとなされますと、ご養子婿の旦那さまが、お口を挟《さしはさ》まれました。

「何も今日の話は今、私たちが別れるとか何とか、そんなこととは全く無関係のことで、それに、突然、別れるなどと、そんなことを急に……」

蒼《あお》ざめ、ご狼狽《ろうばい》遊ばされたお顔で、そうおっしゃいますと、大旦那さまもことのご重大さに愕《おどろ》かれ、

「突然、しかもこんな深夜に何を云い出すのだ、由緒《ゆいしょ》ある旧家の総領娘は簡単に結婚することも、離婚することも出来ない、まして、最初の結婚を失敗に終らせ、二度、

婚礼の座に坐るなどもってのほか、お前にとって、総領娘の立場を捨てることが許されていないのと同じように、二度婚礼の座に坐ることも、金輪際《こんりんざい》許されない――」

「でも、お父さま――」

さらに御寮人さまが、お言葉を継がれようとなされますと、

「郁子、何度云っても同じことだ、私の眼の黒いうちには、葛城家《かつらぎけ》の総領娘に二度、婚礼衣裳《いしょう》は着せない！」

語気を荒げて云い放たれました。御寮人さまも、いまはこれまでと、お思いになりましたのか、大旦那さまと旦那さまの方へ静かな強いお眼《まな》ざしをお向けになり、

「私が命をかけておしたい致しますのは、今も荻原先生お一人でございます、身に疚しいことはございませんが、これが私の偽りのない本心でございますから、離婚が許されませぬものならせめて心の自由だけは私にお与え下さいまし」

凜《りん》としたお声でおっしゃるなり、つとお席をお起《た》ちになり、そのまま、ご自分のお部屋へはお帰りにならず、星氷る十二月夜更の道を、わたしと下男を伴《とも》にして、石川沿いの庵《いおり》に向われたのでございます。

凄《すさま》じい木枯しが吹きすさぶ闇《やみ》の中を、青白まれたご表情で風に逆らって歩まれながら、御寮人さまが空に向ってお詠《よ》みになりましたお歌は、次のような一首でござりま

す。

真契《まことちぎ》りし君ひとすぢに焦熱のほむら行く身ぞ寄りなたまひそ

そして、その翌日から御寮人さまは、再び石川沿いの庵に籠《こも》って、お歌を詠まれる日が、多くなったのでございます。

＊

そう云うと、老婢《ろうひ》は、ほっと大きく肩で息をつき、その当時のことを思い出すように暗い表情をしたが、私には旧家の大地主の家の中にある複雑な人間関係と、そこから起る腥《なまぐさ》い人間の心の縺《もつれ》が感じ取られ、そこを脱《ぬ》け出して、庵へ行くしか術《すべ》のなかった御寮人さまと呼ばれるそのひとの荒涼とした心の叫びが、私の胸の中に伝わって来るようであった。

「では、ご結婚なさりながらも、その後も、ずっと庵住いを続けられたのですね」

と聞くと、老婢は、

「はい、旦那さまをお拒みになって、庵へ籠られました御寮人さまは、暫《しばら》く跡絶《とだ》えていた『柊《ひいらぎ》』へもご投稿遊ばされるようになり、お屋敷におられます時より勝《すぐ》れたみけしきさえお見せになるようになられたのでございます」

と云うと、老婢は、再び言葉を継いだ。

*

さりながら、何と申しましてもご結婚後、わずか十カ月目のこととて、ご病床に臥《ふ》されております大旦那さまはもとより、養子婿さまの旦那さま、ご継母の大御寮人さま、お葉さままで、ことの意外さに愕かれ、世間体をお憚りになって、何とか御寮人さまを庵からお屋敷へ連れ戻そうとなされたのでございます。特にご養子婿さまの旦那さまは、何度も、庵までおみ足をお運びになり、お屋敷へお帰りになるようにと、ご懇願遊ばされたのでございますが、御寮人さまは、頑《がん》として、庵からお帰りにならなかったのでございます。

その日も、何時《いつ》ものように庵の玄関戸をお叩《たた》きになる旦那さまの気配が致しました。カタ、コト、人眼《ひとめ》を憚られるような、低く、卑屈な戸の叩かれようでございました。その音が聞えますと、御寮人さまは、お身を竦《すく》まされますように硬《こわ》ばったご姿勢で、わたしに戸を開けてはならぬとお命じになるのでございますが、

「よし！　私だよ、屋敷から来たのだよ、鍵《かぎ》をはずしておくれ」

旦那さまからそうおっしゃられますと、召使いのわたしは、それ以上、お拒みすることは出来ず、鍵だけを内側からおはずし致しますと、ご自分でがらりと戸を開けられ、ものも云われず、ずいと御寮人さまのお居間へ入られたのでござります。

御寮人さまは、お文机《ふづくえ》の前に坐られたまま、固いご表情で、

「お声もかけられずに、いきなり、お部屋へ入って来られるのは、ご無礼と存じます」

きっと身構えられますと、

「こうでもしなければ、あなたは、夫である私と顔を合わせることさえ避けるではないか、あれから二カ月の間、何度、足を運んで私が頼んでも、あなたは頑として屋敷へ戻ろうとはせず、私を拒み、家庭を拒もうとするのは、一体、どういうつもりでいるのか、今日こそは、はっきりしたことを聞きたい――」

と開き直られました。御寮人さまは、じっとお眼を凝らされるように旦那さまのお顔をお見据えになり、

「このままの状態でいたいと存じます――」

一言、そうお応《こた》えになりました。

「え？　このままの状態——、では夫婦が屋敷と庵で別居生活を続けるということなのか——」

気色《けしき》ばまれるように問い返されますと、

「はい、葛城家の掟《おきて》として、女は離婚、再婚が許されぬのでございますから、こうした形を取るしか致し方がございません」

静かな動かぬお声で仰せになりました。一瞬、霜柱のたつような冷やかな鋭い沈黙がお部屋を埋め、平静な御寮人さまのお顔と、露《あら》わな動揺を見せられた旦那さまのお顔が、ぶつかり合うように対《むか》い合われましたが、不意に旦那さまのお顔に弱々しい笑いが浮かび、

「郁子《いくこ》、あれしきのことを、そんなに執拗《しつよう》に、根に持たないで和解しておくれ——」

「あれしきのこと——あなたは、荻原先生と私とのことを、あのような云い方をなされながら、たった、あれしきのこととおっしゃられるのでございますか、妾腹《しょうふく》でも節操を守る人もあるし、正室腹《せいしつばら》でも操《みさお》を守らない人があると、暗に私と、私のほんとうのお母さまのことを指されましたのは、あなたご自身ではございませんか、あれほどの侮辱を籠めたお言葉を吐かれながら、何というぬけぬけしいことをおっしゃられるのでございます——」

憤《いきどお》りに満ちた語調でおっしゃいますと、旦那さまは、さらに弱々しく、

「何もかも、私が悪かった、お葉《よう》さまの言葉など真《ま》にうけて、あのような言葉を吐いた私に、軽率さと誤りがあったことを謝《わ》びるから、この辺で気持を変えて、ともかく、屋敷へ帰って来ておくれ、このままでは、第一、世間体もあるし、大和《やまと》の由緒ある地主の家から入婿して来た私の立場もないじゃないか――」

頼み込まれるように云われますと、御寮人さまのお顔に冷やかな笑いが奔《はし》りました。

「あなたは、世間体とご自分の立場だけで、ことをすまそうと遊ばすのですか、私には、世間体や私たちの立場より、もっと大事なものがございます」

「というのは、何だ、何が一番大事だというのだ？」

旦那さまのお声が、俄《にわ》かに険しくなりましたが、御寮人さまは身じろぎも遊ばされず、

「お互いの心でございます、自分の心を見詰め、そして互いに相手の心の奥底を見詰め合うことが一番大切なことでございます、私は自分の心の奥を見詰めることが出来ても、あなたのお心の奥まで見詰めたことはございません、考えて見ますと、あなたが荻原先生のことをお云い出しになります前も、それ以後も、私は一度たりとも、あなたのお心の奥を見詰めておりませんでしたし、見詰めようと努力も致していなかっ

たことに気付きました、そんな私たちが、世間体のために夫婦の縁《えにし》を続けて行ってどうなるのでございましょう、お互いに相手を苦しめ、憎しみ合うだけではないでしょうか」

心の奥底を静かに厳しく、たぐり出されるように仰せられますと、旦那さまは、御寮人さまのお言葉を遮《さえぎ》られるように、

「互いに憎み合う――、そんなことはあるはずがない、第一、私は、葛城家の娘であるあなたと結婚することを決めたその時から、葛城家の繁栄と、美しい聡明《そうめい》な妻との豊かに満ち足りた家庭を築くことを、自分の終生の仕事として考え、そのために何よりまず、私たちで健康な子供をつくり……」

旦那《だんな》さまのお声が跡切《とぎ》れ、不意に荒々しい息遣《いきづか》いがし、揉《も》み合われるようなご気配が致しましたかと思いますと、

「止めて！　お止めになって――」

叫ばれるような御寮人さまのお声がし、そのお声におっかぶせるように、

「郁子、おとなしくして、夫婦ではないか――」

ぬるむような低い旦那さまのお声が聞えました。

「いえ、止めて！　触れないで、私の体に触れないで下さい！」

激しく抗《あらが》われるご気配がし、びりっと着物の裂けるような音が聞えました途端、お部屋のお襖《ふすま》が開き、お袖付《そでつけ》を裂かれた御寮人さまが、乱れたお髪《ぐし》をかき上げられながら、

「私は、あなたの子供を産みません、産みとうございません！」

はっきりと、そうお拒みになりました。みるみる旦那さまのお顔色が変り、怒りと屈辱に膨《ふく》れ上られたかと思いますと、

「郁子！　ほんとうに、私の子供は産みたくないというのか――」

震えを帯びたお声で、念を押されました。

「はい、さようでございます」

ご夫婦の繋《つな》がりを断ち切られるような冷やかな強いお声でございました。旦那さまは、放心遊ばされたようなご表情で、御寮人さまのお顔をお見詰めになっておられましたが、やがてのろのろと起ち上られ、二月半ばの木の葉の落ち尽した寒々とした冬景色の中を、肩をつぼめられるようにして、帰って行かれましたのでございます。

ところが、その翌日、大旦那さまのご容態が悪くなられたとのお報《しら》せを受け、御寮人さまが取るものも取りあえず、急いでお屋敷へお馳《は》せつけになりますと、大旦那さまは、何時《いつ》もと変らぬお顔色でお床の上に起き上られ、御寮人さまをお待ちになって

おられたのでございます。御寮人さまは、大旦那さまのお姿をご覧になりますなり、

「お父さま！　お父さまほどのお方が、どうして、偽りの口実をもって私をお呼び寄せになるようなことを遊ばすのでございます？　私が今、この家の中で、心からお頼《たよ》り出来ますのは、お父さまたったお一人でございますのに、どうしてこんな嘘《うそ》を――」

と、お詰《なじ》りになりますと、大旦那さまは、ややお病い窶《やつ》れの見えるお顔で、

「しかし、こうでもしなければ、お前は、屋敷へ帰って来ないということではないか、昨日も康弘が庵へ参ったそうだが、お前は屋敷へ帰ることはおろか、夫婦らしい生活も、持ちたくないと応えたそうではないか――」

と仰《おお》せられ、ちらっとお傍《そば》におられる大御寮人さまの方へお眼を向けられました。どの程度、旦那さまが、大旦那さまと大御寮人さまにお伝えになったのかは存じませんが、明らかに大旦那さまは、御寮人さまのお態度をお責めになっておられるご様子でございました。

「どうして、お前は、そんなにこの屋敷へ帰るのが厭《いや》なのか」

険しい語調で申されますと、御寮人さまは、一瞬、お言葉に詰られるようでございましたが、

「お父さま、この屋敷の中にいる葛城郁子は、葛城家の総領娘としての重い責任と、数々のしきたりにがんじ搦《がら》めにされ、心ならぬ結婚生活を強《し》いられ、自らの心は一掬《ひとすく》いも持つことの許されぬ、まるで泥沼に根を這《は》う藻草《もぐさ》のような生き方しか出来ませんが、石川沿いの庵に住む私は、そのような因習から解放され、心のままに歌を詠み、心のままに生きる御室《おむろ》みやじとして生活が出来るのでございます、許されることなら、やはり、私は……」

さらにお言葉を継がれようと遊ばしますと、

「ならぬ！　今さら何をいうのだ、亡《な》くなられたお祖父《じい》さまの前で、葛城家の総領娘としての責任と義務を果すというお約束のもとに婚礼を挙げ、結婚致しておきながら、歌がどうの、御室みやじのと、何をたわけたことをいうのだ、この際、はっきり云《い》っておくが、私に万一のことがあれば、葛城家の家督相続権は、総領娘のお前には行かず、お前の夫の康弘に行くことになるのだ、というのは、現在の民法では、家督相続は、すべて男子をもって先とすると規定されているから、私が死亡した場合、娘であるお前より、婿《むこ》養子でも男子である康弘が戸主となり、葛城家の家督を相続することになるのだ、したがってお前がこの家を放擲《ほうてき》するようなことがあれば、この家の地所、財産はすべて、養子婿の康弘の所有になってしまうのだ、それだけにお前は、一日も早く、りっぱな男の子を産み、その男の子が康弘から家督を相続することによって始めて、名実ともに、ほんとうに血の繫がった葛城家の相続人が生れるのだから、それが、この家の総領娘に生れたお前の責任というもので、それ以外にお前の道はない――」

お部屋に凛々《りんりん》としたお声が響きわたり、ご病床の方とは思えぬ激しいお言葉でございましたが、御寮人さまは、頑《かたく》なに口をお噤《つぐ》みになっておられました。

「郁子、解《わか》ってくれたかね、私の云うことが解ってくれれば、素直に女らしく、早く子供を産んでくれることだ」

強くお頼み遊ばすように仰せられますと、御寮人さまのお手が、畳の上に伸び、両手をつかれ、

「お父さま、お許し下さいまし――」

そうおっしゃられますなり、お席を起《た》ち上られました。

「郁子！」

背後《うしろ》で御寮人さまをお呼び止めになる鋭いお声が致しましたが、御寮人さまは逃《のが》れられますように、足早にお廊下をたち去られたのでございます。

ところが、その日から、何と半月目に、子供を産むことを拒まれた御寮人さまが、

既に孕《みごも》られていたことを知られたのでございます。

お幼《ちい》さい時からご病弱気味で、お齢頃《としごろ》になられましても、月のものの訪れが人さまより遅く、それも時々、滞りがちであったこともございますので、ご不順であったことをお気になされずにおられたのでございますが、このところ、俄かに眩《めまい》を催されたり、吐気が続かれますので、大旦那さまの主治医の大木先生にご往診戴《いただ》き、内科のご診察を戴いたのでございます。ところが先生は、すぐお知合いの産婦人科の先生をご紹介になり、その先生のお診《み》たてで、妊娠三ヵ月であることを知りましたのでございます。

御寮人さまは、お医者さまから妊娠三ヵ月とお聞きになりますなり、お医者さまのお前もわきまえられず、あっと恐怖に似たお声を上げてお顔色を変えられ、お医者さまがお帰りになりますと、お気が狂われたようにお裸足《はだし》のままで、お庭へ飛び下りられ、お庭石伝いに石川の河原まで小走りに走って行かれたのでございます。わたしは御寮人さまの御身をお案じし、慌《あわ》てておあとに随《つ》いて走って参りますと、御寮人さまは、石川の河原の枯れ叢《くさむら》の中にお踞《うずくま》りになるなり、お身を揉んで、くうっと嗚咽《おえつ》遊ばされました。

「私は産みたくない、産まない――、あの夫の子供を産むぐらいならいっそ、死んでしまいたい――」

　寒風の吹きすさぶ河原の枯草を引き毟《むし》り、引き千切り、天に向って号泣なされる御寮人さまは、まるで地獄の底に落ちて行く人のような凄《すさま》じい身悶《みもだ》えのお姿でございました。

　運命の皮肉さと申しましょうか、苛酷《かこく》さと申しましょうか、これほどまで拒否遊ばされていることを、避けることが出来ない女の哀《かな》しい宿命に、わたしはいいようのない悲しみと怒りを覚え、御寮人さまのお体をしかとお抱きかかえ致しますと、

「よし、お前だけが私の気持を知っている、私は産みたくない、お前の力をかしておくれ」

　とおっしゃられるなり、わたしのいかつい醜い胸の上に、透けるように美しいお手を置かれ、引き摑《つか》むように何度もお揺すぶりになったのでございますが、孕られましたお腹《なか》の子は、どうしようもなく、

「ご運命の通り遊ばすよりほかに、どうしようもございません――」

　と申し上げますと、

「よし、お前までが、私に子供を産めというのかえ」

「はい、女は孕った以上は、産まなければならない運命《さだめ》を持っておりますから、今と

なってはお産み遊ばすよりほかに致し方ございません、あとは、よしがお育て申し上げます」

心ならずも、そうお応え申しますと、御寮人さまは、逃れることの出来ない哀しい女の運命《さだめ》を凝視なされるように、動きのない凍りつくようなお眼《まな》ざしを石川の流れへお向けになり、やがて、

「もう、荻原《おぎはら》先生にお目にかかれなくなる——」

ぽつりと、ただ一言、そうおっしゃられると、力なく起ち上られ、荻原先生が庵《いおり》を訪《おとな》われます時に、いつもお通りになりました木立の深い小径《こみち》を通って、庵へ帰られたのでございます。

荻原先生にお目にかかれなくなる——、お呟《つぶや》きになるようなその一言は、わたしの胸に翳《かげ》るように残りましたが、ご妊娠に伴ういろいろなご準備が忙しくなるにつれ、何時《いつ》の間にか、そうした翳りも消えて行きました。

お屋敷の方では、御寮人さまのご妊娠をお知りになりましたその日から、大旦那さまは、男の子であってくれたらと、ご病床の中もいとわれず、ご懐妊祝いのお祝膳《いわいぜん》のご差配《さはい》を遊ばし、ご養子婿の旦那さまも、あのような冷たいおいきさつのあった直後だけに、まるで救いを得られたようにお喜び遊ばし、どなたよりも深いご安堵《あんど》のご表

情でございました。ご継母の大御寮人さまとお葉さまは、お心のうちはいざ知らず、表見《おもてみ》には、大旦那さまや旦那さまと同じようにお喜びのお気持を現わされ、早速、御祝いのお品のご準備を遊ばされたのでございます。十九歳になられた妹嬢《こい》さまは、ご自分にご縁談のあるさなかだけに、お姉さまのご妊娠を心から喜ばれ、私もはじめて叔母さまになれるのねと、唄《うた》うような明るいお声でおっしゃいました。

けれど、このような一見、お喜びに満ち溢《あふ》れたお気配の中にも、御寮人さまと旦那さまとのご確執は長く尾を曳《ひ》いていたのでございます。

と申しますのは、ご妊娠後は、すぐさま、庵からお屋敷へお帰りになって、南棟の御寮人部屋で、大事な受胎期を過され、代々の御寮人さまがお子さまをお産みになりましたお産屋《うぶや》でご分娩《ぶんべん》なさることが、葛城家《かつらぎけ》の昔からのおしきたりでございましたので、旦那さまが、それを持ち出されて、お屋敷へお帰りになることをお勧めになりますと、御寮人さまは、私にとっては庵こそ、心の安静を得る受胎期にふさわしい場所でございますと、にべもなく拒絶遊ばされたのでございます。さりながら、葛城家の十三代目をお継ぎになるかもしれぬお子さまが、手狭な庵でご出産とは、世間体が憚《はばか》られますことだけに、大旦那さまのお代理として、旦那さまが何度も、庵へおみ足を運ばれましたあげく、産み月まで庵で過され、ご出産日が近付いてから、お屋敷のお産屋へ移られることになったのでございます。大旦那さまと旦那さまは、このお取りきめにご不満なご様子でございましたが、孕っておられる御寮人さまのお心の昂《たかぶ》りをご懸念《けねん》遊ばされ、止《や》むなくお認めになったのでございます。

したがって、ご出産までの数カ月間、再び御寮人さまとわたしは、嬢《とう》さま時代のように二人きりで、誰にも煩《わずら》わされずに過せることになったのでございます。けれど、御寮人さまは、産み月が近付いて来られるにつれ、鬱々《うつうつ》としたご気配で、まるでご自分のご出産をお呪《のろ》いになるように険しいご表情の日々でございました。

たしか、六月の始めのことだったと存じます。お産れになるお子さまのお産衣《うぶぎ》のご用意のために、お縁側一杯に、羽二重の反巻《たんまき》を広げ、一心に針を運んでおりますと、突然、御寮人さまの真っ白なお足袋《たび》が、わたしの眼の前にたちはだかられました。驚いて眼を上げますと、

「よし、私が子供を産むことが、そんなにお前には楽しみなのかえ」

御寮人さまのお声の中に、ただならぬご気配をお読み取りし、お返事に戸惑いますと、

「よし、お前まで、私の心のうちが解らないというの！」

叫ぶようにそうおっしゃるなり、お産衣を引っ摑まれ、針箱の中のお鋏《はさみ》を取って、

ジャキ、ジャキと切り刻まれ、その一片一片《ひとひらひとひら》を、お庭先に千切り捨てられたのでござります。それは、おん十四歳の時に、ご継母さまが贈られたお雛《ひな》さまの首をへし折られ、切り刻んで、お池の中へ抛《ほう》り捨てられた時と同じ惨忍《ざんにん》さを持ったお激しさでござりました。このことがあってから、わたしは、ご出産のための準備は、すべて、御寮人さまが夜、お寝《やす》みになられてから、ひそかに自分の部屋で整えることに致しましたが或《あ》る夜、遅くまでおくるみを縫い、厠《かわや》へたとうと致しました時、御寮人さまのお部屋の方で、雨戸の開く音が致しました。

とっくにお寝みになられたはずと、わたしは、不審な思いを抱《いだ》きながら、足音をしのばせて、お部屋の方へ近寄りますと、水色縮緬《ちりめん》のお寝巻をまとわれた身重な御寮人さまが、両手を雨戸にかけられ、音をたてぬように徐々に、雨戸を引き開けておられたのでござります。わたしは思わず、足を止め、お廊下の柱の陰から御寮人さまのご様子をお見守り致しておりますと、やっとお体が通れるほどの広さにお開けになり、そこからするりとお裸足のままでお庭へ下りられ、植込みの間を通って、深い木立の中へ入って行かれたのでござります。わたしは、不気味な胸騒ぎを覚え、息を殺すようにして、あとをつけて行きました。

木立の間を縫い、築山《つきやま》の前を通り、広いお庭の隅《すみ》の樫《かし》の樹《き》の下まで参りますと、御寮人さまは、つとおみ足を止められ、身重なお体を大儀そうにお屈《かが》めになり、お手に持った竹篦《たけべら》で、土を掘り起されたのでございます。木立の間から洩《も》れる月明りの下で、御寮人さまのお顔が蒼白《あおじろ》く染まり、お手に持たれた竹篦が刃物のような鋭さにきらめきました。やがて、小さな窪《くぼ》みをお掘りになりますと、胸もとから白い包みのようなものをお取り出しになって、そこへ埋められ、またもと通りに土をおかぶせになりますと、竹篦を叢の中へ捨てられ、もと来た道へ戻って行かれました。木立の陰に蹲って、一部始終を覗《のぞ》き見致しましたわたしは、御寮人さまのお姿が見えなくなりましてから、土をかぶせられた小さな窪みの前へ近付きました。そして、おそるおそる、そこを掘り返しますと、夜露に濡《ぬ》れた土の中から、白い和紙に包まれた紙包みが出て参り、その包みを開くなり、わたしは、あっと息を呑《の》んでしまったのでございます。

人形《ひとがた》にかたどった小さな紙人形が封じられ、紙人形の咽喉《のど》もとに縫針が、一本鋭く突き刺されていたのでございます。それは、人を呪い、人の死を願うこの辺りの呪い人形の風習で、縫針を刺した紙人形を、人眼に見つけられずに、土中に埋めることが出来ましたら、その願いがかなうという古くからの云い伝えがあったのでございますが、御寮人さまは一体、誰を呪い、誰の死を願って、人形《ひとがた》をかたちどり、縫針を刺されたのでございましょうか――。それは、養子婿の旦那《だんな》さまとも取れますし、また、これからお産れになろうとしているお腹の中のお子とも取れるのでございますが、いずれに致しましても、この時から、わたしは、御寮人さまは人の死を願うような怖《おそろ》しいお心も、お持ちになられる方だということを知ったのでございます。

このように呪いに満ちたような受胎期をお過しになりましたが、大正三年の九月二十七日の正午過ぎに、玉のようにお見事な坊《ぼん》さまを、お産み遊ばしたのでございます。

この日、お屋敷では、いよいよ御寮人さまのご出産予定日ということで、早朝からお産屋のある奥前栽《おくせんざい》のあたりは、塵《ちり》一つないまでに掃き浄《きよ》められ、御寮人さまは、白羽二重のお寝巻を召され、総檜《ひのき》造りの六畳と三畳続きのお産屋に入られたのでございます。お付添は、お産婆《さんば》さんと付添看護婦さんとわたしの三人でございましたが、最初の陣痛が始まりますと、

「よし、お前は出てお行き――」

お額に汗を滲《にじ》ませられながら、そうお命じになったのでございます。躊躇《ためら》っておりますと、さらにお苦しげなご表情で、

「お前は、私の醜い、苦しむ姿を見たいのかえ、出てお行き」

そう申されますお言葉の中に、愛情のない旦那さまとのお子を、心にもなく産まねばならぬ苦痛とその姿の醜さを、長年、お傍にお仕えしているわたしにさえ見られた

くないという、御寮人さまの異常なまでのお誇りの高さをお感じ致し、わたしは、そのまま、次の間に退《さが》って、御分娩をお待ち致しました。最初の陣痛から二時間ほどの間、継続的に陣痛が起り、お苦しげな呻《うめ》き声と、お産婆さんと付添看護婦さんの慌《あわただ》しい様子が襖《ふすまご》越しにわたしの体に伝わって参り、その度《たび》にわたしは体を汗にしてお待ち致しておりますと、突然、襖を破るような産声《うぶごえ》が上り、男のお子さまであることが伝えられました。その瞬間、お屋敷中のそこかしこから、

「坊《ぼん》さまでございます！　お目出度《めでと》うございます！」

どよめくような祝《ことほ》ぎの声が湧《わ》き、大旦那さまがお臥《ふ》せになっておられますお部屋のお庭先に、召使いたちが続々と集まったのでございます。大旦那さまは、お床から起ち上られ、お部屋の障子を広々と開け広げられて、お縁側の前まで進み出られますと、ご養子婿の旦那さまが、お神酒《みき》を持って大旦那さまに捧《ささ》げられました。大旦那さまは形ばかりに受け取られ、すぐ旦那さまに向って、

「目出度いことだ、安産の上、男とは何という目出度さだ、誰よりも婿どののあなたが、一番嬉《うれ》しいことだろう」

とおっしゃられますと、二十九歳にもなっておられます旦那さまは、耳のつけ根まで紅潮遊ばし、

「おかげさまで、これでお舅《とう》さまにも、やっと、ご安心戴けそうでございます」と応《こた》えられ、大旦那さまに代って、大御寮人さまがお注《さ》しになるお神酒を、なみなみと大盃《おおさかずき》に受けて呑み干されました。お庭先に控えた召使いどもから、再び、

「ご出産お目出度うございます！　お家万々歳！」

というどよめきが上り、召使いたちにも祝い酒が振舞われました。旦那さまはよほどお嬉しいのか、酒気で真っ赤に染まったお顔で、

「私も嬉しいが、お前たちも嬉しいか、さあ、今日は底なしに飲んで、飲んで、飲みまくれ！」

婿入り遊ばしてから、始めてお聞きするような高らかなお声でそうおっしゃり、自ら盃をかたむけ、舞い踊られるように召使いどもの間を練り歩かれました。こうしたお屋敷の中の喜びに満ち溢れたご気配は、大奥のお産屋まで、手に取るように聞えて参りましたが、無事ご分娩遊ばされた御寮人さまは、何のご感動もない無表情なお顔で、静かにお眼を閉じておられました。産湯《うぶゆ》をすまして、ご紋付の産衣におくるみした坊さまをお抱きして、そのお顔をお見せ致しました時も、刺し通すような強いお眼ざしを、じっと坊さまのお顔に注がれ、

「そう、男の子――」

一言、そう呟かれ、あとは黙ってお眼を閉じられたのでございます。わたしは、お庭先で拝見した手の舞い、足の踏むところを知らぬように喜び踊られておられます旦那さまのお姿と、始めてのお子さまをお産みになりながら、母としての大きなお喜びをお示しにならない御寮人さまのお姿をひき比べ、今さらながら、お二人のお心の間にある溝《みぞ》の深さをお覗《のぞ》きしたような思いが致しました。

けれど、坊さまのお首据《くびすわ》りがし、お眼もはっきりお見えになるようになられますと、大旦那さまがおつけ遊ばしましたお名前を呼んで、おあやしになる日が、次第に多くなって来られました。

「祐司《ゆうじ》、ほら、笑って、こちらよ、まあ、私にそっくり――」

ながらがらをお振りになりながら、御寮人さまは、ご自分と瓜《うり》二つの坊さまのお顔を深々とご覧になるのでございますが、ほんとうに坊さまは、旦那さまにはお似になららず、御寮人さまにそっくりでございました。それだけに、御寮人さまが、坊さまをお愛《いつく》しみになられるのは、ご自分の分身としてのご愛情からで、もし旦那さまに似ておられましたら、このようにお愛しみにはならなかったのではないかとも、思われたのでございます。事実、御寮人さまが、坊さまをご覧になるお眼ざしには肉親の絆《きずな》に結ばれた深いものがございましたが、旦那さまをご覧になるお眼ざしは、他人を見るような突き放したよそよそしさがございました。

それでもお屋敷の中は、坊さまのご出生によって俄《にわ》かに明るくなり、もとのご隠居さまのお部屋を模様がえしたお育児部屋で、坊さまのご養育に勤《いそし》まれる御寮人さまの甲斐甲斐《かいがい》しいお姿は、大旦那さまと旦那さまにとって、何よりもご満足らしく、ようやくお屋敷に、和《なご》やかな賑《にぎ》やかさが甦《よみがえ》って参りました。

その上、十九歳になっておられます妹嬢さまのご縁談が急速に進み、お屋敷の中は、さらに明るいさざめきが加わったのでございます。妹嬢さまは、お姉さまの御寮人さまを大輪の白菊の花に譬《たと》えますなら、ひなげしの花にお譬えしたいようなお可愛《かわい》らしい容貌《ようぼう》で、ご性格もお無邪気で、人なつこい点がおありでしたので、ご継母の大御寮人さまにも、お可愛がられになっておられたのでございます。したがって、この度のご縁談も、大御寮人さまが進められたもので、ご自分のご縁続きにあたられる和歌山の地主さまのご長男さまとのご縁組でございましたが、妹嬢さまは、ご継母さまのご縁続きであることをお気にかけられるご様子もなく、次々に運び込まれる御輿入《おこしい》れ調度や、お衣裳《いしょう》の美々しさにお眼を輝かされ、お声さえたてて、ころころとお笑いになっておられたのでございます。

ご婚礼が数日先にお迫りになりました日、お姉さまの御寮人さまが、妹嬢さまをお

部屋にお呼びになり、ご継母の縁続きに嫁《とつ》いで行かれるご懸念《けねん》のほどを仰《おお》せられますと、

「お姉さま、お継母《かあ》さまがどんなお心の持主でいらしても、私にあのようなおりっぱでおやさしいお婿《むこ》さまをお選び下さったのですもの、何も申し上げることはありませんわ」

嫁いで行かれるお婿さまのお姿を、うっとりと思いうかべられるようにお応えになったのでございます。御寮人さまは、ご自分のご婚礼の時のお苦しかったお胸のうちを思い出され、それにひきかえ、何の屈託もなく、手放しでお輿入れを喜んでおられる妹嬢さまのお姿に、お胸を衝《つ》かれましたのか、しばし、お言葉を跡切《とぎ》らせておられましたが、

「じゃあ、あなたのご結婚のお倖《しあわ》せをお祈りしていますわ、何か私に欲しいものがあれば、遠慮なくおっしゃい」

とおっしゃいますと、妹嬢さまは、ちょっと、ご思案遊ばされてから、

「お姉さまとご一緒にお読みしたことのある源氏物語を下さいまし」

とお応えになりました。それは、高蒔絵《たかまきえ》の箱に入った源氏物語五十四帖《じょう》の写本で、昔は大名のご息女が嫁入本《よめいりぼん》としてお持ちになるほどのお品でございまして、御寮人さ

まのご愛蔵の書物でござりましたので、一瞬、ご当惑のご表情をなさりましたが、

「そう、それがあなたの一番欲しいものなら、喜んでさし上げますわ、ほかにも何か？」

妹嬢《こい》さまは、お首を振られ、

「お衣裳も、ご調度も、もうこれ以上はと申しますぐらい沢山ございますの、私の欲しいものは、お姉さまとご一緒にお読みしたあのご本だけですわ、それなら、お姉さまとの想《おも》い出になりますもの――」

お甘えになるような笑窪《えくぼ》をお見せになり、ふと思いつかれたように、

「お姉さま、この頃のお義兄《にい》さまっておかしゅうございますのね、私のお部屋へ入って来られ、お嫁入りのお荷物を夜具まで、しげしげとご覧になり、私の部屋付きのお美代《みよ》に、お前もこんな支度《したく》をしてお嫁入りしたいかとおっしゃり、お美代が恥ずかしがって真っ赤な顔をすると、にやにや遊ばすのよ」

とおっしゃり、ころころとお笑いこけになったのでござります。

ご婚礼の日は、菊花の香《かお》る十一月の吉日が選ばれ、この日、葛城家《かつらぎけ》のご親戚《しんせき》、ご別《べっ》家衆《けしゅう》の方々はむろんのこと、ご病床の大旦那さまもご紋服に改められ、大御寮人さまのお介添《かいぞえ》で、花嫁さまをお送り出しになったのでござります。

白無垢《しろむく》のご婚礼衣裳をお召しになりました妹嬢さまは、お裲襠《うちかけ》の厚いお裾《すそ》をお引きになって、ご祝儀幕《しゅうぎ》が引きめぐらされた大広間へお出ましになり、そこでご両親さまとお姉さまをはじめ、お義兄さま、お葉さま、葛城家のご一族の方々とのお別れのお盃を遊ばし、やがて、ご婚家からのお迎えが参りますと、お仲介人さまのお手に引かれて、お玄関の前へ着けられたお輿入れ駕籠《かご》にお乗りになりました。そのお大名のような古式ゆかしいお駕籠は、ご婚家さまのご要望で整えられましたそうで、妹嬢さまは、そのお駕籠の中で、御寮人さまから戴《いただ》かれた源氏物語を繙《ひもと》かれながら、遥《はる》かな高野路《こうやじ》を分け、紀の川沿いの粉河《こかわ》へ嫁いで行かれたのでございます。

妹嬢さまのご婚礼がおすみになりますと、お屋敷の中は、急にひっそりと華やかさが消え、坊さまのお元気なお泣声だけが、唯一《ゆいいつ》のお賑やかさになったのでございますが、大旦那さまは、御寮人さまのご初産《ういざん》、妹嬢さまのご婚礼とお目出度いことが、一年のうちに二つも重なられたことに、ほっとご安心遊ばしましたのでございましょうか、お力なげにお床に臥《ふ》せられたきりの日が多くなって参りました。

以前からも、胃が痛まれ、特にお食事のあと時々、激痛をお訴えになることがございましたが、その年の暮から急にお食が細られ、やっとのことでお召し上りになりましても、激しいお痛みが伴って来られましたのでございます。主治医の大木先生は、

胃潰瘍《いかいよう》だとおっしゃるのでございますが、日に日に痩《や》せ衰えられ、青黯《あおぐろ》いお顔色にな
って行かれます大旦那さまのご様子を拝察致しておりますと、もしや、胃癌《いがん》ではとい
う怖しい思いを抱いておりましたところ、年明けの二十五日、俄かにご容態が変られ
たのでございます。
急診に駈《か》けつけられました大木先生は、ご容態をご覧になるなり、御寮人さま、旦
那さまはむろんのこと、お葉さまやお近くにお住いのご親戚さま方をすぐ、ご病室へ
お呼び集めになり、大旦那さまのお脈を取って、じっと時計をお見詰めになっておら
れましたが、不意に時計の蓋《ふた》を閉じられますと、
「最期《さいご》のご挨拶《あいさつ》を――」
厳《おご》かなお声で告げられました。お枕《まくら》もとの大御寮人さまは、うっとお呻《うめ》きになるよ
うにお身を伏せられましたが、御寮人さまは、せき上げるお悲しみを抑《おさ》えられ、
「お父さま、郁子《いくこ》でございます！」
最期のお別れを遊ばすように躙《にじ》り寄られますと、大旦那さまは、ご苦痛に歪《ゆが》んだお
顔を振り向けられ、
「郁子、家を、葛城家を大事に……祐司のこと……しっかり、頼む……」
聞き取りにくいお声で、跡切れ跡切れに仰せられますと、ご養子婿の旦那さまのお

膝《ひざ》が、ずいと前へ進まれました。

「お舅さま、あとのことはご心配なく、お姑さまのことも、郁子、祐司のこと、そして葛城家一族のことは、不肖ながら私が責任を持って差配致して参りますから、ご安心下さいますよう――」

力強い高らかなそのお声に、ご一座の方々はお頼もしげに旦那さまをお見上げ遊ばされましたが、御寮人さまは、何時《いつ》にない旦那さまの妙に気負われたお声に、その場を意識遊ばされた、ことさらめいたものをお感じ取りになっておられたようでございます。けれど、ご臨終の大旦那さまには、それが大きなお心支えでございましたのでしょう、御寮人さまと並ばれた旦那さまの方へお眼を向けられ、深くお頷《うなず》きになりますと、そのまま、お眼を閉じてしまわれたのでございます。

何時の間にか、お座敷の外のお庭先には、召使いどもが折れ重なるように蹲《うずくま》り、大旦那さまご死去と承って、声をしのんですすり泣く声が、広いお庭の端々《はしばし》にまで伝わり、忽《たちま》ち、お屋敷の中は、大きな重い悲しみに掩《おお》われてしまったのでございます。

ご葬儀は、御隠居さまがお亡《な》くなりになりました時と同じように、葛城家の菩提寺《ぼだいじ》の興妙寺で行われ、河内《かわち》長野《ながの》八カ村の家々は、ご隠居さまのご葬儀の時と同じく誰からともなく、一斉に門戸を閉ざして業を休み、深い哀悼の意を表したのでございます。

御寮人さまは、白無垢縮緬《しろむくちりめん》の喪服を召され、大旦那《おおだんな》さまのお位牌《いはい》を捧げて、喪主としてご葬儀の先頭にたたれたのでございますが、ご養子婿の旦那さまをはじめ、ご継母さま、妹嬢さま、お葉さま、そして数十人に余る葛城家ご一族をうしろに従えられて、ものものしいほどのご盛大なご葬儀を勤められる御寮人さまのお姿は、お健気《けなげ》なおりっぱさと申し上げますよりも、二年に満たぬ間に、お祖父さまとお父さまに次々とお先だたれになり、頼るべき大樹を失われた寒々とした孤立のお姿が、わたしの眼に映ったのでございます。事実、お血を分けられた妹嬢さまは既に他家へ嫁がれ、あとはお頼り出来るご肉親は誰一人もなく、不仲の旦那さま、ご継母さま、お葉さまお三人に取り囲まれ、しかも、大世帯《おおじょたい》の葛城家とそのご一族を、これから先、どう差配し、切り盛り遊ばして行かれるのかと思いますと、わたしは、思わず、胸の塞《ふさ》がる思いが致し、ご葬儀のごりっぱさよりも、これから先の御寮人さまのお身の行く末に、いいようのない不安を覚えたのでございます。

こうしたわたしの不安は、わたし自身が想像もつかなかった意外な形をもって、やって来たのでございます。と申しますのは、大旦那さまの百カ日のお墓供養《くよう》が終りました頃から、ご養子婿の旦那さまの、御寮人さまに対するお態度が、突如として、人変り遊ばしましたように、がらりと豹変《ひょうへん》なされたのでございます。

＊

そう云《い》い終えた老婢《ろうひ》は、俄かに憤《いきどお》りに似た表情を燃えたぎらせて、私の顔を見た。その表情の中に、御寮人さまと呼ばれるそのひとと同じように、老婢もまた、御寮人さまの夫である人に冷やかな憎しみの心を抱いている様子が読み取られ、老婢が、自ら積極的に話の続きをしたがった理由《わけ》も、この辺にあるようであった。

老婢は、夜の灯《あか》りがついた座敷の中で、その当時のことをまざまざと思い起すように暫《しばら》く口を噤《つぐ》んでいたが、やがて対《むか》い合って坐《すわ》っている私の方へ膝を寄せ、

「ご養子婿の旦那さまは、まるで御寮人さまを奈落《ならく》の底へ突き落すために、葛城家へ入られたような方でござります。あの方さえ、御寮人さまのもとへおいでになりませんでしたら、御寮人さまのご生涯は、お生れ遊ばした時、そのままの、この世のものとは思えぬお美しさとお倖せに満ち充《み》ちたご一生でござりましたことでしょう――」

口惜しがるようにそう云うと、再び熱っぽい表情で話し出した。

＊

ご養子婿の旦那さまは、大旦那さまの百カ日のお墓供養をすまされますと、俄かに

お人変りなされたように、がらりとご様子が変られ、まず、お屋敷内《うち》のお模様をご自分の思いのままに、すっかり変えられたのでございます。

すべてを庶民的にというご口実のもとに、笹林棠《ささりんどう》のご家紋入りの家具什器《じゅうき》類の使用を一斉にご廃止になり、ご用簞笥《だんす》からお座敷机、お手あぶりに至るまで、すべて新しいご調度にお変えになったのでございます。二十幾つのお部屋から、一つ一つ由緒《ゆいしょ》あるご家紋入りのご調度が姿を消して行くさまは、まるでお屋敷が亡《ほろ》びて行くような寒々しさと傾きを覚え、わたしは皮膚《はだえ》に無数の針が刺されるような思いが致しましたが、御寮人さまはなぜか、傍観者のように平然としたご表情で、旦那さまのお仕打ちをお眺《なが》めになっておられました。そして、或《あ》る朝、何時《いつ》ものようにご家紋入りの高脚《たかあし》台付《だいつき》のお膳《ぜん》に代って、無紋の黒漆の平膳《ひらぜん》が運ばれて参りました時、はじめて御寮人さまのお口から激しいお言葉が出たのでございます。

御寮人さまは、お膝の前に据えられた無紋の平膳へおぞましげにお眼を向けられたまま、お手をお箸《はし》にふれようとも遊ばされず、

「これは、誰のお膳です？」

短く一言、お聞きになりました。お膳を運んで来た上女中の一人が、

「旦那さまのお申しつけで、今日から新しいお膳に代りまして、御寮人さまの分も

……」

と云いかけますと、

「お黙りぃ！　葛城家の総領に生れた私は、無紋の平膳になどお箸はつけません、この家で無紋の平膳に坐るのは、氏素姓の低い妾腹《しょうふく》の生れか、それとも召使いどもしかありません――」

とおきめつけになり、旦那さまの方へ向き直られました。

「あなたは、どこまでこの家の習慣《ならわし》をお変えになればご満足が行くのでございます？ご用箪笥、お火鉢《ひばち》の類《たぐ》いならともかく、三度の食事に用いる膳部までこのようにお引き下げになることはございませんでしょう」

「引き下げる――、何に引き下げるというのだね」

「あなたの大和《やまと》のご実家のご格式とご習慣にまでお引き下げになりたいご所存でございますかと、お伺い致しているのです――」

冷やかなお言葉でござりました。旦那さまのお顔に険しさが奔《はし》ったかと思いますと、

「少しは口を慎んで戴きたい、私はこれまでと異なって、既に百カ日前にこの家の家長になり、この家の家督を相続したのだから、これからは、曾《かつ》てこの家の総領娘であったあなたといえども、家長である私の仕儀に対して、今のようなものの云い方は許

しません、今後は何事によらず、私の指図《さしず》に従って貰《もら》いたい」

今までお聞きしたことのない強い語気でおっしゃられました。御寮人さまは、ご自分のお耳を疑われるように旦那さまの方へお眼を向けられ、

「あなたは二年前にこの家へ入られ、僅《わず》か百ヵ日前にこの家の支配をなさるようになられたばかりでございますが、私はこの家に生れ、葛城家の総領娘として二十六年間、この家に育って参りました事実をお忘れ遊ばしませぬように——、あなたが、法律的にどうありましょうと、この家はもちろん、河内長野八カ村の葛城家の地所も、召使いたちも、すべて私のものでござります」

久しくお聞きしなかった毅然《きぜん》としたお声で仰せられました。旦那さまは、お怯《ひる》みになりかけましたが、やがて、

「何と云われようと、法律的には私がこの家の家長であり、一家の支配者で、この家の一切の権限は私が掌握しているということを、この際、よく認識して貰い、お膳のことも、私の仕儀通りに守って貰いたい」

とおっしゃり、お強《し》いになるように御寮人さまにも平膳のお箸を取らせられようと遊ばしますと、

「私は、私一人だけでも今まで通り家紋の入った高脚台付のお膳で戴きます」

御寮人さまは、きっぱりとそうお云い放ちになって、お席を起《た》っておしまいになったのでございます。

事実、その翌日から、御寮人さまは、お座敷で旦那さまとご一緒にお膳に向われずに、御寮人部屋でおん二歳になられたばかりの坊《ぼん》さまの祐司《ゆうじ》さまをお相手にして、お独りで高脚台のお膳に向ってお箸を取られるようになったのでございます。

坊さまの祐司さまは、前にも申し上げましたように、旦那さまには不思議なほどお似にならず、お体つきから、お笑い声まで御寮人さまのお幼《ちい》さい時にそっくりで、それだけに御寮人さまは、ご自分のご分身というお気持が深まられますのか、旦那さまとの冷えきったご生活の中で、祐司さまへのご愛情のみをお心の慰めにしておられるようなご様子でございました。旦那さまの方も、たったお一人の坊さまのこととて、そのお慈《いつく》しみようは、なみなみならぬものでございまして、坊さまのお誕生日や菖蒲《しょうぶ》節句《せっく》などには、お屋敷中に酒肴《しゅこう》のお振舞を遊ばし、坊さまのお行くすえを祝われたのでございますが、肝腎《かんじん》の坊さまは、お母さまっ子で、旦那さまにはあまりおなつきにならず、旦那さまがお手をさしのべられましても、時々、神経質な疳高《かんだか》いお声を上げてお泣き出しになることがございました。

「何から何まで、母親似のようだな」

旦那さまは、苦りきったお淋《さび》しそうなご表情で坊さまをお手ばなしになり、その時は、さすがにわたしもお気の毒な思いが致しましたが、御寮人さまは、まるで他人をご覧になるような突き放したお眼《まな》ざしで旦那さまのうしろ姿をご覧になっておられました。

こうして、お愛くるしく、まわらぬお舌で、御寮人さまを慕われる坊さまを抱いておられながらも、御寮人さまのお心のうちには、なお満たされぬ何ものかがございますのか、やるかたないお心のうちをお晴らしになりますように、坊さまがお昼寝遊ばしたり、わたしたちとご機嫌《きげん》よくお遊びになっておられます間をお縫いになっては、石川沿いの庵《いおり》へおみ足をお運びになり、そこでお歌を詠《よ》まれたり、お琴を弾《ひ》かれたりして、お心の慰めを得ておられるご様子でございました。

その間、荻原《おぎはら》先生からは、何のお便りもなく、御寮人さまからも何のおとないも遊ばされぬらしゅうございましたが、絶えず、荻原先生のことをお想い出しになっておられます証拠に、ご婚礼の前日、荻原先生から戴かれましたお文とお歌を、蒔絵のお手文庫にお納めになって紫の組紐《くみひも》を固くお結わえ遊ばしたことがございましたが、そのお紐をお解《と》きになって、数々のお文やお歌をお読み返しになり、おもの思いに沈んでおられるお姿を、しばしば、お見受け致しましたのでございます。

旦那さまにとりましては、御寮人さまが足繁《あししげ》く、庵へお運びになることがお気に障《さわ》られるらしく、御寮人さまが庵へ参られます度に、何かとお阻《はば》みになるようなことをおっしゃられましたが、御寮人さまは旦那さまのお言葉を無視遊ばされるように、お止めになればなるほど、足繁く庵へお運びになったのでございます。この頃の御寮人さまのご心境は、例の短歌誌『柊《ひいらぎ》』にご投稿になりました次のお歌によって、そのお胸のうちを、お察し戴けることと存じます。

鈍色《にびいろ》の衣《きぬ》ぞ身にそふわれに笑《ゑ》むあはれいとし子《ご》生きん絆《ほだし》は

君を呼ぶ夜の痛みよわが乳房とる子の眸《まみ》に許さるまじく

ほんとうにこのお歌を通して感じ取られますように、坊さまがおいでになったればこそのお生甲斐《いきがい》でござりまして、もし、ご夫婦の中に坊さまがおいでになければ、そして、庵へおみ足を運ばれて、傷つかれたお心を甦《よみがえ》らされる時がなければ、御寮人さまはどう遊ばされたかと思いますと、想像致しますだけで怖《おそろ》しいようなことでござります。

こうしたご日常でございましたので、自然、ご夫婦仲の溝《みぞ》はますます深まり、大旦那さまが亡くなられました年の暮には、御寮人さまは、坊さまをお連れになって、殆《ほとん》ど庵の方へお住まいがちになり、旦那さまが何とお言葉を尽されましても、再びお屋敷より庵住いの方が主になってしまわれたのでございます。それは、必ずしも御寮人さまのご勝手なお気持からだけではなく、お屋敷の中に、御寮人さまがお住まいにくいようなよそよそしい空気が漂っていたからでございます。

と申しますのは、ご養子婿《むこ》の旦那さまが、ご家督をご相続遊ばしました時機を境に、ご継母の大御寮人さまとお葉さまは、俄《にわ》かに旦那さまにご鄭重《ていちょう》な礼を尽され、ご親密の度を深められました。特にお葉さまは、お齢《とし》下の旦那さまに対して、よく申せばお姉さまのようなご親身さと申しましょうか、とかくお差しでがましく、何かとお手をおさしはさみになり、旦那さまを中心に、お葉さま、大御寮人さまの三人が、何かをご画策遊ばしておられるようなご気配でございましたが、その懸念《けねん》が大旦那さまがお亡くなりになりまして一年も経《た》たぬうちに、早くも現われ出したのでございます。

第一次世界大戦が勃発《ぼっぱつ》致しまして一年半近いこととて、世間一般が戦争景気で沸きかえっておりますさ中でございましたが、ご家督を継がれました旦那さまも、その景気の波に乗られますように株式投資をどんどん遊ばされ、米相場にまでお手を出され、今までの地道な地主業中心から、派手な株式利廻りの方へ重点をおかれるようになったのでございます。これについて、御寮人さまが、たまたま、ご意見をさしはさまれますと、

「俺にばかり引き籠《こも》っているあなたに世の中の動きなど解《わか》るはずがないだろう、亡くなられたお舅《とう》さんの時代のように、地主一業で富を蓄《たくわ》えて行く時代は過ぎた、小作問題や米騒動が起り、地主の権益が次第に狭《せば》められている時に、小作料だけに頼っていることなど出来ない、これからは地主といえども、株式投資、高利貸し、蚕糸の売買など、手広く商いを広げて富を増やすことを考える時代で、十二代目の葛城家《かつらぎけ》の主《あるじ》として、私は、この際、大いに葛城家の家政改革をやるから、あなたは口をさしはさまず、黙って見ていて貰いたい」

と突っ撥《ぱ》ねられる旦那さまのお顔は、今までお見申し上げたこともない傲慢《ごうまん》さとご自信に満ちておられました。御寮人さまは、瞬《まばた》きもなさらず、旦那さまのお顔をお見詰めになり、

「これ以上の富を得てどうなさるのでございます？　それより、いささかでも絵筆を取り、花を培《つちか》い、浮世を外に遊ばすようなお暮しをお心がけなさる方が、お倖《しあわ》せではございませんか」

やや軽侮遊ばされるように仰《おお》せられますと旦那さまは、ちらりと皮肉なお笑いをお見せになり、

「それは、金銭の有難味を知らない、家付娘の人生観というものでしょう、河内《かわち》長野《ながの》八カ村の領地を持ち、五十人近い召使いたちを使っている葛城家の大世帯を切り廻して行くためには、そんな甘いお姫《ひい》さま考えではやって行けない、それに、他家《よそ》から入婿して来た私の立場は、先代以上の富を積んで見せねばならないというものだろう」

とおっしゃり、むせるように匂《にお》いのきつい外国製の煙草《たばこ》をぷかりとおふかしになって、

「まあ、世間知らずのお姫さまは、庵に閉じ籠って、子守歌でも唄《うた》っていることが、一番似つかわしいだろうから、家の財政は私に任しておくことだ、そして家内《いえうち》の切り盛りはお姑《かあ》さまとお葉さまがして下さるから、あなたは何もなさらなくて結構ですよ」

と、小作契約書はもとより、銀行預金、株券、その他有価証券など、葛城家の財産は、すべて旦那さまの掌中に握られてしまったのでござります。そして、この旦那さまに何かと取り入って、少しでもご自分たちの持分を増やそうと遊ばされたのが、お葉さまと大御寮人さまのお二人でござりました。

大御寮人さまは、大旦那さまが亡《な》くなられますと、お血の繫《つな》がらない生《な》さぬお仲でございますので、ご不安に思われましたのか、俄かにご養子婿の旦那さまに取り入ってご自分の立場のご安泰を計られ、大旦那さまがお身につけておられましたもので、御寮人さまがお父さまのお形見として是非、遺《のこ》しておきたいとお思いになっておられますようなお品まで惜しげもなく、旦那さまに差し上げてしまわれ、その代り、多額の毎月のお化粧料と称するものをお受取りになっておられるご様子でございました。

お葉さまも、当時、既に四十半ばを越えておられましたが、性来のお派手なお顔だちに加えて、お独り身のせいでございましょうか、三十七、八にしか見えぬお若々しさで、何をお考えになりましてか、頻《しき》りに蓄財にお気を傾けられ、旦那さまとご一緒に米相場などにもお手を出され、このお三人が揃《そろ》って、葛城家の財産をほしいままにしようと企《たくら》んでおられるようなご気配でございました。その証拠に、大旦那さまのご生前には、何のご不自由もなくお過しでございました御寮人さまのお手もとが、何かにつけてご不自由になりがちでございましたのに反し、大御寮人さまとお葉さまの方は、何ご不自由なく、お金が出入りしているようでございました。わたしはそうしたお屋敷内のご気配にひそかに心を痛め、身を削られるような不安を覚えましたが、御寮人さまは、一向にお気になされぬようなご様子で、石川沿いの庵に、坊さまとどもに閉じ籠られ、まるで尼僧《にそう》のような鈍色のお召物を召されて、お歌を詠まれたり、ご本をお読みになったり遊ばす静かなご日常をお過しになっておられたのでござります。

ところが、新しい年が明け、松の内をすませたばかりの日、突然、お屋敷の方から旦那《だんな》さまのお使いが見え、今からそちらへ出向くというおことづけがござりました。

何時になく、前もって、お出ましの前ぶれがあったことを訝《いぶか》しく思いながら、お茶のご用意を致しておりますと、慌《あわただ》しいお足音が聞え、大島の対《つい》を召された旦那さまが、つかつかと御寮人さまのお部屋の中へ踏み入られ、

「郁子《いくこ》！　この歌は何だ、いくら勝手気儘《きまま》な葛城家の家付娘だといっても、こんな歌を活字にして公表されては、夫として黙っておれないぞ！」

とおっしゃるなり、懐《ふところ》へお手を入れられ、細くまるめたご本を、御寮人さまのお膝《ひざ》の前へ投げつけられました。それは、御寮人さまが、投稿しておられます『柊』でござりましたが、御寮人さまは、お顔色一つ変えられず冷然としておられますと、気色《けしき》ばまれた旦那さまは、いきなり、両手で『柊』の頁《ページ》を荒々しく開かれ、

「この歌は、一体、何を云《い》おうとしているのだ、私と夫婦であることが、そんなに忌《いま》わしく、厭《いと》わしいことだというのか、それなら、それでもよかろう、しかし、葛城家の戸主としてこれ以上、自分の妻が、天下に向って、夫を軽侮し、呪《のろ》っている歌を発

表することは、絶対、見逃《みのが》せない！」

と叫ばれ、御寮人さまのお眼の前に突きつけられたお歌は、次の二首でございました。

ゆくりなく点《とも》る灯《ひ》あれば息吹きつ呪ひ人形闇《やみ》に舞はしめ
財《ざい》にくらむ汝《なれ》に遺《のこ》さん尼《あま》ごろもわれの涙を玉とはめ置き

御寮人さまは、突きつけられたご自分のお歌にお眼を当てられたまま、端麗な姿勢を崩《くず》されずにおられますと、旦那さまは、さらに懐からもう一枚の白い紙をお出しになりました。

「もうこれ以上、自分の妻がこのような歌を詠んでいることは我慢出来ない、今すぐに『柊』の退社届をしたためて貰いたい！」

何処《どこ》で、どのようにお手に入れられましたのか、『柊』の退社届の書類をお突きつけになったのでございます。御寮人さまは、さすがにはっと、お顔色を変えられ、信じられぬようなお眼ざしで暫《しばら》く、まじまじとして退社届の書類をお見詰めになってお

られましたが、不意に冷やかなお笑いをお口の端におうかべになり、

「あなたは、私のただ一つの楽しみであり、救いである歌の道まで断てとおっしゃるのでございますか、しかも、予《あらかじ》め私の気持もお聞きにならず、いきなり、『柊』の退社届をしたためさせるというような一方的に命令するような態度でおっしゃるのでございますか――」

「そうだ、私にも我慢の限度というものがある、今までは、屋敷を外にして、歌を詠むための勝手気儘な庵住いをされても、我慢していたが、その歌が私を軽侮し、嫌悪《けんお》する歌になり、しかも、それが世間に公表されるとあっては、我慢出来ない！」

声を荒げておっしゃられますと、御寮人さまは、さらに冷やかに、

「歌や小説などというものは、いわば、虚構の世界でございますから、あなたのようにすべてを実生活や現実と結びつけて、一々、めくじらをたてられる方は、ございませんでしょう、それは歌や小説などの鑑賞の仕方として見当違いでございますもの――、それに、この庵は、亡くなられた私のお祖父《じい》さまとお父さまが、私に好きな歌を詠ませて下さるためにお建て下さいました庵でございますから、私は、この庵がある限り、歌を詠み続けるつもりでございます」

とお応《こた》え遊ばすなり、御寮人さまの白いお手が、『柊』の退社届の上に延び、びり

っとお引き裂きになったのでございます。そして、お眼をまっすぐに旦那さまのお額の上に当てられ、

「今後は、このようなさしでがましいことは遊ばさないで下さいまし、あなたは、現在、葛城家の戸主に相違ございませんが、それは、どこまでも、戸籍上の法律的な戸主に過ぎませんから、葛城家の血を受け継いでいる総領娘の日常にまで干渉遊ばすことは出来ません、まして私のただ一つの楽しみであり、救いである歌の道に干渉遊ばすことは、絶対、お慎み下さいまし」

刃向われるような鋭さで仰せられますと、旦那さまも怒気を含んだお声で、

「そのような応え方をするなら、私も同じような応え方をしよう、何時《いつ》かは必ず、私の力であなたの歌を止《や》めさせてみせよう――」

妙に不気味な響きをもったお声でおっしゃいました。

それから、一週間目に、大旦那さまの一周忌のご法要が勤められたのでございます。この日は、葛城家のご親戚《しんせき》、ご別家衆が、菩提寺《ぼだいじ》の興妙寺にお集まりになり、ご住職さまの先導で、大旦那さまのご生前墓碑の勤行《ごんぎょう》が重々しく取り行われました。ご承知かとも存じますが、生前墓碑と申しますのはご存命中から石碑を建てられ、朱でご戒名を記しておき、歿後《ぼつご》、一周忌に盛大な法要を勤めて朱色の戒名を石彫りに改められ

る石碑のことでございまして、大地主さま方が遊ばす最もごりっぱな墓碑の形式だそうでございます。葛城家の十一代目の大旦那さまのこととて、もちろんお見事な生前墓碑を建てておかれ、ご法要もそれに伴う盛大なお勤めでございました。

午後二時から始まりましたご法要が四時過ぎに終り、そのあと庫裡《くり》でご供養膳《くようぜん》が並べられかけますと、御寮人さまは、人目にたたぬように、坊《ぼん》さまをお抱きになって、お席を起《た》たれました。お廊下に控えておりましたわたしも、そのおあとに随《つ》いて参りますと、御寮人さまは庫裡から、先ほど墓碑供養をすませたばかりの墓地へ続く方へお庭下駄《にわげた》をお履《は》きになって歩いて行かれたのでございます。盛大なご供養が終ったばかりの人気《ひとけ》のない墓地を、坊さまをお抱きになって独《ひと》り歩まれる御寮人さまのお姿は、まるで影絵のようなひそまりと静けさに包まれておりました。やがて、『葛城家墓地』と記した石標がたち、御影石《みかげいし》で大きく取り囲まれた葛城家のお墓所《はかしょ》まで来られますと、御寮人さまは、ご隠居さまと大旦那さまの墓碑の間に踞《うずくま》られ、暫く、じっと墓碑をお見上げになっておられましたが、不意に、うっと嗚咽《おえつ》遊ばすようなお声が洩《も》れ、そのお声に驚かれた坊さまのお泣声があたりのしじまを破りました。それでも御寮人さまは、坊さまのお体をひしとお抱きしめになったまま、なおもお声をしのんで嗚咽なされたのでございます。大旦那さまが、お亡くなりになりましてから、僅《わず》か一年程の間に、あまりにも豹変《ひょうへん》なされた旦那さまのお態度や、それに繋がるご継母やお葉さまのお仕打ちなど、日頃は無視なさるようにお装《よそお》いになりながらも、やはり御寮人さまのお胸に重くのしかかっておられましたらしく、万感の思いが、どっと堰《せき》を切って御寮人さまのお体の中から溢《あふ》れ出、お墓の中のご隠居さまと大旦那さまにお訴えになっておられたのでござりましょう。暮れかける冬の薄暮の中で、御寮人さまのかぼそいお体が、落日の陽《ひ》の光に呑《の》まれて行くように頼りなげに、淡い影になって見え、わたしも、思わず、御寮人さまのお身の行くすえを思い、どっと涙が噴《ふ》き上げて参りましたが、その時、半鐘の音が、墓地の静けさを破りました。

ジャン、ジャン、ジャンと鳴る半鐘の音と、けたたましい人の声が墓地の奥まで聞え、その方を見ると、石川沿いの庵《いおり》のある方角に、もくもくと黒煙が空に上り、赤い焔《ほのお》が火柱のように吹き上げておりました。

「よし！　石川の方ではないのかえ、庵は大丈夫かしら――」

とおっしゃるなり、坊さまをわたしの手に預けられ、先にたって走られました。庫裡の方でも、お供養膳に坐《すわ》っておられました方々が広縁に出られて、口々に何か云い合わされているご様子でござりましたが、御寮人さまとわたしは、もしや、庵が――という思いで、坊さまをお抱きしたまま、無我夢中で、石川の畔《ほとり》に向って走りました。

石川の近くまで参りますと、お屋敷の召使いたちが、ご家紋入りの火事装束の法被《はっぴ》を着て、火事場に向って走っておりましたので、その一人を摑まえて、

「火事は何処？　何処なのです！」

と声をかけると、

「御寮人さまの庵のあたりかもわからん」

というなり、纏《まとい》を抱《かか》えて走り過ぎて行きました。御寮人さまとわたしは、昂《たかぶ》った人声と人波の間を縫い、なおも石川に向って走り、やっと石川の河原まで出た時、わたしはあまりのことに、棒だちになって、たち竦《すく》んでしまいました。

やはり、御寮人さまの庵が——、御隠居さまが贅《ぜい》の限り、粋《すい》の限りをお尽しになってお建てになり、大旦那さまが春草庵と名付けられ、そこで歌をお詠《よ》み続けになって来られました御寮人さまの庵が、真っ赤な炎に包まれて炎上しているではございませんか。消防夫やお屋敷の男衆《おとこし》どもが、石川から水を汲《く》み上げて懸命に消火に当っておりましたが、乾燥しきった空気の中で、茅葺《かやぶき》の屋根が、ぱちぱちと火の粉をはぜながら燃え上り、たちまち裸になった棟木《むなぎ》が、一本一本、どうっー、どうっーと、凄《すさま》じい音をたてて焼け落ちて行きました。炎に染まった御寮人さまのお顔は、怒りとも悲しみとも、苦しみともつかぬ異様なご表情で、火の手を見詰めておられましたが、不意

にわたしのそばを離れられ、ふらふらと火に向って進んで行かれました。わたしは、坊さまをお抱きしながら、体ごと御寮人さまの前にたちはだかり、必死になって、お止め致しますと、御寮人さまは狂ったようなただならぬお眼を、炎に包まれた庵に向けられ、

「よし、あの炎の中で御室《おむろ》みやじが焼け焦《こ》げて苦しんでいる……荻原《おぎはら》先生から戴《いただ》いたお歌もお文も、あの中で焼け失《う》せている……私は、私の歌は、もう駄目《だめ》……」

身悶《みもだ》え遊ばすようにおっしゃり、その場にお気を失われかけました時、

「郁子！　しっかりするのだ――」

突然、旦那さまのお声が聞えました。愕《おどろ》いて振り返りますと、何時の間に駈《か》けつけて来ておられましたのか、背後《うしろ》から御寮人さまのお体をお支えになりました旦那さまのお顔は、火事場に不似合なほど落ち着いたゆとりのあるご表情でござりました。

火事の原因は、庵を取り巻く木立の間に落ちていた煙草の吸殻か、庵の竈《かまど》の不始末か、どちらかということになり、当日、庵の留守居をしていた下男と、庵の管理責任者としてわたしが、村の駐在所へ呼び出されて、厳しいお取調べを受けたのでござりますが、わたしも下男も身に覚えのないこととて、強く否定致しました。駐在所の旦那さま方も、何度も火の因《もと》をお調べになりましたが、現在のように科学調査というも

のもない時代のこととて、結局は原因の解《わか》らぬ不審火ということになってしまい、村の人々も、庵だけが焼け、ほかに類焼がなかったせいか、それ以上、問題にならずじまいになってしまったのでござります。けれどわたしには、なぜか割り切れぬ思いが残りました。

と申しますのは、庵の留守居を致しておりました下男は、六十過ぎの老人でござりますが、人一倍用心深い性格の老人で、しかも、この日は、御寮人さまとわたしが出かけてしまいましたあとは、竈《かまど》で火を使うようなことはなく、庵の周囲の木立の間に煙草の吸殻がという説も、御寮人さまはもちろん、わたしも下男も煙草を吸いませんし、その上、庵の周囲の木立は、柴垣《しばがき》で囲まれ、誰も近寄らない習慣になっておりますので、不審火ということは到底、考えられぬことでござりました。それだけにあの火事場で出会った旦那さまの、その場に不似合なほど落ち着かれた、妙に余裕のあるご表情と、火事の日から一週間前に、『柊《ひいらぎ》』に載った御寮人さまのお歌を示され、「何時かは必ず、私の力で歌を止めさせてみせる」とおっしゃられた旦那さまの不気味なお声がその後も長く、わたしの胸の底に燻《くすぶ》り、「もしや……」という口にするのも空《そら》怖《おそ》ろしいような疑惑が湧《わ》いて来たのでござりますが、この庵の火事の因につきましては、これからお話しすることどもで、追い追いその真相をお知り戴けることと存じます。

庵が焼け失せました翌日から、御寮人さまは、以前のようにお屋敷の御寮人部屋へお住まいになることになったのでございますが、よほど衝撃がお強かったのか、お床に臥《ふ》してしまわれ、旦那さまをはじめ、大御寮人さま、お葉さま方がお見舞に見えられましても、まるでお言葉を失われた人のように一言もお話しにならなかったのでございます。そして、この時を境に、御寮人さまは、ぷっつりとお歌の道を、自らお断ち切りになってしまわれたのでございます。それは、庵の炎上とともに、歌人御室みやじは、その炎の中に焼け死んでしまったものとお思い決めになられたのでございましょう。三十一年経《た》った今でも、あの夕空を焼くように燃え上る炎を見詰められながら、「よし！　あの中に御室みやじが焼け焦げている、私の歌も焼けている――」と振り搾《しぼ》られるように絶叫遊ばされた御寮人さまのお声が、まざまざとわたしの耳に残っております。

このような奇怪な謎《なぞ》のような庵の焼失を境に、御寮人さまは、さながら、生ける屍《しかばね》のようなご生涯を過されることになったのでございますが、これから先のことは、わたしのくどくどしく、拙《つたな》い話をお聞き戴きますより、御寮人さまが亡くなられましてから、たまたま出て参りました御寮人さまの日記がございますから、それをお読み下さいます方が、具《つぶさ》にお解り戴けることと存じます。

老婢《ろうひ》はそう云い、静かに口を噤《つぐ》んだが、私は、暫く、自分の耳を疑った。

＊

「日記？　御寮人さまがおしたためになった——、その日記とおっしゃるのですか——」

信じられぬように尋ねると、老婢は灯《あか》りの下で深く頷《うなず》いた。

「はい、さようでございます、石川の庵をご焼失遊ばされましてからは、心ならずもお屋敷にお住まいになり、その後の御寮人さまのご生涯は、前半生のお華《はな》やかさとお倖《しあわ》せなのに比べまして、あまりにもお痛わしく、酷《むご》いご生涯でございましたが、その間の千々に乱れられたお気持をしたためられた日記でございます、これは、御寮人さまがお亡《な》くなりになりましてから、ご遺品の整理を致しております時、お衣裳簞笥《いしょうだんす》の底から出て参りましたものでございまして、わたしはおろか、他人《ひと》に読まれようなどとはお思いにもならず、その時々のお気持を断片的にしたためられたものでございます、そのせいでございましょうか、年月も全く飛び飛びにおしたためになったものでございますが、御寮人さまの数奇なご運命を正しく知っていただくために、あえて貴女《あなた》さまにだけはお見せ申し上げた方がよいと存じました次第でございます」

そう云い、老婢は肩で大きく息をつくと、

「さあ、御寮人さまのお部屋にござりますそのお日記を、貴女さまにお見せ申し上げましょう」

と云い、先にたって、二階の御寮人さまの部屋へ上って行った。私は、老婢のあとに従いながら、御寮人さまと呼ばれる歌人、御室みやじの不可解な生涯とその歿年《ぼつねん》、そして荻原秀玲《しゅうれい》との繋《つな》がりも、その日記によってさらに正確に知ることが出来るだろうと思うと、階段を上って行く足もとが、思わず、急いだ。

老婢は、座敷の灯りを点《つ》け、文机《ふづくえ》の傍《そば》に寄ると、片袖《かたそで》の小引出しを開き、鶯色《うぐいすいろ》の小《こ》風呂敷《ぶろしき》にくるまれた包みを出して、私の前に置いた。

「どうぞ、お開き下さいまし」

私は膝《ひざ》を進め、小風呂敷を開くと、そこに古代裂《こだいぎれ》の表紙をつけた和綴《わとじ》の冊子《さっし》がおさめられ、見事な手蹟《しゅせき》で、『荊《いばら》のにっき』としたためられていた。

荊のにっき――、あえて茨《いばら》と書き記《しる》さず、荊としたためたところに、それをしたためた人の心の鋭い痛みと、苦しみの深さが滲《にじ》み出ているようであった。それだけに、私は、その場ですぐ、頁を繰ることに一種の怖《おそ》れと躊躇《ためら》いを覚えた。

「拝借して帰らせて戴けませんかしら、お預かりして、姫路の家へ帰ってから、ゆっくり独りで、拝読致したいのですけれど――」

思いきってそう云うと、老婢は、一瞬、考えあぐねる様子であったが、

「結構でございます、どうぞお持ち帰り下さいまし、わたしも、今すぐわたしの眼の前でお読み出し戴くより、あとでお独りでお読み戴く方が、何か救われるような、そんな気が致します」

と応え、開いたばかりの小風呂敷に御寮人さまの日記を包み直して、私の手に渡した。

第十章

老婢《ろうひ》から受け取った日記を姫路の家まで持ち帰った私は、人眼にふれることを怖《おそ》れるように自分の部屋に引き籠《こも》り、障子を固く閉ざしてから日記を包んだ小風呂敷《こぶろしき》をひろげた。

立涌文様《たてわくもんよう》の鬱金《うこん》の裂地《きれじ》に包まれた表紙に、手漉《てすき》の和紙を綴《と》じ合わせ、濃紫《こむらさき》の組紐《くみひも》で女結びに結わえられたその日記には、御寮人《ごりようにん》さまと呼ばれるそのひとのものにふさわしい風雅な気品に満ちていたが、表紙の左肩に『荊《いばら》のにっき』としたためられたその字だけは、氷中に埋められた花のような動かない凍えた鋭さを持っていた。

私は、その鋭い痛みを持った五つの文字の荊《こご》にふれるような思いで、静かに頁《ページ》を繰った。

墨の香が匂《にお》いたち、眼にしみ入るような流麗な筆蹟《ひっせき》が私の眼を奪ったが、あるところは書き乱れ、あるところは墨がにじみ、あるところは、細々《ほそぼそ》とかすれて、書き消されているところもあった。何時《いつ》か老婢から見せられたそのひとの二十四歳の時の、古今集の手習いの見事に整った字とはおよそ似つかぬ乱れた筆遣《ふでづか》いであった。そして、そこに記《しる》されている日付も、毎日、日を追って書き記されたものではなかった。その時々の思いを断片的に書き記したものらしく、何カ月も空白になっていたり、年代的にも、ひどく飛び飛びであったりしている。それだけに、この日記が、人に読まれようなどとは思いもかけず、そのひとの露《あら》わな心の乱れと深い苦しみが秘められているようであった。私は、そのひとと、対《むか》い合うような激しい心の昂《たかぶ》りを覚えながら、次第にその一字一句の中に吸い寄せられて行った。

大正八年一月二十五日

あれから三とせ、いまさらに何を見よう、聞こう。あの三猿《さんえん》のようにひたと両手を耳にあて、目はわが身みずからのほか何ものも見るまじく、移りゆく時の流れ、おもいでにつながる世のひびきに遠ざかろうとつとめる明暮、あの火事の日から、歌ごころ失い、ただ百畳の家居《いえい》に囲まれ、玉膳《ぎょくぜん》の美食をはみ、空《うつ》ろなる心で、六つ児《ご》の母と呼ばれ、その児ゆえに、あるかいもなく生きつづける身。
見まじとしつつ、取りあげし新聞のぶんげいの欄、『柊《ひいらぎ》』に活躍するめざましい詩歌のたより、そのほか詩歌のつどいなど、ありし日の歌の思い出の前に、ついえ行くわが身のはかなさに思いかなしむ。この身の旧《ふる》い思想の泥沼に根生う花藻《はなも》のごと、もがいてももがいても浮かび上ることのできぬおろかしい弱いさだめを、あきらめてもあきらめ得ず。今はただ、もののはしに思いのままを書きしたためる、これのみがわが心のはばたき。

大正八年四月十三日
今日も夢にみた庵《いおり》の炎。あれから三とせの歳月を経ながら、あの炎が今も、私の夢見をおびやかし苦しめる。
苦しげな呻《うめ》きをあげて落ちる棟木《むなぎ》、火の粉を噴《ふ》きながら舞いあがる茅屋根《かややね》。赤黯《あかぐろ》い炎のなかで、わが身が焼けこげ、異臭を放ちつつ肉を落し、やがて真っ黒な木乃伊《みいら》になり果て、それを柩《ひつぎ》におさめる夫のひそやかなる笑い顔——。いくたび、同じ夢見をするのであろう。いつしか私の胸に、庵の火事は失火にあらず、夫の手にて放たれしものとの思い、深まり行く。

あの日、父の一周忌とて、一族郎党、菩提寺《ぼだいじ》なりし興妙寺で法要を勤め、供養膳《くようぜん》を据えたそのさ中の出火。むろん供養膳の座にすわり、みずから火を放ちうべくもないが、誰か人を遣《つか》わす術《すべ》もあるはず。あの日から、半年《とし》ほど経《た》った頃、誰の口からともなく、石川の小橋の下にねぐらする乞食《こつじき》一人が、あの火事の日の翌日俄《にわ》かに姿を消したとの風評、何か聞き捨てならぬ思いがする。

さらに草の根分けてもといいつのりながら、これという厳《きび》しい詮議《せんぎ》もなく、打ちきられた駐在所の調べも腑《ふ》に落ちず。これとて、郡長よりははばかりある地主への遠慮と取れば取れぬこともなし。思えば思うほどに、夫の手へ疑いの影がふかまりゆく。

それも、いのちかけて恋うるは御身ならずと、昂然《こうぜん》といいきった妻に対する憎悪《ぞうお》か、復讐《ふくしゅう》か、嫉妬《しっと》か。それとも、夫を呪《のろ》い、軽侮する妻の歌ごころを断ちきるための仕打ちか。

何を焼かれ、何を失ってもいとわない。けれど、歌を詠《よ》む私のためにと、お祖父《じい》さまとお父さまが、出費をいとわず、お造り下さった有職《ゆうそく》仕立《じたて》の美しく鄙《ひな》びた庵。あの庵ある限り、相見ぬ人との縁《えにし》は、目に見えぬ糸で繋《つな》がり、魂の相搏《あいう》つ音を聞くことが出来たものを。

大正八年十月七日
はるかに打ちつづく槌《つち》の音、家鳴りひびく大槌におびえ続けるこの明暮、ながながと打ち続く二階造りの白壁がお城のごとき威容ぞと、土地の誇りの一つにさえなり来し屋敷のそこここ、また別棟《べつむね》三階造りの古色をおびた酒蔵など、次々と取り崩《くず》され、十二代の伝統はぐくむこの家の面影が、一つ一つ消え失《う》せて行く。

家政の改革と鉈《なた》ふりあげてここ三年。ひたすらに蓄財をのみ心にとめる夫は、だれかれの反対をも押しきり、祖父と父の代より、地主のかたわら商う酒造業、綿糸売買、金融などをさらに手広くせしことの一つ一つが躓《つまず》きとなり、加えて、昨年から米騒動の余波を受けてはじまった小作料値下げを迫る小作争議を善処する力もなく、次第に傾き行く家産と家居。さながら、ありし日の葛城家《かつらぎけ》のおもかげを打ち崩さんと望むよう。

妻のみならず、葛城家のおもかげ、格式のはしばしに至るまで打ち崩し、打ち壊《こわ》し、大和《やまと》の実家のそれまでに引き下げんと企《たくら》むのか。

大正八年十二月二十日

歌を詠まなくなった自分は何だろう。異形《いぎょう》の人のごとく黙《もだ》し、みずからの影を見詰めて過ぎ行く歳月。

あの炎の中で御室《おむろ》みやじは焼け失せたのであろうか。環濠《かんごう》に囲まれた広い屋敷の中に身をおき、庵で憩《いこ》う時を失って以来、私は絶えて歌を詠まない。詠みたくない。相見ぬ人との心に結ばれ、ふれ合《お》うてこそ生れいずる歌。わが心は空ろに冷え、かげろうばかり。

日ましに庵を失った痛みと恨みが重なり、想像するだに怖《おそろ》しい思いが、わが心をよぎる。あらず、あらずと身を振り、心を抑《おさ》えながらも、その思いは次第に深く濃く。そら怖しさに、その思い封じ込めんとすれば、さらに大きく激しく。

私の心に悪魔が棲《す》むというのだろうか。美しく雅《みやび》やかな歌詠む人ともてはやされ、相見ぬ人に励まされしわが歌ごころとは裏はらの、悪魔の笑いが私の心の中にあるのだろうか。裏はらなる二つごころを抱《いだ》きて、こころ千々に乱れ、思いもだゆ。

大正九年四月一日

ひとり児の祐司《ゆうじ》は、今日からはや小学校へ入学。私の部屋で二人きりのお祝い膳を囲み、よしのおともで入学式へ。葛城家の十三代目を継ぐ総領息子としては、あまりに淋《さび》しい門出の祝い。

二十四年前、私が小学校へ入学する日の朝は、早朝から家内《いえうち》はむろんのこと、お庭の隅々《すみずみ》まではききよめられ、お祖父さまとお父さまと、その頃まだおいでになったお母さまとで高脚台《たかあしだい》のお祝い膳に向い、嬢《とう》さまのご入学日でござります！　おめでとうござります！　と、どよめくように祝う召使いたちの声を聞きながら、お箸《はし》を取り、ご門を出る時は、お玄関の式台からご門までの両側に召使いたちがずらりと居並び、見送ってくれたものを。あまりに淋しい祐司の入学日。

心つめたい妻につながるものとしてか、祐司をいつくしむことのなくなった夫、入学祝いにとて、舶来の羅紗《らしゃ》布の通学服と皮カバンを贈って寄こすのみ。

もし、お祖父さまとお父さまがご健在ならば。それを思うだけでもう胸が一杯。私に生きうつしと云《い》われる祐司であるけれど、近頃の笑顔にはお祖父さまのお眼と、お父さまのお口が笑っている。そんな時、心の淋しさに堪《た》えられない。何処《どこ》かで私をお召しになっておられるお祖父さまとお父さまのお声が聞える。けれど奥のお座敷、その奥の、またその奥の大奥のお座敷にもいらっしゃらない。庭の方も、お廊下の向うも、さがしてさがして、遂《つい》にお仏間に入る。露ながらのお花の下に今朝《けさ》たいたお香のみが、静かにただよっている。ああ、やっぱりお祖父さまも、お父さまも遠くへ逝《い》ってしまわれた。
　こころの中で泣きぬれながらも、人まえで涙を見せぬ片意地な私は、これからもたった独《ひと》りで、いえ、幼い祐司だけを連れて、お祖父さまとお父さまのお歩きになったおあとを、歩んでまいります。お祖父さま、お父さま、私の手をひいて下さいまし！

大正十年九月二十八日
　ご徳望の高かったお父さまのお世嗣《よつ》ぎと迎えられし夫、六、七年の間はまだ馴《な》れぬ故《ゆえ》とかばわれしが、九年近くを経し今、その器にあらずと、葛城家の一族はもちろん、実家《さと》方の兄さまがたをすら嘆かしめて、伴侶《はんりょ》の妻もかたちばかり。夫の味方と見えていた継母も、お葉《よう》さまも、近ごろでは手のひらをかえしたような冷たさで離れ行き、今は心よりの同情者とてない哀れな夫。
　自分の代で財を蓄《たくわ》え、力量を見せんものとて、焦《あせ》り、虚勢を張り、手をつけた家政改革のつまずきが因《もと》になり、今はかえって満身創痍《そうい》、千早赤阪村、加賀《かが》田、高向《たこう》などの領地を失い、高利廻り故と株に切りかえた商算は、大正九年の経済恐慌《きょうこう》、期米、綿糸、生糸などの株式大暴落の波をかぶって、一夜のうちに財を傾け、三百余年続いた葛城家の主柱《おもばしら》も、さすがに重い軋《きし》みをたてて、崩れはじめる。
これが半年以上も、さまざまな人を使《つこ》うて聞き合わせ、取り調べ、用箪笥《ようだんす》一杯の身もと調査の末に、なまなかの小才子《こさいし》よりはと、取りきめられし人なのかと、内外の非難つのり、自らは自責に苦しむ夫。それを黙って見つづけるひややかな妻のこころには、あるまじき嘲笑《ちょうしょう》のかげさえよぎる。

大正十年十一月二十三日
継母ついに実家《さと》帰りを云い出す。冷静な思いの私にひきかえ、夫の動揺は、はためにもそれとわかるほど、はては召使いの眼にまでそれとわかり、見苦しい限り。あれほどまでに夫へ近付き、親密の度を深《ふこ》うし、思いのままに栄耀《えよう》の資も引き出したはずの継母さえ、さすがに重なり来る夫の負債の大いさにおそれ戦《おのの》かれたのか、無傷のうちの退散を考え出されたらしい。
狼狽《ろうばい》してとどめる夫に代り、微笑さえうかべて、継母を玄関まで送り出す。お葉さまは、門の外まで見送りながら、何ごとかこまごまと話し合う気配。いずれあの人も、継母のあとを追って、傾きかけるこの家を去って行くつもりなのか。栄耀栄華の輝きを失った家は、あの人たちには、もう無意味なもの。

ほんとうに一つ一つ、落魄《らくはく》して行く葛城家。人眼につかぬところで、じっと固く唇《くちびる》を嚙《か》む。

大正十年十二月二十七日

お葉さまも家を出る。私は驚かない。

その実母が旅館を営んでいるとかいう大阪の宗右衛門町《そうえもんちょう》へ居を移し、お葉さまも何か新しい商いをするとのこと、その資本《もとで》は、旦那《だんな》さまのお手もとから引き出したものと、取り騒ぐ召使いたち。黙って聞き流す。堰《せき》を切って溢《あふ》れ出した汚水は、どう防ぎようもないもの。ただ黙って、汚水の流れを見ているだけ。

何を思ったのか、お葉さまは、黒地に小模様ながらも朱色のぼたんを染め出した訪問着を着てのご挨拶《あいさつ》。身のほどもないものが、長い間お世話になりました、あとはご機嫌《きげん》ようと、言葉はひかえめながら、眼のはしにきらりと冷やかな色が漂う。私は黙って頭を下げながら、その着物のぼたんの花の華麗さにしばし眼を奪われる。

黒地に朱色のぼたんの花、たしか、私が六歳ぐらいの日、それによく似た真紅《しんく》のダリヤを生けていたお葉さま、あの頃、そのダリヤの花びらのように美しく誇り高かった人が、今は葛城家のこれ以上の落魄をおそれ、火事場泥棒のそれのように持てるものすべてを持ち、逃げ出さんとは。そんな日に、不似合いであでやかすぎるぼたんの花柄。私は奇妙にそぐわぬ思いで眺《なが》め、継母を送ったと同じように、玄関先まで見送る。

夫はなぜか、終始、顔を見せず。ことさらに冷静を装《よそお》うが、装えば装うほど、心のうちの狼狽が手に取るよう。

大正十一年二月十一日

何度も重ねた親族会議の末、やっと一族中から別家の田村徳之助を選出して、葛城家の財務整理にあたらせ、夫は病気療養を表向きの口実にして、地主の実務はもちろんのこと、金融、酒造業など一切の仕事から手をひかせる。

この日から、夫は大奥の座敷に閉じ籠《こも》ったまま。何を思い、何を考えているかは、もはや他人のような妻の身には知るよしもない。ただ胸いたむは、俄かに変った家内の様子に神経質な眼をはしらせる九歳の祐司。父を見る眼と、母を見る眼の色が異なり、父を見る時は、何かおびえたような不安な色、母を見る眼は、愛されている者の安心感にみちみちてはいるものの、なぜか一抹《いちまつ》の淋しさがそこにある。

大正十一年四月十七日

やっと愁眉《しゅうび》を開く。財務整理にあたった田村徳之助の尽力の甲斐《かい》あり。銀行よりの借入金で株式相場の損失を取り補い、領地、田畑の喪失をかろうじて、防ぎ得たという。夫の実家の大和櫟本《やまといちのもと》の岡崎家からも、幾ばくかの補いを出したということなれど、もとより財政のことなど知るよしもない私には、これ以上の衰微さえなければ、何も深く知りたくはない。

夫はひたすらに謹慎の体《てい》を見せ、妻はもとより、一族の誰かれの同情までかわんとする様《さま》なれど、今は誰も相手する者もなく、悄然《しょうぜん》と打ち沈んだみすぼらしい姿。陽《ひ》あたりの庭の片隅《かたすみ》で寝汚《いぎたな》くいねむり、思い出したように池の緋鯉《ひごい》に餌《えさ》をやる姿さえ、うとましく、黙って眼をそむける。

私と祐司は、そんな夫からは遠く隔たった棟《むね》に住み、母と子の静かな愛をいつき育てる。祐司は九歳、あと四年で中学校へ進学。

大正十一年十月十四日

思いがけぬ真実。はじめて知る夫の不貞——。そのかげに男の子がいることを知る。

和歌山の粉河《こかわ》へ嫁《とつ》いで行った妹の、部屋付きの女中であった美代《みよ》と呼ぶ女だという。妹が嫁ぐ二、三日前のこと、ふともらした言葉を今さらのように思い出す——お姉さま、この頃のお義兄《にい》さまっておかしゅうございますわ、私のお部屋へよく入って来られ、お嫁入りのお荷物を夜具まで、しげしげとご覧になり、お美代に、お前もこんな支度《したく》をしてお嫁入りしたいかだって、お美代が恥ずかしがって真っ赤な顔をすると、にやにや遊ばすのよ——、十九歳の妹がころころと笑いこけたのを、一つの茶ばなしとして聞き過してしまっていたが、思えば、その時からのことか。男の子の齢《とし》が、八歳というからには、妹からその話を聞きし翌年に産れ、祐司とはたった一つ違いの齢子《としご》になるわけ。

こともあろうに、妹の部屋付きの女中とは。しかも祐司と齢子を生ませ、八年間、家族の眼を欺《あざむ》き、女と子供を外囲いにして来た夫の仕打。財務整理にあたっている田村徳之助の口から聞かされた時の屈辱は、ただ云いようもない。

これも、いのちかけて恋うるは御身ならずと云い放ち、夫を避けて庵住《いおり》いの多かった妻に対する復讐か。

今はと、すべてを告白ののち、手をさしのべて和解を乞《こ》う手、その手汚《きたな》しと飛びのいた妻の胸には、もとより愛情の火も、女らしい嫉妬の心も燃え上らない。ただ屈辱の堪えがたきを堪えた心ならぬ夫と連れ添う忍従の十年間の別れの時は、今ときめる。

大正十一年十一月二日

出来ることなら、今すぐにも離婚をといいつのる私に、一族の者たちは固く押しとどめる。

法に照らすところによれば、妻と二十歳未満の未成年者は、後見者なしの財産相続権は認められず、いま即刻の離婚は葛城家の財産のすべてを夫に与えてしまう結果になるとのこと。したがって祐司二十歳の成年に達するを待ち、夫の隠居届を出して、祐司を相続人とするまで思いとどまるようにという。あと十一年もの忍耐――。思うだに魂失せ肉落つる思いすれど、葛城家といとし児《ご》のためにと、耐え難き忍従の答《いらえ》する。

せめて家居《いえい》を分け、顔合わさぬ生活をと、矢来《やらい》のような竹塀《たけべい》を屋敷内に取りめぐらす。中庭の渡り廊下を中ほどで、打ち切り、そこを境に通す竹組みの塀、築山《つきやま》はこちら、池はそちらと分け隔ち、往《ゆ》き来《き》は一つの小さな切戸《きりど》、そこにも固く施錠《せじょう》して、その度《たび》に許しなくてはかなわぬ往来。

一つ屋敷に矢来の竹塀を取りめぐらせ、食膳はもとより、もの云うことも、顔合わすこともなく、南と北の一郭で過すこの世ならぬ夫婦の姿に、召使いどもは怖《おそ》れおののき、家内《いえうち》は暗く重く。されど、これが今の自分にし得るただ一つの術《すべ》、これならば世間の眼にふれぬ事実上の離婚。

婚礼の日、お祖父《じい》さまから賜わりし紅志野《べにしの》の夫婦茶碗《めおとぢゃわん》も、別れ別れの一つにし、私のそれは柩《ひつぎ》におさめるごとく、茶箱の底におさむ。思えば名ばかりの夫婦茶碗、婚礼の日よりわずか一年、形ばかりに用い、あとは跡切《とぎ》れ跡切れにしか用いなかった茶碗、心ならぬ婚礼の座に着きし者のすがたにも似て、甲斐もなく息づく紅志野のあえかな美しさ、それも今日よりは一つ茶碗。

大正十一年十二月十九日

思わず、はしたない叫びをあげ、人を呼ぶところ。誰が締め忘れたのか、厳しくいいふくめおいた竹塀のかすかに開いた切戸から、しのび入ろうとする夫の姿。とっさに身をひるがえす私の背に、郁子《いくこ》！　と呼ぶおぞましい声。肩ふるわせて部屋に入り、うちらから襖《ふすま》を閉じつつ、よしを遣《や》って押し返し、固く錠をかけさす。

時々に行方《ゆくかた》、告げずに外出《そとで》し、外囲いの女と子供のもとへ足を運ぶらしいと聞く夫。それでいて葛城家の財産に固執し、離れぬ心と知っては、できることなら、そこに万丈の家と千尋《ちひろ》の谷を築きたい。

会わないですませられるものなら、会わずにすませたい。聞かずにすむものなら聞きたくない。いっそ永遠の別れさえ告げたい。それがとばりをおろしてしまった私のこころ。

ただ九歳の祐司には、お父さまはお性《しょう》の悪いお病い故、お医者さまのお言葉でお塀をたてて、別々に住みますするといいつくろう。

大正十二年一月二十五日

父の七周忌、ひさびさに一族、興妙寺にうち集まり、盛大な法要を勤《つと》む。

表向きの仕事から身をひいた夫もこの日、参列。お焼香の時もお供養膳《くようぜん》の時も、妙に落ちつかぬ挙動。祐司、私に次いで行ったお焼香の時、たらたらとあらぬところへ香をくべ、供養膳の箸をとる手に妙な震えをおびている。昨年の暮から病い身とは知りながら、僅《わず》かの間にみるかげもなくやつれた姿。終始、憐《あわ》れみ乞い、和解を迫る眼《まな》ざしの中に、ただならぬ気配漂う。

それが、その夜の告白につながるものとは知らず、ひたと祐司を身近に寄せ、つとめて夫の眼ざしを避けた私。

ああ！　やはり、六年前の父の一周忌の日、石川沿いの庵を焼いたのは夫であるという。

法要をすませ、部屋に帰った私のもとへ、矢来の竹塀を這《は》いのぼり、飛び下り、手を血ぬらして、気ふれた人のごとく不意に乱入、いきなり、私の前に這いつくばい、庵を焼き、歌ごころを奪い取りしは、自分のもとに帰るお前の心が欲しかった故と、けもののように告げる夫。

血の気を失い、身をすさらせる妻の足もとに、今日はお舅《とう》さまの七周忌、自責の念に耐えかねたと、手をつき、身をつくばう。

火つけびと！　ただ一言、私は畳の上を滑《すべ》りたち、足もとに這いつくばる夫の背を穢物のごとく避けて部屋の外へ。

はだえ刺す冬空の中を、ただ独り、石川の庵の跡に向ってひた走り行く。枯草の上に風が舞い、今はその跡すらさだかならぬ庵のあと。ああ、そこに柴垣《しばがき》が、そこに木立《こだち》の小径《こみち》がと狂気のごとくさまよう。

私はやはり、焼き殺された胡蝶《こちょう》。飛ぶ羽をもがれ、脚を引きちぎられ、その身を焼かれた無惨《むざん》な胡蝶の羽と死骸《しがい》がそこに――。その胡蝶の苦しみあがく姿を、もてあそぶごとく見守り、娯《たの》しんで来なかったとは、けもののような心で庵を焼いた火つけ人《びと》が、どうして答えられよう。

大正十二年六月十四日

さらに矢来のような竹塀を高くす。夫は狂気のごとく執拗《しつよう》に和解を迫り、終日のごとく竹塀の向うにたち居し、さながら、牢獄《ろうごく》の囚人のそれにも似る。

召使いどもの顔に怖れのいろ見え、一人去り、二人去る。けれど私のこころには和解の心のひとかけらもない。

一切を知り尽してしまった私は、深い地底の中に沈んで行くよう。思えば独り身の二十四年の歳月《としつき》は、浮世の風にへだてられ、倖《しあわ》せすぎる夢殿なのか。婚礼の座にすわりしその日から、倖せが姿を消し、険《さが》しき坂へ呪《のろ》われて行くようなかなしい運命《さだめ》。

今はただ、過去を葬《ほうむ》り、別れて十とせ以上になる相見ぬ人のおもかげこそ、わがこころの支《ささ》え。月を経、年を越えて、ついについに、別れを告げてしまった人への思いが、今さらのように私のこころにたゆとう。

大正十三年十月八日

竹矢来のような塀をたててから、はや二年、何時《いつ》かそれも奇怪でなく、広い屋敷のはしとはしとに他人のように打ち築く家居。一つ屋敷にありながら、夫の姿も、たよりも知らない。召使いどもにもようやく、もの怖《お》じのけしきなく、これが今の私に許される静かなくらし。

されど何を心に求め、何をよすがに生きよというのであろう。いとし児の面影にお祖父さまとお父さまの姿を見て生きよというのであろうか。三十五歳の私に吹く野分《のわき》のような白い無情の風。

大正十三年十一月二十三日

ひとりただ秋風の中で思うは、相見ぬ人と辿《たど》った別れわかれの人生。結ばれむとして結ばれざりし宿命。思えば苦渋に満ちた十幾とせ。

さびしい心、哀《かな》しい涙、はげしい魂。さては焼きつくさむ炎のような思い。いまはその歌筆を折り、さながら、落葉のくにへ独り旅ゆく思い。

大正十四年九月十一日

今はせんないことと諦《あきら》め、心の埋《うず》み火《び》とした人のたより。今日私の胸の中に万雷のように落つ。

祐司《ゆうじ》を学校へ送り出し、新聞のぶんげい欄を広げた私の眼に、相見ぬ人のお名前と写真。とっくにドイツから帰られ、京都大学におられるとのお噂《うわさ》は耳にしながら、身の自由を失い、因習の家に生きる身と、おたよりも差し上げずに打ち過ぎていたものを。そのお姿に、しばし、こみあげ、曇り来る瞼《まぶた》をおさえてお顔を見守る。やがてその人のお手になるお文章に眼を向けた時のおどろき、自らの眼を疑い、息を呑《の》む。

その人の編纂《へんさん》にかかる『明治大正名詩歌選』に、相馬御風《そうまぎよふう》、与謝野《よさの》鉄幹、与謝野晶子《あきこ》、北原白秋、石川啄木《たくぼく》、萩原朔太郎《はぎわらさくたろう》氏など二十余名の高名な歌人、詩人とともに連ねられた御室《おむろ》みやじの名。われとわが眼を疑い、三たび読み返す。まがうことなきわが歌名御室みやじの歌が、まことそのようなものに価《あた》いするのか、はたまたその人の惜別の情か。

ただその栄光の大いさに身のおそろしさを覚ゆ。

大正十四年十月二十二日

幾たびも、いくたびも、思いまどい、考えあぐねた末、やはりその人を訪《たず》ねようと思う。柴垣の上にそっと白い封筒をおかれしまま、相会うこともなく外国へ去られてから十三年目。ふしぎな運命にもてあそばれた二人。さながら中国の昔話に聞く一対の玉碗《ぎょくわん》のように相会うこともなく、別れわかれの運命の軌跡を辿り、その末にめぐり会う玉碗のごとく、やっとめぐり会うその人と私。

でも、その人を訪ねる私は、いま怖《おそろ》しいことを考えている。その怖しいことを実行するために、その人を訪ねようとする私の心に、錐《きり》のように頭のとがった白い蛇《へび》が棲《す》んでいるよう。

その人は、何とお答えになるだろう。でも、私はその人の前にひざまずき、お心の奥に縋《すが》ってみよう。十三年前、その人と結ばれざりし時から、既にわがいのちは、亡《な》いも同然。今さら何を怖れ、何をためらうことがあろう。

大正十五年三月二十一日

心に思いきめながら、年の暮からはや三カ月経《た》つ。早く、早く訪《おとな》わねば、時を逸してしまいそう。日夜、思い苦しみ、心焦《あせ》りつつ、やはりその人を訪れ、その怖しいことを口にすることにこころ怯《ひる》む。でも今日こそは、今日こそは、かつての日、独りみの若い身を運んだ京のその人の家を訪れ、歳月を超《こ》え、則《のり》を超えて、わが荊《いばら》の思いを訴え、その怖しい心を告げ、かくて打たん十五年の終止符。

『荊のにっき』は、そこで終っていた。

老婢《ろうひ》が予《あらかじ》め、私に断わったように日記の日付は、ぽつんぽつんと大きく飛び、大正十年から十一年までのように比較的、克明に記されているところもあれば、大正十二年六月から十三年十月までのように一年四カ月も空白のままでおかれているところもあった。内容も同じことを繰り返したり、事柄が相前後して、飛躍しているようなところもある。文章もその時、その時によって、文語体で書かれたり、口語体で書かれたりし、主語が略されていて、謎《なぞ》のような言葉で終っているところもあったが、その整然としない乱れた文章と内容の中に、御寮人さまと呼ばれるそのひとの真実の姿がにじみ出ているようであった。どの言葉も救いのない苦しみと絶望と呪いに満ち、無数の荊に突き刺されながら荊架《けいか》に処せられた人のような血みどろな思いを綴《つづ》った日記であった。

私は暫《しば》く、こみ上げて来る激しい思いを抑《おさ》えるように窓の外を見た。何時の間に夜が明けはじめたのか、かすかな朝の陽《ひ》が射《さ》し、白い朝靄《あさもや》の中で庭先の樹々《きぎ》が息づくように濡《ぬ》れ、風にそよぐ度《たび》に銀色の露を吹きこぼした。庭先から続いた田畑の向うの小さな森も、淡い緑の影を見せ、静かに澄んだ朝の風景であった。私は爽《さわ》やかな心のしずまりを覚えながら、ふと思いついたように、机の上に載っている荻原秀玲《おぎはらしゆうれい》編纂の『明治大正名詩歌選』を手に取った。

一カ月前、再び姫路市立図書館へ行った時、特別借出しの手続を取って、借り出して来たものであった。紺紬《こんつむぎ》の布地で装幀《そうてい》された贅沢《ぜいたく》な造本であったが、多くの人に読みふるされて来たらしく、表紙のはしばしが傷《いた》み、背部の綴糸《とじいと》もゆるんでいた。私はその最終頁《ページ》を開いて、奥付《おくづけ》に眼をとめた。

昭和三年一月二十五日発刊、と明記されていた。『荊のにっき』の最後の日付から一年十カ月後の日付である。私の胸に、或《あ》る一つの想念がうかんだ。『荊のにっき』の最後の日付と、荻原秀玲編纂の『明治大正名詩歌選』の発刊日との間にある一年十カ月の日時の流れの中に、葛城《かつらぎ》郁子こと御室みやじの歿年《ぼつねん》と、それを誤り記した荻原秀玲との結びつきを解く鍵《かぎ》が潜在しているように思われた。

そして、『荊のにっき』の最後に書かれている、私はいま怖しいことを考え、それを実行しようとしているというのは、一体、何を意味するのであろうか——。私は、

『荊のにっき』と書き記されたこの日記の中に現われている苦悩と呪詛《じゅそ》に満ちた言葉より、この日記の背後にこそほんとうに無数の荊に突き刺された一人の人間の姿が秘し隠されているように思えた。その真実を知るためには、もはや老婢を訪ねるより、荻原秀玲自身に会うことしか方法がなさそうであった。

しかし、その荻原秀玲の消息は、彼がかつて教職にあった京都大学の事務局へ問い合わせてみても、秀玲が戦災にあった仙台の光禅寺通《こうぜんじどおり》の住所を知っているのみで、そこからさらに疎開《そかい》した先は不明であるという返事であった。京都大学の国文学研究室にいる三宅伸子《みやけのぶこ》も、私と力を合わせて、荻原秀玲と同時代の『柊《ひいらぎ》』の同人であった人たちを探してあたってくれたのであるが、戦争と戦災という最も人間の離合集散の激しい時期を真ん中にしているだけに、いまだにその消息がつかめずにいるのだった。暗澹《あんたん》として行き詰る私の胸に、もう一度、荻原秀玲の罹災地《りさいち》の住所宛《あて》に、この『荊のにっき』のことを記して、面会を乞うてみようという思いが強まった。机の上の硯《すずり》箱《ばこ》の蓋《ふた》を開け、硯に水を満たして、私は筆を取った。

再び先生のご静謐《せいひつ》をお妨げ致しますご無礼をお許し下さいまし。

先生に、最初の書状をさし上げましてから、三カ月が過ぎております。その間、私はさらに葛城郁子こと御室みやじの閲歴と生涯に興味を抱《いだ》き、葛城家の老婢に会ってその知る限りの話を聞いたり、私の家に近い姫路の図書館へ通って、明治大正の短歌史関係の文献を精読致しておりましたところ、昨日、御室みやじの一端を知る思いもかけぬ貴重な資料を手に致しました。

と申しますのは、葛城郁子刀自《とじ》の歿後、その遺品の整理にあたっておりました老婢の手によって、『荊のにっき』としたためられました日記が、発見されましたのでございます。そこには私が想像すら出来なかったような一人の女性の数奇な運命が書き記され、私がたまたま、かいま見ました晩年の葛城郁子刀自につながる暗い陰惨な影のようなものも、漠然《ばくぜん》と知ることが出来ました。

けれど、それにもまして、私の心に鋭く鮮明に残りましたのは、この日記の最後にしたためられている明らかに荻原秀玲先生と推察される方に関する記述でございます。激しく懊悩《おうのう》し、千々に思い惑う不可解な記述の中に、先生が誤り記されました御室みやじの歿年に関する謎が秘められているのではないかと、思われるのでございます。

もとより、私はつまらぬ詮索《せんさく》をして、他人の私事を聞き知ろうなどという考えはなく、また、先生のご高著『明治大正名詩歌選』の中に記されている御室みやじの閲歴と歿年の誤りを指摘して、学問的研究もしくは学問的発表を致そうなどと意図しているものでもございません。前の書状でも申し上げましたように、たまたま、葛城郁子こと、御室みやじの晩年を知り、ともに起居したことのある私にとりまして、生きながら早逝《そうせい》を伝えられ、数奇な運命と、相反する二つの人間像を持つ一人の女性が辿《たど》った人生の真実を知りたいという、それだけの念《ねが》いがあるのみでございます。お暇を得て、おめもじ戴《いただ》けますならば、老婢には申しわけありませんが、断わりなく、いま私の手もとにある『荊のにっき』を携えて、ただちに仙台までお伺い致したく存じます。

そうしたため終った私は、この手紙が幸便を得て、荻原秀玲の仙台市内の罹災地から、次の疎開先へ連絡、もしくは回送された場合は、必ず返書を受け取れるだろうという強い期待を持った。

第十一章

　それから一カ月近く経《た》っても、荻原秀玲《おぎはらしゅうれい》からは、何の応答も得られなかった。日が経つにつれ、私の胸に、今度こそは返事を得られると確信していた思いが次第に崩《くず》れはじめた。もしや荻原秀玲は、昭和二十年の仙台空襲で死亡してしまったのではないかという絶望的な思いさえ首を擡《もた》げはじめ、そうであったら、葛城郁子《かつらぎいくこ》こと御《お》室《むろ》みやじの歿年《ぼつねん》に関する不可解な謎《なぞ》は、永遠に誰にも知られずに、埋もれてしまうのかもしれないと思うと、私は激しい焦躁と不安に駆られた。

　京都にいる三宅伸子《みやけのぶこ》にも、『荊《いばら》のにっき』のことを知らせ、それをもとにして、荻原秀玲へ二度目の書状を出したことを伝えると、（ともかく、何よりも荻原秀玲その人に会って、『荊のにっき』を見せ、それにもとづいて秀玲と御室みやじの交遊について聞き出すべきだから、秀玲から連絡があれば、直ちに仙台へ発《た》てるように万端の準備をしておくように、そして、『荊のにっき』は秀玲がそれを読んだあとで、私にも是非、読ませてほしい）と、云《い》って来たのだったが、さらに半月経っても、荻原秀玲からは何の便りもなかった。

ようやく私の胸に、せっかく『荊のにっき』を手に入れながら、遂《つい》に荻原秀玲とはめぐり会えずに終ってしまうのだろうかという、落胆と、諦《あきら》めに似た思いが広がりはじめた五月下旬の或《あ》る朝、私の家の郵便箱の中に、終戦直後の粗末な官製葉書や封筒にまじって、眼を瞠《みは》るような真っ白な和紙の大型封筒が一通、場違いのようなりっぱさで、投げ込まれていた。

待ちあぐねていた荻原秀玲からの封書であった。急いで封を切ると、手漉《てすき》の巻紙に、墨をたっぷりと筆にふくませ、巻紙を左手に持って、自在に筆を走らせたような見事さと風格を持った字であった。私はこみあげて来る喜びに打ち震えるように、その文面を読んで行った。

拝復

先日来のご書状、二通とも、私の罹《り》災地《さいち》から現在の転居先へ回送されて来、拝受しています。あなたの真摯《しんし》な態度はよく解《わか》りながら、お返事を差し上げなかった非礼をお許し戴《いただ》きたい。現在私が保ち得ているせっかくの静境を妨げられたくないという気持から、年来、ほとんどの人との往来もなく、あなたにも敢《あ》えてお返事を差し上げずに来たのですが、『荊のにっき』のことを伺っては、やはりご返事を差し上げずにはおられなくなりました。

勝手乍《なが》ら、その日記を拝見致したく、仙台までお運び下さい。私の住いは、仙台から汽車で一時間余りの、松島の三つ向うの陸前富山《りくぜんとみやま》なる辺鄙《へんぴ》なところで、封書に記しましたように富山の幽明寺を訪《たず》ねて下さるようお待ちします。

簡単な文面であったが、そこには、終戦直後の荒廃した社会から隔絶した辺地に住み、独《ひと》り静境を守っている荻原秀玲の姿と、それでもなお、御室みやじが記した『荊のにっき』を読みたい衝動を抑えきれなかった荻原秀玲の気持が、短い文章の背後からにじみ出ているようであった。

私は、すぐ翌日の汽車で仙台へ発つべく、予《あらかじ》め用意していたボストン・バッグの中へ『荊のにっき』を入れ、両親に許しを乞《こ》うと、深い事情を知らない両親は、ただ葛城家に繫《つな》がることを調べるだけに、何を好んで、この終戦後の交通機関の混んでいるさ中に、仙台くんだりにまで出かけるのかと、何か奇妙な熱に浮かされている娘に呆《あき》れるような眼《まな》ざしを向けた。そして、若い娘が独りで仙台まで出かけて行く大そうさを云い、何とか翻意させようとしたが、私は、ほんとうに憑《つ》かれたような熱っぽい思いと、未知のところへ未知の人を訪ねて行く激しい期待を抱いて、姫路から一旦《いったん》、大阪へ出、大阪から東京行の列車に乗り、東京で青森行に乗り換えることにした。

列車の中は、終戦後二年経っているというのに、まだ戦後の混乱からぬけきらず、復員服を着て一目で闇《やみ》商売と解るような屈強な男たちが殆《ほとん》どの座席を占め、あとは余儀ない用事を持った疲れきった人たちが、蹲《うずくま》るように通路に坐《すわ》り込んだり、屈強な男たちの端に身を小さくして坐っていた。大阪駅で三時間前からたち列《なら》んでいた私は、やっと、入口近くの座席を得たが、三人がけの真ん中であったから、京都駅で三宅伸子と言葉を交わす時も、窓際《まどぎわ》の一人を隔てて、話さねばならぬ混み方であった。

電報を打っておいた三宅伸子は、プラットフォームにたって、私の顔を見つけるなり、窓際へ走り寄り、

「やっと荻原先生に会えるのね、途中で投げ出さなくってよかったわ――」

ここ半年近く、二人で荻原秀玲の消息を尋ね廻り、やっと探し当てることが出来た喜びが、伸子の理智《りち》的なその眼に溢《あふ》れ出ていた。

「でも、ずいぶん混んでるから、大へんね、仙台までは、一昼夜もかかるのでしょう、

今晩、列車の中で風邪《かぜ》をひかないように気をつけることよ、それから大切な日記を落さないようにね」

私は自分の膝《ひざ》の上に置いた小さな布のボストン・バッグを、両手で強く握りしめた。その中に、老婢《ろうひ》から預かった『荊のにっき』が、鶯色《うぐいすいろ》の小風呂敷《こぶろしき》に包まれて、おさまっているのであった。老婢に無断で、第三者に見せることの後ろめたさが、私の胸を痛めていたが、今はもう、そうした後ろめたささえ忘れてしまうほど、荻原秀玲を訪ねることに、私も仲子も、心を奪われていた。

「じゃあ、行って来るわね、見送って下すって有難う、帰って来たら、すぐ報告するわ」

発車のベルが鳴り、私がそう云うと、

「うん、おおいに期待して待ってるわ、あなたが仙台へ行っている間も、御室みやじの短歌に関して、何か新しい資料が探せたら、探しておくわ」

仲子は大学院に残っている学生らしい真剣な表情でそう応《こた》え、汽車の窓から離れた。三人がけの座席で、十時間以上も揺られ、東京駅に着いたのは、その日の夜の八時であった。そこから上野へ出て、すぐ青森行に乗り換え、窮屈な座席で一晩、うとうととまどろみ、眼を覚《さ》ました時は、朝の陽が射《さ》し、遠くに蔵王《ざおう》連峰の山々が聳《そび》えたっていた。時間表を見ると、仙台まであと一時間ほどであった。

仙台は、私がはじめて訪れる街であった。それだけに伊達《だて》政宗《まさむね》の時代から東北第一の城下町として栄え、藤原三代の絢爛《けんらん》たる栄華を誇った平泉《ひらいずみ》と指呼の間にあり、豊かな歴史とみちのくの雄大な自然に抱かれた都という憧《あこが》れに似た期待を持っていた。

しかし、朝の仙台駅へ着いた途端、私のその憧れと期待は、無惨《むざん》にうちひしがれてしまった。

戦火で焼き払われてしまった仙台駅は、スレート葺《ぶ》きのさむざむとしたバラック建てで、駅前の広い通りの両側には、バラック建ての商店と、舗道にものを並べる露店が雑然としてたち列び、その間を食糧を買いあさる人たちが、犇《ひし》めくように歩き、駐留軍の兵士たちと口紅《ルージュ》の色の濃い女たちの姿も見かけられた。これが、私が想像していた緑に包まれた杜《もり》の都の仙台、東北の学都といわれる仙台の街の姿だろうかと、呆然《ぼうぜん》とたち竦《すく》み、このように戦災からまだ復興していない仙台であってみれば、荻原秀玲が、罹災後の自分の消息を知らせたくないと意図すれば、そうすることが可能であると思えた。

荻原秀玲の転居先である陸前富山は、仙台駅で、仙石線《せんせきせん》に乗り換え、さらに一時間ほど北に向った地点であった。駅の構内で時間表を見、駅員に聞くと、乗換えの列車が出るまでには、あと一時間半ほどの時間があった。私は、ふと、その間に出来ることなら、かつて荻原秀玲が住いしていた光禅寺通《こうぜんじどおり》の焼跡を訪ねてみたいと思った。

駅前にたって闇煙草《たばこ》を売っている老婆《ろうば》に、道順を聞き、駅前から出ている市電に乗って三つ目の停留所で降りると、その辺一帯が光禅寺通であったが、電車道寄りの一角が戦災を受けていた。私は、番地をたどりながら、やっと荻原秀玲の家の焼跡らしい処《ところ》に行きつくと、そこにたって、焼跡を見廻した。五月下旬の明るい陽ざしの下に、雑草に掩《おお》われた三丁四方ほどの焼跡が広がり、焼け毀《こぼ》たれ、風雨に曝《さら》された瓦礫《がれき》が堆《うずたか》く積み重なっていたが、そこから、三、四丁ほど離れた周囲には、緑の庭木に囲まれた家が、閑静なたたずまいを見せていた。そしてその辺《あた》りに商店が一軒もないところを見ると、おそらく、この辺りは、仙台市の中でも静かな住宅街であるようであった。私は、焼跡から一番近い距離にある、一軒の家の門を叩《たた》いた。

門を開けた中年の主婦は、訝《いぶか》しそうな眼を向けたが、関西から荻原秀玲先生を訪ねて来た者だと伝えると、

「まんず、関西からござったのすか、荻原さんのお宅は、そこさ見える焼跡で、ほんとに運悪くて、二十年の七月にＢ29が七十機も飛んで来た時に、焼夷弾《しょういだん》さ当ってしゃ、焼けてしまったのしゃ、光禅寺通で焼けたのはあの一角だけで、焼けなさってからは、

東京がらずっと連れてござった婆《ばあ》やさんも帰してしゃ、独りでずっと奥の方へ引き籠《こも》ったのしゃ、私ら同じ町内の者には、奥へ引き籠るとおっしゃったきりで、何処《どこ》とも転居先はおっしゃらなかったけんど、郵便物が焼跡にほうり出しになってないところを見ると、郵便局さ行けば、転居先がお解りになりなさるべし」

と云い、気の毒そうな顔をしたが、私はそれで、やはり、荻原秀玲は、昭和二十年七月の仙台大空襲で戦災を受け、そのあと、意識的に誰にも転居先を知らさず、郵便局へだけ、転居先を知らせていたのに違いないと思った。

私は鄭重《ていちょう》に礼を云い、すぐまた市電に乗って、仙台駅へ引っ返した。仙石線のフォームには、既に石巻《いしのまき》行の列車が入り、乗客たちが列をなして乗り込んでいるところであった。私は息をせき切るようにフォームを走り、その列車に乗り込むと、仙台駅が始発である支線のせいか、空席を見つけることが出来た。この列車で一時間余り行けば、そこが荻原秀玲のいる陸前富山だと思うと、私は家を出てからはじめてほっとした気持になり、母が作ってくれたお弁当を膝《ひざ》の上にひろげ、朝食をとりながら、次第に広がってくる沿線の景色に眼を向けた。

磯《いそ》の匂《にお》いが窓から吹き込み、入海のようになった静かな水面のところどころに、海の《の》苔《り》しびや養殖牡蠣《がき》の簗《やな》の目印しらしい柴《しば》や細い竹の棒がたち、その間を小舟がすいすいと竿《さお》さすのどかな海辺が続き、俄《にわ》かに眼の前が展《ひら》けたかと思うと、紺碧《こんぺき》の海が右側に広がった。光の矢のように明るい太陽が波間に躍《おど》り、幾つもの緑に縁《ふち》どられた大小の島々が点在し、その島々と海面に映る碧《あお》い島影が一つとなって溶けるような美しさであった。思わず、窓際の方へ体を寄せ、呑《の》まれるようにその美しさに見とれると、

「あれは、日本三景の一つの松島しゃ、ええ日和《ひより》にめぐまれて、結構だな、どこさ行ぐのしゃ」

日灼《ひや》けした農夫らしい年寄りが聞いた。陸前富山までと応えると、

「それは、ええとこさ行きなさる、松島を観《み》るに、壮観の大高森《おおたかもり》、幽観の扇谷《おうぎだに》、美観の多聞山《たもんざん》、麗観の富山といわれて、この四箇所から観るのが一番ええが、富山は一番遠いもんで、不便だがら、みんな富山までは行くのやめるのしゃ、あそこさ行ぐのなら、松島がよく観られんべしゃ」

と、親切に自分の坐っている窓際の席と替ってくれた。

やがて松島を過ぎると、海が見えなくなり、田畑が連なる平坦《へいたん》な平野になり、陸前富山駅に着いた。閑散とした駅を出、駅前の万屋《よろずや》のような小店で、幽明寺を聞くと、

「ああ、幽明寺ですか、そんなら、この向うさ見える富山の上の富山観音さ上る石段を途中から左へまがんなさい、あなださんなら四、五十分ばがりかかりなさるだろう

か」

と指された方を見ると、山というよりも丘陵のような高みの木立の間に、寺院らしい白壁と甍《いらか》が、かすかに見えた。

汗ばむような陽ざしをまともに受けながら、私は埃《ほこり》っぽい田舎道《いなかみち》を、幽明寺に向って歩いて行った。道の両側には、大麦を刈り、傘《かさ》のような形をした藁《わら》たでが幾つも積み上げられ、田植がすんだばかりの水田は、青々としたみずみずしさを湛《たた》えていた。田畑の向うには、寄棟《よせむね》造りの兜屋根《かぶとやね》の民家がぽつん、ぽつんと疎《まば》らに見えたが、田畑には人影がなく、森閑として静まり、水田《みずた》を渡って吹きぬけて行く風に、北の国らしい肌寒さを孕《はら》んでいた。

私は、今さらのようにはるばると東北の田舎にまで荻原秀玲を訪ねて来た実感と、これからその人に会える喜びと怖れに似た思いを抱きながら、黙々と眼の前に広がる丘陵に向って、足を運んだ。

丘陵の下まで来ると、そこから急な坂道になり、坂の途中から、石段になっていたその石段をまっすぐに上り詰めれば、富山観音に行き着くという標識が出ていたが、私は駅前の店で教えられた通り、石段の途中から、左へ折れる細い小径《こみち》へ入って行った。竹藪《たけやぶ》に掩われ、落葉に濡《ぬ》れ湿った暗い小径であったが、五十米《メートル》ほど行くと、竹藪の繁《しげ》みの向うに幽明寺の白い土壁と入口が見えた。そこが厨《くりや》であるらしく、庭竈《にわかまど》が見えた。

「御免下さい」

案内を乞うたが、応答がなかった。もう一度、

「ご免下さい、どなたかいらっしゃいませんでしょうか――」

と案内を乞うたが、やはり、何の応答もなく、しーんと音もなく静まりかえっていた。厨の横に中庭があり、敷石の道があった。私は足音を憚《はばか》るようにその敷石を伝い、表側の方へ廻ると、そこで行き詰りになり、切りたった崖端《がけはし》に和服を着た人影が、私の足音にも気付かぬように腕を組んで、たたずんでいた。

「荻原先生でいらっしゃいますか」

張り詰めた声で、そう云うと、広い肩幅がゆっくりと振り向いた。

「そうです、荻原です――、あなたがお手紙を下すった方ですか」

射るような眼ざしで私の顔を見たが、厳しさとも、冷たさともつかぬ心の襞《ひだ》を吹きぬけて行くような白い寂寥《せきりょう》のようなものが、その眼ざしの中にあった。

「こんなに早速《さっそく》に来て下さるとは思いませんでしたよ、まあ、ここから見える松島の景観を眺《なが》められてから、私の部屋へ行きましょう」

と云い、見晴しのきく崖の端へ私を招いた。高みになったそこからは、一望のうちに松島湾が見下ろせ、湾内に点在する島々とそれを取り囲むように連なる緑の山々、そしてその緑の山嶺《さんれい》が遥《はる》か水平線に続き、天と地が渾然《こんぜん》と溶け合う壮大な景色は、パノラマのような景観であった。

「美しいですわ！　ものの本で読み、想像していた以上の美しさですわ」

感嘆するように云うと、

「芭蕉《ばしよう》が『奥の細道』の旅行で松島を礼讃《らいさん》した有名な文章がありますね――、『松島は扶桑《ふさう》第一の好風《かうふう》にして、およそ洞庭《どうてい》、西湖《せいこ》を恥ぢず』という書出しで、『松の緑こまやかに、枝葉汐風《しえふしほかぜ》に吹きたわめて、屈曲おのづからためたるが如《ごと》し、その気色窅然《えうぜん》として、美人の顔《かんばせ》を粧《よそほ》ふ、ちはやぶる神の昔、大山祇《おほやまづみ》のなせるわざにや、造化の天工、いづれの人か筆をふるひ、詞《ことば》をつくさむ』と書き記《しる》しているようですが、芭蕉ほどの人にして、なぜこのように大げさな美辞麗句を連ねたのか、理解に苦しみますね」

と云《い》いながら、私と並んで暫《しばら》く松島湾を眺め、やがて、

「部屋へ入りましょうか、独り住いで、とり散らかしていますが――」

と云い、くるりと踵《きびす》をかえすと、さっきの廚とは反対の棟《むね》へ案内し、離れになった小座敷の障子をからりと開けた。

「さあ、どうぞ、この四畳半と六畳の部屋が現在の私の住いです」

縁側からすぐの四畳半には、天井までぎっしり書籍が積み上げられ、資料入れらしい本箱が、縁側にまではみ出していたが、六畳の間は、きれいに取り片付けられ、隅《すみ》に炉が切られていた。

「どうです、お茶を一服いかがです？」

「はい、不調法でございますが、一服戴かせていただきます」

私は膝を正して、坐り直した。

しゅんしゅんと、炉の上で湯の音をたぎらせている南部鉄の茶釜《ちゃがま》の蓋《ふた》を取ると、荻《おぎ》原秀玲《はらしゅうれい》は柄杓《ひしゃく》をかまえ、見事な作法でお茶を点《た》てた。小振《こぶり》な筒茶碗《つつぢゃわん》の中で、茶筅《ちゃせん》が緑色の泡《あわ》をたてはじめた時、私は、ふと老婢から聞いた荻原秀玲と、御室《おむろ》みやじとの最初の出会いが、河内《かわち》長野《ながの》の葛城家《かつらぎけ》の庵《いおり》の茶室であったことを思い出した。

その時から、もう三十年以上もの歳月が経《た》ち、曾《かつ》て三十齢《れい》の青年であった秀玲も、今は、六十の齢《よわい》を越えているはずであったが、鉄色紬《てついろつむぎ》の単衣《ひとえ》の着物を着て炉の前に坐り、見事な手捌《てさば》きでお点前《てまえ》をする荻原秀玲の姿は、その齢《とし》を忘れさせるほど静かに蓄《たくわ》えられた美しさを湛えていた。それは、風雪に洗われ、歳月の重みに耐えぬいて来た古山のように揺《ゆる》ぎのない厳《きび》しい美しさであったが、どこかに一抹《いちまつ》の冷たさが秘し隠されているようであった。

私は掌《たなごころ》の中にお茶碗を入れ、恭《うやうや》しくお茶を戴《いただ》いて、もとの位置へ返すと、

「もう、一服、いかがです――」

二服目のお茶をすすめた。

「結構に頂戴《ちょうだい》致しましたから、どうぞ、おおさめ下さいまし」

鄭重に辞すと、

「じゃあ、あとは、私がお相伴《しょうばん》させて戴くことに致しましょう」

と云い、自身でもう一服お茶を点て、掌の中で楽しむようにゆっくりお茶を呑み干すと、改まった姿勢で、

「早速ですが、お持ち戴いた『荊《いばら》のにっき』を見せて戴きましょう――」

短い言葉であったが、迸《ほとばし》り出るような強い音声であった。私は、荻原秀玲が訪ねて来たばかりの私と並んで、毎日、見馴《みな》れているはずの松島の風景を改めて眺めたり、自らお茶を点てて私に勧めたりしたのは、すべて、『荊のにっき』を前にして、昂《たかぶ》りそうになる自らの心の乱れを静めるためであったのかと思い測った。私は緊張し、硬《かた》くなりがちな姿勢でボストン・バッグを開け、鶯色の小風呂敷に包まれた『荊のにっき』を、荻原秀玲の前に置いた。荻原秀玲の眼に、かすかな波だちが見えたが、やが

て静かな姿勢で、『荊のにっき』を手に取り、書院窓の傍《そば》の机の前に向った。机の上には、短歌誌が数冊と、かきかけの原稿用紙が投げ出されるようにおかれてあったが、それをさっと取り片付けるように横へ寄せると、荻原秀玲は、私がうしろに坐っていることも忘れ果てたように、ひたと、『荊のにっき』に眼を吸い寄せ、時々、読み返し、繰り返すように読み耽《ふけ》った。

どれほどか時間が経った時、私は、荻原秀玲の広い肩幅が、かすかに震えるように動いたのを確かに見たのであるが、『荊のにっき』を読み終えて、私の方へ向き直った荻原秀玲は、乱れを見せない正しい姿勢で、日記の表紙を閉じ、

「そうでしたか……あのひとはこういう思いの中で生き、その上で、後年、私のもとへ訪ねて来たのでしたか――」

闇《やみ》の中を見詰めるように暗澹《あんたん》とした声で呟《つぶや》いた。

「では、やはり、そのにっきの終りに記されていますように、御室みやじは、先生をお訪ねになったわけでございますか――」

私は、荻原秀玲の言葉を追うように云った。秀玲は暫く、答えに迷うように口を噤《つぐ》んだが、やがて、

「今は、すべてをお話しよう――昭和二十年の仙台空襲の日から、天涯孤独の身とな

って、過去の一切のことを振り切り、突き放してしまったはずの私ですが、この『荊のにっき』を読んで、ふとあなたに一切を話してみたい気持が起った、それというのも、あなたが、葛城郁子《いくこ》が歌人御室みやじその人であるとは知らずに、奇異な体験を得られたその奇《く》しき因縁と、あなたの友人とかいわれる方と二人で、私の著書をはじめ、明治大正短歌史関係の文献の調べられる限りを調べられ、御室みやじの歿年《ぼつねん》の誤りがどこから起ったのかということを鋭く追求して来られたあなた方二人の学問に対する真摯《しんし》さに搏《う》たれ、生涯、誰にも語らないと思い決めた私と御室みやじとの異様な運命の繋《つな》がりを語らなければならないような気がするのです――」

と云うと、荻原秀玲は、過ぎ去った過去に鋭い視線を向け、私に対《むか》って話すというよりも、自分自身の心に対って話しかけるような語調で話し出した。

「私と御室みやじとの運命の触れ合いは、何という言葉をもって表現すればよいか、いまだにその適切な言葉を見つけ出せないでいるわけです。しかし、あえていえば、明るい陽の光を受けず、地中深くに横たわっている一筋の暗渠《あんきょ》のような愛ともいえるかもしれません。既に老婢《ろうひ》から聞かれたことと思いますが、私とあのひととの間に、愛と名づけられるようなものが芽生《めば》えたのは、二度目にあのひとの春草庵を訪《おとの》うた頃からだったと思います。それまでの私とあのひととの間は、歌を詠《よ》み交わし、歌を通して結ばれた交遊のようなものであったけれど、どちらからともなく、心が寄り添い、深い心の結びつきが生れていました。しかし、そうした気持も、慎み深い深窓の令嬢であるあのひとと、かりにも歌の上で先生と呼ばれ、あのひとの歌を指導している私との間では、どちらからも口に出せず、ただ歌の中にその思いを籠めるようになっていた矢先、突然、私にドイツ留学の話が起ったのです。

それを伝えるためにあのひとの庵へ赴《おもむ》いて行った時、私の心の中では、あのひとにその気持があれば、せめて結婚の約束だけでも交わして行きたいと思い、その旨をあのひとに告げ、あのひとと二人ではじめて葛城家の屋敷へ行って、結婚の申し入れをしたのです。ところが、葛城家の総領娘であるあのひとの配偶者は、何よりもまず、養子婿《むこ》になることが絶対の条件でした。その絶対条件を知った時の私の、動揺と懊悩《おうのう》は深刻なものでした。というのは、私はそれまで、あのひとのことは、稀有《けう》の才能をもち、生涯、歌を詠み続ける歌人、御室みやじとしてしか私の心になかったのです。それだけに、歌人、御室みやじとしてではなく、河内長野随一の大地主である葛城家の総領娘と、その配偶者として二人の結婚を考えねばならぬという現実の前にたった時、強い衝撃でした。しかし、日に日に迫って来る出発を前にして、私は二度、三度、何度も葛城家に対して、あのひととの結婚を申し入れましたが、返事は何時《いつ》も、大学の職を辞して養子婿になり、地主の実務を継いでくれるならというのが、葛城家の条件でした。私自身、この富山から四時間ほどさらに奥へ入った登米《とよま》の地主の家の長男でありながら、家督を妹に譲るつもりをしていて、その後、その通りに実行したぐらいですから、そのような葛城家の条件は呑み得べくもなく、さりとて、あのひととそのまま、別れてしまうことなど考えられず、正直なところ、私は渡欧前に整えておかねばならぬ文献類の準備を、半ば放擲《ほうてき》してまで、二人の結婚に努力しましたが、頑《がん》として容《い》れられなかったのです。そんな中、突然、あのひとが、京都の私の家へ独りで訪ねて来たのです。

今でもその時のことは、はっきりと覚えているのですが、紫色の被布《ひふ》をまとい、小物袋を提《さ》げたあのひとの姿が、何の前ぶれもなく、私の家の玄関にたった時は、私の眼を疑いました。自分の家の屋敷内と庵の中以外は、独り歩きなどしたことのないあのひとが、伴《とも》もなく、独りで京都の北白川まで、しかも、住所だけを頼りにして訪ねて来たなどとは、信じられないことでした。私は、あのひとのどこに、そんな激しさが潜んでいたのかという愕《おどろ》きと喜びで、あのひとの手を取ろうとした時、張りつめた気持が緩《ゆる》んだのか、気を失い、崩《くず》れ折れてしまったのです。私はあのひとを自分の部屋へ運び入れると、老婢のくめが床をのべ、被布と帯を解《と》いて静かに寝《やす》ませたのです。

その間、私は心配で、あのひとの脈搏《みゃくはく》をみるようにずっとあのひとの手を取っていましたが、白蠟《はくろう》のように透けた白いしなやかな手だった——。瞼《まぶた》を閉じているその顔も、まるで氷の中に埋められている一輪の白い花のように、動かない冷たさをもった美しさでした。私はいつしか手を伸ばして、あのひとの白い顔を両手で挟《はさ》み、あのひとの唇《くちびる》に触れてしまったのです。温かく濡れながら、なぜかひやりとした感触——その瞬間、私は、自分の人生にとって最も大きな関係を持つ何ものかが、体の中に飛び込んで来たような思いを受けました。それが私とあのひととのはじめての、そして、たった一度の触れ合いだったのです。しかし、私とあのひとにとっては、そのたった一度の触れ合いが、二人の心の中に、生涯、消すことの出来ぬ捺印《スタンプ》を捺《お》してしまったのです。

あの日の夜、葛城家から迎えの者が来なかったら、いや、私にもっと無謀さがあれば、私とあのひとの運命は、変っていたでしょう。けれど、現実には、迎えが来、私の心の中には、少壮助教授として、はじめて外国留学に出発する直前、親に無断でいわば、家出同然の形で家を出て来た女性とことを起すことの無謀さと、そこから起る非常な煩《わずら》わしさを考えると、そうした悶着《もんちゃく》を避けたいという気持が強かったのです。それは愛情の薄い、濃いといったことではなく、学問を志す人間にありがちな、どんな場合にでも学問をする静けさを損《そこな》われたくないというエゴイズムであったのかもしれません。ともかく、私は、どのような場合でも、無謀な嵐《あらし》を吹き起すことは嫌《きら》いな人間で、たとえ私の周囲に嵐が吹きまくっていても、私の心の中だけには、嵐を吹き入れないというのが、私の一貫した生き方なのです。だから、葛城家からあのひとを迎えに来た時は、家へ帰ることを強く拒むあのひとを、私は、わざと突き放すような素気《すげ》なさで帰らせたのです。そして、それから後も、さらに封書をもって、何度も葛城家に対して、養子婿という形ではなく、あのひとを私に戴き、葛城家には私とあのひととの間に生れる子供の一人をもって、跡継ぎに致したいとまで申し入れたのですが、あのひとが京都の私の家へ家出したことで、ますます、葛城家の気持を硬化させ、あのひとの祖父と父との連名で、これ以上、執拗《しつよう》に求婚するなら、この間の京都への家出は、あなたの教唆《きょうさ》によるものと認めて、大学当局へそのような不埒《ふらち》な人間が栄誉ある国立大学の教職にあることの是非を通達したいという、最後的な手紙を受け取ったのです。

もちろん、こうした無礼な、常識を逸した手前勝手な書状に対しては、私はいくらでもたち対うことが出来たのですが、何といっても、はじめての海外留学の出発前で、渡航手続や事務の引継ぎ、あちらで研究する文献の整理に忙殺され、葛城家を相手取って、闘うだけの時間的余裕がなかったのです。一方ドイツへ発《た》つ日は、刻々と迫り、私は全く、どうしようもなく、途方にくれてしまったのです。そして遂《つい》にあのひととのことを解決できぬままに、渡欧の日を迎えてしまったのです。

前日、郷里から私の出発を見送るために出て来た両親と妹、私の留学を祝ってくれる友人たちの歓送会も早々に切り上げ、あのひとと会うために河内長野まで出かけようか、それとも、会えばさらに苦しみを重ねるだけになるから、会わずに発とうかと、何時間も思い迷い、苦しんだ末、やはり、会わずに発つことに心を決めたのです。しかし、よそながらに別れを告げたいと思い、ちょうど神戸出航の船が十時だったので、京都から朝の一番電車に乗って、ひそかに庵を訪ねたのです。

何時ものように石川の河原《かわら》を渡り、そこからつづら折に折れ曲った深い木立《こだち》の小径《こみち》を通って、庵の前にたつと、庵の雨戸は、まだ固く閉ざされたままで、この内側にあのひとがいるのかと思うと、私はよほど、柴折戸《しおりど》を開けて中へ入ろうとした。しかし、時計を見ると、もう七時を指し、そのまま中へ入ってしまえば神戸出航の船に遅れてしまい、といって、ここまで足を運びながらと、錐揉《きりも》まれるような思いで、出発の言葉をしたためた封筒を柴垣《しばがき》の間へはさみ込んで、そのまま、日本を発ってしまったのです」

そう云うと、荻原秀玲は、午後の陽が静かに広がっている窓の外へ暫く、苦渋に満ちた表情を向けていたが、私の方へ顔を向けると、

「どうして、その手紙の中に、出発の言葉だけではなく、二人の将来を示す言葉を書かなかったのかと、あなたは、そう聞きたいのでしょう」

と云った。私は大きく頷《うなず》き、

「ええ、そうです、老婢からそのことをうかがった時も、一番、私の心に納得の行かなかったところです」

と応《こた》えると、

「そうでしょう、それには、複雑な経緯《けいい》があるのです――」

と云い、荻原秀玲は再び、話し出しはじめた。

「出発の時、柴垣の間へはさみ込んだその手紙だけでなく、ドイツへ着いてから出した絵葉書、さらにはあのひとから受け取った激しい思いのたけを書き記した手紙に対しても、私は二人の将来については、何も書きませんでした。書けばあのひとをさらに苦しみの底に沈めるだけであることを知っていたからです。明治の大地主で三百余年も続いた旧家に育った女のどう抗《あらが》うことも出来ぬ因習の強さと重み、それを知り過ぎるほど知っていたから、遠い海を隔てて、私自身がどう力を藉《か》しようもない立場に

いながら、あのひとに将来を誓わせるようなことは出来なかったのです。しかし、その私も、あのひとの立場を考えずに、断固として、私とあの人との結婚を迫る言葉を書かねばならない時がやって来たのです。

それは、ドイツの生活に少し慣れた頃でした。イギリスのオックスフォードで開かれたヨーロッパ近代詩研究学会へ出席し、一カ月半ばかりドイツを留守にして、ベルリンの下宿へ帰って来た時、あのひとから『別配達』という、当時でいう至急便の手紙が配達されていたのです。驚いてその封を切ると、あのひととは思えぬ乱れた筆蹟《ひっせき》で、(祖父が突然、倒れ、明日も知れぬ病床の中で、葛城家のために一刻も早く養子婿を迎えて安心させてくれと懇願致します。或《あ》る意味では父よりも私を愛してくれたかもしれない祖父と、私が誰よりもお慕い致しております貴方《あなた》さまとの間に挟まれ、私はどうすればよいのか、私は父に、これが私の最後の願いと頼み、別配達で貴方さまとの書状を往復する期間を待って貰《もら》い、急ぎご書状を参らせ上げます)という旨《むね》が、したためられていたのです。だが、その手紙は私がイギリスへ発ったその三日後に、ベルリンへ到着しているのです。当時は、別配達の至急便といっても、敦賀《つるが》からウラジオストックまで船便、ウラジオストックからドイツまでシベリヤ鉄道の急行に乗せて二十日かかったのですから、すぐ返事を至急便で出しても、四十日余りかかるそのかけがえのない貴重な時日に、私はイギリスへ行っていたのです。私は半ば絶望に襲われながらも、直ちにあのひと宛《あて》に返事を書きました。

命脈、旦《あした》に迫っている人を前にして、冷酷無惨《むざん》なことを云《い》うようだけれど、お祖父《じい》さまより私を選んでほしいと、ただそれだけを走り書きして、タクシーに乗って郵便局へ駈《か》けつけ、一刻も早く日本へ着くようにと、祈るような思いで発送したのです。ところが、運命の神は、私たちにこれ以上ないと思われるような酷薄な宣告をもたらせました。

あとで知ったのですが、あのひとの祖父の病気が、私に至急便を出した直後に、重態に陥ったことと、私の返事が遅れたことによって、ベルリンからの私の返事を受け取った時は、あのひとは既に婚礼をあげ、ちょうど婚礼後、一カ月目の朝を迎えていたのです。そして、あのひとが私の手紙を受け取った時、祖父の急変が告げられたのです。ひたすらに祖父の命を少しでも永らえさせようと、一切を諦《あきら》めて養子婿を迎えながら、婚礼後、僅《わず》か一カ月で祖父を失い、しかも、その祖父より私の方を選んでほしいと書いた私の返事も、その時に受け取ったということは、何という救いのない運命だろう——。この時を境にして、私とあのひとを、さらに隔てて行ったのです。

私の返事を読んだあのひとは、既に婚礼を挙げ、夫を持つ身でありながらも、私と同じように運命の行き違いと、苛酷《かこく》さを恨む闇の底に沈んで行くような悲痛な思いを伝えた手紙が、ベルリンの私のもとへ届けられたのです。その手紙を読んだ私は、苦しみというものが真実、どんなものであるかということを、思い知りました――」言葉が跡絶《とだ》え、荻原秀玲《おぎはらしゅうれい》の眼に露のような光が溜《たま》った。

「その時の手紙に、あの人が書き記した歌は、

君よばむ咽喉《のんど》さかれし破羽《やれは》蝶《てふ》虚空《こくう》に血もて文な綴《つづ》らめ

炎《ほむら》つつむ膚《はだ》荊《へいばら》に巻かる身の宿怨《しゅくゑん》こえて永久《とは》に頼《よ》りゆく

と詠んだ二首の絶唱ともいうべき歌でした。私はすぐまたあのひとに、この歌に詠まれた心が真実ならば、今からでも遅くはない、即刻に夫と離婚して、すぐ私のあとを追ってドイツへ来るようにという手紙を書き送ったのです。ところが何という重なる運命の酷薄さだろうか――。私のその二度目の手紙は、あのひとの継母の手によって破り捨てられてしまっていたのです。しかも、その事実を知ったのは、私がその手紙を出してから、九カ月も経《た》った時で、あのひとと継母と、叔母《おば》との間に諍《いさかい》が起った

時に、はじめてそのことを知ったそうです。したがって、あのひとは、継母が破り捨てた私の手紙の中に、それほどまでに切迫し、決心した私の胸のうちが書かれているとは知らず、その時を契機にして、私とあのひととを結びつける一切のよすがが、打ち切られてしまったのです。

というのは、今からでも遅くはない、結婚を解消してドイツへ来るようにという、断腸の思いで書き記した手紙をあのひとが読んでいないなどとは、考えもしなかった私は、忍耐強くあのひとからの返事を待ち続けたのです。二カ月、四カ月、遂《つい》に、半年以上経っても、あのひとから返事を得られないという現実に直面した時、私の心に突如として狂暴な嵐《あらし》が吹きまくった。自分の周囲にどんなに嵐が吹き荒れても、自分の心の中には、嵐の余波さえも吹き入れず、自分の学問の世界を固く静かに守ることが出来ると信じ、事実、ベルリン大学の人文科学研究室の客員メンバーとして、ドイツ語に苦しみながらも、研究に没頭出来たのです、その私が、学問の世界を放擲し、酒びたりの自堕落《じだらく》な生活に堕《お》ちていた時に、あのミュンヘンの自動車事故が起ったのです……」

と云うと、荻原秀玲は、あとの言葉を躊躇《ためら》い、逡巡《しゅんじゅん》するような苦痛に満ちた影を、その彫《ほり》の深い顔に滲《にじ》ませた。

私の胸にミュンヘンで起ったその自動車事故というものが、単なる事故ではなく、何か荻原秀玲と御室《おむろ》みやじとの運命に大きな意味を持つもののように思えた。

荻原秀玲は、心の中の波だちを鎮《しず》めるように、陽の翳《かげ》りはじめた窓の外へ視線を向け、遠くの薄暮に包まれかけた山々の容《すがた》と、藍色《あいいろ》に昏《く》れながら、ほの白い明るさを残している雲の流れを暫《しばら》く見詰めていたが、やがて、ほっと重い息を吐くと、再び話し始めた。

「ミュンヘンの自動車事故は、私がドイツへ留学した翌年の大正二年十二月五日のことで、日本の新聞にも、小さく報じられたそうですが、こうした事故は、恥ずかしいことながら、決して偶然にのみ起ったことではなく、むしろ、起るべくして起ったことなのです。

御室みやじを失ってしまったと思い込んでから、一度、崩壊しはじめた理性はどうしようもなくなってしまったのです。日本から同じようにベルリン大学に留学している友人たちも、私のあまりにも突如とした変貌《へんぼう》に驚き、何度も親切な忠告をしてくれたのでしたが、私はそれを聞き入れるどころか、度重なれば、友人の腕を振り切る始末でした。

そんな時、私の身を案じたのがドロテーアだったのです。ドロテーアは、私が下宿していた家の女主人の姪《めい》で、両親の亡《な》い淋《さび》しげな娘でしたが、終日、部屋に閉じ籠《こも》って食事もろくにしない私の様子を気遣《きづか》い、食堂で食事をすることになっているきまりを破って、そっと私の部屋へ食事を運んで来たり、洗濯ものを片付けてくれたりし、(ヘル・オギハラ、なぜ何時《いつ》もそんなに独《ひと》り悲しげな顔をしているのか、もし私があなたの力になることが出来るなら、ささやかな力になりたい）と云ってくれるのでした。その言葉の中に、私に対する控え目な愛の心を見たのです。私は、ふとそのドロテーアの優しさの中に身を投げ出してしまいそうになりながら、やはり、私の脳裡《のうり》から消え去らないのは、毅然《きぜん》とした気品に満ち溢《あふ》れたあのひとの面影でした。遥《はる》かな海を隔てたベルリンの街にいながら、私は、道を行く人の中でも、あのひとと似かよった潤むような瞳《ひとみ》を持った人を探し求め、探し当てると、その人の前に立ち止まり、その皮膚と髪の色に気付くと、逃《のが》れるように居酒屋へ飛び込み、浴びるように酒を飲み、一日として酒なしでは生きていけない人間になり果てていたのです。こうなると、学問の方は全く放擲してしまった形になり、大学の研究室のメンバーからも、疎外《そがい》されるようになってしまいました。それがまた、新たな自暴自棄の種になり、またしても浴びるように酒を飲み、深夜、ウンター・デン・リンデン通りの石畳を彷徨《さまよ》い、ブランデンブルク門を仰いで悪態をつき、ビスマーク・ストラッセの下宿《パンジオン》へ帰りついたものです。そんな私を、ドロテーアは、何時までも待ち、酔いどれた私の体を三階の部屋まで抱《かか》え上げ、ベッドに横たわらせてくれるのでした。そして、或る夜、私は朦《もう》朧《ろう》とした酔いの中で、ドロテーアの体を抱いてしまったのです。しかし、眼を覚まし、酔いから醒《さ》めた時、私は、確たる愛も、結婚の意志もなく、純真無垢《むく》なドロテーアの体を抱き、穢《けが》してしまった自分を知ったのです。ドロテーアは、そんな私の後悔と背信の心を知らず、その日からさらに深い愛で私に尽したのですが、私は御室みやじに対する断ち難い思慕に加えて、ドロテーアに対する罪の意識から、少しでも、アルコールが切れるのを怖《おそ》れた――。

そんな時、パリのソルボンヌ大学でボードレールの研究をしていた母校の仏文専攻の助教授である加納《かのう》から、ミュンヘン大学で開かれる国際比較文学会に出席するために、ドイツへ行くから、君も出席するように、そしてその時、君に是非、伝えたいことがあると書き記した手紙を受け取ったのです。加納助教授と私は、仏文と国文に別れていたが、どちらも三高出身で、京都大学へ進み、親交のある仲でした。私より半年遅れてソルボンヌ大学へ留学し、意欲的な研究に取り組んでいる彼であるだけに、ドイツにいる私の噂《うわさ》を伝え聞いて、おそらく心配のあまりこうした好意に満ちた手紙をくれたのです。しかし、学問から遠離《とおざ》かっている私は、そんな学会になど参加出来たものではなかったのですが、私の胸のどこかにまだ残っていた学問に対する情熱の残り火が、加納助教授のこの手紙でふと、呼び起されるようにミュンヘンの国際比較文学会に参加しようという思いになったのです。

久しぶりに顔を出した学問の世界は、私の額を打ち、眼尻《まなじり》を裂くような厳《きび》しく清澄《せいちょう》な思いを全身に叩《たた》きつけましたが、一年に余る自堕落な生活のあとだけに、自分の学問上の遅れが痛いほど身にしみました。学会の後、加納助教授と二人でオーデオン広場の近くのレストランへ入ってテーブルに向うと、加納助教授は、私の自堕落な生活が故国の大学にまで伝わり、大学当局で問題になっているということを前置きした上で、上衣《うわぎ》のポケットから一通の角封筒を出して、私の前に置いたのです。すぐ手に取って開封すると、それは即刻帰国を命じる学部長の辞令でした。

この頃の私に、こうした辞令が出るのは決して、一方的な処分ではなく、当然のことのように思えたが、つい今しがた学問への情熱を取り戻した矢先であっただけに、こたえた――。グラスを重ねる度に、加納は、私の酒量を心配しましたが、即刻帰国命令の衝撃を受けている私には、彼の忠言など耳に入るはずがなく、食事をすませて、外へ出た時は、相当に酩酊《めいてい》し、彼が一緒に帰ろうと云うのを振りきって、通り合わせた車を呼び止め、独りそれに乗ったのです。折から冷たい雨が降り出し、霧さえもまじえ、舗道の両側にたち並んでいるガス燈《とう》がほの白くかすみ、視界のきかない夜でしたが、私は運転手に向ってもっとスピードを出して走らせるように命じた。運転手は、雨と霧でこれ以上、走れないと云い出すと、私は狂気のようにポケットからチップを摑《つか》み出し、床を踏み鳴らして、もっと走れ！　走れ！　と叫んだのです。今、受けた衝撃を払い退《の》け、叩《はた》きつぶすように喚《わめ》く私の声に、運転手は閉口したのか、俄《にわ》かにスピードを増し、サァティーナ街からノザール広場へ出ようとした時、地面に食い込むようなブレーキの音がし、もの凄《すご》いショックと同時に、自分の体が投げ出されるのを感じました。

気が付いた時は、ミュンヘン市民病院の一室に収容され、枕《まくら》もとに加納助教授がたっていました。私は、背筋と大腿部《だいたいぶ》のあたりの激しい痛みに堪《た》えながら、やっと運転手と相手の車の人の安否を尋ね、ともに軽傷だと聞くと、救われた思いがする一方、もしこれで死ぬのなら、この地上でただ一人私が愛した、日本にいるあのひとに会って死にたいという思いが、薄れて行く意識の中で、うかんだことを覚えています――。しかし、二度目の意識を回復した時に、私の枕もとに寄り添っていたのは、ベルリンから駈けつけて来たドロテーアだったのです。加納はそのことには一言も触れず、私の病状が全治五ヵ月の脊椎《せきつい》強打、大腿部傷害であることと、本国の京都大学へこの事故を報告し、即刻帰国の辞令を一時延期して貰う手続を取ったことを伝え、パリの大学へ帰って行きました。

それから私はギプスをはめ、ベッドに縛りつけられる苦しい病床生活が続きました。医者の説明によると、サァティーナ街を南に向って直進していた私の乗っていた車と、横合いの細い道路から走って来た車とが、出合いがしらにぶつかったのだったが、どちらもとっさに急ブレーキをかけながら、ハンドルを切って避けようとしたため、両車の先端《せんたん》同士がぶつからず、後部の乗客席の方へ相手の車がのしかかり、そのため私が一番重傷を負ったということでしたが、私にとっては、双方の運転手が、軽い打撲傷と創傷ですみ、警察の調べに対しても、霧を混えた雨の夜の不測の事故ということで、何事もなく終ったことがせめてもの慰めでした。しかし、日が経つにつれ、異国で病床に臥《ふ》す心細さと、流離《さすら》うような孤独感がしんしんと私の体にしみ入り、ともすれば、滅《め》入《い》り込みがちの私でしたが、ドロテーアは、一日も私の傍を離れず、献身的に看護してくれたのです。

入院してから二カ月目、私はドロテーアに、何時までも私の傍にいては、叔母さんに対して気まずいことになり、今後、居づらくもなるだろうからベルリンへ帰るようにと云うと、彼女は倖《しあわ》せそうに頰笑《ほほえ》み、あなたの子供を孕《みごも》って三カ月になっていると、告げたのです。私は一瞬、ギプスの中の背筋が凍りつき、全身の血が引いて行くような思いに襲われました。衝撃からたち直ると、私はドロテーアに、二人の間に愛の結晶を得たことはほんとうに嬉《うれ》しいことだが、正式に結婚していない二人の仲で、しかも異邦人同士のことだから、産まない方が、子供のために倖せだと繰り返しましたが、神様がきっとお見守り下さると云い張り、頑《かたく》なに拒んだのです。そう云われて、愛情もなくドロテーアに孕《はら》ませてしまった自分の無責任さと無節操さに罪の意識を覚えると同時に、せっかく学問の世界へ帰ろうと決意した矢先に異国の女との間に子供を持ち、このまま、この国の一隅に埋もれてしまわねばならぬかも知れないと思うと、ドロテーアの眼を盗んでは、ベッドの中で今さらのように自分の破滅を悔い、慟哭《どうこく》しました。しかし、それから一カ月目に、ドロテーアはミュンヘン駅の階段で足を滑《すべ》らせて、流産してしまったのです。声をあげて泣き悲しむドロテーアの体を抱きしめて慰めつつ、私はほっと救われるような思いを抱き、二度とこのような無責任な女性との関係を持つまいと自らの心に誓ったのですが、皮肉なことには、この私の誓いは、その後の私の人生にとっては、全く必要でなかったのです。というのは、五カ月余りの入院生活で、脊椎強打も、一時は右足を切断してしまわねばならぬと思われた大腿部の傷も治癒《ちゆ》したのですが、私は男性でなくなっていたのです——」

私は、思わず、はっとして荻原秀玲の顔を見上げた。野分《のわけ》の風が吹きぬけて行くような白い寂寥《せきりよう》に包まれた表情も、長い孤独の生活を守っていることも、そのためであったのかと、私は思いもかけない事実を知った愕《おどろ》きで、暫く、言葉を継げなかった。荻原秀玲も、何か激して来る思いを抑えるように、暫く口を噤《つぐ》んで黙念と坐《ざ》していたが、やがて、また静かに話し出した。

「退院後の私は、ぴたりと酒を断ち、ドロテーアには私として出来るだけのことをして別れ、学問の世界へ帰って行きました。学問の世界へしか戻って行くところがないというのは、何とも淋しい限りですが、自動車事故のために帰国命令を一時延期して貰《もら》っている母校へ、さらにもう二年間の留学延期を懇請し、第一次世界大戦が勃発《ぼつぱつ》しかけている騒然としたドイツからイギリスのロンドン大学へ移り、そこで中断していた『東西文学における発想の相違』をテーマとした研究をまとめ、それによってドクター・オブ・リタラチァの称号を得て、アメリカ廻りで日本へ帰る日を迎えたのです。大学の方では、一時、学問を放擲《ほうてき》した私に厳しい処分を持って臨みかけたのですが、ミュンヘンでの自動車事故を境にして生れ変ったように再び学問に没頭し、学位を得て帰国した私を、再び教壇に迎えてくれたのです。

五年ぶりに日本へ帰り、もといた京都の北白川の家の青畳の上に坐《すわ》った時、私の胸を激しく衝いたのは、故郷もとから私の帰国を喜び、会いに来た両親に対する懐かしさよりも、忘れ得たと思っていた御室みやじそのひとに対する深い懐旧の念でした。京都からたった二時間余り、汽車と電車に乗って行ったところに、あのひとが今も生きて、美しく住んでいるだろうと思うと、そのことが、絶えず、私の胸を騒がせ、苦しめました。しかし、その度に私は、あのひとへの思いを断ち切るために支払ったドイツでのあまりにも大き過ぎるほど大きな代償を思い返し、ひたすらにあのひとのことを過去のこととして忘れ去るように努めたのです。そのために、私の帰国と同時に、再び『柊《ひいらぎ》』の選者になり編集委員をしてほしいと依頼して来たその申し出も断わったのです。あのひとが自ら歌を断ち切ったなど知らなかったものですから、『柊』の編集に関することによって、あのひとの歌にふれたり、消息を耳にすることが怖《おそろ》しかったのです。私は、一途《いちず》に大学の研究室に閉じ籠り、世間とは殆《ほとん》ど没交渉の状態で勉強を続け、帰国して二年目を過ぎる頃から、やっとあのひとの面影に苦しめられなくなったのです。

それからの私は、全く学問だけを終生の伴侶《はんりよ》にして、静かに研究を続けました。またそうするよりほかに仕方のない私の体の状態でもありましたが、時々、襲って来る不自然な体の娯《たの》しみ方の誘惑にも打ち克《か》って、次々に著作をものし、国文学会にも新しい研究を発表し、その学問的業績によって、助教授から教授職を拝命しました。私の体の状態を知らない先輩同僚からは、三十七歳の少壮教授である私に、頻《しき》りに妻帯するようにと、好意に満ちた縁談が次々に持ち込まれましたが、その度に、ただ学問一筋に生きるために煩《わずら》わしい伴侶を持ちたくないという風に云《い》い繕い、さらに研究に没頭しました。そのような私に、世間や学者仲間たちから、厳粛なる碩学《せきがく》などという大げさな形容をかぶせられ、私自身も何時の間にか、そうした厳粛な姿勢で学問に臨み、生活しなければならないと思い、そのように実行して来たのです。

そして、大正十四年の秋から明治大正時代の詩歌を体系付け、私なりの独自の評価を試みた『明治大正名詩歌選』の編纂《へんさん》にとりかかり、その中へ収録する御室みやじの作品に対しても、冷静な客観性をもってたち対《むか》うことが出来、そうなれた自身にほっと救われたような思いをしていた時、全く思いもかけなかったあのひとの訪問を受けたのです」

ぼとりと、落ちるような重い声で云った。

「それが、あの『荊のにっき』に書かれているように、御室みやじが新聞の文芸欄で、先生が『明治大正名詩歌選』を編纂なさる記事を読んで、先生のもとへ訪ねて行かれたわけでございますね」

私は、話の核心に触れるように云った。

「そうです、あのひとは、その新聞の記事を読んで、別れてから十五年目に忽然《こつぜん》として、全く忽然として私の前へ、現われたのです――」

その時の様子をまざまざと思い返すように荻原秀玲《おぎはらしゅうれい》の眼に、強い光が帯びた。

「その日は、ちょうど大学の春休みでしたが、私は御池《おいけ》通《どお》りの古本屋へ行き、明治大正時代の詩歌関係の資料を求めて家へ帰って来ますと、玄関に見馴《みな》れない女ものの履物《はきもの》が脱がれていたのです。誰の来訪かと思い、婆《ばあ》やを呼んだが返答がないので、そのまま、奥の書斎へ入って行くと、そこにあのひとが、御室みやじが坐っていたのです。私は一瞬、声も出ず、自分の眼を疑いました。

別れてから十五年の歳月が経《た》ち、三十五歳を過ぎているはずであるのに、あのひとは、歳月の隔たりを忘れさせるほど、﨟《ろう》たけた美しさに包まれ、毅然とした気品を感じさせました。私は、これが自分の運命を変転させ、男としての生涯を私から奪ってしまった相手なのか、と声も出なかった――。多分、あのひとも同じだったのかもしれない。やがて、深々と頭を下げ、(お久しゅうございます)と云ったのです。その瞬間、私の胸に憎しみとも怒りとも、そして悲しみともつかぬ思いが噴き上げ、(あなたは、なぜいらしたのです、あなたと私は、既に十五年前に、何のかかわりもなくなっているはずです）押し返すように云うと、あのひとは静かな揺《ゆる》ぎのない声で、（私を何とお責めになり、何とお拒みになっても結構でございますが、ただ一つ、先生にどうしてもお聞き入れ戴《いただ》きたいことがございまして、敢《あ》えて参上致しましたのです……）そう云い、躊躇うように言葉を切り、（お願いと申しますのは、新聞の記事で存じ上げました先生がご編纂になる『明治大正名詩歌選』の作品の中から、御室《おむろ》みやじの作品をお削り戴きたいのでございます）と云ったのです。私は、一瞬、自分の耳を疑いました。不遜《ふそん》な云い方かもしれませんが、歌人である誰しもが、『明治大正名詩歌選』に収録されることを願うものであるのに、あのひとは逆に、自分の歌を収録することを止《や》めてほしいと云うのです。私は、その申し出の真意を測りかね、（あなたは、なぜ、自分の歌が高く評価され、明治大正の詩歌史に残されようとする時に、自らその栄誉を捨てようとするのです？）と聞くと、あのひとの美しい顔に暗い翳《かげ》りが帯び、（かって私の心を育《はぐく》み、私の生甲斐《いきがい》であった歌は十年前の冬から、私の心の中から去ってしまっております、あの石川沿いのひたすらに歌を詠《よ》み、先生にもお運び戴いたことのある庵《いおり》が焼失してしまったその時から、私の心の中にあった歌心《うたごころ》は失《う》せ、私は自ら、歌の道を断ってしまったのです）と云い、あのひとは、心ならぬ婚礼によって結ばれた夫が、妻が歌を詠むことを厭悪《えんお》し、『柊』の退社を迫り、それを拒否したために夫の手によって庵が焼かれ、その時から自ら歌の道を断ってしまったことを話したのです。その話によって、はじめて先程来、あなたにお話したような私とあのひととの間にあった度重なる運命の行き違いを知ったのです。

しかしそのような運命の齟齬《そご》を知り、真実を知った時は、互いにもう引き返すことも、取り戻すことも出来ないほどの歳月が二人を隔ててしまっていたのです。あのひとと私は、何時の間にか、ほの暗くなった部屋の中で、二人の運命の齟齬とその苛酷《かこく》さを呪《のろ》い、暗澹《あんたん》とした思いに陥りましたが、今さらどうしようもなく、私は打ちのめされた思いの中から、(今までは私だけが、傷つき、苦しんで来たと思い込んでいましたが、あなたも私と同じように、いや、私以上に傷つき、苦しみ、あなたの生甲斐であった歌までも捨て去られた事情がよく解《わか》りました、しかし、それだからといって、『明治大正名詩歌選』から御室みやじの作品を削り取ることはないと思います、かつて優《すぐ》れた歌を詠み、今は散文に転じている人の歌も収録するのですから)と云うと、あのひとは強く首を振りました。(いいえ、歌を詠まなくなった御室みやじは、かつて先生がお知りになっておられた御室みやじではございません、朝な夕なの雲の流れ一つにも、歌心を寄せ、三十一文字《みそひともじ》の歌として詠《うた》いあげた御室みやじは、あの庵を焼いた炎とともに、とっくにこの世から消え去っております、もし、どうしても、御室みやじの歌をお入れにならねばならぬのでございましたら、せめて、御室みやじは現存していないことにして下さいまし）と云ったのです。（あなたが既に死んでしまっていることに？）思わず、そう問い返すと、（はい、御室みやじは、既に世に亡《な》い者にして下さいまし、『明治大正名詩歌選』が発刊されたことによって、歌を詠まなくなった御室みやじが、子供のために愚かしい忍従の生活の中に生きているなどという醜い姿を他人《ひと》に曝《さら》したくはございません、運命の悪戯《いたずら》から相会うことの出来なかった先生と私でございます、どうか、私の一生でただ一つ、先生にお願い申し上げる私の我儘《わがまま》をお聞き届け下さいまし）と云うあの人の声は、悲愴《ひそう》な悲しみに打ち震えていました。しかし、そんな学問を冒瀆《ぼうとく》するような申し入れは、私として承諾出来るはずもなく、応《こた》えずにいると、あのひとは、（もし、私の歌が、先生のおっしゃるように、真実、優れた歌でありますならば、どうか、その歌を詠んだ人間像も優れたものにして下さいまし、曾《かつ》て、『柊』の消息欄にどなたが書かれたのかは存じませんが、『河内《かわち》長野《ながの》の御室みやじよ、出《い》で来《き》たりて、我らとともに現《うつ》し世の歌詠まむ』とか、或《ある》いはまた『御室みやじの歌詠まば、上代《かみつよ》の河内の国の姫君の長き真白き裳裾《もすそ》を想《おも》う』などと記して戴きました御室みやじの生涯を、どうかその一文のような神秘と優美さの中に埋めておいて下さいまし、それが私の念《ねが》いなのです！）と云うなり、打ち伏すように泣き崩れました。

その打ち伏した姿の中に、十五年前の二月、木枯しの吹きすさぶ石川の河原で、いっそ、攫《さら》って行って下さいと叫んだ御室みやじ、また京都のこの私の家まで独りで訪ねて来、このまま、帰さないでほしいと私に取り縋《すが》った御室みやじの一途な姿を思い起しました。その都度、私のなまじっかの理性で拒んでしまったことが、私とあのひととの運命の齟齬をもたらせる一因であったかもしれないと思うと、私の心はきりきりと切り苛《さいな》まれるような痛みを覚えました。

といって、学者として『明治大正名詩歌選』に収録する歌人の閲歴を故意に誤り記すなど、それは自ら学者的生命を滅してしまうことです――。私は動揺する心を抑えながら、そんなことは出来ないときっぱり断わりました。あのひとは、うつ伏していた顔を上げ、不意に嗚咽《おえつ》を止めたかと思うと、(では私は、何によって御室みやじを亡いものにすればよろしいのでしょうか、私はこの怖しい念いを口に致しますまで、どんなに思い苦しんだか解りません、七カ月前にはじめて新聞の文芸欄で、ご本の編纂のことを知り、その日から何度も考えあぐね、思い苦しんだあげくに心を決して参りましたのでございます、それを拒まれてしまいましては、歌人御室みやじの最期《さいご》を、どう雅《みやび》やかに美しく終焉《しゅうえん》させればよいのでしょうか、優雅に思い描かれ、伝えられている帳《とばり》を剝《は》ぎ取られ、歌を詠まなくなった御室みやじの姿を他人《ひと》の目に曝け出されるぐらいなら、いっそ、ほんとうに自分の命を断ってしまいたい――）そう口奔《くちばし》るあのひとの顔は、既に涙を涸《か》れ尽し、蒼白《あおじろ》い炎が体の中から燃え上り、ほんとうに自らの命を葬《ほうむ》り去ってしまいそうな鬼気が漂っていた……。それは決して自らの生涯を美しく飾り、誇張するための狂気じみた虚栄でも、虚偽でもありませんでした。私は、その妖《あや》しいまでに燃えたぎるあのひとの執念と鬼気に、ふうっと吸い寄せられるような心の揺らぎを覚えました。その時、あのひとの血の気を失った唇から、（できることなら、先生によって歌人としての生命を得た御室みやじは、その終焉もまた、先生のお筆によって終らせたい――）地の底に沈むように暗い、そのくせ不思議な力を持った声で訴えました。それは私にとって悪魔の囁《ささや》きでした。私は、悪魔に魂を売り渡すように、学者としての良心を喪失し、あのひとに向って、（御室みやじは、今日限り世に亡いことにしましょう、したがってあなたは、即刻にも河内長野の生家を出て、今後、生家との消息はもちろん、あなたの周囲の人々とも消息を断つように）と云ってしまったのです。

あのひとは一瞬、搏《う》たれたように私の顔を見詰めていましたが、やがて、（お言葉通りにすぐ、河内長野を離れて住いすることに致します、けれど、何かの折に、葛城《かつらぎ》郁子《いくこ》としてお目にかかれるような機会が参りましたら、瞬時でもお目にかかりとうございます）と云ったのです。私は強く頭を振り、（かつて私がその才能を讃《たた》え、愛した御室みやじが、今日限り世に亡いものなら、二度とお目にかかる必要はないはずです）ともすれば、揺るぎそうになる心を抑え、せめてもの良心を守るために、あのひとの申し出を拒絶しました。

あのひとは暫《しばら》く、茫然《ぼうぜん》自失したように私の前に坐っていましたが、やがて、蒼白《そうはく》な顔を上げ、燃えるような瞳《ひとみ》で私を見詰め、無言のまま、深いお辞儀をしたかと思うと、廊下を去って行きました。夕闇の迫った薄暗い廊下の中で、あのひとの白い頸《うなじ》が、夕顔のようにほの白くうかび上り、私は、これがあのひとの姿を眼にし得る最後だという悲痛な思いをもって、あのひとの姿を見送りました。

それから一年十カ月後の昭和三年一月二十五日に私が編纂した『明治大正名詩歌選』が発刊される運びになったのです。この間、私は、何度、御室みやじとの約束を破棄し、あのひとを現存のひととして書き記そうとしたかしれません。しかし、その度に、あのひとが私との約束を直ちに履行し、河内長野から神戸と大阪との間に位置する御影《みかげ》に、一人の子供と老婢《ろうひ》だけを連れて住いを移した事実が、私の胸に重くのしかかり、生家を出てまで、御室みやじの死をひたすらに願うあのひとの胸のうちを推し測り、私は、あのひとの作品を、相馬《そうま》御風《ぎょふう》、与謝野《よさの》鉄幹、晶子《あきこ》、北原白秋、石川啄《たく》木《ぼく》、萩原朔太郎《はぎわらさくたろう》などの詩と歌に並べて、三首収録し、その巻末に、遂《つい》にあのひとと約束したような閲歴を書き記したのです——」

「では、荻原先生は、やはり、あの巻末の『御室みやじ　もと『柊《ひいらぎ》』の同人たりしことと、昭和二年物故のことのほか知ることなきも、この三首秀作なれば収む』という閲歴を記されたのでございますか」

私が、暗誦《あんしょう》している閲歴文を口にすると、

「そうです、その通りです、学者として絶対、許され得べくもない、恥ずべきことでした、しかし、私はそう記《しる》したのです……」

錘《おもり》を沈めるような重い声で云った。

「このような学者として破廉恥《はれんち》な誤りを犯したのにもかかわらず、あの本は明治大正の詩歌研究の文献として高く評価されました。しかし、私の心の中にある学者的生命は御室みやじの歿年《ぼつねん》を誤り記したその瞬間から亡《ほろ》びてしまっていたのです。あの本を発刊した翌々年、私は東京大学文学部の教授に任命され、その後、十二年間教鞭《きょうべん》をとり、その間、私は『明治大正名詩歌選』で御室みやじの歿年を誤記したことを償うように、『近代短歌史』『与謝野鉄幹論』『日本浪漫主義序説』『現代短歌の研究』など次々と著作をものしましたが、私の心は絶えず、御室みやじの歿年を偽り記した後悔と慙愧《ざんき》の念に囚《とら》われていました。したがって、昭和十六年の秋、停年退官し、同時に名誉教授の栄を付せられましたが、翌年、拝辞して、仙台の光禅寺通の寓居《ぐうきょ》へ籠《こも》ってしまったのです。家に引き籠ったままでいる私に、東北大学からも名誉教授として講義してくれるようにという懇篤《こんとく》な申し出を戴いたのですが、長く学者的良心に苛まれていた私ですから、再び教壇にたとうなどという気は、毛頭もなく、出来ることなら、もっと世間を離れた隠棲《いんせい》生活をしたいとさえ思っていたのです。

仙台の光禅寺通の寓居での生活は、私がドイツから帰国した時からずっと続いているきみという婆やだけを相手にし、好きな本を読み、心のおもむくままに歌を詠むという静かで平穏な日常でしたが、昭和二十年七月の仙台大空襲の時に、焼き払われてしまったのです。防空壕《ぼうくうごう》の中から、焼け落ちて行く自分の家を見守っている時、私の胸にふと思いうかんだことは、歌人御室みやじが、石川沿いの庵の焼失と同時に、自ら御室みやじを葬り去ったのと同じように私もまた、この仙台空襲の炎の中に、国文学者荻原秀玲を葬り去ってしまおうという思いに駆られたのです。そして、その思いのまま、転居地は、誰にも、どこにも知らせず、この陸前富山《りくぜんとみやま》なる辺鄙《へんぴ》な山の中に隠棲してしまったのです」

と、語り終えた荻原秀玲の顔には、さすがに紆余《うよ》曲折、複雑な起伏を語った濃い疲労の色が見え、窓の外はすっかり暮れ落ち、まっ暗な闇《やみ》の向うにぽつりと灯《ともしび》が見えるのは、山間《やまあい》の農家の灯《あか》りらしく、そこに平凡な人間が、平凡な営みをしている安らかな明るさがまたたいているようだった。荻原秀玲も、その灯に眼を止め、

「何時《いつ》の間にか、こんな遅い時刻になってしまいましたね、今夜はお寺の庫裡《くり》の方で、住職たちと一緒に食事をし、そこの客間で泊って帰ることにして下さい」

と云い、席をたちかけたが、私にはまだ聞き残していることがあった。

「先生は、その後の御室みやじの消息や、晩年のあの方のご様子は、ほんとうに少しもご存知ないのでございますか」

ともすれば、不躾《ぶしつけ》になりがちなことを気にしながら云った。

「ええ、私は、あのひとが御室みやじを亡き者にしてくれと頼みに来たあの時以来、約束通り、会うことも、便りすることもなく、すべての繋《つな》がりを断ち切ってしまいました。したがってあなたから、あのひとのことについてお手紙を戴いた時は、愕《おどろ》きとともに正直なところ、当惑してしまいました。というのは、この陸前富山なる田舎寺の離れに隠棲している私は、既にかつての国文学者荻原秀玲ではなく、つれづれなるままに書を読み、歌を詠む一介《いっかい》の田夫《でんぷ》野人《やじん》に過ぎない。それだけに、既に過去のもの

になってしまったあのひとと私とのことを、今さら語るなどということは、せっかく得ている現在の私の静境を妨げられるものだと、それを怖《おそ》れました。しかし、『荊《いばら》のにっき』のことを伝えた第二信のお手紙を拝見して、私は、ふとそのにっきを読みたくなったのです。というのは、あのひとは、私を訪ねて来、御室みやじを亡き者にしてほしいと頼んだ時も、私とあのひとの運命の行き違いを解きほごすのに必要なことだけを話し、それ以上のことは深く話さず、さっき読んだ『荊のにっき』の中に書きしたためられているような、あのひとと夫との痛ましい離反や別居、荊に捲《ま》かれるような無惨《むざん》な心の傷つきようについては、一言も語らなかったのです。なぜ、それを私にも隠して話さなかったのか、その点が不可解に思えるのです。そして一方あなたが最初、私に寄せられた手紙の中で、歌人御室みやじとは知らずに、晩年のあのひとと僅《わず》かな時期ながら、起居をともにされ、そこであのひとの陰惨な姿をかい間みたということですが、私にはとても信じられないことです。歌人御室みやじを美しく終焉させたいと願い、そのために私に敢えて歿年を誤り記させたあのひとの晩年が、そのような陰惨なものであるなどとは、到底、信じられない。今も、私の胸の中には、毅然《きぜん》とした気品と、優雅な美しさに満ちたあの人の面影しか生きていない」

と云うと、荻原秀玲は咎《とが》めだてるような視線を私に向けた。私はその応えに惑いながら、荻原秀玲と御室みやじとの関聯《かんれん》は知ることが出来たが、御室みやじとその夫との暗い陰惨な関係は、どう解釈すればよいのか解らなかった。しかし、私の胸には、荻原秀玲と御室みやじとその夫との間に、第三者が到底、窺《うかが》い知ることのできない何かがあり、そこに人生の測《はか》り知れない淵《ふち》が秘し隠されているという考えを捨て去ることが出来なかった。故意でないにしても、この三人の間には、眼に見えない何かが、繫がっているように思えた。その謎《なぞ》を解くには、再び葛城家の老婢を訪ねて、『荊のにっき』以後の御室みやじのことを聞き、荻原秀玲から聞き知った話と、老婢の語る話とを繫ぎ合わせることによって、私が体験したあの異様な事実の背後に隠されているものを知ることが出来るはずだという思いが、私の胸の中で次第に確たるものになって来た。

第十二章

翌朝、荻原秀玲《おぎはらしゅうれい》に別れを告げて、陸前富山を発《た》った私は、京都の三宅伸子《みやけのぶこ》のもとへも寄らず、まっすぐに姫路の家へ帰って来た。まだ戦後の交通機関が混雑している中を、長途の旅に出かけた疲労と、荻原秀玲と御室《おむろ》みやじとの間にあったあまりにも苛《か》酷《こく》過ぎる運命の齟齬《そご》に、私自身も激しい衝撃を受け、まっすぐに家へ帰り着いて、独《ひと》りで静かにものを考えたかったからである。

自分の部屋に閉じ籠《こも》って、『荊《いばら》のにっき』を開き、もう一度、御室みやじと荻原秀玲との間にあった異様な人生の屈折を辿《たど》って行くと、苛酷な運命に弄《もてあそ》ばれ、流離の心の中に、互いの愛を凍結してしまわねばならなかった哀《かな》しい二人の姿が、私の心に強く焼きつけられた。しかし、荻原秀玲の御室みやじに対する愛は、まがいもなく、崇高で厳《きび》しく明確であったが、御室みやじの愛の姿には、どこか一抹《いちまつ》の不可解なものが漂っている。いかに歌人としての自分の生涯を愛惜し、その歌のように優雅に終らせようと念《ねが》ったとはいえ、なぜ自らを早逝《そうせい》させ、亡《な》き者にまでしなければならなかったのだろうか――。そこに歌人としての自分の生涯を愛惜し、美しく終焉《しゅうえん》させること以外の、何か想像もつかぬ、別の意味が隠されているのではないだろうか、という疑問が私の胸に残った。

その疑問を解くためには、もう一度、葛城家《かつらぎけ》の老婢《ろうひ》に会い、御室みやじが、荻原秀玲に、『明治大正名詩歌選』の以後は自分を亡き者にしてほしいと頼んだその後の御室みやじの半生を聞き出すよりほかに緒《いとぐち》がない。

私は、ペンを取って老婢に、大切な『荊のにっき』を長い間拝借したお礼と、それを断わりもなく携えて荻原秀玲のもとを訪《たず》ねたことを謝《わ》びると同時に、もう一度、御寮人さまの御生涯、特に晩年について承りたいので、近日中にお訪ねしたいという手紙をしたためた。

投函《とうかん》してから、一週間目に、老婢から、今度は、御《み》影《かげ》のお邸《やしき》でなく、御寮人さまがお生れになり、お育ちになった河内《かわち》長野《ながの》のお屋敷でお出会いしたいと、地図を添えて、十日先の日を知らせて来た。老婢が特に御影の家ではなく、河内長野の屋敷で会おうと云って来たことに、私は、何か今までと異なった気配を感じ、その日の訪れを心待ちにした。

その間、京都の三宅伸子には、荻原秀玲から聞いた話を一部始終詳しく報《しら》せ、河内長野の屋敷で老婢と会って、自らを亡き者にしてほしいと荻原秀玲に頼んだ後の、御室みやじの晩年を聞き、すべてをまとめて報告出来るようにしてから京都へ訪れるという旨《むね》の手紙を出しておいた。

老婢と約束したその日、私は、早朝の汽車で姫路を発ち、河内長野へ着いた時はちょうど正午過ぎであった。駅前の辺《あた》りは戦災を免れた昔ながらのどっしりとした家並が建て込んでいたが、それも長くは続かず、暫《しばら》く行くと、すぐ右側に石川の小高い堤が見えた。堤に駈《か》け上ると、眼の下に石川の広い流れが、雲間から洩《も》れる六月の陽《ひ》ざしを受けて銀色に波だち、大きなうねりを見せながら南下し、遥《はる》かを見渡すと、緑の濃淡を織りなす広々とした河内平野が展《ひら》け、なだらかに重なり合う高原状の起伏の向うに、北に生駒《いこま》連峰、東に金剛山《こんごうさん》、二上山《にじょうさん》の頂きが見え、荻原秀玲の住む北の国の陸前富山とは対照的な山と川とに恵まれた暖かでのどかな広がりを持つ景色であった。この平野を三百余年に亘《わた》って支配して来た豪族、葛城家の最期《さいご》の人であった葛城郁子《いくこ》こと御室みやじの晩年と、その終焉までの様子を葛城家の本邸の屋敷で聞き得るということは、私にとって、大きな期待であると同時に、怖《おそ》れに近い気持でもあった。

石川の堤に沿った道を北に向って溯《さかのぼ》り、かつて庵《いおり》のあったと思われる辺りを眺《なが》めると、石川の河原からたらたらと九十九折《つづらおり》に上った小高い高みに灌木《かんぼく》が生い茂り、ところどころ赤土の地肌《じはだ》をむき出した処《ところ》には、礎《いしずえ》とも自然石ともつかぬ大きな石が、朽ち毀《こぼ》たれながら半ば土に埋まり、河原から吹き渡って来る川風が、ざわざわと灌木を吹きそよがせていた。御室みやじが、かつて静かな思いに耽《ふけ》り、歌を詠《よ》んだ春草庵の面影を残すようなものは、何一つとして見当らない。堤を歩いて来る農夫にも聞いてみたが、(春草庵？　そんなものが建っとったって、わしゃ知らんがな)と、首を振るだけであった。石川の流れだけは、老婢の話に聞いた通り清く澄み渡っていたが、御室みやじが、書を読み、歌を詠んだ庵は、庵が焼失した時から三十一年経《た》った今では既に、遠い昔のこととなって、近隣の人たちの記憶にさえも残っていなかった。

歳月の流れの早さと無情さに胸搏《う》たれながら、石川の長い木橋を渡り、二丁ほど行くと、石川から引いた小川を濠《ほり》のように三丁四方に取りめぐらせ、その内側に石垣《いしがき》を積んだ高く長い塀《へい》が続き、塀の向うに二階造りの白壁と深い庇《ひさし》を持った城郭のような建物が見えた。それが、葛城家の屋敷であった。塀のところどころが朽ち落ち、そこに雑草が延び、屋根の鬼瓦《おにがわら》のずり落ちている間からも雑草が生え、荒廃の様子がまざまざと見られたが、その城郭のような広大な建物と石垣はさすがに、かつての葛城家の威容を残していた。

正門はもう何年も開かれたことがないのか、鉄鋲《てつびょう》のついた頑丈《がんじょう》な扉《とびら》が錆《さび》を見せたまま、固く閉ざされていたが、脇門《わきもん》の切戸は、老婢が鍵《かぎ》をはずしておいてくれたらしく、音もなく開いた。一歩、足を踏み入れると、庭の中もまた、荒れ果てたままで、鬱蒼《うっそう》と枝を茂らせた大樹が、昼なお暗く黯《くろ》い影を落し、敷石を伝う私の足音が、森閑とした屋敷内に音高く響き渡り、歩く度《たび》に湿った冷気が足もとから這《は》い上って来た。

両開きにされた玄関に一歩、足を入れると、音もなく唐紙《からかみ》が開いた。思わず、後退《あとずさ》りすると、老婢であった。白髪の頭をきれいに梳《す》きあげ、改まった衣裳《いしょう》で玄関の敷台のところに手をつき、

「遠路をよくお運び下さいました、只今《ただいま》のところ、住む人とてもなく、荒れ果てた屋敷でござりますが、どうぞ、お入り下さいまし」

御影の家で見る老婢とは異った俄《にわ》かに古めかしく、重々しいもの腰でそう云《い》い、先にたって奥へ案内した。長い廊下を歩き、幾部屋かを通り過ぎ、庭石や燈籠《とうろう》さえ倒れたままになっている広い中庭にかかった渡り廊下を渡って、大床《おおどこ》の間《ま》まで行くと、老婢は、廊下に坐《すわ》って大和《やまと》障子を押し開いた。二十畳の座敷の正面に、床框《とこがまち》の高い二間《けん》半の大床があり、今日のために老婢が改まって用意したらしく、狩野探幽《かのうたんゆう》の花鳥の軸

が一対《いっつい》がけにかけられ、ありし日の葛城家の格式と豪奢《ごうしゃ》さを、ありありと物語っていた。

老婢は、大床の前に置かれた紫檀《したん》の座敷机を指し、

「どうぞ、こちらへお坐り下さいまし、このお座敷がよく貴女《あなた》さまにお話し申し上げました大床の間でございます、御寮人さまに随《つ》いて、このお座敷を出ましてから二十一年目にはじめてお迎えするお客さまが貴女さまで、しかも、御寮人さまのお最期を、ここでお話し申し上げるのも、何かの不思議なご縁でございましょう」

と云うと、老婢は、こみあげて来る思いを抑《おさ》えるような面持で、座敷机を隔てて、私と対《むか》い合った。私はまず、老婢から預かった『荊のにっき』を、無断で荻原秀玲に見せてしまったことを重ねて深く謝び、荻原秀玲によって聞き知ったことを話すと、老婢は、その一つ一つを頷《うなず》くように聞いていたが、御室みやじが自ら、自分を亡き者にしてほしいと秀玲に懇願したことを話すと、息を呑《の》んだ。

「さようでございましたか……、ご結婚遊ばされてからの御寮人さまは、荻原先生のことは一言もお口に遊ばしませんでしたので、そのようなこととは存じ上げませんでした、それに致しましても荻原先生は何というお痛ましい……、そんなこととは露知らず、わたしは今の今まで荻原先生をお冷たいご勝手な方だとばかり思っておりまし

た……、それでやっと、あの御寮人さまのお日記の最後の謎《なぞ》のようなお言葉の意味が解《わか》りました、実はあのお日記を見つけてお読みしますまで、お恥ずかしいことながら御寮人さまが、このような地獄の真っただ中におられるようなお苦しみを遊ばしておられたとは存じませず、まして、なぜ、そうまでお苦しみになっておられたのか、そのへんのことがよく解りませんでしたが、ただ今、貴女さまのお話を伺い、やっとそれがわたしにも解りました」

と頷くように云った。私は、老婢の方へ膝《ひざ》を寄せ、

「『荊のにっき』は、荻原先生を訪ねて、怖《おそろ》しい思いを告げられるところで終っており、荻原先生のお話も、御室みやじの怖しい思いを受け入れられて、ご自分の著書の中で御室みやじを亡い者にすることをご承諾になったその日から、二度と御室みやじにはお会いになっておられないのです、それだけに私はその後の御室みやじが、どのような生涯を過されたのか、それを知りたいのです、よしさんにとっては五十余年間仕えられた大切な御寮人さまのことですが、その晩年のことを詳しくお話し戴《いただ》くことによって、私の胸の中にわだかまっている或る疑問を解いて戴きたいのです」

老婢は、一瞬、身じろぐような気配を見せたが、

「解りました、貴女さまがお聞きなさりたいと思っておられることが、どんなことで

ありますのか、わたしにも解るような気が致します、実はわたしも貴女さまのお話を伺い、今までわたし自身も気付かなかったことで、今、はじめて気付いたこともございます、今となっては、もはや、何もお隠しすることも、またお隠しだて致す必要もないようでございます、そして貴女さまにこうして、わざわざ河内長野のお屋敷にまでお運び戴きましたからには、わたしの存じ上げている限りのことをお話し申し上げるつもりを致しております」

と云うと、老婢は、何時ものように背を屈《かが》め、遠い昔を呼び起すような表情で話し出した。

＊

何時《いっ》もお屋敷から出られたことのない御寮人さまが、何をお思いたたれましたのか、突然、お独りで、わたしのお伴《とも》を断わって、行先もお告げにならずにお出かけになったことがございますが、それが今から思えば、荻原先生をお訪ねになった日だったのでございます。

その日のことを、今もってはっきりと記憶致しておりますのは、行先もお告げにならずにお出かけになった御寮人さまが、その日、ご帰宅遊ばすなり、どっとお臥《ふ》せになり、そのご病気がきっかけになって、御影へお移りになることになったからでございます。さようでございます。その日は、『荊のにっき』にお記《しる》しになっておられます日付と同じ大正十五年の三月の下旬で、御寮人さまのおん齢《とし》、三十七歳の春のことでございました。

その日は、お出かけになられます時から、何かおすぐれにならぬご気配で、まるで喪服のような濃いお納戸《なんど》色《いろ》の地味なお召物をお召しになって出かけられたのでございますが、夜になってお屋敷へ帰って来られましたその時のご様子は、血の気を失《う》せられた蠟色《ろういろ》のお顔で、ご門からお玄関へ入られますのが、やっとのお足もとで、お玄関へお出迎え致しましたわたしが、お手をとって御寮人さまのお部屋までお連れ申し上げるなり、その場へどっと崩《くず》れ折れられ、白いお額に大粒の脂汗《あぶらあせ》を滲《にじ》ませられながら、大木先生を！　とおっしゃられたのでございます。すぐお床を取り、お幼《ちい》さい時からの主治医である大木先生をお迎え致しますと、先生は慎重にご診察になりましたあと、

「長い間の気疲れが積り積って出た病いです、微熱と汗があるから、十分に気をつけるように」

とおっしゃられましたので、ご病名はとお聞き致しますと、

「肺浸潤《はいしんじゅん》、胸を病んでおられる、この際、一番大切なことは医者の治療とか、栄養よ

りも、何よりも心身の安静が第一だよ」

とおっしゃられました。わたしは、そのお言葉を聞くなり、眼の前が真っ暗になるような衝撃を受けました。当時は、胸の病いといえば不治の病いとされていたのでございます。お幼さい時からご病弱気味のお体であったとはいえ、わたしがお傍《そば》に侍《はべ》りながら、そうした不治のお病いになられるまで迂闊《うかつ》であった自分を責め、

「よしの不注意でございました、お許し下さいまし」

御寮人さまのお枕《まくら》もとに蹲《うずくま》るようにして、そう申し上げますと、

「いいえ、お前のせいではない、いろいろと、あまりに苦しみごとが多かったものだから――」

弱々しくお顔をお振りになり、わたしに席をはずすようにとおっしゃられ、大木先生とお二人きりでお話なされました。前にも申しましたように大木先生は、亡くなられましたご隠居さまと大旦那《おおだんな》さまの主治医で、お二方のご臨終を看取《みと》られ、葛城家の内情をよくご存知でございましたので、今は頼《たよ》るべき人とてない御寮人さまは、六十を越してなお矍鑠《かくしゃく》としておられる大木先生に常日ごろからご病気のことだけではなく、お家内《いえうち》のことまで何かとご相談遊ばしておられましたが、その日は、何時になく、長くお話し込みになり、お話が終られますと、大木先生は今まで拝見したこともないお

難《むずか》しいお顔をしてお帰りになりました。御寮人さまも、ただならぬご気配でございましたが、召使いの身でお問い申し上げるわけにもゆかず、わたしはそのお二人のご様子から、御寮人さまのお病いがことのほか、お重いのではないかという不安を覚えました。

その日からお屋敷の中は、御寮人さまのご病気とあって、足音がたたぬようにお廊下中に絨毯《じゅうたん》を敷き詰め、咳払《せきばら》い一つさえも憚《はばか》られるような重苦しい静けさに包まれました。それでなくとも、『荊のにっき』にしたためられてございますように、広いお屋敷の中庭を境にして、矢来《やらい》のような竹塀《たけべい》を仕切り、御寮人さまと旦那さまとは、お屋敷の端《はし》と端とに全く他人のような別居生活を遊ばし、世の常ならぬ険しい気配が漂っておりますお屋敷の中が、さらに息苦しいほど暗い空気に包まれたのでございます。

旦那さまは、前にお話し致しましたように、期米、生糸などの株式暴落で葛城家の家産を傾けられ、ご親族会のご協議の結果、一切の実務から退かれ、為《な》すこともなく、お屋敷の西棟の方にお住まいになっておられましたが、かつて実務に携わられておられました時のおりっぱであった面影《おもかげ》は影をひそめ、まるで養われ人《びと》のようなご貧相《ひんそ》さで、毎日、お暇をもて余されるように、ぶらぶらとお過しでございました。召使いの身で、つい貧相などというだいそれた言葉を申し上げてしまいましたが、事実、家産を傾けられ、女中の美代との間に隠し子までもうけておられたことが解り、御寮人さまが、はっきりと離別のご意志を伝えられましても、旦那さまは葛城家《かつらぎけ》を去られるようなご気配は気振《けぶり》にもなく、それどころか、もの乞《ご》いのような憐《あわ》れさとご執拗《しつよう》さで、葛城家を去ることを拒まれたのでございます。それと申しますのも、傾きましたとはいえ、長野村、三日市村、天見村《あまみむら》をはじめ、まだ五カ村の領地と百軒に余る借家を持つ葛城家の財産にご執着しておられたからでございます。

申しにくいことでございますが、旦那さまの金銭、物質に対するご執着はことのほかお強く、ご自分の代になって、葛城家の家政改革という名目でなされたことは、手広くお仕事を広げられるということより、家内《いえうち》の消費を細かく切り詰めることと、小作人の年貢《ねんぐ》を厳しく取りたてることで、葛城家の格式を引き下げてでも、財を蓄えることのみに力をお入れになったのでございます。そのような方でございましたから、御寮人さまが、戸主権や家督相続のことですぐ離婚出来ないとお知りになって、お庭に竹矢来のような仕切塀《しきりべい》をたてて、旦那さまを拒絶遊ばしましても、葛城家をお去りになろうとはなさらなかったのでございます。そうした旦那さまの醜いまでの厚顔無恥さといぎたなさが、どれほど御寮人さまの軽侮とお憎しみを買い、それが御寮人さまのお苦しみの因《もと》になっていることをお気付きにならないのか、それとも知っておられながら、逆にそのいぎたなさで憐れみを買おうとしておられますのか、矢来の仕切塀がたてられてから、三年経っても、平然として同じ姿をお見せになっておられたのでございます。

しかも、家産を傾けられた当時は、その衝撃で痩《や》せこけておられたお体に贅肉《ぜいにく》がつき、健康な体で為すこともなく、無為《むい》飽食《ほうしょく》なさり、時々、その健康な体をもて余されるように美代のもとへ出かけられるらしく、行先を告げずにふらりと外出される旦那さまのお姿は、召使いのわたしでも、眼を逸《そむ》けたくなるようないぎたない醜さが感じられましたから、御寮人さまが、そうした旦那さまと一つ屋敷に住まわれておられますことは、身を削《そ》ぎ、魂を切り裂かれるようなお辛《つら》さで、それが胸のお病いの原因になったのではと、存じますのでございます。

けれど、旦那さまには、そんなご反省などあるはずもなく、御寮人さまがご病気だと知られると、お見舞と称して何度も、お部屋へお運びになろうとなさったのでございます。竹塀の切戸の向うに、

「お見舞だ！　病人の見舞に行くのがなぜ悪い！」

大きな声を上げ、切戸を叩《たた》いて、たち騒がれる旦那さまの気配が致しますと、御寮人さまはお部屋のお床の中で、身の毛がよだつように蒼《あお》ざめられ、固くお耳をふさが

れて、一歩でも旦那さまをこちらへ入れた召使いは、暇を出すと厳しく仰《おお》せ渡され、切戸の施錠《せじよう》を厳重にするようにとお命じになったのでござります。

このような御寮人さまと旦那さまとの間で、一番お痛わしいのは、坊《ぼん》さまの祐司《ゆうじ》さまでござりました。お幼さい時ならともかく、十三歳におなりの坊さまに、（お父さまはお性《しよう》の悪いお病い故《ゆえ》、お医者さまのご命令でお塀を建てました）などと云いつくろわれましても、旦那さまがご病気でないことは誰の眼にも解り、お体とお暇をもてあまされながら、これというお仕事もなく、広いお庭の中をぶらぶらと歩き廻っておられる旦那さまのお姿は、ご利発な坊さまのお眼には、ご納得のゆかぬ訝《いぶか》しさをお感じ取りになっておられるご様子でござりました。お幼さい時から御寮人さまのお傍で大きくなられ、御寮人さまのお言葉を守って、お許しがない限り、旦那さまの方へおいでにならない坊さまでござりましたが、竹塀を隔てた向うに独り、お住まいになっておられます旦那さまをご覧になる坊さまのお眼は、何時も何かに惑い、問いかけられるようなもの怯《お》じた色を湛《たた》えておられました。

こうして日一日と、御寮人さまのご病気によってお屋敷の中がますます暗く閉ざされ、召使いたちの顔にも、やりきれぬ暗さが漂いはじめました時、突然、大木先生から御寮人さまが御影《みかげ》へ移られることになったと、おっしゃられたのでござります。あ

まりの唐突さに愕《おどろ》きますと、大木先生は、

「実は、このお屋敷の中で、神経を磨《す》り減らすような日常を送っていては、一向によくならないから、静かに気を憩《やす》めることが出来るようにと、前々から転地療養を勧め、内々《ないない》、人を遣《や》って当らせていたところ、たまたま、大阪の薬種問屋の別荘が売りに出るということを聞いたので、今、御寮人さまとご相談して早速《さっそく》、それを買って移られることになったんだよ」

とご説明され、御寮人さまも、

「よし、先生のおかげで、私もやっと心身ともに安らかな養生が出来ます、早速、その用意にかかっておくれ」

と仰せられました。そして、すぐさま、葛城家の財務管理をしておられるご別家の田村徳之助さまが、お屋敷へ呼ばれ、大木先生をまじえて、ご転居方《がた》について、長時間お話し合いになられた後、転居の準備は、世間の眼と旦那さまの眼にたたぬように運び、転地先も、一切、口外しないようにと、固く口止めされました。

ご転居の準備は、翌日から夜になって、旦那さまが寝《やす》まれるのを待って、お道具蔵とお衣裳蔵の扉を開き、足音をしのばせて準備に取りかかりました。下女中たちにも手伝わせ、ご家紋入りの長持、簞笥《たんす》、衣桁《いこう》などを運び出そうと致しておりますと、御寮人さまは、少数の身の廻りのお道具類とお好きなお衣裳以外は、すべて御影で新たに買い整えるから、あとのものはそのまま置いて行くようにと云われ、それだけのお荷物を、目だたぬように、一足先に運び出してしまうようにとお命じになったのでございますが、なぜ、そのようにしてまで世間と旦那さまのお眼を憚《はばか》らねばならないのか不思議な思いが致しました。

人一倍ご敏感な坊さまも、同じように怪訝《けげん》な思いをしておられたご様子でございましたが、御影へ移る前夜、御寮人さまは、坊さまとわたしをお呼びになったのでございます。お部屋へ参りますと、何時の間にご自身で梳《くしけず》られましたのか、白絹《しらぎぬ》のお寝巻の肩にお梳きになりましたばかりの豊かな長いお髪《ぐし》を垂らされ、緞子《どんす》の三枚重ねのお布団《ふとん》の上に端坐《たんざ》遊ばされておられました。坊さまのおあとに随いてわたしも、お傍近くに坐りますと、

「どうやら、祐司も、よしも、私が御影へ移り住むのは、転地療養のためだけではないと、そう思っているようですね、もし、そう思っているのなら、その通りです、けれど、どうしてこのように世間の眼を憚り、夫の眼を逃れるようにして、この河内《かわち》長野《ながの》を去って、御影へ移り住むのかということについては、或《あ》る時期が来るまで明らかにすることが出来ません、血の繫《つな》がった母子でも、どんなに信頼し合った者同士でも、

どうしても云えないことというものが、人間の心の中にはあるものです、祐司、解ってくれますね」

と仰せられるお声は、切々とした響きがございました。ご聡明《そうめい》な坊さまは、十三のお齢とは思えぬ真剣なご表情で、暫《しばら》く御寮人さまのお顔を見詰めておられましたが、やがて、こくりと頷《うなず》かれますと、ご自分のお部屋へ起《た》たれました。あとに残ったわたしは、黙ってその場に坐《ざ》しておりますと、

「よし、私がここを去って御影へ行ってしまえば、おそらく私は、もうこの家へは帰って来ない――、庵《いおり》が焼けた時、御室《おむろ》みやじが亡《な》くなってしまったのと同じように、この家を去ってしまう私は、これまでの葛城家の総領ではない、今日までの葛城郁子《いくこ》は、今日限りで亡くなってしまうものと思っておくれ」

白絹のお寝巻の肩に長く垂れたお髪を打ち震わされるようにして、そう仰せられる御寮人さまのお姿は、まるでものの怪《け》に憑《つ》かれたように異様な妖《あや》しさを帯びておられました。

それも、今にして思えば、荻原《おぎはら》先生が御室みやじを亡き者にする代りに河内長野を離れ、生家と一切の消息を断つようにとおっしゃられたそのお約束を間違いなく果されるために、たまたまお患《わずら》いになったご病気養生を口実にして、河内長野を去り、そ

のまま音信不通にしてしまえば、自然な形で消息を失《な》くすことが出来、村人たちの間でも、長患いの果てに、もしや亡くなられたのではないかという噂《うわさ》が、生れるであろうことまで考えられ、周到にお運びになったことのように思われるのでございます。

けれど、さすがにご自身が生れ、お育ちになられたご生家だけに、御影へお発《た》ちになります朝は、まだ夜が明けきらぬ薄暮のうちからお眼覚めになり、お衣裳《いしょう》を改められますと、真っ白なお足袋《たび》を履《は》きしめられ、一つ一つのお座敷のお襖《ふすま》をお開けになり、大奥の間は、お祖父《じい》さまに漢文の素読《そどく》を教わったところ、奥のお座敷は、お生母《かあ》さまがお住まいになられたお部屋、その奥のお座敷は亡くなられたお父さまがお臥せになっておられたお部屋という風に、一つ一つのお座敷にお別れを告げられるようにしみじみと見廻され、最後にお仏間に入られて、長い別れを告げられました。

やがて、ご出発のお時間になり、大木先生がお見えになって、ご診察とお注射を遊ばしてから、

「途中くれぐれも注意をして行くように、一カ月に一度は往診に行ってあげるから安心なさい」

慈父のような温《あたた》かなお眼で見送られますと、御寮人さまは深々と頭を下げてご挨拶《あいさつ》遊ばし、坊さまを伴われて、旦那さまに気取られぬように、脇玄関《わきげんかん》の方からお出まし

になりかけますと、不意に慌《あわただ》しい足音がし、

「旦那さまが、ただ今――」

女中の一人が、息急《いきせき》きって、走って参りました。驚いて振り返りますと、どうして お気付きになりましたのか、お寝巻の胸もとをはだけ、取り乱された旦那さまが、奉公人しか通らない漬物《つけもの》部屋の横から脇玄関に向って走って来られるお姿が見えました。

「行かないでくれ！　行かないでくれ！」

その凄《すさま》じいお声に、わたしは思わず、たち竦《すく》みましたが、御寮人さまは、お振り向きにもならず、

「旦那さまをお止めして、お見苦しいから――」

とお命じになり、二、三人の男衆《おとこし》たちが、旦那さまの方へ走りました。

「何処《どこ》へ行くのだ！　わたしが悪かった、行先を教えてくれ！」

両側から抱き止められながら、大声で喚《わめ》かれ、何かが落ち、壊《こわ》れるような音が致しましたが、御寮人さまはお顔色一つ変えられず、そのまま、ついとお玄関をお出になりかけますと、不意に、

「お父さまもご一緒に、お父さまも……」

坊さまがそう云《い》いかけられますと、

「祐司、行くのです、お母さまと行くのです」

鋭いお声でおっしゃり、坊さまのお背を押しやられるようにして、お車にお乗りになりました。既に旦那さまのお姿は、男衆たちの手によって、奥へ押し返されておりましたが、わたしの耳には、車が河内長野を発って、大阪へ向ってからもなお暫く、行かないでくれ！　行き先を教えてくれ！　と狂人のように叫び、喚かれた旦那さまのお声が長く尾を曳《ひ》くように残っておりました。

御影のお邸《やしき》へ着きますと、背後に六甲山脈が連なり、眼の下に神戸港が真碧《まつさお》に小波《さざなみ》だち、お邸の周囲は松林と、今まで見たこともないハイカラな西洋館のお邸がございました。河内長野のご本宅に比べますと、御影のお邸は手狭でございましたが、千坪あまりのお庭と十部屋ばかりの明るいお部屋があり、御寮人さまと坊さま、それにお仕えするわたしとの三人の住いに致しましては、無人《ぶにん》過ぎるほどの広さでございました。

この明るいお住いの中で、名実ともに旦那さまとご別居することがお出来になられました御寮人さまは、お庭の一隅に石川の庵を真似《まね》た茶室を建て増されて、庵時代のような独り居《ひとりい》をお楽しみになり、お顔の色も眼に見えてよくなられ、河内長野から月に一度、ご往診になる大木先生のお許しを得て、お散歩も遊ばしますようになられました。土曜、日曜などには、甲南中学の学生におなりになりました坊さまをお伴いになって、先日、貴女《あなた》さまをご案内致しました御影の山手の白鶴《はくつる》美術館などへおみ足をお向けになることが、唯一《ゆいいつ》のお気晴しのようでございましたが、あの一対《いっつい》の緑瑠璃碗《りょくるりわん》の前にたたれますと、もの思いに沈まれるように、じっと何時《いつ》までもおたち止まりになっておられたと、坊さまからお伺い致しました。

そして、御寮人さまのもとに、妙な小包が送られて参りましたのは、昭和三年の一月末のことでございます。差出人のお名前が記されてなく、訝しく思いましたことと、それをお受取りになりました御寮人さまのご様子にただならぬものがございましたので、強く記憶に残っております。お庭で寒椿《かんつばき》をお截《き》りになっておられました御寮人さまに、その小包をお届け致しますと、御寮人さまは、そのまま、小包を持ってご自分のお居間へ入ってしまわれました。そして、その日は一日中、お部屋の中に閉じ籠《こも》られ、お香を焚《た》いて、お文机《ふづくえ》に向っておられましたが、思えば、それが『明治大正名詩歌選』とか申しますお荻原先生がお書きになったご本だったのでございましょう。御寮人さまは、きっと自ら亡き者にしてしまわれた御室みやじをお弔いになるようなお気持で、終日、そのご本の前に坐《すわ》っておられたのだと存じます。

そういえば、その日から御寮人さまのお顔に空《うつ》ろな心の翳《かげ》りのようなものが宿り、明るいお邸の中も何となく沈んだ気配が漂いました。そうしたお邸の中で、坊さまのお声とお姿だけが、生き生きとした快活な空気を醸《かも》し出し、特にお友達の貴女さまのお兄さまたちがお見えになられた時だけが、御影のお邸の唯一の変化で、その時ばかりは、このお邸中に太陽が照り輝くような明るさに満ち溢《あふ》れました。

けれど、その明るさも、坊さまが十七歳になられ、中学の四年生から京都の高等学校へご入学になられると同時に、寮へお入りになってしまわれましたので、土曜の夜から日曜にかけて御影へお帰りになるその時だけということになり、広いお邸の中は御寮人さまとわたしだけで、人気《ひとけ》のないうそ寒さに包まれました。そうしたお淋《さび》しさをおまぎらわせになりますためか、御寮人さまは時々、京都へお出かけになり、坊さまと嵯峨野《さがの》や南禅寺などをご散策なされ、お気晴しを遊ばすことがございました。この頃、わたしは、もしや、御寮人さまは京都大学におられる荻原先生をお訪ねになられるのでは――などと、思ったこともございましたが、今、お伺い致しました貴女さまのお話によれば、この頃にはもう、荻原先生は東京大学へお移りになったあとだったわけでございますね。

こうした坊さまとの時たまのご散策も、坊さまが東京大学へご入学なされますと、今度はほんとうに御寮人さまお独りきりのお淋しいご日常が続き、何かご思案に耽《ふけ》られるようなご様子でございましたが、坊さまが二十歳のお誕生日をお迎えになりました昭和八年の九月二十七日、突然、旦那《だんな》さまを廃嫡《はいちゃく》して、坊さまを家督相続人におたてになる旨《むね》を申し出されたのでございます。

その日、東京からご帰省になり、御寮人さまのお手作りになるお祝いの食卓に向われておられました坊さまは、御寮人さまのあまりに唐突なお言葉に一瞬、お耳を疑われるようなご表情を遊ばしましたが、学生服の金ボタンをきらりとお光らせになって、御寮人さまの方へ向き直られますと、

「お母さま、お父さまは一切の実務からお手をお引きになり、表だった場所へはお出にならないとはいいながら、現にご壮健で河内長野におられるではありませんか、そのお父さまをご隠居させて、僕が家督相続をするなど第一、僕はこの春、大学へ入ったばかりで、しかも東京にいる身では、実務を継げないではありませんか、お母さまはなぜ、そのようにお父さまを退け者《の》になさるのです？　こうして離れて暮していても、僕にとっては大事なお父さまにかわりないのです」

責めるような語調でおっしゃいましたが、御寮人さまは瞬《まばた》きもなさらず、坊さまのお顔をお見返しになり、

「お父さまは、ご病気なのです――」

「ご病気？　一カ月前、夏休みで帰っていた僕が、ここへやって来た田村さんにお父さまのことを聞くと、相変らず、お元気だが、お暇がありすぎてお退屈そうだと云っておりましたのに――」

と、訝しげなお口ぶりをなさりました。

「その時は田村も気付かなかったのですが、つい一週間ばかり前、大木先生がお診《み》たてになって、はっきりと神経衰弱というご診断を遊ばされたのです」

「え、神経衰弱？」

「ええ、そうです、それも大分前から神経を病んでおられたらしく、それでああしてお元気でも、お仕事がお出来にならず、葛城家《かつらぎけ》の戸主としての責任をお果せになれなかったのです、それをお母さまが離婚もせずに、今日まで我慢して来たのは、ひとえに葛城家のためなのです、あなたが二十歳の成年に達し、ちゃんと家督相続人になれるまで私は自分の心を犠牲にして、じっと待っていたのです」

迫るようなお声でそうおっしゃいますと、坊さまのお眼に、暗い悲しい色がうかび、

「お母さま！　お母さまは何時も、ご自分のお気持ばかりでものをおっしゃり、お決めになるのですか、今までに一度だって、僕の気持を考えて下さったことがありましょうか、どんな深いご事情があったかは存じませんが、僕がものごころついた頃から、

屋敷の中に竹矢来のような塀が仕切られ、それを隔てて、お父さまとお母さまが、冷たく憎み合って生活しておられるそんな様子を、僕が子供心にどう感じ受け取って来たか――、僕は、畑の畦道《あぜみち》の莚《むしろ》にごろりと寝転《ねころ》がされている小作人の子供でも、両親がその近くで力を合わせて一緒に働いている姿を見ると、何時も泣きたくなるほど胸が熱くなったのです、いいえ、今だって、僕は、自分の友達の家へ遊びに行って、両親が揃《そろ》って団欒《だんらん》している姿をみると、自分の家の異常な冷たさを思い起し、黙って眼を伏せるのです、そんな僕にまだこの上、たとえ神経衰弱であるにしても、現に生きておられるお父さまを無理強《むりじ》いに隠居させて、僕がその跡を襲うような惨酷《ざんこく》なことを、承諾しろとおっしゃるのですか、僕にはそんな惨酷なことは、到底、出来ない――」

頭を振って拒まれますと、

「祐司、あなたのいうその惨酷という言葉、その惨酷さというものを、一番、身をもって知って来たのはこの私かもしれません、葛城家の総領娘ということで、女の身でありながら、幼い時から一切のことを葛城家のためという一言で縛られ、私の人生さえ、私の意志と無関係なところで決められてしまったのです、そうした私が、今、葛城家の将来のために惨酷さをもって、自分の夫を廃嫡しようとしているのです、その間の深い事情については、あなたが、名実とも成年に達し、結婚する時にお話しますが、今はその時期ではありません、祐司《ゆうじ》、今は、私の言葉を信じて、私のいう惨酷さを行うのです」

殺然《きぜん》とした強いお声で仰《おお》せられました。坊《ぼん》さまは何とお思いになりましたのか、暫く黙って考え込んでおられましたが、やがてお心を決められたようにお顔を上げられますと、

「では、お父さまが無理強いでなく、ご納得の上でご隠居なさるのでしたら相続致します、しかし、お父さまのご承諾がない限り、相続致しません」

とおっしゃり、蒼白《あおじろ》んだお顔でお席を起たれました。

翌日、坊さまが東京へお行きになりますと、御寮人さまはすぐご別家《べっけ》の田村徳之助さまを御影《みかげ》のお邸へお呼びになり、急いで親族会を開いて、旦那さまの隠居届を出すようにとおっしゃったのでございます。ご承知のように隠居届は、その人が六十歳以上であるか、それとも、戸主として完全な能力を果せない時しか隠居届を出せないのでございますが、御寮人さまは、田村徳之助さまに、そこのところを大木先生と葛城家の顧問弁護士とよく相談し、神経衰弱によって戸主としての財務管理が完全に果せないということにして、この際、何としても廃嫡するようにと、険しいみ気色《けしき》で仰せられたのでございます。

それから直ちに、河内長野のお屋敷では葛城家のご親族会が開かれ、旦那さまのご隠居方《がた》についてご協議なされたそうでございますが、十二年前に、旦那さまが株式相場で家産を傾けられたその時から、既に眼鑑違《めがねちが》いの養子婿《むこ》と断じられるご親族さまが多うございましたから、誰一人として旦那さまのご隠居届に反対なさる方はなく、むしろ、御寮人さまの断固としたご決意をご賞讃《しょうさん》なさるぐらいだったそうでございます。その上、旦那さまのご実家の大和《やまと》の岡崎さまの方でも、器量の至らぬふつつか者と、旦那さまのことを恐縮し、ひたすらに恥じ入られる有様でございましたので、ご親族会では難なく旦那さまのご隠居方が決まったそうでございますが、肝腎《かんじん》の旦那さまは、誰が何と云われても、頑として隠居することを、応じられなかったのでございます。

聞くところによりますと、旦那さまは、田村徳之助さまが隠居届の書類を持って談合に行く度に、お部屋にある置物や掛物を投げつけてお怒りになり、二、三カ月を過ぎる頃には、ほんとうに神経衰弱におなりになったかと思われるほど瘦《や》せ衰えられ、田村徳之助さまの姿が見えると、何も話し出さないうちから、顔色を蒼白《そうはく》にして、ぶるぶると体をお震わせになり、あげくの果てには、癲癇《てんかん》のようにお口から泡《あわ》を吹き出してぶっ倒れられるようなことが、しばしばあったそうでございます。そうしたことが、田村徳之助さまから逐一、報告されて来ておりました或る日、さようでございります、その年の冬が訪れようと致しておりました十二月初めの肌寒い日の夕方、突然、旦那さまが御影のお邸へ現われられたのでございます。

誰に聞き、どうして訪ねて来られたのか知りませんが、ご門を叩《たた》く音がしましたので、今頃、どなたかと思い、ご門の横の切戸を開けますと、そこに、まるで夕闇《ゆうやみ》の中から湧《わ》き出たように旦那さまがたっておられたのでございます。

「よし！　うちらへ案内するのだ！」

わたしはあまりの唐突さに、足が竦んでしまいましたが、ご近所の手前もあることとて、ご門をお開け致しますと、いきなり、わたしを突き飛ばし、お玄関へ向って走られたのでございます。声をたてることは出来ず、わたしもお玄関へ走りますと、一足遅く、もう旦那さまはお玄関からお座敷に押し入られ、お夕食の御膳《おぜん》に向っておられました御寮人さまのお前に、たち塞《ふさ》がられたのでございます。瘦せ衰えたお顔の中で眼だけがぎょろりと、不気味に光り、肩でぜいぜいと息をつかれながら、

「なぜ、突然に私を廃嫡しようとするのか、私はまだ六十歳になっていない、その上、私は病気でも、禁治産者でもないぞ、生きながら私に恥を曝《さら》そうというのか！」

怒りに震えたお声で叫ばれますと、御寮人さまは、高脚台《たかあしだい》の御膳に向われた姿勢を崩されず、

「恥というならば、既に私たちは多くの恥をかきすぎております、夫婦でありながら、ただの一度も夫婦らしい愛を持ったこともなく、あなたは女中との間に祐司と齢子《としご》の子供を持ち、さらに妻のただ一つの心のよすがであった庵《いおり》を焼き、私もまた、あなた以外の方を心の拠《よ》りどころに致して参り、その上で、一つ屋敷に竹矢来のような塀を隔てて、互いの恥を見るような生活を致して参りました、この上、私たちの間には恥というようなものはございません」

はねつけるような強い語調でございました。

「そうか、これ以上の恥はもうないというのか、それなら、なぜ、自分の夫に向って、こんな酷《むご》い仕打をするのだ、廃嫡を云い出した当の自分は、一度たりとも親族会へ顔を出さず、一切を田村にさせて、夫の廃嫡を冷然と見ているお前、そのとりすました体の中に、一体、何が棲《す》んでいるのだ、お前という女の心の中には、怖《おそろ》しい酷たらしいものが棲んでいる——」

と云われるなり、その正体を見極めるように、ぎらぎらと異様に光る視線を、御寮人さまに向けられましたが、御寮人さまは、白いお額をつとお上げになって、まっすぐに旦那さまのお顔を見据えられ、

「今度は、酷いとおっしゃるのでございますか、酷いとおっしゃるのならば、あなた

も酷いお心の持主でございます、あなたが葛城家へ入婿なされましてからこちら、葛城家と私に対して遊ばしたことをお考えになれば、いかに酷いお仕打であったかお解《わか》りでございましょう、あなたのお仕打のために、葛城家の家産を傾け、三カ村の領地を手離し、年来の小作人を失い、三百余年続いた葛城家は今、曾《かつ》ての姿を失いつつあるのです、私はそれを守り、とどめるために、あなたにご隠居して戴《いただ》くことをお願い致しているのでございます」

「では、どうしても、私に廃嫡を迫るというのか――」

「はい、致し方ございません」

ぴしりとして動かぬお声でござりました。邸中の動きが止まり、長い沈黙が続きました。旦那さまは敷居際《しきいぎわ》におたちになったまま、御寮人さまは御膳の前に端坐《たんざ》なされたまま、どれほどか経《た》ちました時、不意に、

「郁子《いくこ》！　許してくれ、私を廃嫡しないでくれ、私は大和櫟本《やまといちのもと》の実家を出たその時から、葛城家十二代目の当主になり得ることを、どれだけ誇りに思い、生涯の生甲斐《いきがい》として来たか解らない、今、私から葛城家の当主であることを剝奪《はくだつ》されては、私の生甲斐は失われてしまう、頼む！　今まで通り実務をさせてくれなくても、庭いじりだけでもいい、死ぬまで葛城家の当主にしておいてくれ、頼む、この通りだ！」

とおっしゃるなり旦那さまは膝《ひざ》を折り、敷居の上に這《は》い蹲《つくば》って、瘦せ衰えたお顔を畳にすりつけられましたが、御寮人さまはいささかも動揺を見せられず、端然とお坐りになっておられました。

「郁子、返事をしてくれ、頼む！　私は、どんなにみっともなくても、葛城家十二代目の当主に……」

再び云《い》いかけられますと、石のような無表情さで黙り込んでおられた御寮人さまのお顔が、ゆっくりと動き、

「お止《よ》し遊ばせ！　お見苦しい、あなたが何と懇願遊ばされましょうと、葛城家のためにご隠居戴きます、私は十一年前から今日のことを期し、その心づもりで参り、祐司も既に、その覚悟を致しております」

「え？　祐司、祐司までもか……」

とおっしゃるなり、旦那さまはその場に、がくりと肩を落してしまわれました。

「ご隠居のお心づもりが出来ましたら、どうかお静かに、せめてお見苦しくないようにお帰り下さいまし、早速、明日にも、田村に隠居届の書類を持って、お判を戴きに参らせます」

とおっしゃいますと、敷居に蹲《うずくま》っておられた旦那さまのお顔が仰向き、

「郁子！　せめて六十歳まで待ってくれ、あと十二年、六十歳を迎えるその日まで、頼む！」

渾身《こんしん》の力を振り搾《しぼ》られるようにおっしゃられますと、御寮人さまは、

「よし、この方を、お見送り申し上げるのです」

ただ一言、そう仰せられ、旦那さまのお姿を無視遊ばされるように、高脚台の御膳の上にあるお箸《はし》をお取りになったのでございます。

＊

老婢《ろうひ》の話が跡切《とぎ》れると、私は自分の坐っている大床《おおどこ》の間と呼ばれている二十畳と十畳続きの座敷を、もう一度、静かに見廻した。

正面の大床に、狩野探幽《かのうたんゆう》の花鳥の軸が一対《いっつい》がけにかけられ、曾ての葛城家の格式と豪奢《ごうしゃ》さを示していたが、今はそれを見るべき人を失ってしまった人気《ひとけ》のないうそ寒さが座敷を包んでいた。眼を庭園の方へ向けると、植木は雑木のように枝葉を茂らせ、築山《つきやま》は雑草に蔽《おお》われて荒れ果てるままに任せられていた。

この荒廃した旧家の面影に眼を当てながら、私は再び老婢に対《むか》い、

「それでは、旦那さまが廃嫡され、祐司さまが葛城家の家督をご相続なさいました

あと、旦那さまと御寮人さまとの間には、どのようなご事情があったのでございます？」

不躾《ぶしつけ》を顧みず、直截《ちょくせつ》にそう聞くと、老婢の顔にありありと困惑の色がうかんだ。

「これから先のお話は、どのようにお話し申し上げれば、ことの真実を間違いなく、お伝えすることが出来ますか、無学のわたしには、その術《すべ》を知りませんが、ともかく、拙《つたな》いながらも順々にお話し申し上げますから、どうか、その中からことの真実をお汲《く》み取り下さいまし」

と云うと、老婢はさらに深く背を屈《かが》めて、話し出した。

＊

その年の十二月一日をもって、葛城家の家督は、旦那さまから坊さまのお手に渡り、ここに十三代目のご当主が誕生なされたのでございます。そして、地主の実務の方は、坊さまが東京の大学にご在学中のこととて、ご別家の田村徳之助さまが従来通り、坊さまが学業を終えられますまで、替って実務を執り、財務管理をされることになったのでございます。

ご一族さま方は、葛城家の血を受けられた坊さまがご相続なされたというので、ありし日の葛城家の復活を夢みられるように喜び賑《にぎ》わわれ、年明けの昭和九年一月十五日に盛大なご相続の披露宴が催されたのでございましたが、御寮人さまは、今にして思えば荻原《おぎはら》先生とのお約束をお守りになられたのでございましょうか、重いお病いということにして、坊さまのご相続披露の席にはお出にならず、御影のお邸《やしき》でただ独《ひと》り、ご紋服を召されて、お祝膳《いわいぜん》に向われたのでございます。

その日のお召しものは、白綸子《しろりんず》に光琳梅《こうりんうめ》の裾模様《すそもよう》のご紋付に、黒地錦織《くろじにしきおり》の袋帯をおしめになって、河内長野《かわちながの》のお屋敷のご披露宴が始まる同じお時間に、坊さまのお身の上を祝《ことほ》がれてお盃《さかずき》をとられたのでございます。まっ白な透けるようなお手で、朱塗のお盃に満たされたお酒《しゅ》を召し上られます御寮人さまのお姿は、四十五歳のお齢《とし》とは思えぬおあでやかさと、満ち足りたお倖《しあわ》せに包まれておられました。

河内長野のお屋敷でのご披露宴の模様につきましては、後日、田村徳之助さまからおうかがい致しましたところによりますと、必ずしもお慶《よろこ》びにばかり満ちたご宴席ではなかったそうでございます。

と申しますのは、ご当主になられました坊さまのお指図《さしず》で、長い間、御寮人さまと旦那《だんな》さまとを隔てておりました竹矢来《たけやらい》の塀《へい》をお取り除きになり、この大床の間の正面に、ご紋服を召されたご当主坊さまがお坐《すわ》りになり、そのお隣に同じようにご紋服姿の旦那さまが列席なされ、田村徳之助さまのご相続披露《ひろ》めのお言葉のあと、当主になられた坊さまと、ご隠居なされた旦那さまに、祝賀のお盃を献上申し上げるのでござりますが、お集まりになりましたご一族さまの中には、坊さまの前まで進み出てお盃を差し上げられながら、そのお隣におられます旦那さまには、形ばかりのご挨拶《あいさつ》だけで去られる方もあったそうでござります。ご一族さまのみでなく、お廊下からお庭先にまで火桶《ひおけ》を置き、披露の宴に連なった郎党召使いの中にも、長年、ご隠居同様であり、今また法律的にもはっきりとご隠居の身になられた旦那さまに対して、とかくお疎《うと》んじするような態度が見られたそうでござります。そして、旦那さまよりもむしろ、御寮人さまのお身の上の方がお噂《うわさ》になり、ご相続披露めの席にもお出になれないほどお病いが重いのかと、いたくお案じ申し上げる声が多かったということでござります。

したがって、このご披露宴のあと、旦那さまは、何一つとして隔てるものがなくなった広々としたお屋敷の中で、葛城家のご隠居さまらしく、お住まいになりながらも、誰一人としてご機嫌《きげん》を伺いに出入りする者もなく、ご隠居さまとは名ばかりのご貧相《ひんそ》でわびしいご日常であったそうでござります。

それにひきかえ、御寮人さまのお喜びのほどは申し上げるまでもござりません。やっと、名実ともにお心のやすらぎを得られ、この十年来、拝見したこともないような明るいみけしきをうかべられるようになられ、坊さまがご披露宴をすまされましたあと、すぐ東京の大学へ帰られましても、今までのようにお淋《さび》しそうなご様子はお見せにならず、明るいご表情でお見送りになりました。そして、これから先は祐司が大学を卒業して傍《そば》に戻って来るのを待つばかりですと、晴れ晴れとしたお声で仰せられたのでございます。

けれど、こうした御寮人さまの安らかなお倖せとは反対に、世の中は、満洲《まんしゅう》事変のあとが妙にくすぶり、次第に日支関係が険悪になって参りまして、非常時という言葉が叫ばれ、若い男子は続々と、戦地へ召集されて行ったのでございます。そんな最中《さなか》に、学業を終えられました坊さまは、ご卒業と同時に兵役徴集延期を取り消され、兵役検査を受けられてから半年目に召集令状を受け取られたのでございます。

前々からお覚悟はなされておられましたものの、河内長野のお屋敷から田村徳之助さまが召集令状を持って、御影へ駈《か》けつけて来られますと、坊さまは、戸惑われるようなご表情をなさりましたが、静かに召集令状を受け取られますと、御寮人さまのお部屋へ入って行かれました。

「お母さま、召集令状が参りました——」

そう云われますと、みるみる御寮人さまのお顔から血の色が失《う》せ、

「来てしまったというの——」

嗄《しわが》れるようなお声でそうおっしゃり、耐えられるようにきゅっとお唇《くちびる》を噛《か》みしめられました。坊さまも、激して来るお気持を抑えられるように、じっと俯《うつむ》いておられましたが、やがてお顔を上げられますと、俄《にわ》かに改まった姿勢で、

「お母さま、応召して行く僕が、お母さまに是非、お聞き入れ戴きたいことがございます、お父さまをこちらへ引き取って戴きたいのです」

「えっ、あの人を引き取る……」

御寮人さまは、絶句遊ばされました。坊さまはさらにお膝を進められ、

「お父さまは、葛城《かつらぎ》家のご隠居さまとは名ばかりで、あの人気《ひとけ》のない広い屋敷の中で誰にもかまわれずに、まるで見捨てられた人のように、わびしく住まわれ、近頃では、殆《ほと》ど屋敷におられず、葛城家の女中であった美代《みよ》の家に住まっておられるお父さまを、こちらへお迎えして戴きたいのです、お父さまにしてみれば、神経衰弱のためとは云いながら、六十歳を待たず廃嫡《はいちゃく》され、世間や身近の謗《そしり》と嘲《あざけ》りを受けながら、あの屋敷内に住まわれることが耐え難く、美代の家へ行かれ、しかも、今は住んでおられるということを、田村から聞きましたが、お母さまは、それをご存知ないのですか、お母さまとお父さまとの間に、どのようなご事情があったにせよ、僕にとってはかけがえ

のないお父さまを、このままの状態においたまま、生死の知れぬ戦場へは発《た》てません、同時に、この戦時下に女の身であるお母さまをたった一人残して行くことも、僕の心残りです、どうか、お二人が、一つ家《や》の中にお住まいになって下さい」

暫《しばら》く動きのないご表情で、お口を閉ざしておられました御寮人さまは、静かにお眼を上げられ、きっと坊《ぼん》さまのお顔を見据えられますと、

「祐司《ゆうじ》、あなたの願いが私にとって、どれだけ残酷な願いであるか、お解りではないのですか――」

そのお声は怒りに震えていました。

「お母さま、お怒りにならないで下さい、お母さまのお気持は、解り過ぎるほど解っておりましたから、今まで何度、お願い申し上げようと思いつつも、申し上げなかったのです、しかし、お母さまが亡《な》くなられたお祖父《じい》さまやお父さまを、今だにお慕いしておられますのと同じように、僕もまた、自分の血を分けた父を慕っていることをどうぞ、お考え下さい、これが、戦場へ征《ゆ》く僕の最後の願いです」

深々と頭を下げられますと、御寮人さまは、声もなく黙してしまわれ、お胸の中の感情と闘っておられるご様子でございましたが、

「祐司、あなたの願いをお聞き入れしましょう」

ただ一言、そう仰《おお》せられますなり、苦痛に歪《ゆが》んだお顔でつとお席を起《た》ってしまわれました。

そのようないきさつがござりましたからこそ、貴女《あなた》さまが、お兄さまとお二人で坊さまを大阪駅までお見送り下さりました時に、お会いなされました御寮人さまのお姿は、あのように力ないお姿だったのでござります。

＊

私の眼に、兄と二人で葛城祐司を見送りに行った日の光景が、ありありと思い返された。

沸きたつようなプラットフォームの人波の間を銀鼠色《ぎんねずいろ》の道行コートを羽織り、髪の下に透けるような白い額を見せた初老の婦人が、老婢の腕にかまわれるようにして葛城祐司の前にたち、人前もなく動揺する祐司に「ご機嫌よう、行っていらっしゃい」と、能面のような動きのない表情で、区切るように云ったのだった。発車のベルが鳴り、軍用列車が動き出し、プラットフォームの人波が揺れ、発って行く祐司の顔が激しく歪んでも、瞬《まばた》きも見せずに祐司を見送っていたのは、気丈な母の姿ではなく、生死の知れぬ息子と止《や》むなく交わした約束に思い苦しみ、その苦しみの果ての魂を奪われた人のような無表情さと頼《たよ》りなさであったのかと、はじめて思い知った。そう思うと、私は今さらのように、葛城郁子《いくこ》と私との出会いが、この大阪駅での最初の出会いから奇《く》しき縁《えにし》をもって繋《つな》がっていたことを知り、葛城郁子こと御室《おむろ》みやじの生涯は、その最後の最後まで突きとめたいという思いが、ますます動かせぬものになった。

「では、御寮人さまは、祐司さまのご出征後、そのお約束通り、旦那さまをお引き取りになったのでございますね」

畳み込むように云うと、

「すぐにではございませんが、それから二カ月後に、旦那さまをお引き取りになられました」

と応《こた》え、老婢は再び話し出した。

＊

坊さまが出征遊ばしましてから二カ月程の間の御寮人さまのお苦しみは、はたで見るのも無惨《むざん》なほどのお苦しみようで、僅《わず》か二カ月ほどの間にみるみる瘦《や》せ細られ、再びお胸のご病気にかかられるのではないかと心配するほどお窶《やつ》れになってしまわれましたが、十一月中旬になって、田村徳之助さまをお呼びになり、旦那さまをお迎えになる日をお決めになったのでございます。

　その日は、十一月の末日でございましたが、田村徳之助さまとご一緒に、御影のお邸へお着きになりました旦那さまのお姿は、どこがお悪いのか、坊さまのおっしゃられた通り、病み耄《ほう》けられ、これが曾て旦那さまとお仕えした方かと思われるほど、尾羽《おは》打ち枯らされた、悄然《しょうぜん》としたお姿でございました。御寮人さまは、お客間で旦那さまと対い合われ、黙って一礼遊ばされたきり、お眼を逸《そむ》けられましたが、旦那さまは、「郁子、よく迎えてくれた、お前にそんな優しい気持が残っていてくれようとは知らずに今まで……」

　涙をうかべられながら頭を下げられますと、

「いいえ、私の気持からではございません、明日の命も知れぬ戦場へ発って行った祐司の懇願に負けたのでございます、ですから、こちらにお住まいになっても、一つ家《や》にいるということだけで、あとは他人でございます」

　御寮人さまは冷然とそうおっしゃられ、邸外はもちろんのこと、お庭も中庭以外には絶対に、お出歩きにならないことを条件に遊ばされたのでございます。その理由は、旦那さまが常人と異なって、神経を病んでおられるからというのでございます。このようなお約束のもとに、旦那さまは、貴女さまがお使いになっておられましたあの西南寄りの棟《むね》にある二階のお部屋に住まわれることになったのでございますが、この日から御影《みかげ》のお邸の中は、竹矢来の塀こそございませんでしたが、それより険しい眼に見えぬ塀が、御寮人さまと旦那さまとを隔てているような険しい暗さに包まれました。

広いお邸のこととて、表面には何の変化もございませんでしたが、一つ家《や》の中に神経を痛めて病み耄けられている旦那さまを抱《かか》えて過す日々は、鉛の壁の中にいるような重苦しさでございましたが、この重苦しさがさらに救いのないものになってしまいましたのは、旦那さまが移って来られました翌年の初夏のことでございます。

お昼寝を遊ばしておられるはずの御寮人さまのお部屋から、突然、悲鳴が聞え、愕《おどろ》いて駈《か》けつけますと、お浴衣《ゆかた》の胸もとをかき合わされながら、蒼白《そうはく》になっておられる御寮人さまのお顔が見えたのでございます。一瞬、何のことか解らず、呆然《ぼうぜん》と致しておりますと、

「あの人が、あの人が……ここへ……」

と屋根を指されました。はっとしてその方を見ますと、屋根瓦《やねがわら》の上に旦那さまが蹲《うずくま》るように坐っておられました。旦那さまのお部屋から屋根伝いに来られたのでございましょうが、泥棒猫のように屋根の上に蹲っておられる旦那さまのお姿は、眼を逸けたくなるほどあさましい醜い姿でございましたが、

「旦那さま、お足もとが危のうございますから、こちらへお入り下さいまし」

お廊下の突き当りの窓を開けて、そこから中へお入れし、そのまま旦那さまのお部屋へお連れ戻し致しましたが、この日から旦那さまのお部屋の扉《とびら》の鍵《かぎ》を、外からかけることになったのでございます。

鍵がかけられることになりますと、今までお静かだった旦那さまが、

「出してくれ！　外へ出る、出してくれ！」

扉を破るように激しく揺さぶられました。その度《たび》にわたしは怖《おそろ》しい思いで御寮人さまのお顔をお見上げ致しますと、御寮人さまは身《み》揺《ゆる》ぎも遊ばさない平静なご表情で、静かに起ち上って、旦那さまのお部屋へ行かれました。何を話されますのか、低い御寮人さまのお声が聞え、やがて扉が閉《し》まって、御寮人さまが出て来られる気配が致しますと、きまって、

「郁子、許してくれ、わしが悪かった、わしが——」

呻《うめ》かれるような旦那さまのお声がし、わたしがさらに怯《おび》えるように御寮人さまのお顔をお見上げ致しますと、

「何だか、日一日と神経が弱って行かれるようね」

他人《ひと》ごとのように、そうおっしゃるばかりでございました。わたしはこのあたりか

ら、御寮人さまと旦那さまとの間にある、何か逃《のが》れても逃れても逃れようのない運命の確執のようなものを感じ、御寮人さまのご身辺に旦那さまがおられる時は、必ず、何か不幸な運命が御寮人さまに訪れて来るというような得体の知れぬ怖《おそ》れを覚えておりましたのでございますが、やがて、そのわたしの不吉な予感通り、怖しい運命が御寮人さまに襲って参りました。

それは、坊さまの戦死の報《しら》せでございました。北支の戦線から一ヵ月に一度は、御寮人さまにお送りになっておられました坊さまのお便りが、太平洋戦争の勃発《ぼっぱつ》と同時に、俄かに跡絶《とだ》え、ご心配致しておりました矢先に、突然、支那《しな》戦線で戦死なされたという公報を受け取ったのでございます。

戦死の公報をお受け取りになりました御寮人さまは、戦慄《わななな》くお手で公報文を握りしめられたまま、お眼からは涙一滴も、お口からは一声の嗚咽《おえつ》もお洩《も》らしにならず、その日、一日中、石のようにお居間に坐《ざ》され、その次の日も、またその次の日も、不気味なほどの静けさに包まれておりました。御寮人さまにとって、坊さまの死が、容易にお信じになれなかったのでございましょう。

その御寮人さまが、坊さまの死をはじめて現実に受け取られましたのは、大阪府遺族援護課へ坊さまのお遺骨を受け取りに行かれた時でございます。二月の寒風の吹きすさぶ日、大阪府庁前の兵舎のように殺風景な木造建物の奥へ入り、幾百柱ともなく、並べられている遺骨の中から、陸軍中尉《ちゅうい》葛城祐司としたためられた遺骨が、御寮人さまの前へ置かれた瞬間、御寮人さまのお顔にどっと噴《ふ》き上げるようなお悲しみの色が奔《はし》り、その悲しみに耐えられるように白布に包まれたお骨壺《こつつぼ》を、しっかりとお胸に抱きかかえられました。御影へ帰るお車の中でも、ことことと鳴るお骨壺の上に、必死に耐えようとなさるお顔をさし俯けておられましたが、お邸《やしき》に帰り着き、お玄関へおみ足を入れられました途端、ご遺骨を抱かれたまま、そこに失神してしまわれました。ただ一つの生甲斐《いきがい》として来られました坊さまを失われました御寮人さまの狂おしいばかりの悲しい母の姿は、四十七年以上、お傍に仕え、数々のご不幸やお悲しみを見、聞き致して参りましたわたしでさえ、正視に耐えないようなお痛わしさでございました。そして、この日は、奇しくも、二十四年前、御寮人さまが心ならぬ婚礼の座に坐《すわ》られました日に当り、同じように霙《みぞれ》さえ降りしきっていたのでございます。

坊さまの戦死を旦那《だんな》さまに告げられましたのは、その日から半月ほど経《た》ってからのことでございますが、何の前ぶれもなく、いきなり、御寮人さまが、白布に包まれた坊さまのお遺骨を旦那さまの前に置かれますと、旦那さまは、一瞬、怪訝《けげん》な表情をなさりましたが、やがてうっと呻かれるように坊さまのお遺骨に取り縋《すが》られ、お声をあ

げて泣かれました。おうおうと、獣《けもの》のような声を上げられる旦那さまのお姿をご覧になり、

「これで、あなたと私を繋ぐ一切の絆《きずな》は断ち切られてしまいましたね」

とおっしゃられる御寮人さまのお眼《まな》ざしの中には、ぞっと背筋の凍るようなお憎しみの色が漲《みなぎ》っておりました。けれど、このお憎しみのお心があればこそ、坊さまが亡くなられました後も、御寮人さまが生き永らえられましたのだと存じます。ほんとうに御寮人さまは、坊さまのお遺骨を受け取られましたその日から、終日、お部屋に閉じ籠《こも》ってお遺骨の前に坐られ、あとを追ってお生命《いのち》を断たれてしまわれないかと危ぶまれるほど魂を失い、お力を失われたご様子でございましたが、それを支《ささ》えることが出来ましたのは、今、ご自分が命を断てば、再び葛城家の家督が旦那さまの手に渡ってしまうということと、葛城家の将来を思われるご一心で、坊さま亡きあともじっとお生き永らえになったのだと存じます。

　事実、そのままの状態でございましたら、家督相続権は法律的にはご隠居された旦那さまの手に戻ることになるというので、御寮人さまは、田村徳之助さまはじめ、ご親戚《しんせき》さま方とご相談の結果、和歌山の粉河《こかわ》へ嫁《とつ》いでおられます妹孃《こいさん》さまのご次男の雅典《まさのり》さまを、葛城家のご養子として迎えることに決められ、早速《さっそく》、その懇請方を妹孃さ

まにお手紙なされますと同時に、田村徳之助さまをして、粉河までおさし向けになったのでございます。しかしながら、粉河随一の旧家であられます妹嬢さまのお嫁ぎ先では、なかなかご承引のお言葉が戴《いただ》けず、あらゆる面での実務に長《た》けられた田村徳之助さまも、さすがに難渋を極《きわ》められ、御寮人さまのお顔にもご焦躁の色が目だって参りました。

そうした時、さようでございます。坊さまが戦死されましてから、一年ほどのことでございました。三月とはいえ、まだ奈良の二月堂のお水取りがすんだばかりの底冷えのする日、突然、あの美代《みよ》が訪《たず》ねて参ったのでございます。何時《いつ》ものように旦那さまのお部屋へ夕食をお運びし、食後、お厠《かわや》のご用をすまされるのをお待ちしておりました時、不意にご門のベルが鳴りました。ご用聞きのほかは、大木先生と田村徳之助さましか訪ねる人とてなく、しかも、この夕刻にと訝《いぶか》しく思い、門へ走り出ますと、そこに美代が、坊さまと一つ違いにしてはあまりに見劣りが――と思われる一人息子を連れてたっておりました。とっさに言葉が継げずにおりますと、

「息子に召集令状が参りました、これまで軍需工場に徴用されていたのですが、明日、私の郷里の伊勢《いせ》へ帰り、そこから発つことになりましたので、この子の父親の旦那さまに出征のご挨拶《あいさつ》をさせて戴きたいと存じます、旦那さまがこちらへお移りになりま

す時に、お邸のことを伺っておりましたので、つい――」

もう四十五歳を過ぎているはずの美代は、母親らしい落着きをもって申しました。御寮人さまのお胸のうちを考え、一瞬、取次ぎに迷いましたが、膚《はだえ》を刺すような雪もよいさえする夕暮、人眼を憚《はばか》るように訪れて来ている親子の姿を見ましては、無下《むげ》にも断われず、御寮人さまにお取次ぎ致しますと、

「お勝手の方へお廻し――」

とおっしゃられ、お勝手へおみ足を運ばれました御寮人さまは、そこにたたずんでいる美代と、顔色の悪いその息子を、無言のままでじっと見下ろされ、

「挨拶には及びません――」

追い帰すように一言、そうおっしゃり、くるりとお背を向けられました時、お厠におられるはずの旦那さまが、お勝手の敷居にたって、美代と子供を放心したような眼で見詰めておられました。

「ああ！　旦那さま、一雄が――」

美代が伸び上るように叫びますと、

「おお、一雄か――、一雄が来たか、わしにはもう一人、息子がいる――」

蹌踉《よろ》めくように走り寄って一雄さんの背をかき抱き、声を出して泣かれました。瞬《また》

きもせずに、それをご覧になる御寮人さまのお眼ざしには、青い炎のような光が、たちのぼり、異様な揺らめきが見えました。たった一つの生甲斐であった坊《ぼん》さまを失われ、孤独と悲痛のどん底に喘《あえ》いでおられました御寮人さまにとっては、血を分けた親子が抱き合い、しかもそこに美代さえもいて、父と子の姿を涙ぐんで見守っているということは、耐え難いお苦しみであると同時に、二十年前の許し難い屈辱が、まざまざと甦《よみがえ》って来られたことと存じます。それにもかかわりませず、無神経な美代は、旦那さまのお窶れになったお姿をお見上げし、

「もし、お許し戴けますなら、旦那さまのお身廻りのお世話をさせて戴きながら、一雄の帰還を待ちたいと存じます」

と御寮人さまに申し上げると、

「ご隠居の身分とはいえ、葛城家《かつらぎけ》の主《あるじ》は、召使いの家で面倒を見て貰《もら》うようなことは、知らないうちならともかく、私が知りながらそのようなことは出来よう筈《はず》がありません」

冷然と、撥《は》ねつけられたのでございます。

その翌日から旦那さまをご覧になる御寮人さまのお顔は、なまなましい憎しみの色を燃えたぎらされ、旦那さまの方は、火がついたような性急さで、美代の家へ行きた

いと、毎日のように懇願され、その果てには異常な狂暴さで、お部屋の中のお机や花瓶《かびん》、窓ガラスまで、破壊して、二階のお窓から脱《ぬ》け出そうとまでなされたのでございますが、御寮人さまは固くお聞き入れにならなかったのでございます。そして、あの日、遂《つい》に怖しいことが起ったのでございます。

その日に限って、昼間から妙に静かに過しておられました旦那さまのお部屋の窓から、夜の十時過ぎに、ぱっと炎が見えたのでございます。愕いて駈け走り、外から扉を開きますと、お床の軸に火がついていたのです。傍《そば》にある座布団《ざぶとん》を摑《つか》み、無我夢中で火のついた軸を叩《たた》き落して足で踏みしだくと、背後《うしろ》からざっと水が、かぶせられました。振り向くと、死人のように青ざめられた御寮人さまがバケツを持って起《た》っておられ、お部屋の隅《すみ》には獣のように荒い息を吐き、眼を血走らせた旦那さまが、

「美代のところへ行くぞ、行かせなければ、この家を焼いてしまう、石川沿いの庵《いおり》のように、わしの手で灰にしてやるぞ！」

白い煙を上げて燻《くすぶ》っている床の間を、凄《すさま》じい形相《ぎょうそう》で見詰めておられたのです。御寮人さまの眼に激しい怒りの色が奔り、

「あなたという人は、悪魔、悪魔ですわ、若い頃の私の生甲斐であった庵を焼き払い、私から歌を奪い去りながら、まだこの上、私の晩年の静かな棲家《すみか》ときめたこの家まで

焼いてしまおうとなさるのですか、やはり、あなたは気狂《きちが》い、悪魔の心を持った精神異常者ですわ」

刳《えぐ》るような鋭さで申されますと、

「わしを悪魔？　気狂いというのか、お前こそ仮面をかぶった悪魔だ、葛城家の家産を傾け、神経衰弱になったわしを無理やりに精神異常に仕立てて、矢来のような塀で囲うたり、こんな座敷牢《ざしきろう》のような一室に閉じ籠めたりして、わしの手から葛城家の相続権を奪い返そうとしている怖しい悪魔だ、その手には乗らんぞ！　わしは、美代の産んだあの子を認知して十四代目の葛城家の相続人にしてやる、悪魔奴《め》、この女悪魔！」

気のふれた方とは思えぬしっかりしたお言葉を口にされたかと思いますと、不意に机の上にあった鋏《はさみ》を振り上げられ、あっと、おかまいする間もなく、御寮人さまの二の腕に鋏がぐさりと、突き刺さり、みるみる血が噴き出しました。

「はっ、はっ、はっ、悪魔奴！　悪魔の血も紅《あか》いのか、紅い！　紅い！　紅い」

ぎらぎらと眼を光らせ、踊るように血の色を喜ばれる旦那さまのお顔は、血を見て、突然、ほんとうに狂ってしまわれたような異様な形相でござりました。わたしは、身の毛がよだち、震える手で御寮人さまのお体をお抱えして、お廊下へ出、外から厳重に鍵をかけると、御寮人さまのお腕に止血の繃帯《ほうたい》を結わえ、直ちに河内《かわち》長野《ながの》の田村徳之助さまに、お電話でお報せ致しました。

　夜中の二時過ぎに駈けつけて来られました田村徳之助さまと主治医の大木先生は、ことの次第に愕かれ、大木先生はすぐさま、御寮人さまのお傷を診《み》られ、思ったよりお傷が浅いことに安心されますと、旦那さまのお部屋へ行かれました。わたしがご案内して二階の旦那さまのお部屋の扉をお開け致しますと、

「お前までわしを殺す気か、嘘《うそ》つき、男の悪魔、悪魔！」

　いきなり、ご老体の大木先生に飛びかかり、鎮静剤の注射器を奪い取られようとされました。このもの音に驚き、飛んで来られた田村徳之助さまが旦那さまを取り押さえられ、やっと鎮静剤をお打ちになった始末でござります。そして、このあと、御寮人さまのお部屋で、大木先生と田村徳之助さまとお三人で夜が明けるまで、何か長い間、お話し合いをなされ、大木先生は他《ほか》に患家があるからと、朝になると、河内長野へ帰って行かれましたが、田村徳之助さまは、また旦那さまが暴《あば》れられるようなことがあってはと、そのままあとに残られ、旦那さまのご様子を監視なさると同時に、何《ど》処《こ》からともなく、顔見知りの大工を呼び、お納戸《なんど》の用心が悪いからと云って窓に頑丈《がんじょう》な鉄の桟を入れられ、扉も分厚いものに替えられました。十日程でそれが出来上りま

すと、わたしは御寮人さまのお部屋へ呼ばれました。御寮人さまは、繃帯を巻かれた右の二の腕をかまうようにして、お床の上に坐っておられ、田村徳之助さまが、やや改まったご表情で、

「今日から、旦那さまをお納戸の方へお移しすることになった――」

と、云《い》われたのでござります。

「え？　お納戸へ、旦那さまを――」

耳を疑うようにお聞き返し致しますと、

「大木先生のご診察により、旦那さまはとうとう、回復の見込みがつかぬほどお狂いになったのだよ、しかし、この非常時が叫ばれている戦時下に精神病院へお預けするわけにも行かず、第一、由緒《ゆいしょ》ある葛城家の家名のためにも、ことを表だたせることは出来ないから、今日からはお納戸へお移しする、あそこならば、鉄の窓格子《まどごうし》を入れたばかりで、扉もしっかりしているし、棟と棟とが重なりあったところだから、これ以上、狂暴になられるようなことがあっても、邸外にまで知られる心配はない、それに診察は、大木先生に時々、診に来て戴くようにお願いしてあるから、あとはよしさんが、旦那さまを監視して、二度とこの間のようなことが起らぬように注意して貰《もら》いたい」

とおっしゃったのでございますが、いくらお気がふれられたとはいえ、旦那さまをお納戸にということは憚られ、御寮人さまの方をお見致しますと、

「よし、何を躊躇《ためら》うのです、家門のためには昔からよくある例ではありませんか、お前も、田村のお手伝いをして、旦那さまをお納戸へお移しするのです」

刃《やいば》のように冷やかに研《と》ぎすまされたお声でお命じになったのでございます。そう命じられましては、もはやお返しする言葉もなくわたしは早鐘が搏《う》つような動悸《どうき》を抑えながら、田村徳之助さまのあとに随《つ》いて二階の旦那さまのお部屋へ参り、外から鍵《かぎ》を廻して扉を開きました。田村徳之助さまは、にこやかな笑いをうかべて、お部屋の中へ入られ、

「今日から、階下《した》の陽《ひ》あたりのいいお部屋へ移りましょう、それにここは、この間のそんな焼け焦《こ》げた跡もありますから――」

と床の間を指されますと、旦那さまも白い歯をお見せになり、

「部屋を変えてくれるのか、階下《した》なら庭へもすぐ出られるな」

正常な人のようなお声でおっしゃられました。わたしは膝頭《ひざがしら》が震えて参りましたが、田村徳之助さまは、さらに、にこやかな笑顔で、

「さようでございますよ、さ、早く階下《した》へ参りましょう」

旦那さまのお手を取って、促すように階段を降りられました。中庭ぞいの長いお廊下を踊るような足もとで歩かれる旦那さまの傍に、田村徳之助さまがぴたりと寄り添い、お納戸の前まで行った時、不意に旦那さまの腋下《わきした》に手を入れ、羽がいじめになさりました。

「何、何をする！　田村、放せ」

腋下の手を振り解《ほど》くように旦那さまは、激しく抗《あらが》われ、大声で叫ばれましたが、そのまま、ずるずると納戸の中へ引き摺《ず》り込まれ、扉が締まりました。

「わしは、火をつけただけ！　鋏を投げただけ！　気狂いは女の悪魔、悪魔の血は紅い、紅い、紅い！」

正常とも、異常ともつかぬ言葉が、わたしの耳を搏ち、なおもお納戸の中で揉《も》み合う旦那さまと田村徳之助さまのただならぬもの音が聞え、やがて、旦那さまのお声が鎮《しず》まったかと思うと、国民服のボタンを引き千切られた田村徳之助さまが、息をきらせながらお納戸から出て来られ、外側からがちゃりと鍵をかけてしまわれたのでござります。それが貴女《あなた》さまもご存知のあの中庭ぞいのお納戸でござります。

お納戸へ移られましてからの旦那さまは、お憚りも納戸の中にしつらえられた便器をご利用になり、三度のお食事はわたしがお運び申し上げましたが、わたしの見るところでは、お納戸へ移られました時を境にして、ほんとうに狂ってしまわれたようでございます。

と申しますのは、旦那さまは以前のようにあまりお喋《しゃべ》りにならず、終日、割箸《わりばし》を削られるようになったのでございます。この少し前には、赤と紫ばかりをなすりつけた奇妙な、わけのわからない絵を描き続けておられましたが、杉箱に入った大阪ずしを差し上げました時、果物ナイフでお箸を作られたことが始まりで、その後は、お納戸にある木という木をみんなお箸の形に削られるようになったのでございます。薄暗いお納戸の中で、終日、飽きもせずに割箸を削っておられる旦那さまのお姿は、黒い影絵のように不気味なものでございましたが、このお箸削りをしておられる間だけは暴れられることがないのが、わたしにとって何よりもの救いでございました。けれど、次第にお箸の数が増えて参りますと、百膳《ぜん》出来たら美代《みよ》のところへ行く、百膳出来たら――と、何かに憑《つ》かれたようにおっしゃり、やがて、ほんとうに百膳の割箸が出来上りました日、俄《にわ》かに、

「今から美代のところへ行く、美代がご飯をつくって待っている――」

と口走られ、お止めしますと、割箸を両手に摑んで、ますます猛《たけ》り狂われ、

「この箸がないと美代は死ぬ、餓死《うえじに》する！　人殺し！　人殺し！」

と云い募られ、果てはお納戸の頑丈な扉に、力一杯、体をぶっつけ、前歯を折って昏倒《こんとう》され、大木先生が、河内長野から駈《か》けつけて、お手当をなさったのでございます。

このようなことがあってから、旦那《だんな》さまは、美代が餓死するなら、わしも餓死するとおっしゃり、わたしがお運びする三度のお食事にお手をつけられることが少なくなり、お体に障《さわ》りますからと無理にお勧め致しますと、人殺し奴！　と喚《わめ》かれるなり、戦時下の貴重な食糧をひっくり返し、食器をこなごなに破《わ》ってしまわれ、完全に狂いきってしまわれたような狂暴さで、一日中、絶食をなされる日が次第に多くなり、目に見えてお体が弱って行かれたのでございます。

もちろん、大木先生にご連絡致し、ご診察を乞《こ》うたのでございますが、旦那さまは、大木先生のお顔をご覧になると、きまって、

「死神が来た！　死神が来た！　出て行け！」

わなわなと全身を震わせて、猛り狂われ、注射針が途中で折れることすら度々《たびたび》あり、お薬も、何とお勧め致しましても、お口になさらなかったのでございます。それというのも、お医者さまをお呼びすると、何かご自分にとって不為《ふため》なことをなされるというような異常な被害妄想《もうそう》にかかっておられたのではないかと存じます。そんな様子でございましたから、終戦の年の二月に大木先生がお亡《な》くなりになりましてからは、事

情をご存知ないお医者さまをお呼びするわけにも行かず、御寮人さまと二人で途方にくれておりました時に、貴女さまが、昭和二十年三月の大阪の空襲で罹災《りさい》なされ、御《み》影《かげ》のお邸《やしき》へ避難して来られ、失礼な申し上げようでございますが、正直なところ、あの時、御寮人さまとわたしは、貴女さまのご来訪に困惑致しましたのでございます。

お庭は広く、しかも深い松林で囲まれておりましたから、近隣の方にお眼にとまる心配はございませんでしたが、家内《いえうち》ではいくら広いと申しましても、何時《いつ》か貴女さまのお眼にあの納戸の中のことが気付かれるのではないかという不安が、毎日のように御寮人さまとわたしの胸を騒がせ、心落ちつかぬ辛《つら》い日々でございました。そして、貴女さまがお見えになりましてから一カ月目の西宮《にしのみや》空襲の時、遂にお納戸の中の旦那さまのお声を聞かれてしまったのでございます。

＊

私の胸に、その納戸の中から助けを求めるような男の声を聞いた時の異様な体験が甦って来た。

その夜、私は、食糧事情が逼迫《ひっぱく》している戦時下とは思えぬ二の膳付きの贅沢《ぜいたく》な夕食を振舞われたあと、自分に当てられた二階の部屋へ帰ろうと、中庭の廻り廊下の中程まで来た時、突然、耳を劈《つんざ》くような空襲警報が鳴り、すぐ近くの西宮の空が真っ赤に燃え上ったのだった。

とっさに身を翻《ひるがえ》し、眼の前に見える納戸に走り、扉《とびら》に手をかけた途端、「いく……い……いく子……」と呼ぶかすかな人声が聞えたのだった。はっと耳を凝らし、扉に体を寄せかけると、「どうなすったのでございます？　そんなところで――」と、老《ろう》婢《ひ》に侍《かしず》かれた御寮人さまと呼ばれるそのひとが、背後から咎《とが》めるような眼《まな》ざしを向け、空を染める炎の明りの中で、その顔が異様に蒼《あお》ざめていた。

「お納戸だと思って開けようとしましたら、内から人の声が――」私がそう応《こた》えかけると、「何かのお間違いではございませんかしら――、避難部屋はお蔵の中でございますわ」びしりと切り裂くように云い、私の手を取って土蔵の中へ誘ったのだった。

そして、その翌日から私は、自分の聞いた人声が幻聴であったか、どうかを確かめるためにひそかに納戸の方へ近寄ろうとすると、何時の間にか、老婢がうしろにたっていて、「どちらへお越しになるのでございます、ご用のないお部屋へはお運び戴《いただ》きませんように、何分、取り散らかしたままでお掃除が行き届いておりませんので――」と、納戸へは近付かせなかったのであるが、やはり、そこには一人の男が住んでいたのかと思うと、なぜ、それほどまでに私の眼から隠そうとしなければならなかったのか、そして私が納戸の声を聞いてから二十日後に起った旦那さまと呼ばれるその人の急死の真相は、一体、何であろうか——。

私は老婢に向き直ると、

「旦那さまは、ほんとうに狂っておられたのでしょうか、よしさんのお話を注意深く伺っていますと、私の感じでは単なる神経衰弱程度で、完全に狂っておられないような気もするのですが……」

思いきって、そう聞いた。老婢の顔に困惑の色がうかび、

「ああしたご病気は、そうだといえばそうで、違うといえば違うといえましょうか、ともかく、大木先生も、田村徳之助さまも亡《な》くなってしまわれた今、確かなことを申し上げようがございません」

「えっ、お二人とも死亡——」

「はい、田村徳之助さまは、昭和十八年の末に、大木先生は先程申し上げましたように、終戦の年の二月にと、相ついで亡くなられました」

「では、事実を知っておられるのは、今になっては、よしさんだけということになりますのね」

確かめるように云うと、

「はい、さようでございます」

「じゃあ、よしさん、旦那さまの急死の原因は何だったのです？　そしてお食事はどうしてあんなに……」

と云いかけ、私は、あとの言葉を口ごもってしまった。

私がたまたま、台所でかい間見た食膳は、葛城家《かつらぎけ》のものとは信じられぬほど粗末な食器に盛った粗末過ぎる食事であった。それでありながら、旦那さまと呼ばれるその人の葬儀の日、死者が生前使っていた飯茶碗《めしぢゃわん》を送り火の中へ投げ入れて、死者に別離を告げる終礼に用いられた茶碗は、私が見た粗末な食器とは比ぶべきもない美しい絵《え》付《つけ》の志野《しの》茶碗であったことが、眼にうかんだ。

老婢は暫《しばら》く、固く口を閉ざしていたが、やがて、

「旦那さまの食器とお食事のお粗末さ、さらにご葬儀の簡略さなどが悉《ことごと》く貴女さまのご不審になり、ひいては旦那さまのお亡くなりようにまでご疑念をお持ちになっておられるようなご様子でございますが、御寮人さまが亡くなられました今、もはや何もお隠しだて致す必要もございませんから、わたしの知っている限りのことをお話し申し上げます」

と云うと、老婢は三度、言葉を継いだ。

＊

旦那さまのお食事と食器が粗末でございましたのは、さっき、申し上げましたように、せっかく食膳をお運び致しましても、人殺し奴！　と喚かれるなり、戦時中の貴重な食糧をひっくり返して、食器をこなごなに割ってしまわれたり、異常な執拗《しつよう》さで絶食をなさることが多かったからでございます。それも、御寮人さまがなさることや、わたしのすることはすべて悪意にお取りになって、被害妄想のような強さで食事を拒まれ、日に日にその激しさを加えて行かれましたから、旦那さまのご死因は、精神異常にお自らの絶食を加えた衰弱による自然死だったと申せましょう。

ご葬儀の日の終礼に、御寮人さまが送り火の中へ紅志野のお茶碗を割られましたのは、決して世間の眼を欺《あざむ》こうと遊ばしたのではございません。前にもお話し致しましたようにあの紅志野のお茶碗は、御寮人さまのご婚礼の日、ご隠居さまから一対《いっつい》の夫婦茶碗《めおとぢゃわん》として戴かれたものでございますが、僅《わず》か一年程お用いになったきり、あとはお使いにならず、夫婦茶碗とは名ばかりで、別れ別れになっていたお茶碗でございますので、旦那さまのご死亡の際に、名実ともに夫婦茶碗を一つ茶碗にしてしまいたいというお気持から惜しげもなく、送り火の中へ割ってしまわれたのだと存じます。

あの時、わたしは、志野茶碗の美しい地肌《じはだ》に思わず、あっと躊躇いの声を上げましたが、御寮人さまは、三十二年間の桎梏《しっこく》から解き放たれ、魂の安らぎを求められるような思いでお割り捨てになられたのでございましょう。

お独りになられました御寮人さまは、再び、昔のように静かにご本を読まれたり、お歌さえもお詠《よ》みになられるようなご気配が見られたのでございますが、それは束《つか》の間《ま》のことで、旦那さまが亡くなられましてから、御寮人さまは俄かにお髪《ぐし》に白いものを増され、お顔に何か空《うつ》ろな翳《かげ》りさえも見られるようになったのでございます。お工合がお悪いのではと、ご心配申し上げますと、黙ってお首を振られ、

「よし、私は幾つになったのかしら」

空蟬《うつせみ》のように力ない空ろなご表情で仰《おお》せられました。坊《ぼん》さまが亡くなられたあと、旦那さまへのお憎しみが生きる絆《きずな》となっておられました御寮人さまは、そのお憎しみの心さえも失ってしまわれますと、魂の脱《ぬ》けるような虚脱感をお覚えになられたのでございましょう。急にご気力を失われた御寮人さまのただ一つのお楽しみは、妹嬢《こい》さまのご次男の雅典《まさのり》さまをご養子にお迎えするお話が決ったことでございますが、この雅典さまも、ご縁組が決まってから一カ月目に、学徒出陣で出征され、空の特攻隊となって散華《さんげ》なされてしまったのでございます。

戦死の公報を終戦の日の翌日、受け取られた御寮人さまは、もはや嘆かれる気力さえ失われ、力ない無表情なご様子で、坊さまの時になされましたように、葛城家の菩提寺《ぼだいじ》である河内《かわち》の興妙寺へ地蔵尊をご寄進になりました。こうして再び孤独のお身の上になられました御寮人さまは、終戦の翌年、不在地主の農地整理を迫られ、生家を出られましてから二十年目の昭和二十一年の九月の末に、はじめて河内長野のお屋敷へお帰りになられたのでございます。この時も荻原《おぎはら》先生とのお約束をお守りになられますためか、妙に肌寒い日でございますのに、人眼を憚《はばか》り、夜遅くお屋敷へ入られたのでございます。

御寮人さまも、旦那さまも御影へ移られて、長い間、主《あるじ》を失っていたお屋敷は、曾《かつ》ての隆盛と威容は、僅かに屋敷内の端々《はしばし》に残るのみでございました。御寮人さまは、お懐《なつ》かしげにお屋敷内を打ち眺《なが》められ、葛城家の財務管理をしている故田村徳之助さまのご長男、善之助さまと、留守居の女中と男衆《おとこし》に迎えられ、お夜食の御膳に向われましたあと、お湯を使いたいと仰せられたのでございます。

御影のお邸《やしき》のタイル張りのお湯殿とは異なり、ご生家のお湯殿は総檜《ひのき》造りに網代《あじろ》編《あみ》の天井で、直接、湯槽《ゆぶね》の下から焚《た》きつけず、台所から沸き上ったお湯を湯槽に運び、湯冷《ゆざ》めをしない程度に桐炭《きりずみ》で温《あたた》める古風な湯殿で、御寮人さまのお好みにかなったものでございました。けれど、湯冷めなどなさって、お風邪《かぜ》をお召しになってはとお止め致したのでございますが、久しぶりだからどうしてもとおっしゃられ、女中たちに云いつけてご入浴のご用意を致しました。

お湯から上られました御寮人さまは、お快げにほのぼのとした桜色のお顔をお輝かせになっておられたのでございますが、やはりお湯冷めをなされましたのか、その深夜からご発熱になり、急性肺炎を引き起されたのでございます。終戦直後、しかも大木先生もお亡くなりになってしまわれた田舎でのこととて、一時はどうなることかと心配致しましたが、幸い、一週間ほどで高熱が下り、さらに半月ほど致しました頃には、もうお床の上に起き上られるようになられ、燦々《さんさん》と光の矢が降り落ちるような秋《あき》日和《びより》に、お蔵の中のお衣裳《いしょう》を、大床の間に虫ぼししてほしいと仰せられたのでございます。

お顔の色も勝《すぐ》れられ、またとないほどの秋日和でもございましたので、お気晴らしにとも存じ、お蔵の中にしまわれている嬢《とう》さま時代からのお衣裳の数々を大床の間へお運び致し、長押《なげし》と長押の間を長く張り渡した絹紐《きぬひも》に、一枚、一枚、お衣裳をかけ広げて参りますと、御寮人さまは、その一枚、一枚をお手にとって撫《な》でさするようにしてご覧になりました。みるみる、二十畳と十畳続きの大床の間一杯に、燦《きらび》やかな衣裳の谷間が幾筋も造られ、その間を静かに縫うように歩かれる御寮人さまのお姿は、葛城家のご総領娘として豪奢《ごうしゃ》であった頃のお姿を髣髴《ほうふつ》とさせるようなお美しさでござりました。

何度目か、お蔵の中へ足を運び、お座敷へ戻って参りました時、不意にうっと、呻《うめ》かれるようなお声が聞えたかと思いますと、笹林堂《ささりんどう》のご紋がしるされた古代紫と鈍色《にびいろ》の衣裳が、ずるずると畳の上に滑《すべ》り落ちました。はっとしてその方へ駈け寄りますと、御寮人さまのたおやかなお体が、衣裳の谷間に埋もれるようにうつ伏せておられたのでござります。

「御寮人さま！　どう遊ばしたのでござります」

かき抱くようにお抱き起し致しますと、既にお顔色を失せられておられましたが、まだかすかな体温が残っておりました。

「御寮人さま！　御寮人さま！」

わたしは声を限りにお呼びし、何時間も、何時間も、御寮人さまのお体を撫でさすりし、必死で体温をお取り戻ししようとしましたが、遂《つい》に御寮人さまはお甦《よみがえ》りにはならず、笹林堂のご紋の上に白いお顔をうつ伏せられるようにして、心臓麻痺《しんぞうまひ》で息絶えられてしまったのでござります……。享年《きようねん》、五十七歳、数奇なご運命とお痛ましいご生涯にもかかわりませず、そのお顔はお眼を閉じられました後も、匂《にお》うばかりの臈《ろう》たけたお美しさと、ご気品に充《み》ち満ちておられました。

御寮人さま亡きあとの葛城家は、ご親族さま方のご協議によって、どなたかがご相続遊ばされるのでござりますが、今もって決まりません。しかし、どなたがお継ぎになりましても、もはや曾《かつ》ての葛城家は、御寮人さまの死をもって終ってしまいました。御寮人さまこそ、三百余年、この河内長野に続いた葛城家の最後のお方でござりました。

＊

そう語り終えた老婢は、ありし日を偲《しの》ぶように屋敷の中を見廻したが、夕闇《ゆうやみ》が迫り、ほの暗くなった座敷の中は、人気《ひとけ》のない不気味な静けさと、曾てここに生きた人々のさまざまの思いが籠《こも》り、亡霊がさまよい出るような陰々とした暗さに包まれていた。外には何時の間に吹き出したのか、ざわざわと風が立ち、鬱蒼《うっそう》とした木立を揺るがす風音が、家鳴《やな》りのように森閑とした屋敷を震わせた。

不意に私の耳に、何処《どこ》からともなく人声が聞えて来るようであった。曾て賑《にぎ》わい栄えた人々の声、笑い騒《ざわ》めく女の嬌声《きょうせい》、地の底に沈んで行くような嗚咽《おえつ》、運命を恨む憎《ぞう》悪《お》の叫び——、さまざまの声が入り乱れて耳に響き、その声が跡絶《とだ》えたかと思うと、私の眼に、衣裳の谷間に身を沈めるようにして息絶えて行った一人の﨟たけた女性の華麗な最期《さいご》が、眼《ま》のあたりに見るような鮮《あざ》やかさでうかんだ。そのような華麗さに包まれた一人の女性の心の中に、優雅典麗な歌を詠む歌人御室《おむろ》みやじと、悪魔のような惨忍《ざんにん》な心を持つ葛城郁子が、両刃の剣《つるぎ》のように生きていたことの恐しい事実が、惻々《そくそく》として私の胸を搏《う》った。眼をめぐらせて、座敷の中を見廻すと、大床の間のそこに御室みやじとも、葛城郁子ともつかぬ白い亡霊がたたずみ、自らの怨念《おんねん》に苦しみながら、私に迫ってくるような幽鬼の漂いを覚えた。

そして、この日から二年経《た》った昭和二十四年の秋、京都大学の大学院に籍をおく三《み》宅伸子《やけのぶこ》の手によって、歌人、御室みやじの閲歴が書き改められた。

御室みやじ　本名　葛城郁子、明治二十三年十月七日大阪府南河内《かわち》郡に生る。明治四十二年三月、御室みやじの筆名で『柊《ひいらぎ》』へ投稿、大正五年頃まで作歌活動を続け、爾後《じご》、消息不明。早逝《そうせい》とも伝えられていたが、昭和二十一年十月二十九日、河内長野の生家で孤独のうちに歿《ぼっ》す。

荻原秀玲《おぎはらしゅうれい》の著書の誤りには触れず、控え目な形で歿年だけを訂正したのだった。僅か数行の閲歴文であったが、国文学者を志している伸子と、曾ては国文学徒であった私にとっては、その訂正した数行の文章の中に、測《はか》り知ることの出来ない人生の暗い淵《ふち》を覗《のぞ》き見たのだった。

あとがき

『花紋』は、私にとって新しい出発を意味する小説であるかもしれません。そう意識したわけではありませんが、書いて行くうちに、今までの私の作品の性格と異った性格を帯び、背景も私のホームグラウンドである大阪を離れ、河内《かわち》平野に筆をおろしました。そして久しぶりに学生生活にかえったような思いで明治大正の詩歌関係の書物を繙《ひもと》き、ゆっくり勉強することも出来、書く苦しみと同時に、勉強をする楽しみを味うことが出来、小説というものは、何時《いつ》もこうした状態で書き続けたいと、しみじみと思いました。

明治大正の短歌史が、この小説の中で大きな役割を果し、実在であった歌人、詩人の名前も出ているために、執筆中この小説のモデルにつき、数々のお問い合わせを受けましたが、『花紋』の主人公である閨秀《けいしゅう》歌人、御室《おむろ》みやじは、どこまでも小説の中の女主人公です。

一部の識者の間で高く評価されている明治、大正期の或《あ》る女流歌人の歌集を読み、強い感動を受けたことは事実ですが、決してその人をそのままモデルにしたのではありません。その歌集の中には、新古今調の優雅典麗な歌が詠《よ》まれ、その歌を通して、この世のものとは思えぬほどの美しさと気高さに満ちた女神のごとき一人の女流歌人の心と姿が描き出され、その人の歌を愛する人たちの間では事実、女神の如《ごと》き存在として扱われていますが、私はそのあまりに完成された女神のごとき心と姿の背後に、悪魔の声と姿を見ることが出来るのではないかという観点からその人の歌集を読み、そこに異ったイメージを創《つく》り上げ、作者の創意による或る一人の女流歌人の数奇な生涯が生れたのです。したがって、読者が臆測《おくそく》し、読者から問い合わされるような実在した或る女流歌人をそのままモデルにしたものではありません。ここにあえてその歌人の名を挙げないのは、虚実皮膜の間になる小説によって、故人になったその人にご迷惑をおかけしたくないためです。

この作品の執筆にあたっては、国文学者であり、短歌史の研究で権威ある東京女子大学教授、松村緑先生の著書とご指導によるところが多かったことを、ここに深く感謝致しますと同時に、松村先生の方へもいろいろな問い合わせがあったと承り、今さらながら、小説というものが虚実皮膜の間になるものとして受け取られることの難しさを痛感致しました。

なお文中の短歌につきましては、『白珠《しらたま》』同人、近藤清子氏のご協力を得ました。小説の発展と登場人物のイメージに合わせて、しかも作者の固執する語句を織り込んで一つ歌をつくるという、いわば小説と短歌の共同作業ともいうべき新しい形を試みることが出来ましたのは、近藤氏のご尽力によるものです。

この作品が成功したか、どうかは読者の方々の批判に俟《ま》つほかはありませんが、作者としていえることは、これを書くために十分の時間を用意し、力を傾けて私の心の中にある一人の女性の姿を書き上げたということです。

昭和三十九年五月中旬

解説

富士正晴

これは最も簡略にいうと、国文学者荻原秀玲《おぎはらしゅうれい》が、

「御室《おむろ》みやじ　もと『柊《ひいらぎ》』の同人たりしことと、昭和二年物故のことのほか知ることなきも、この三首秀作なれば収む」

と書いた略伝が、「早逝とも伝えられていたが、昭和二十一年十月二十九日、河内《かわち》長野の生家で孤独のうちに歿《ぼっ》す」という訂正を、京都大学大学院生三宅伸子《みやけのぶこ》によってなされるという話なのである。

それは御室みやじという一時歌壇に新星のように輝き渡り、彼女が所属した『柊』という雑誌の人々の誰一人として（例外は荻原秀玲）その姿を見たこともなく、やがてその歌も消息も判《わか》らなくなってしまった、大地主の美貌《びぼう》の総領娘の謎《なぞ》多い生涯というものの謎を解いて行く小説でもあるということだ。

この謎解きの経過が、大分前の作品であるだけに、現在の山崎豊子のそれにくらべ

ると筆触が粗《あら》く、説明の言葉数が多すぎるという点はあると思うが、さすがに話の組み立てはガッチリしているし、事の追及の仕方の熱っぽさ、執念深さは現在の山崎豊子そのままといっていい。

『白い巨塔』『続白い巨塔』『華麗なる一族』など、いわゆる社会派の小説が彼女の本領とされているが、それらの素材を発見し、執拗《しつよう》に時間をかけ、構想し取材し、判らないところが出て来ると、又、再構成し取材するというその彼女の、小説の裏にかくれている姿が、この『花紋』の中の「私」の行動によく出ている。

山崎豊子は「花紋はわたしには珍しい自伝小説の一つだ」といったらしいが、『花紋』の中の「私」に見られるものは確かに山崎豊子そのものといっていいであろう。

あの小説の中で、「私」が考えること、「私」の好みによる御室みやじという人物へのおびただしい美と残酷の飾りつけ（ちょっと拾っただけでも、権高い、激しさ、猛々《たけだけ》しさ、難しさ、冷笑、含羞《がんしゅう》、哀愁、寡黙《かもく》、非情、酷薄、ろうたけた美貌その他）、また御室みやじはペンネームで、その本名である葛城郁子《かつらぎいくこ》そのものに小学校を出てから、郁子の死までずっと仕えたよしという小作の娘（彼女は郁子より年長であり、一生郁子が心を許せる唯一《ゆいいつ》の従者であった）が老女として「私」に郁子嬢《とう》さま（いつまでも嬢さまであった）のことを語るそのやはりおびただしい美と残酷の飾りつけ、そして御室みやじに愛された国文学者で歌人の荻原秀玲が結局はもちこんだ（あるいは気付かずして火をつけてしまった）永く尾を曳《ひ》いた因襲の悲劇（はなはだ短い逢瀬《おうせ》しかなかった故《ゆえ》に二人に与えた手傷が却《かえ》って深かったろう）の方から見られるやはりおびただしい硬質の美と残酷の飾りつけ、それを併《あわ》せ考えると、この葛城郁子すなわち御室みやじの、美と、残酷、そしてそれをとりまいたたくらみ多く、がっちりと封鎖してくる因襲世界（これは大地主としても、日本ではケタ外れの方で、中国の『金瓶《きんぺい》梅《ばい》』や『紅楼夢《こうろうむ》』の中の家の雰囲気《ふんいき》をいくらか思い出させる）への反抗と外へひらくことなく内にまきこむほかない陰鬱《いんうつ》な、それだけ意固地な闘いに対する作者の同感、同情、恍惚《こうこつ》にはただならぬものがあるような気がする。ひどく熱っぽいのである。そして気に入らぬ自分の夫に対する総領娘であることを背に、養子扱いにしてあくまで冷たく、和解しようとして近寄って来る夫を酷薄に踏みつけ、遂《つい》には心理的に踏み殺してしまうといった葛城郁子を描きつつ、山崎豊子は快哉《かいさい》をひそかに胸の中で叫んでいるのではないかと思われるところがある。

葛城郁子と、現実の山崎豊子には多分、共通点がそう多くは見出《みいだ》せまいと思われるくせに、フローベールが「ボヴァリー夫人はわたしだ」といった意味合いと近いところで、山崎豊子も、「葛城郁子はわたしだ」といいたいところがきっとあるだろうと思われる。

そうした意味合いででも、彼女がこれはわたしの自伝小説だといったのかも知れない。

そうなると、「私」の点からも、「葛城郁子」の点からも、これは「自伝小説」といいたくなっても無理ないという感じがする。読者にはそうした深読みのたのしみが、少なくともこの『花紋』にはあるわけだ。山崎豊子のあこがれのエッセンスがここにあるかも知れず、生きざまのエッセンスがここにあるかも知れぬ。それを自分流にゆっくりときほぐすのは一つの読者の最高の楽しみだ。

これは女系の雰囲気が非常に濃厚でありすぎたためにかどうかは知らぬが、出て来る男の姿は何となく稀薄《きはく》な感じを受ける。堂々としているのは祖父ぐらいだが、正妻の生んだ長男と同じ家に、妾《めかけ》に生ませた娘三人を住まわせているという風な堂々さで外になんということはない。父も印象がうすく、二枚目学者兼歌人の荻原秀玲も、まあ大地主の子で、大学教授で歌人というような人はあんなものかも知らないが余り魅力ある人物でないような気がする。上品で、男前がよくて、背が高くて、和服がよく似合う大インテリというところが女にはたまらぬいいところかも知れない。しかし、荻原秀玲と御室みやじがあのような恋愛をするところは如何《いか》にも大正らしい雰囲気がある。そのような明治・大正・戦前の昭和の因襲的な時代色は、今思ってみれば、作者はよくつかんでいる。『暖簾《のれん》』『花のれん』『ぼんち』などかいて身についていったものもあろうし、彼女の育ち、観察からもともと身についていたものもあるだろう。この時代の雰囲気を出す点では却って仰々しくもなく、説明的多弁といったこともすくない気がする。

男の中では、郁子に婿《むこ》入りして来て、散々な目に会わされる不運な夫がまだしも生き生きしている。というのは郁子の嫌厭《けんえん》、軽蔑《けいべつ》、憎悪《ぞうお》の目が、作者にぴったりしているということだろう。きらわれ、軽んぜられ、にくまれる目のもとにこの夫は小説中で生き生きしたとは不運な話だが、実にこの男ぐらい不倖《ふしあわ》せなめぐり合せにあう男はこの小説中にない。酷薄無残なのは郁子であるということになるが、それ以上に酷薄無残なのは葛城家そのものの仕掛けであるという外はない。国立大学講師の歌人に酔いしれている驕慢《きょうまん》な冷酷な面のある郁子のもとに、大よろこびで婿に来、初夜から妻の魂の冷えるような見下げた態度に出くわし、一時、腕をふるう幾分幸福な時期があっても、時世のあおりをくって大失敗すると、葛城家一統（分家ら）の軽蔑をくい、ついに禁治産的あつかいを受け、最後にあのようによろこんで御影《みかげ》へやって来て、又、慄然《りつぜん》とするようなあしらいを受け、狂気に仕立てられ、ついに座敷牢《ろう》のようなところで死ぬ。

痛快といえば痛快であろう。彼を軽蔑し、責め立てる側に立てばの話。思いようによっては、郁子のような権高い美貌の歌人などのところへ婿養子に来さえしなかったら、又、郁子の胸に美貌上品らしい大学講師の歌人が巣くっていなかったなら、案外この婿養子は幸せを得たかも知れないという感じがする。もともと悪い男でもないようだし、葛城家によっていたぶられたために汚なくよごれていったのだという感じさえする。

彼と郁子との間に生れ、彼から隔離されて育ち、学徒出陣して戦死する長男にしても、出征にあたって父の呼び寄せを母に迫るところは迫力がないこともないが、全体として影がうすい。影がうすいというのは、そのような性格なのだから仕方がないとはいえない。大体、元気のいい大学生のように見えるからである。この場合、影がうすいというのは、小説の中での働きの影がうすいということで、もう少し彼が母を見、父のことを考えるところが小説の中に出てもよかったろうということである。みやじ＝郁子のあの千々に乱れた、その乱れたが故にきき目のある日記があったように、長男の大学生の日記のようなものがあっても悪くはなかったのではあるまいかという気がしないでもない。

反対に侍女のよしは大へん影が濃いい。彼女の語るところが、「私」の調査の進むにつれて、次々と新しい面を取り出して来てくれるあたりの面白さ、また、引退大学教授の歌人が新しい面をついに取り出して来て語るということによって、謎がつぎつぎにとけて行くところには、一種の精神の歩行というた感じの快感がある。

事件の火つけ人はあくまで郁子にあるが、この謎ときの火つけ人はあくまで老女のよしにある。そしてその時、その場合に従って、薪木《たきぎ》をつぎたしつつ、「私」を謎ときにさそいこんで行くようだが、そういうことを思いつく老女よしの心の中にあるのは嬢さまへの完全な崇拝の念だろうか、それとも嬢さまが敝《おお》いかくそうとしていることに承知ならぬ一種の最後の反逆なのだろうか。

もっともそのようなことを、はっきり小説中によしの心理として描写してくれても、何にもなるものではなく、よし自身の中にある謎として放置した方が、小説に濁りを生ぜさせないだけでもよい。一度このような婆《ばあ》さまにめぐり会ってみたいというような感じを抱かせるだけでも、この小説での老女よしの存在は成功した。

鬼才とでもいうべき幻の女歌人というものを主人公とすると、どうしてもその歌が出て来る外はないが、舞台や映画に一流の芸人を主人公にする時にみられる一種困った感じ、役者の演じる大芸人の芸が芸にもならぬという感じを、幾分か御室みやじの歌というものに感じないでもなかったが、これはまあ仕方あるまい。それにわたし自身、そう歌の良し悪《あ》しは判らぬし、同人雑誌的歌壇では歌の評価の流行、変化というものがあろうから、あの歌が荻原秀玲たちを深く感動させたとしても文句はない。小説としてである。

（昭和四十九年六月、作家）

この作品は昭和三十九年六月中央公論社より刊行された。

花《か》 紋《もん》

新潮文庫 や－5－7

昭和四十九年八月三十日 発行
平成十八年四月五日 三十四刷改版
令和六年十月二十日 四十八刷

著者 山《やま》崎《さき》豊《とよ》子《こ》

発行者 佐藤隆信
発行所 株式会社 新潮社
郵便番号 一六二―八七一一
東京都新宿区矢来町七一
電話 編集部(〇三)三二六六―五四四〇
読者係(〇三)三二六六―五一一一
https://www.shinchosha.co.jp

価格はカバーに表示してあります。

乱丁・落丁本は、ご面倒ですが小社読者係宛ご送付ください。送料小社負担にてお取替えいたします。

印刷・大日本印刷株式会社　製本・加藤製本株式会社

ISBN978-4-10-110407-2 C0193